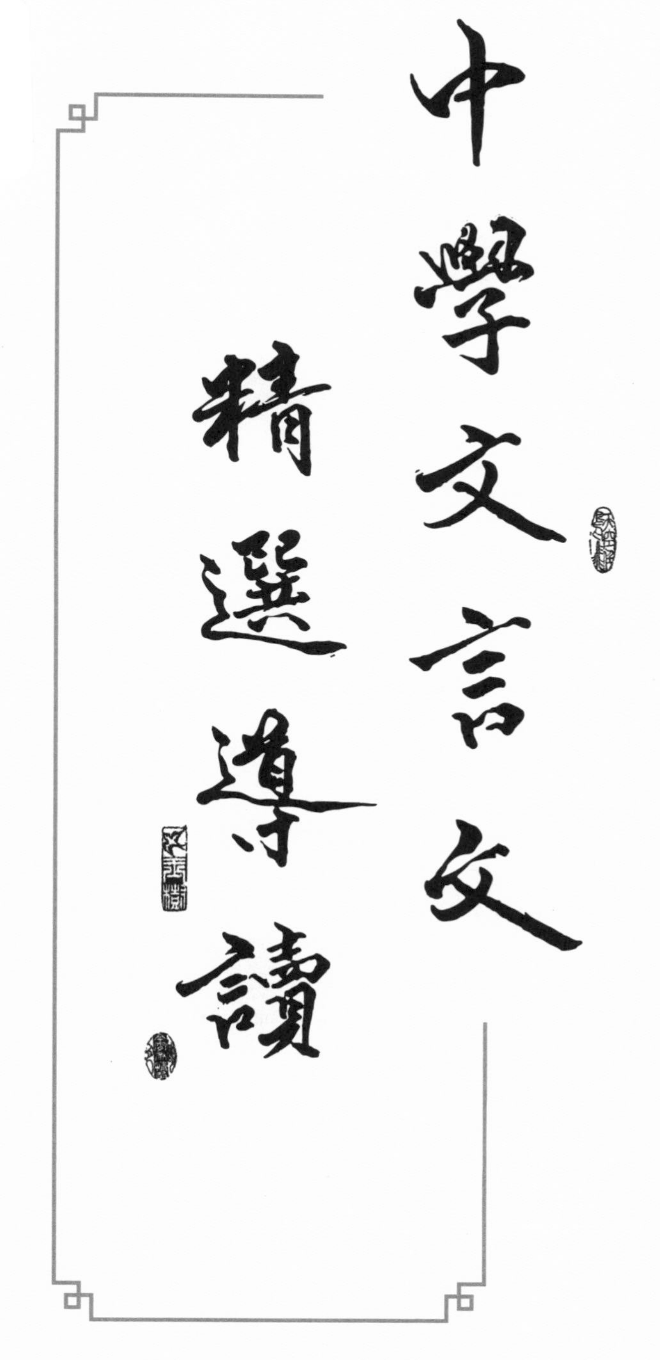

商務印書館

責任編輯：林可淇
裝幀設計：趙穎珊
排　　版：冼惠玲
印　　務：龍寶祺

中學文言文精選導讀

編　著　葉玉樹
出　版　商務印書館（香港）有限公司
香港筲箕灣耀興道 3 號東滙廣場 8 樓
http://www.commercialpress.com.hk
發　行　香港聯合書刊物流有限公司
香港新界荃灣德士古道 220−248 號荃灣工業中心 16 樓
印　刷　美雅印刷製本有限公司
九龍觀塘榮業街 6 號海濱工業大廈 4 樓 A 室
版　次　2023 年 7 月第 1 版第 2 次印刷

ISBN 978 962 07 4668 0
Printed in Hong Kong

序

一位律師請求漫畫大師阿虫，以「收得你錢，對得你住」為題作畫，掛在辦公室，以示職業操守。阿虫繪了幅園丁辛勤工作的畫，並把平庸凡俗題辭，輕添兩筆，成為「收得你錢，對得你住；你是園丁，我是果樹」，意義立即升華，變作既是律師對委託事務客人的恭維，也是自況，表示定必不負所託，以甘果回報。文辭風趣幽默，涵義豐富深刻，謙卑的曲盡律師一種敬業樂業的精神，委實慧智巧運。借用故友阿虫哥的話，移花接木成「教得你學，對得你住；我是園丁，你是果樹。」表達為人師表的，教導學生時，應具園丁誠摯謙卑的態度，也該有樹木樹人的辛勤奉獻精神。

平生愛中文而心儀教育。中學畢業後，考上大專，讀研究所，主修中國文史。並進入羅富國師範學院，完成特別一年制課程後，即投身中學教育，主職擔任中文老師至退休。數十年間，熱愛中文教學，始終如一。曾獨力編著過《國文問題探釋》，又與好友陳耀南博士及愛棣虞浩榮、朱崇學，合作編撰過十多種中文教學參考書。回首前塵，撫心自問，實有如園丁，兢兢業業，以學生為必須珍惜栽培的果樹，以期待果實纍纍為己任，努力付出與薄有所成，尚算不負生平心志。

我常以為教育是上一代人對下一代，必須付出的義務與責任。嚴格的說是欠下必須償還的債務，債還得不好，後患無窮。要好債好還，為人父母，做人老師的，就得義無反顧，視子女、學生是種子。要多付心血，栽培它根正苗紅，施肥灌溉，幫助它好好茁壯成長，開好花，結好果。

這本《中學文言文精選導讀》，正是三年疫境中，在這信念下的「奕作」，以野人獻曝之心，貢獻給尊敬的中文老師與修習中文科的同學作參考。最期望的是啟思蕪文，能達到誘發年青同學們學習中文的興趣，同時心眼兒明亮，思想開拓。不讀死書，更有敢於質疑辯證的獨立思考精神。

書承好友李智廣先生、馬龍賢伉儷、朱崇學與陳淑強賢棣提供不少寶貴意見。更得黃子賢老師為副編分勞，在此誠表銘謝！

葉玉樹謹序

2023 年 3 月 12 日

使用說明

文言文是中學中文科的學習內容之一，也是中文科考試重點之一。中學文憑試改制後，增設了 12 篇範文為指定範文，另外 8 篇為建議篇章。很多學生都認為文言文艱澀難懂，而對學習文言文，甚至對閱讀古文產生抗拒。葉玉樹憑藉其 40 多年的中文教學經驗，編寫了此書，希望能為同學打開文言文之門，細讀古人之美。

書本構成

本書收錄了 12 篇指定範文，及 8 篇建議篇章。從春秋時期，一直到清代，帶領同學學習文言文外，也能理解中國文學的發展。

本書的主要架構分為作者簡介、題目解讀、本文要旨、內容理解、要點析述、特點賞析、國學常識、文章導讀、大葉啟思。

內容特色

作者簡介：介紹作者的生平和背景。作者所經歷過的事件，或是作者身處的朝代，都影響寫作的心境和意念。認識作者的生平，有助同學了解寫作目的及背景，並更好地理解內文。

題目解讀：透過理解題目，讓讀者從閱讀題目就能掌握大意，有助理解內文。部分篇章節錄自不同典籍，認識典籍亦有助認識寫作的原因。

本文要旨：透過簡單扼要地闡述篇章的主旨，讓同學能掌握內容大意外，亦能學習如何寫出主旨。

內容理解：包含了文言原文、白話譯文和詞語解釋。詞語解釋註解了晦澀難懂的句子，讓同學能夠理解文言用詞。文言與白話對照，協助同學閱讀及理解文言文。文言篇章的部分會將文章分拆成數段，有助同學輕鬆簡短地閱讀；較長的文章會按照內容分層次，協助同學理解作者的寫作意念。

要點析述：在每段文言原文、白話譯文和詞語解釋後，設有要點析述，詳細介紹了本段的段旨，和作者在本段突出了怎樣的內容。幫助同學認識作者書寫的人物性格，和寫作背後的心境。

特點賞析：透過介紹作者的寫作特色、文中所運用的修辭技巧等，讓同學理解文章的寫作手法，從古人身上學習如何寫好一篇文章，更可以讓同學認識文筆之美。

國學常識：介紹文章的體裁、作者的時代背景，及中國文學的發展經過。讓同學除了在應付考試之外，也能認識中國的文學，了解古人的寫作背景，從而學會欣賞每一篇古文。

文章導讀：總結全文重點，概括學習重點，協助同學迅速掌握文章重點，以助溫習。

大葉啟思：作者希望同學在閱讀篇章後，能對作者提出的問題、想法有些反思。讀書並不是囫圇吞棗，而是能在閱讀後多加思考，並建立自己的觀點。

希望本書能協助各位同學破除文言文艱澀難懂的思維，一步一步的讀懂文言文，並學會欣賞古人留給我們無價的珍寶。

目錄

國風·關雎 詩經

作者簡介

作者佚名，無從考究。詩篇以第三身口吻，也許是作者的自述，抒寫君子愛淑女，男戀女的愛情心理歷程。作品有「中國第一情詩」之譽。詩雖為簡單的男戀女情詩，惟從詩篇文詞簡潔優美，結構有序，作法巧妙，含義聲調情意俱佳，以及詩中述及在封建古代，只有天子諸侯，王公士大夫等貴族才可擁有的樂器「琴瑟鐘鼓」；和只有在舉行重大的公開社交或祭祀慶典場合，才會出現的琴瑟和合彈奏，擊樂鼓敲編鐘，鐘鼓齊鳴推論，這篇優秀作品，作者應為有學識地位的貴族君子，並非平民。

題目解讀

中國的第一部詩歌總集《詩經》中的《風》，與《楚辭》中的《離騷》並稱《風騷》，被譽為華夏「文學一雙璧玉」。《風》首篇的《周南風．關雎》，內容出類拔萃，是文學愛好者的至愛。

《詩》三百篇大多是有內容，而沒有作者定的題目。後人為方便識記，選取詩篇首句一至四字定為篇名，如《衛風．氓》，採首句「氓之蚩蚩」首字「氓」做篇名。餘如取二字的《周南．關雎》、三字《鄭風．遵大路》、四字《鄭風．出其東門》等等。篇名只是作為詩篇的記號，不概括內容。如《關雎》取首句「關關雎鳩」的「關雎」為篇名，二字與內容有關聯，但並不概括全詩內容涵義。

本文要旨

現代學者不以道德禮教觀點看本詩，認為主旨單純：是一篇男戀女的單思情詩，抒寫君子愛慕淑女，追求失敗，單思苦惱，想像要再展追求。並假設美夢成真，婚娶時鐘鼓齊鳴賀慶，使淑女與滿門親友喜樂歡欣情況。

傳統解釋《關雎》之旨有「歌頌後妃之德」與「譏諷周康王晏起」等說，後世大多認同《毛詩序》的說法：「《關雎》歌頌周文王后妃太姒賢良淑德。她的高貴善行，作為天下萬民夫婦正道典範，教化萬民。」亦即為詩的主旨，具有教化社會「溫柔敦厚」的教育意義。（註：太姒，周文王姬昌正妃，正妃即正配妻子。姒：音似，古八大姓之一，夏禹亦此姓。）

內容理解

第一章

關關雎鳩①，在河之洲②。窈窕③淑女④，君子好逑⑤。

雎鳩鳥鳴聲關關，在那黃河沙洲間。河邊姑娘人美善，君子愛慕盼良緣。

1. **關關雎鳩**：「關關」為疊字象聲詞，形容雌雄雎鳩的和鳴聲。雎鳩：今稱魚鷹水鳥。有忠於伴侶，即使分開，也不會別戀的德性。
2. **在河之洲**：河，指黃河。洲，指水中小沙洲。洲：本字是「州」，由象形流水的「川」字和「三點指陸地」組成的指事字，意即水中的陸地。後來加水部首，變成「洲」。州和洲本義相同。但今天已約定俗成將「州」作州府、州縣；「洲」作大洋洲之意。
3. **窈窕**：窈，心地善良；窕，儀表美好，合指心善貌美。窈窕：拼音 yǎo tiǎo，收音韻母同為 ǎo，屬疊韻詞語。又本義幽深悠遠，引伸解釋多義，分別有：內心賢德、外貌美麗的好女子、好男子、妖冶等。因與苗條音近，二者常同為形容貌美身材的好女子。
4. **淑女**：善良未嫁女子。淑：善良。
5. **君子好逑**：意指君子喜愛的理想配偶。君子：古代指有才德地位男子美稱。好：動詞，喜好愛慕，不解作美好。逑：配偶：仇的假借字，但不解仇人，解匹配。因仇、讎意義相通，讎有二人敵意相對或相配合之意，只取相配意思，可解匹配之偶，亦即夫婦。

要點析述

《風》詩可合樂而歌，故每段稱章。章：會意字，從音十。音指音樂，「十」是個位單元，最後的數目字，一曲音樂終結為章，如今稱樂章。

《詩》有賦、比、興三種作法。賦為直述法，比為象徵法，興為聯想法。

以河洲一對雎鳩關關和鳴聲，使君子不期然發現河邊的淑女。君子一見鍾情愛慕，從此日夜難忘，希望追求成配偶。首章引領後四章環繞愛慕難忘、盼成配偶、一心追三重點發展。

作法是興。君子因雎鳩和鳴見淑女，引發傾慕，興起強烈追求情懷。

第二章

參差①荇菜②，左右流之③。窈窕淑女，寤寐求之④。

荇菜浮水綠參差，左撈右採美容姿。淑女善良人貌美，醒睡思念追求事。

1. 參差：長短不齊。差：音雌。參差的拼音 cēn cī，聲母與發音相同，屬雙聲字。
2. 荇菜：水生植物。生長在清水河邊，可供食用的野菜，也為古祭品。荇菜是水質好壞的標誌，水清則生，水污則不生長。荇：音幸。
3. 左右流之：左左右右的採撈水中荇菜。流：水流，引伸解撈取，不解流水。如解作流水或水流，則不合文意。本詩的採、流、芼似乎都是意義相近的動詞，均指淑女採摘荇菜時的動作。因此在本句解「求」，引伸解撈捋。之：荇菜代名詞。
4. 寤寐求之：日夜難忘，思念對淑女的追求。寤：日間睡醒時。寐：夜裏睡着時。寤寐：音悟味，即日夜。之：淑女代名詞。

要點賞析

君子偶遇心善貌美的淑女，一見鍾情，對她採荇的優美姿態，更是日夜難忘，渴望追求她。

作法是賦、興兼用。先以賦，表述淑女採荇的美貌姿態。再以興，表示君子日夜思念，寄託追求意願。

第三章

求之不得①，寤寐思服②。悠哉悠哉③，輾轉反側④。

追求心願未能償，日夜思念把她想。悠悠長夜不成眠，翻來覆去在牀上。

1. 求之不得：指追求淑女失敗，不能如心願。
2. 寤寐思服：思是《詩經》慣常用的句初、句中、句尾助語辭。不含意義，不解作思想。服：順從，引申解懷念。
3. 悠哉悠哉：意同悠悠，長久。哉：為加重語氣助語詞。悠：亦解憂思貌。即苦惱憂思不斷在腦海湧現。兩種說法亦可。
4. 輾轉反側：在牀上翻來覆去，無法入睡。輾即轉，指翻來覆去。拼音 zhǎn zhuǎn，發聲聲母、收音韻母同屬雙聲疊韻字。反側：翻身側臥。

要點析述

寫君子追求淑女失敗但難忘思念，在牀上輾轉反側，整夜失眠。

作法是賦、興、比兼用。直述因追求淑女失敗而苦惱（賦），引致輾轉失眠（興），比喻失戀痛苦（比）。

第四章

參差荇菜，左右採之①。窈窕淑女，琴瑟友之②。

荇菜長短綠參差，左采右擇美容姿。心善貌美好姑娘，彈奏琴瑟友待之。

1. 左右采之：左左右右的挑選水中的荇菜。採：挑選，採擇。
2. 琴瑟友之：藉奏琴瑟示友好，取悅淑女。琴瑟：弦樂器，合奏時樂音和諧動聽。琴初為五弦，今改七弦；瑟二十五弦。今人常用琴瑟和鳴、琴瑟諧和指夫妻感情和洽；以琴瑟失調、琴瑟不和指夫婦感情不佳或離異。友：動詞，以禮相待淑女，有如賓友。之：淑女代名詞。

要點析述

聯想禮待淑女如貴賓，彈奏琴瑟示愛，博取歡心再展追求。

作法是賦、興兼用。直述淑女採荇美態，引發君子興起假設，思以琴瑟傳情，娛悅淑女，再展追求。

第五章

參差荇菜，左右芼之①。窈窕淑女，鐘鼓樂之②。

荇菜長短綠參差，左揀右擇美容姿。善美姑娘娶回家，鐘鼓齊鳴逗樂她。

1. 左右芼之：芼：揀擇。本義是可供食用的野菜或水草。在本詩變作覒（音務）的假借字，因而與覒一般成為動詞，亦解作揀擇。本音務，由於要與下句詩的「樂」字協韻，故宜唸作「莫」。之：荇菜代名詞。
2. 鐘鼓樂之：迎娶淑女時，鐘鼓齊鳴，使淑女和親友們開心快樂。樂：動詞，音諾，使人快樂。之：淑女的代名詞。

要點析述

想像最終如願，達到迎娶淑女為妻的夢想，婚娶時鐘鼓奏樂，家門熱鬧，淑女與親友歡欣快樂的情況。

作法是賦、興兼用。直述淑女採荇的優美姿態，興起追求。想像美夢得以成真，迎娶淑女時鐘鼓奏樂，滿門歡樂的情況。

特點賞析

一 結構有序，層次分明，文筆俱佳

以每章一心情，逐步深入述寫君子愛情發展的感受。

首章愛慕心：君子遇淑女，一見鍾情而生傾慕，希望成為理想配偶之心。

次章追求心：淑女採荇動人姿容，君子朝思暮想，滿懷追求熱心。

三章苦惱心：求之不得又難忘淑女，輾轉反側失眠，苦惱的內心。

四章再求心：想像琴瑟傳情，取悅淑女，再展追求的設想意念。

五章樂慶心：設想美夢成真，鐘鼓賀喜慶，滿門快樂歡欣情況。

二 詞句運用豐富多變，富音樂節奏感

1. 富音樂感的詞語運用

《關雎》運用了疊字，如關關；疊韻字，如窈窕；雙聲字，如參差；雙聲疊韻字，如輾轉等詞語，配合疊詞悠哉悠哉，加強誦歌時音樂的律動感。

2. 運用特別句語組合，富節奏感與感染力

《關雎》運用了重複句，例「窈窕淑女」、「參差荇菜」重複了三次；也運用了類同句，例：「左右流之」、「左右採之」、「左右芼之」、「寤寐求之」、「琴瑟友之」、「鐘鼓樂之」，以增強音節的節奏感和加強感染力。並以「寤寐求之，求之不得」的頂真句，突出連接上的緊密感。至於「求之不得，輾轉反側」描述君子因失戀，致焦憂失眠的苦惱心態，生動傳神逼真，成為千古名句。（註：凡句語上句最後字詞，與下句開首字詞相同者為頂真句。）

3. 押韻結構規格開後世先河

第一、三章，採一、二、四句末字押韻結構規格，如首章押鳩、洲、逑；三章押得、服、側。至於第二、四、五章，則採第二、四句押韻，如第二章押流、求；四章押採、友；五章押芼、樂。押韻使詩在諷誦時悅耳動聽，而押韻方式成為後世，特別是唐朝絕詩的押韻規格。

國學常識

一 《詩經》結集與作者

《詩經》是 2500 餘年前（周初至春秋中葉）的詩歌總集，在儒家的六經（《詩》、《書》、《禮》、《易》、《樂》、《春秋》）中居首位。傳本有 3000 多篇，今存 305 篇，是經孔子刪訂的結果。《詩》作者多不可考，從作品內容推論，大多為民間詩人，餘為公卿士大夫、詞臣。

二 詩經六義——風、雅、頌、賦、比、興

1. 分類：〈風〉、〈雅〉、〈頌〉

〈風〉有十五國風，是西周末至東周時，15 個周朝封國地區的民歌。內容有關戀愛、戰爭、農牧等事，具豐富民間色彩，作者多為平民或少數貴族。〈雅〉有〈大雅〉、〈小雅〉，是朝廷宴會時演奏的樂歌。〈頌〉分〈周頌〉、〈魯頌〉、〈商頌〉，乃王公、貴族祭祀祖宗的樂章。

2. 作法：賦、比、興

賦是直述法或白描法，透過直接陳述人、事、物的方式來表達情意。比是如今之象徵法、比喻法、類比法，作者引述事物作譬喻，說明欲以表達的情意。興是聯想法、寄託法，藉用其他事物，引發出寄託情意的內容，因兼有引起發端與比喻形容的作用，比和興常被聯用指有寄託的詩意。

三 詩教

「溫柔敦厚，《詩》之教也」，是孔子對《詩》，特別是〈風〉的評語。涵義指一國國民，處事待人接物態度，都顯出性情溫柔和氣，心地誠實厚道的話，是詩對這國家所產生的教化作用與功能。孔子認為詩的作者本厚道精神，以詩的婉轉含蓄，達到對當權者或社會人事好壞的美（歌頌）、刺（諷刺）、諷（譏諷）、喻（比喻）、正（歌頌正面）、變（諷刺負面）的目的，發揮經夫婦、成孝敬、厚人倫，美教化，移風俗功能。即規範夫妻關係、培養孝敬尊長、鞏固人倫綱常、優化教育風氣、改變不良的社會風俗等，全是溫柔敦厚的詩教使然。

文章導讀

文體	《詩經》的〈風〉詩。周朝周南地區的民間詩歌。作者佚名。
主旨	今說：男戀女單思情詩。君子追求淑女，求之不得，苦惱失眠，設想琴瑟取悅再追求，美夢成真，歡欣無限。 舊說：歌頌周文王后妃太姒賢良淑德，高貴善行，以作天下夫婦正道典範，教化萬民。具「溫柔敦厚」詩教。
寫作特色	1. 以愛慕、追求、苦惱、再求、樂慶五心，每章一心，表述君子戀情發展心態演變，逐層深入，結構有序，文筆俱佳。 2. 疊字、疊韻、雙聲、雙聲疊韻等的詞語運用，多變化而富音樂節奏感。 3. 組合句語的運用，富節奏感與感染力。如類同句「左右採之」、「左右流之」、「左右芼之」。頂真句「寤寐求之，求之不得」等的配合，富音樂節奏感。

寫作特色	4. 一、二、四句及二、四句最後一字押韻方式，成後來絕詩規格。 5. 「求之不得，輾轉反側」名句描寫失戀苦惱，傳神逼真。 6. 成語名句：窈窕淑女、君子好逑、寤寐求之、輾轉反側。
孔子評論	「樂而不淫，哀而不傷」，快樂不致放縱性情，有非分思想；悲哀不致過度傷心，自暴自棄。孔子譽君子愛淑女而能以禮相待，雖失戀，不自暴自棄仍思有所作為。
詩經分類	風、雅、頌。 風有十五國風；雅分大、小雅；頌有周、魯、商頌。
詩經作法	賦、比、興。 賦指直敍法；比指比喻法；興指聯想法。
詩教：温柔敦厚	孔子評《詩經》：「溫柔敦厚，《詩》之教也」。意思認為一國國民，處事待人顯出性情溫柔和氣，表現心地誠實厚道，是《詩》產生的社會教化作用與功能。
全詩概括評述	全詩簡潔優美，結構有序，作法巧妙，詩句節奏動聽，含義聲調情意俱佳，詩被譽中國情詩之首，名實相符。
詞語表達要義	**窈窕淑女。** 君子思念追求的心善貌美未嫁好女子。窈窕：心善貌美。
	君子好逑。 有才德地位的好男子，愛慕能與淑女成為配偶。好：愛慕。
	參差荇菜。 形容清水荇菜長得有長有短。參差：長短不齊。
	左右流之。 左左右右的採撈荇菜。流：採撈。採、流、芼意義近似。

詞語表達要義	
	左右芼之。 左左右右的採擇水中的荇菜。芼：音務，採擇。
	寤寐求之。 睡醒睡着，日夜難忘追求淑女。形容君子對淑女的思念。
	輾轉反側。 臥床，翻來覆去，失眠。形容失戀苦惱的樣子。
	琴瑟友之。 表示禮待淑女，有如貴賓，藉奏琴瑟示好，再展追求。
	鐘鼓樂之。 形容敲鐘擊鼓，奏樂賀喜，使淑女與親友歡欣的場面。

大葉啟思

中國第一情詩《關雎》的蘊涵

好文章，內容最好知識、趣味性、人情味、思想性兼融。《關雎》寫君子戀淑女愛情，被譽「中國第一情詩」，名實相符嗎？

羅蜜歐、茱麗葉之戀，梁山伯、祝英台之愛，是激烈動心，生死纏綿的愛情。他們彼此都因為世上再沒有別的異性能讓自己動一點心，可佔自己半點情，所以都甘心殉情。《關雎》寫有地位的君子，偶遇窈窕淑女，便認定她是理想匹配，追求不得，便失戀失眠。可仍沒有放棄追求決心，設想以禮相待，再展追求，望圓美夢。故事讓淑女形象高不可攀，使她在男尊女卑時代，成為天下渴望受尊重敬愛婦女們的偶像，也成為天下男人心儀的夢中情人。相信羣眾心理的推崇，是本詩被譽為「中國第一情詩」主因。

本詩涉及的知識與意義，琢磨一下，明白雎鳩是愛情專一的水鳥，借喻君子與淑女都有這種高貴情操。詩中提到的「琴瑟友之」和「鐘鼓樂之」，前者是君子在追求淑女失敗後，設想再展追求時，要在公開社交場合中，使樂師琴瑟彈奏，如貴賓尊友般以禮相待，表達傾慕，取悅淑女；後者是想像美夢成真，迎娶淑女時，敲編鐘擊樂鼓，賀喜增慶，親友同感歡樂情況。琴瑟鐘鼓是封建時代，天子諸侯、王公貴族才能擁有的樂器。而琴瑟和鳴以及敲編鐘，擊樂鼓，要在由權貴主持的重大公開社交場合或慶典中才出現，顯示君子淑女都是貴族。而依傳統説法，更指君子即周文王，淑女為后妃太姒，讓大家聯想到文王追求太姒的不容易，以及太姒高貴美麗，賢良淑德的故事。相信本詩主旨是宣揚詩教的溫柔敦厚，歌頌周文王后妃太姒的美德，作為夫婦倫理的模範，教化天下萬民。連帶明白孔子對《關雎》評語：「樂而不淫，哀而不傷」，意指愛慕思念淑女，感到快樂，而不致有放縱性情的非分思想；失戀於淑女，單思悲哀，而不致有過度傷心的自暴自棄行為。是稱讚君子極愛淑女，而能始終以禮相待；失戀於淑女，也不會有自暴自棄的念頭，仍思有所作為。

詩只描述君子單方面的激情，對淑女到底如何美善淑德，與淑女對追求有甚麼反應，隻字不提。讓讀者可自由聯想，不寫之寫的手法很高明。詩也沒有透露君子是否真的美夢成真，只寫他設想「求之不得」後，決心「琴瑟友之」再追求，並想到美夢成真時鐘鼓齊鳴，慶賀婚娶，與淑女及滿門親友快樂歡欣情況。把未成事實預設大喜收場，讓讀者也不自覺地相信結局定必圓滿，而不會懷疑也許悲劇收場，不一定心想事成，確是高招。

愛河鴛鴦，相悦相親，窩心甜蜜，感受至美最樂。但如單思失戀，那麼連續苦惱煎熬會是現實寫照。詩中精煉名句「求之不得，輾轉反側」，把君子失戀，朝思暮想，難忘淑女，失眠牀上，輾轉反側，受到苦惱折騰，形容得活靈活現，充滿真實感，是使詩千古傳誦的誘因與結果。

總體來説，《關雎》文詞簡潔優美，作法巧妙，含義聲調情意俱佳。詩被譽為「中國情詩之首」，名副其實。

二

曹劌論戰　左傳

作者簡介

本文選自《左傳》，司馬遷以為作者是與孔子同期魯史官左丘明，生平不可考。後人一般接受《左傳》的作者是左丘明的說法。

《左傳》自漢以來，都認為是對記載史事的《春秋》，加以解釋說明的書。基於解《經》的書叫《傳》，而稱之為《春秋左氏傳》或《左氏春秋》，簡稱《左傳》。以本文為例，《春秋經》記長勺之戰，僅有：「十年，春，王正月。公敗齊師於長勺。」左傳則發揮解經功能，用本文把這歷史事件加以說明。

題目解讀

本篇節選自《左傳》，描述魯莊公十年（公元前 684 年）魯齊兩國間的長勺之戰。由於全文側重以戰前、戰時、戰後論述魯勝齊戰的道理，故不以「長勺之戰」，而用「曹劌論戰」命名。題目是後人選文時按內容定出，並非《左傳》原有。

齊魯長勺之戰的遠因，源於齊襄公無道，堂弟公孫無知弒殺他後自立為王，但迅即給大臣雍廩誅滅，使齊王位懸空。襄公二弟糾和三弟小白，先前受襄公迫害而流亡在外，這時都急於回齊爭位。捷足回國的小白，先登王位，是為齊桓公。魯莊公發兵護送公子糾回齊爭位時，桓公在乾時大敗魯莊公，迫莊公殺公子糾後才撤兵。事隔不久，桓公為擴張齊領土和勢力，以報復莊公曾助兄長和他爭位作藉口，發大軍侵魯，這是長勺之戰的起因。

本文要旨

本文以《曹劌論戰》（曹劌論述戰爭的道理）命名，主旨在於以長勺之戰中，弱魯能大敗強齊，全憑曹劌掌握認知戰爭的道理，識見過人使然。

透過曹劌在戰前分析莊公盡心力為民，可與齊一戰，並主動參戰；戰時在戰場上，指示莊公能善用士氣，以一鼓作氣的戰略，大敗齊軍；戰後向莊公解釋戰爭致勝的道理。突出曹劌不但愛國，在政治上還有遠見，識見過人，兼且智勇雙全。

內容理解

第一段

十年春，齊①師伐我②；公將戰，曹劌③請見④。其鄉人曰：「肉食者謀之⑤，又何間⑥焉？」劌曰：「肉食者鄙，未能遠謀⑦。」

魯莊公十年春天，齊軍攻打我魯國，莊公準備迎戰。曹劌請求面見商討對策。同鄉人冷嘲說：「戰爭事情，自有朝魚晚肉的高官去謀劃，你又何必參與呢？」曹劌回答：「享厚祿的官員識見淺薄，沒有遠大救國謀略。」

1. **齊**：春秋時代國名，在今山東省中部一帶。
2. **我**：指魯國（今山東南部）。文出自《左傳》，作者為魯國史官，用魯歷代君主在位紀年寫成，故「我」指魯國自身。
3. **曹劌**：劌：音貴。學者以為即《史記刺客列傳》中的曹沫。
4. **請見**：卑輩求見長輩。見：通現，音意相同。
5. **肉食者**：可享肉食厚祿的官員。魯大夫以上官員，享食肉之祿。
6. **間**：讀去聲，音澗，意即參與過問。
7. **肉食者鄙，未能遠謀**：享肉食厚祿的大官全都識見淺薄，不能有遠大謀略。鄙：淺陋，淺薄。

要點析述

凸顯曹劌愛國的言行：國難當前，同鄉人冷嘲曹劌，認為國事有高官處理，不必參與。曹劌不以為然，認為高官識見淺薄，沒有遠大的救國謀略，而請求面見莊公商討對策。

第二段

乃入見，問「何以戰①？」公曰：「衣食所安，弗敢專也，必以分人②。」對曰：「小惠未遍③，民弗從也。」公曰：「犧牲④玉帛⑤，弗敢加⑥也，必以信⑦。」對曰：「小信未孚，神弗福⑧也。」公曰：「小大之獄⑨，雖不能察⑩，必以情⑪。」對曰：「忠之屬也⑫，可以一戰。戰，則請從。」

曹劌進見莊公問：「憑甚麼去迎戰齊國大軍？」莊公說：「讓人民能夠生活得舒適的衣服食物，我不敢獨享，定必分給別人。」曹劌回應：「這不過是不遍及的小恩惠，百姓不會因此跟隨你。」莊公再說：「祭祀時奉獻的牛、羊、豬和玉帛，在祝禱詞中，我從來不敢誇大數目和種類，定必如實稟報神明。」曹劌說：「這是小誠信，並非大信守，神靈不會受感動而保佑戰勝。」莊公又說：「對百姓大小訴訟的案件，雖不能做到細心明察是非；但定必根據實情，作出合理判案。」曹劌說：「這是盡心力，忠於老百姓的表現，憑這就可以一戰了。戰時請准我跟隨上戰場。」

1. **何以戰**：憑甚麼可與齊開戰？何：憑甚麼。
2. **衣食所安，弗敢專也，必以分人**：能使人生活安適的衣食物質，不敢專有獨佔，定必分給別人共享。安：安樂舒適。弗：不敢。專：獨專。
3. **遍**：恩惠遍及大眾。
4. **犧牲**：祭祀用的牛、羊、豬。
5. **玉帛**：玉：指玉圭、玉璧。帛：用來放置玉器的絲織品。
6. **加**：誇報數目、品質。
7. **信**：誠實。
8. **福**：神明降福保佑。
9. **獄**：訴訟的案件。
10. **察**：細察明辨一切。
11. **必以情**：務求得實情才判案。
12. **忠之屬也**：盡心力為民服務。忠：盡心盡力。屬：相關一類。

要點析述

曹劌逐一評論莊公三個作戰憑藉：衣食分人不獨享、以犧牲玉帛祭神明時誠稟不虛報都不足恃；惟能盡心判斷百姓訴訟可恃。

凸顯曹劌的識見過人：衣食分人不獨享，是小恩惠，難感動人民跟隨作戰；祭祀神明時，不誇報奉獻的犧牲和玉帛數量，是小誠信，神明不會因此降福，保佑戰勝。惟獨能據實情判案，為百姓解決大小訴訟是非，乃盡心力為民的表現，憑此可與齊一戰。

第三段

公與之乘①，戰於長勺②，公將鼓之③，劌曰：「未可！」齊人三鼓。劌曰：「可矣！」齊師敗績④。公將馳之，劌曰：「未可！」下視其轍⑤，登軾⑥而望之，曰：「可矣！」遂逐⑦齊師。

魯莊公讓曹劌同乘作戰的指揮戰車，與齊國大軍在長勺遇上。莊公急於命令擂戰鼓進攻，曹劌制止說：「還未到時候，不可以！」及至齊軍擂了三通進攻鼓聲過後，曹劌才對莊公說：「可以了！」大敗齊軍後，莊公想馬上追擊，曹說：「還未可以。」曹劌下了戰車，細心視察齊軍敗走時，戰車的車輪輾過地面的痕跡，和站在車前軾木橫板上遠望過後，才說：「可以了！」便馬上追擊齊軍。

1. 公與之乘：莊公讓曹劌同乘主帥指揮的戰車。與：着令與共。乘：以四匹馬駕馭的兵車。
2. 長勺：地置不可確考，以魯、齊邊境推測，今山東曲阜縣北部。
3. 鼓之：鼓：動詞，指擂擊軍鼓，是古代戰爭時指揮官發動進攻的訊號。
4. 齊師敗績：齊國軍隊大敗。
5. 下視其轍：下了戰車，細心視察齊軍敗走時，兵車車輪留下的痕跡。轍：音撤，車輪在地面上輾過的痕跡。
6. 軾：古時車前一條比車板高的橫置木板，用作乘車人的憑藉倚靠。
7. 逐：追逐、追擊之意。

要點析述

魯軍與齊師在長勺對決交戰。曹劌以對戰爭的卓越識見，善用士氣，憑一鼓作氣大敗齊軍，又能審慎追擊，使魯大獲全勝。

凸顯曹劌富於謀略與沉著審慎的性格特徵：曹劌制止莊公擊鼓攻齊，直至齊軍三鼓，才利用一鼓作氣的士氣，克敵制勝，反映他精通戰略。曹劌亦制止莊公躁急追擊，在視察過齊軍敗走時輪跡凌亂，遠望軍旗歪倒，證明敗走屬實，才讓魯軍發動追擊，反映其沉著審慎的性格。

第四段

既克①，公問其故。對曰：「夫戰，勇氣也。一鼓作氣②，再而衰，三而竭③。彼竭我盈，故克之。夫大國難測也，懼有伏焉，吾視其轍亂④，望其旗靡⑤，故逐之。」

戰勝後，莊公追問交戰時所作決定緣故。曹劌說：「打仗爭勝，殺敵全憑將士們的勇氣。擂第一通進攻戰鼓，最能激發將士勇猛昂揚的士氣；第二通開始衰退；到了第三通，勇氣鬥志全部消失。在敵方勇氣消失時，以我方戰鬥士氣最旺盛時迎擊，也就因此戰勝了。齊畢竟是大國，難以驟然判斷大敗是否有詐，為防我軍追擊時遇上埋伏，因此制止立即追擊。在經過細察敵方戰車撤退的輪跡凌亂，遠望軍旗東歪西倒，證明敗走不是有詐，才讓大王放心驅逐追擊。」

1. 既克：已經克服敵人，打勝了仗。
2. 夫戰，勇氣也，一鼓作氣：戰爭全憑將士的一股戰鬥士氣。擂第一通戰鼓時，將士的勇銳鬥志最旺盛。一鼓作氣：指將士的一股勇氣，無畏鬥志。
3. 再而衰，三而竭：第二通勇氣衰退，聽到第三通鼓聲時，勇氣全部消失。
4. 轍亂：車輪輾過地面的輪跡凌亂，顯見是狼狽逃走，非詐敗。
5. 旗靡：軍旗東歪西倒。靡：倒下來。

要點析述

曹劌解釋制止莊公擊鼓攻齊，直至齊軍三鼓，才讓他擊鼓，是要利用一鼓作氣的士氣，克敵制勝。同時說出制止莊公乘勢追擊，是怕齊軍詐敗設伏。在視察過退走的輪跡淩亂，遠望到軍旗歪倒，證明敗走屬實，才讓莊公發動追擊。

凸顯曹在戰場上的卓絕表現：顯示曹指揮若定的大將風範，精通戰略而善用士氣，觀察精細，審慎沉著。反襯莊公躁進輕率，非主帥所為。可取的是能完全信任曹，才得以勝強齊。

特點賞析

一 鮮明描繪刻畫曹劌各方面的特性

《左傳》的文章着重記言，意在突出事中人物個性。本文亦不例外，透過記述魯齊長勺之戰始末經過，結合事情中有關人等的言行，彰顯關係勝負的曹劌的性格特質。

1. 熱愛國家

不同意同鄉冷嘲國事有高官處理，即「不在其位，不謀其政」。認為高官難有救國良謀，而主動求見魯公商獻對策，反映其愛國熱誠。

2. 識見過人

曹劌評論莊公的三個作戰憑藉，包括：衣食分人、祭祀神明時不誇報奉獻物品，均不足恃。惟獨能據實情判案，為百姓解決大小訴訟是非，乃盡心力為民的表現，可憑此與齊一戰。再及他在戰後的論戰分析，在在顯出他識見過人。

3. 富於謀略

曹劌制止莊公急於擊鼓攻齊，直至齊軍三鼓，才利用一鼓作氣的士氣，克敵制勝。反映他的謀略超卓。

4. 沉著審慎

制止莊公急進追擊，在視察過齊軍退走的輪跡淩亂，遠望到軍旗歪倒，證明敗走屬實，才讓發動追擊。反映其沉著審慎。

二 樸實無華，簡約精煉

這篇是文筆精簡的記敍文。僅得222字，卻能把長勺之戰始末過程、相關人物與對話，一一清楚交代，更極為成功地塑造曹劌的形象。文中沒有花巧的形容句語，也沒辭彩華茂的比喻句。看似樸實無華，卻能以白描，表現各具血肉的人物特性。突出戰陣交鋒，勝負立判於一聲指揮命令的張力，文筆簡約精煉。

三 對話方式，表達出色

全文內容百分九十以上都運用對話體表達。透過對話，交代事情發展和戰爭成敗的道理；運用精簡的對話，反映各個人物的性格。特別把曹劌這個智勇過人，愛國情切的人物性格特點都表露無遺，手法出色。

四 主副相襯，層次分明

文以曹劌為主，莊公為副；以魯莊公的識見平凡，襯托出曹劌的識見過人。以在戰場上莊公的急躁，反映曹劌的冷靜沉著，機智審慎，指揮若定的大將風範。主副相襯，貫串全文作法，層次分明，結構緊密。

五 修辭手法，多彩多姿

1. 精煉短句

曹劌先後以最精煉二字短句：「未可！」、「可矣！」各説一次，助莊公指揮作戰，便收大敗與追擊齊軍勝果。突出他判斷時機，果敢自信的識見非莊公所能及。

2. 隔句排比

「衣食所安，弗敢專也，必以分人」、「犧牲玉帛，弗敢加也，必以信」、「小大之獄，雖不能察，必以情」，以三組隔句排比句，分別將莊公抗齊的憑藉逐層深入表達。

3. 頂真句

「可以一戰。戰，則請從。」以語氣堅決的頂真句語，表現曹劌愛國獻身的熱心赤誠。

4. 層遞句

「一鼓作氣，再而衰，三而竭。」僅以十字，便把戰陣交鋒時，戰鼓對士氣興旺、衰退、消盡的影響，層遞表達無遺。

國學常識

一 《春秋》成為儒家學術專書名稱的因由

古代各國的史官記史，多側重記朝廷在春秋兩季舉行的大事。春是生物開始蓬勃生長，秋是結果收成的季節，有代表一年終始的意義。因而把記載每年當中，國家發生的重大事情的史書，泛稱為《春秋》。

由孔子親自修訂的魯史《春秋》，儒家學者視為孔子著作。《春秋》本來是古代各國史書的通稱，後來變成儒學專有經書與史學專有名詞——《春秋經》。

二 春秋筆法與微言大義

春秋筆法，即是孔子寫作《春秋經》的文字法則規範。《春秋經》記史事的文字極簡煉，但是每一個句子的用字，用詞用語，都一定暗含對正義人事的褒揚，對有違禮法人倫邪惡行為的貶責。孔子這種寫作法規，謂之春秋筆法。

這種以精簡細微的文字，隱含着禮法仁德大道理於其中，寄託春秋筆法褒貶的根據，也稱作微言大義。故春秋筆法與微言大義是表裏關係，二而實一。

三 《春秋三傳》成因

孔子根據魯史所載，把春秋時代 240 多年間，魯國與各諸侯國發生的歷史大事，加以修訂而成的《春秋經》。文字極精煉，卻凝聚了孔子的春秋筆法與微言大義的心血寄託。可是內容如史事大綱般過於簡略，後人無法據此了解史事並明確真相，與體會道理的意義。有學者對經文史事加以補充，出現了加以說明道理的春秋三傳，即《春秋左氏傳》、《春秋公羊傳》、《春秋穀梁傳》，統稱「釋經三傳」。

四 《三傳》概要簡介

《三傳》的各種名稱	《春秋》各有側重
全稱《春秋左氏傳》， 簡稱《左傳》， 又名《左氏春秋》	作者為魯史官左丘明。重以事釋經，補充經文，簡約記史。材料豐富，文辭優美，敘述生動活潑。加插荒誕神鬼之說，被評不當。

全稱《春秋公羊傳》， 簡稱《公羊傳》， 又名《公羊春秋》	作者為齊國人公羊高。以問答方式闡釋《春秋》，微言大義，史事補充簡略。道理分析舉例具説服力，時加神鬼怪誕之説，被評不當。
全稱《春秋穀梁傳》， 簡稱《穀梁傳》， 又名《穀梁春秋》。	作者為魯國人穀梁赤。重以清簡文辭，婉轉闡釋微言大義。被評雖釋義精到，惟與《公羊傳》同時以臆測觀點推論，有欠鮮明。

文章導讀

文體作者	記事文。作者傳為與孔子同時代的魯國史官。
全文主旨	突出曹劌熱愛國家、識見過人、富於謀略、沉著審慎的過人特質，故能助莊公在長勺之戰善用士氣，以一鼓作氣戰術以弱魯勝強齊。
齊師侵魯的不同反應	鄉人國難當頭，漠不關心，以為國家大事有高官處理，不必平民操心。 曹劌愛國心切，以高官無能難救國。進見莊公商献對策，並求參戰。
莊公憑藉	可供温飽衣食，必分人不獨享。祭祀物品誠告神明，不敢誇大。百姓大小案件，必據實情判決。
曹劌評論	不普及小恩惠，人民不會參戰。小誠信非大誠信，難感動神明降福。盡心力為民表現，可以一戰。
敗齊道理	曹劌能一鼓敗齊，在於善用士氣。因戰場取勝最靠士兵奮勇殺敵。士氣在第一通進攻戰鼓時最盛，二鼓衰退，三鼓盡消。在齊師三鼓士氣盡失時，曹善用魯將士一鼓最盛士氣迎擊，故能大敗齊帥。
制止追擊與允許追擊	曹因難測齊的動機，恐詐敗設伏而制止莊公急進追擊。經細察齊師撤退輪跡凌亂，遠望軍旗歪倒，斷定大敗確實，才讓莊公追擊。

長勺之戰魯勝原因	1. 莊公盡心力為民。 2. 接納賢能曹劌參戰，陣前接受作戰指示。 3. 曹劌熱愛國家，識見過人。 4. 戰時曹善用士氣迎戰，沉著審慎。
莊公和曹劌的性格特點	莊公：盡責為民，識見平凡，接納賢能，躁急魯莽。 曹劌：愛國，識見不凡，果敢自信，富於謀略，善用士氣，沉著審慎。
作法特色	1. 文筆精簡：僅以 222 字，便清楚交代戰爭始末與描繪相關人物特色。 2. 出色對話：百分九十以上內容，以對話方式表達，特別反映曹劌為人特色。 3. 主副分明：以魯莊公識見平凡急躁輕率，反襯曹劌識見過人冷靜沈著審慎。 4. 修辭句法：善用精煉短句、隔句排比、頂真句與層遞句説理和述事。
詞句表達要義	**肉食者鄙，未能遠謀。** 曹劌以為享厚祿高官無遠大謀略救國。他滿懷愛國心，國難當前，不理鄉人冷嘲，求見莊公商討抗齊對策。 **小大之獄，雖不能察，必以情。** 莊公抗齊的憑藉。只有能盡心力以實情為民判定訴訟是非，忠於為民表現最可一戰。 **夫戰勇氣也，一鼓作氣，再而衰，三而竭。** 曹向莊公解釋由於善用戰鼓，激起魯戰士殺敵士氣，迎擊三通鼓後士氣消失的齊軍而大勝。 **夫大國難測也，懼有伏焉，吾視其轍亂，望其旗靡，故逐之。** 解釋恐齊詐敗，若輕率追擊會中埋伏。在細察齊撤退痕跡淩亂，遠望齊軍旗歪倒，確定非詐敗，才讓莊公追擊。

大葉啟思

《曹劌論戰》作法特色的探討

一世英雄拿破崙，是 18 至 19 世紀的傳奇人物。18 歲前，以意籍為榮而輕法籍，法國人卻反尊他為民族英雄，推崇他為「偉大的法蘭西皇帝」。相傳有句驚世預告：「中國睡獅，一旦醒來，舉世為之顫抖。幸正沉睡，感謝上帝！讓雄獅續睡吧！」如今果然成真。

號稱「戰爭之神」的另一名言：「敢死之兵，不畏忌敵人。」以此來詮釋曹劌評莊公抗齊憑藉，最好不過。魯莊公對人「衣食分人，不敢獨享」，曹認為只屬物質的小恩惠，不足以感動百姓抗齊；對祭祀的犧牲祭品，不敢誇大虛報是小誠信，難感動神明降福戰勝，皆不可恃。只有依據實事真情處理大小訴訟案件，屬盡心力，忠於為民，會感動羣眾參軍，成為不畏忌敵人的敢死之兵。憑藉這作戰的先決條件，才可與強齊一戰。

引一詩幫助，比較能說明本文的作法特色。艾青在 1940 年著的《荒涼》寫道：「那邊的山沒有樹，那邊的河沒有水，那邊的地沒有草，那邊的人沒有眼淚。」純白描的簡樸寫法，沒有一個形容字詞，讀起來平平無奇。想到的是山而無樹，河而無水，地不長草，難怪荒涼得使人而無淚。可當體會到寄託的是，在日寇蹂躪下的中國東北三省，山河破碎，同胞受盡苦難，淚已流乾，欲哭無淚的深意時，立感驚心動魄，對詩畢生難忘。

拿《荒涼》與《曹劌論戰》比較，前者直述白描，後者純對話式白描。撇開意義，《曹劌論戰》較《荒涼》白描手法更多姿彩。且看全文僅 200 多字，佔了百分九十以上的對白，便把長勺之戰相關人物事情始末清楚交代；突出曹劌熱誠愛國，識見不凡，果敢自信，富於謀略，善用士氣，沉著審慎的性格特質。使人更佩服驚歎的是作者匠心獨運，僅以戰前「可以一戰」四字，為莊公抗齊壯膽。戰時先後兩次「未可！」，「可矣！」的語氣堅定，指揮洋溢果敢自信，共十二字的「對白」，就完全顯露長勺之戰，弱魯能勝強齊，全是曹劌功勞。

春秋時代的戰略家趙衰以為：「夫為將者，有勇不如有智，有智不如有學。」曹劌戰場智勇兼備，來自學養積蓄。「未可！」、「可矣！」的指揮，非輕發倖勝。古代大戰以車戰、步戰為主，兩軍對陣，勝負非關強弱，主帥的戰術是否運用得當，最為關鍵。相信他識學過人，戰略部署必經深思熟慮：選戰場中據守最有利高點，擇不對攻，以逸待勞。採毛澤東也稱讚的「敵疲我打」戰術，熬過齊兵三鼓猛攻後，才以一鼓作氣的爆炸性反攻敗齊。至於「視轍亂，望旗靡」，確知齊敗非詐才追擊，皆識見過人表現。（趙衰：春秋時代晉文公重臣。衰：為名詞，音催，不唸作衰敗或衰落的「摔」。）

總而論之，文以簡潔乾淨，精煉用字，純記言（對白）的白描，融入突出所記事與所記之人，讀之真切生動。如在眼前的文學表現手法，精彩絕倫。

論仁、論孝、論君子 論語

作者簡介

《論語》並非由孔夫子撰寫，而是由其弟子門人，分別執筆記下他生前的言論或對話。筆錄的作者是誰，說法不一，至今仍無定論。惟可肯定不疑的是，語錄是出自孔門各個弟子門人之手，後來再把語錄共同編集成《論語》。

《論語》雖非孔子執筆，惟道理思想源自孔子，因此透過書的內容去了解孔聖的偉大思想，比了解作者更切要。

論仁

題目解讀

孔子倡「仁」，仁德最主要內涵是愛人，乃至高無尚的人格。仁是所有美德的總稱，統攝一切大德大善。孔子的思想言論核心為仁，他主張把仁的精神，貫串到政治、人事等方面。在個人修養方面要克己復禮；在人際關係要相愛；在政治方面，他主張愛民仁政。總之，仁乃孔子儒家精神，人道主義的具體表現。

本篇文體是語錄體。全文並非《論語》中的一整篇，而是選輯自《論語》的〈里仁〉、〈顏淵〉、〈衛靈公〉篇中，四章論及仁德的文字而成。

本文要旨

各章涵蓋內容三點，孔子訓示弟子：仁者立身行事，必須奉行的大原則為克己復禮。指出仁者與不仁者在處事待人的分別，頌讚志士仁人君子，為捍衛維護仁德，敢於犧牲的偉大精神。

內容理解

第一段

子曰：「不仁者，不可以久處約，不可以長處樂①。仁者安仁②，知者利仁③。」(〈里仁〉第四)

不仁者不可以長處窮困環境，也不能久處富樂生活的境地。仁者以能實踐仁德而心安，智者因明白仁德的好處而行仁。

1. **不仁者，不可以久處約，不可以長處樂**：不奉行仁德的人，不可以長處窮困與富樂的環境。約：儉約，借指生活窮困。樂：富樂，借指生活富庶。
2. **仁者安仁**：仁厚的人，因實行仁德而內心安樂。
3. **知者利仁**：有智慧的人，由於明白仁德的好處而行仁。知：通智。智者：有智慧的人。利仁：知道仁德的好處。

要點析述

孔子評述不仁者、仁者、知者處貧富環境，不同的生活態度

仁者：天性仁善，以能實踐仁德而心安。因此處於任何環境，都能恪守仁道，始終不變。

智者：深明仁德好處，樂於行仁，也不會因為富貴貧賤而有所改變。

不仁者：重私利輕道義，尚物質肉體享受。不論環境好壞，也不能堅守仁道。處飢寒逆境，則起掠奪盜心；處富樂順境，則生淫欲意念，都會作出有損仁德的行為。

第二段

子曰：「富與貴，是人之所欲也；不以其道得之，不處①也。貧與賤，是人之所惡也；不以其道得之，不去也②。君子去仁，惡乎成名？③君子無終食④之間違仁，造次必於是，顛沛必於是⑤。」(〈里仁〉第四)

孔子說：「人人都想富貴，如果不能從正道獲得，就不貪圖過富貴的生活。人人都厭惡貧窮卑賤，如果不能用正當的方法擺脫，就不因厭惡而逃避。如果君子拋棄奉行仁德原則，怎配稱君子？君子即使在短短一頓飯的時間，也不會做出違背仁德的事情。縱處倉卒匆忙、流離潦倒的困境，也定必堅守仁德，不會改變。

1. **不以其道得之，不處也**：不能以正道獲取富貴，不會貪戀。得：獲得，擁有。不處：意為不會過富貴的生活。
2. **貧與賤是人之所惡也，不以其得之不去也**：人人憎惡的貧賤，倘不能以正當方式擺脱，就甘願捱窮。惡：動詞，憎惡。得：反義詞，擺脱，與上句「得」意義相反。
3. **君子去仁，惡乎成名**：君子倘若拋棄仁德，怎配稱君子？惡乎：怎麼可以呢？惡：發問詞，音烏。與上句解作憎惡的「惡」意義不同。
4. **終食**：一頓飯的時間。
5. **造次必於是，顛沛必於是**：即使情況匆忙急亂，或者困難逆境中，行為亦定必不違仁德。造：音醋。造次：匆忙倉卒。顛沛：本義顛倒仆跌，伸解作困難逆境。

要點析述

說出仁人君子人格操守，是處任何時候環境，定必恪守仁德原則，堅定不移。

仁人君子不因生活富貴貧賤，不因遇上匆忙急亂的情況，抑或流離潦倒的艱難困境，而對恪守實踐仁德有所動搖改變。

第三段

顏淵①問仁，子曰：「克己復禮②為仁。一日克己復禮，天下歸仁③焉。為仁由己，而由人乎哉？」顏淵曰：「請問其目④。」子曰：「非禮勿視，非禮勿聽，非禮勿言，非禮勿動。」顏淵曰：「回雖不敏⑤，請事⑥斯語矣。」（〈顏淵〉第十二）

顏淵請教仁德。孔子說：「能夠克制個人不正當的私慾，使行為全符合禮法就是仁。倘真有一天能做到這樣，天下人自然都會盛讚這是個有仁德的人。實踐仁德到底是靠自我努力，還是要靠別人去完成呢？」顏淵說：「請問實踐的重要綱領。」孔子說：「不合禮法的事情不去看，不去聽，不去說，不去做。」顏淵說：「顏回雖然不聰明，也會遵照訓示去實踐仁德。」

1. 顏淵：顏回，字子淵，又名顏淵。孔子最愛的弟子。天資聰敏，聞一知十，仁善好學。「不遷怒，不貳過」，從不遷怒別人，不重犯過錯。居陋巷飲食粗劣，過着清貧生活，別人眼中的引以為苦，他卻顯得快樂。
2. 克己復禮：克制個人不當私慾，一切行為符合禮法。克：克制。
3. 歸仁：盛讚是仁者。歸：稱道，稱讚。
4. 其目：能做到克己復禮的主要綱領。
5. 不敏：遲鈍，不聰明。
6. 請事：按照所說的條目去實踐克己復禮。事：按照指示。

要點析述

孔子訓示顏淵，修養仁德的重要原則：克己復禮，以理性戰勝情慾。能做到克制個人不正當私慾，安守本份，使一切行為符合禮法。

能實踐仁德的綱目：在於堅持做到非禮勿視，非禮勿聽，非禮勿言，非禮勿動。對不禮義的事情不會動心想去做。

第四段

子曰：「志士①仁人，無求生以害仁，有殺身②以成仁。」（〈衛靈公〉第十五）

孔子說：「志士仁人，絕不會貪生怕死。不會為保存性命，作出損害仁德的行為。在必要時，會不惜犧牲生命成就仁德。」

1. 志士仁人：志切實踐仁道之士，與奉行仁道的仁人，二者實為同一。
2. 殺身：指不惜犧牲自己的性命。

要點析述

孔子指出志士仁人，堅守仁德的立場。不因貪生怕死，而作出有損仁德的行為，只會在必須時，犧牲個人性命去維護捍衛仁德。

文章導讀

不仁者、仁者、智者處貧富環境的不同生活態度	不仁者：不可以久處約，不可以長處樂。約，指貧窮逆境，樂；富樂順境。不仁者重私利，輕道義，放縱情慾，追求物質享受。故不論處境貧富順逆都不會安心過活。飽暖思淫慾，貧窮起盜心，作有損仁德的行為。 仁者與智者：可久處約，長處樂。仁者以能行仁而感心安，故處窮困則安貧樂道；處富貴樂善好施，處境順逆均能堅守仁道，生活不變。智者會勉力行仁，行仁之心不因環境貧富改變。
仁人君子與常人看待富貴貧賤的異同	相同地方：都是喜愛富貴，厭惡貧賤，觀感相同無分別。 不同地方：仁人君子要從正途取富貴擺脱貧賤，否則寧願捱窮。小人常人往往為擺脱貧賤圖得富貴，不惜做出有損仁德的事情。君子無時無刻堅守仁德，不以遭遇匆忙急亂的情況、生活困苦潦倒為藉口，作出有違仁德的行為，這是與小人常人截然不同之處。
仁德的總綱領和實踐細則	修養仁德的總綱領：克己復禮。修養仁德，最易受不當私慾的妨礙。禮法最大的作用，恰好在於節制人的不正當情慾。故克制個人不當情慾，使言行舉止完全符合禮節，便是仁人。 實踐仁德的條目：非禮勿視、勿聽、勿言、勿動。人們在日常生活中，不當的言行舉止，源於個人不當情慾。倘能以禮節制，做到使視聽言動都合乎禮法的話，便是個能實踐仁德的仁者。
志士仁人恪守仁德的精神	不會貪生怕死，做出有損仁德行為。會為捍衛仁德，而不惜犧牲生命。

詞句表達要義	**不可以久處約，不可以長處樂。** 約：貧須節約；樂：富足快樂。不仁者因私慾大，貧窮起盜心，富貴思淫慾，故難長處貧富環境中。
	不以其道得之，不處也。貧與賤，是人之所惡也；不以其道得之，不去也。 第一得字，解取得，第二得字，解擺脱。處：過着。仁者倘不能以正道獲得，就不取富貴。對貧賤，倘不以正道擺脱，就甘願捱窮。
	造次必於是，顛沛必於是。 造次：匆忙急亂。顛沛：潦倒不堪。君子縱處情況急亂，或生活潦倒困苦，仍堅守仁德。
	志士仁人，無求生以害仁，有殺身以成仁。 志士仁人不為保命而做出損害仁德的行為，會為堅守仁德而犧牲生命。

論孝

題目解讀

孔子著重人倫的孝道，訓示門人弟子事親必須盡孝，所謂「孝」是以禮、義、善事父母的意思。本文選輯自《論語．為政》和《論語．里仁》篇章中，四則論及孝道的文字而成。

本文要旨

全篇要旨四點。第一，孔子教導弟子，無論父母生前死後與祭祀，盡孝也必須遵從禮法；第二，在事親方面，要關心父母健康，及時盡孝；第三，父母犯錯，婉轉進諫，雙親一時不接受，仍需不辭勞苦地盡孝；第四，明白以誠敬「心養」愛父母，比物質供奉的「體養」更為重要。

內容理解

第一段

孟懿子①問孝。子曰：「無違②。」樊遲御③，子告之曰：「孟孫問孝於我，我對曰，無違。」樊遲曰：「何謂也④？」子曰：「生事之以禮；死葬之以禮，祭之以禮。」(〈為政〉第二)

孟懿子問孝道。孔子說：「不可違背。」樊遲為孔子駕車時，孔子對他說：「剛才孟懿子問孝道，我對他說不可違背。」樊遲說：「是甚麼意思呢？」孔子說：「父母在生，以禮事奉，死時遵禮殯葬，死後不忘依禮祭祀。」

1. 孟懿子：孔子同時期的魯大夫。
2. 無違：不違背禮法的行為。
3. 樊遲御：樊遲駕馭着馬車。
4. 何謂也：究竟是甚麼意思？

要點析述

孔子要孟懿子事親必須「無違」：孔子學生樊遲未明白無違的意思。

孔子解釋「無違」就是不可違背禮法：要依禮法事親盡孝，始終如一。父母在生，固須盡孝，盡禮善待；死後，也應依禮殯葬，依時以禮祭祀，以示不忘養育恩德劬勞。

第二段

子游①問孝。子曰：「今之孝者，是謂能養②。至於犬馬，皆能有養。不敬，何以別乎！」(〈為政〉第二)

子游問要怎樣去孝順父母。孔子說：「現今孝順的人，都以為能夠供奉飲食，已算盡孝。飼養犬馬牲畜，何嘗不是要提供飲食。倘若事奉父母沒有誠敬愛心，跟飼養牲畜又有甚麼分別呢？」

1. 子游：小孔子四十多歲的弟子。

2. 養：供奉父母飲食，服侍過活。

要點析述

因對字詞句語解釋不同，形成三種説法。

1. 孔子以孝道「心養」，比物質事奉「體養」重要：訓示子游盡孝，僅以物質供奉服侍，沒有尊誠心，與飼養犬馬無別。朱熹説法，雖被評把父母等同牲畜是為不當，但最多人採納。

2. 孔子以時人視能服侍父母為孝，倘欠誠敬，與狗服侍人守戶，馬為人代勞，兩者意義難區別，不算孝道。此説被評把事親者等同犬馬欠妥當。

3. 養為被動詞，解被服侍供養。文意是事親者以父母能被子女服侍過活，便是盡孝。這與事親者給犬守戶馬代勞服侍過活無別。此説以事親者要有尊敬心，去區別不同。犬馬畜牲只知為主人效勞，不知何謂誠敬。三説釋義不同，結論則一致為孝道是要以誠敬心服侍供養父母。

第三段

子曰：「事父母幾諫①，見志②不從，又敬不違，勞而不怨。」（〈里仁〉第四）

孔子說：「父母犯錯，為人子的不能坐視不理。進諫時必須婉轉，好言相勸。倘父母表現執拗不受勸諫，仍須誠敬事奉，不違孝道，縱受勞苦折磨，亦不埋怨。」

1. 幾諫：父母犯過錯，要婉轉進諫。幾：本義微細，伸解言語婉轉，態度温和。

2. 見志：父母表現出執着，不接受勸諫的樣子。見：通現，表現出的意思。

要點析述

孔子訓示門人弟子，在進諫父母時需做到的事情。

1. 言語方面：要以好言好語，婉轉表達。

2. 態度方面：即使父母一時間仍執着不認錯過，事奉父母仍要盡心誠敬，任勞任怨，不違背孝道。

第四段

子曰：「父母之年，不可不知也。一則以喜①，一則以懼②。」（〈里仁〉第四）

孔子說：「父母年歲，不可以不知道。一方面為父母能健康享高壽而歡喜，一方面也為父母隨着年紀增長，逐漸衰老而憂心。」

1. 喜：因雙親能健康享高壽，而內心欣喜。
2. 懼：憂慮父母因年歲高，身體逐漸衰老，而心生恐懼。

要點析述

孔子訓示門人弟子要及時盡孝道事親，免有子欲養而親不在遺憾。

文章導讀

儒家思想「孝」的涵義	孔子倡導的仁愛德行，在人倫方面，首重孝道實踐。所謂「孝」是以禮義善事父母之意。本篇各則內容是訓示門人事親必須盡孝。
孔子訓示弟子孝道旨要	1. 不違背禮法。 2. 重視誠敬心養。 3. 謹記父母年齡。 4. 父母犯錯婉轉勸諫。
孔子訓示孟懿子盡孝要無違	意義：以不違禮法的方式事親盡孝道，始終如一。 涵蓋：父母在生時要依禮善待事奉；死後須按禮殯葬，並依時祭祀。
訓示子游盡孝要重視心養	心養的意義：子女盡孝，須本着誠敬心奉供養雙親。 體養的意義：僅以物質事奉父母，而無誠敬心意。與飼養犬馬牲畜無分別。

訓示弟子父母有過錯時進諫的言語與態度	言語：父母有錯要好言婉轉勸諫，不可疾言厲色。 態度：即使父母表現執着不肯聽勸諫，仍須不違禮節，任勞不怨，誠敬盡孝。
訓示弟子不可不知父母之年，要牢牢謹記	一則以喜：會為知道父母年事高得享高壽而喜悅。 一則以懼：害怕父母因年老日漸衰弱，警覺要及時盡孝，以免有子欲養而親不在的遺憾。
詞句表達要義	**無違。** 事親盡孝不可違背禮法，做到父母在生時以禮善待；死後依禮殯葬，依時以禮祭祀，以示不忘養育恩德。
	不敬何以別乎。 孔子以盡孝首重誠敬。倘事奉父母沒有誠敬的心，等同飼養犬馬牲畜，不是孝道。
	勞而不怨，又敬不違。 父母有錯，需婉轉勸諫。如仍不順從勸諫時，為人子女仍須任勞任怨，誠敬不違事奉，不能因不滿而不行孝道。
	一則以喜，一則以懼。 因雙親健在而歡喜，為父母逐漸衰老，盡孝日子無多而內心有子欲養而親不在的恐懼。

論君子

題目解讀

君子指的是春秋前指統治的貴族階級。當時只有貴族子弟，才能享教育機會，所以君子都是文武兼資的貴族，至於平民則被視作小人。及至周室衰微，社會發生大變動。貴族沒落，流落民間，為求生活出賣知識，平民始獲受教育機會。從此才識優秀，文質彬彬，足以媲美君子的傑出平民，也被稱「君子」。君子一詞，由貴族專有，變為才德出眾者的泛稱。小人亦不再單指平民，而兼有成為君子的反義詞，泛指人格卑鄙的人。（小人：解釋有三，古代最初指平民百姓。今泛指人格卑鄙的人，或與人對話、書信往來時的自我謙稱。）

本文要旨

本文選輯自《論語》的〈學而〉、〈述而〉、〈顏淵〉、〈憲問〉、〈衛靈公〉各篇，八則孔子論及君子的文字而成。內容訓示弟子關於君子立心、處事、待人之道，並論述君子與小人之別。

內容理解

第一段

子曰：「君子不重則不威①；學則不固②。主忠信。無友不如己者。過則勿憚③改。」(〈學而〉第一)④

孔子說：「身為君子，倘若行為舉止輕浮不莊重，就不會有令今人肅然起敬的威儀；以輕浮淺薄的態度求學問，就不能獲得踏實牢固的學問。君子行事作風，務必以忠誠守信為主。不要結交道德學問一無是處，甚麼都不如自己的朋友。犯了過錯，不會因畏難而不去改過。」

1. **不重則不威**：不莊重就沒有令人肅然起敬的氣概威儀。重：莊重。威：威儀。
2. **固**：牢固，踏實。
3. **憚**：害怕，畏難。
4. **〈學而〉第一**：《論語》的〈學而〉首篇。內容主要說明初學者進入道德之門的根本道理。

要點析述

孔子指出君子自我修養應加注意的地方。

1. 行為舉止的儀態必須莊重。
2. 學習要踏實認真。
3. 行事作風予人忠誠守信的觀感。
4. 犯了錯過能夠勇於改過。

第二段

子曰：「君子坦蕩蕩①，小人長戚戚②。」(〈述而〉第七)

孔子說：「君子的心境開朗，胸襟廣闊；小人憂慮諸多，常現憂愁不安。」

1. 君子坦蕩蕩：君子胸襟廣闊，心地光明。坦蕩蕩：廣闊開朗。
2. 長戚戚：常愁眉苦臉。長：經常。戚戚：憂愁樣子。

要點析述

孔子評述君子與小人不同心境與表現。

1. 君子：胸襟廣闊，實踐仁德，心境開朗，流露舒泰和樂。

2. 小人：重私利，重得失，心境難安，常顯憂愁不安。

第三段

司馬牛問君子。子曰：「君子不憂不懼。」曰：「不憂不懼，斯謂之君子矣乎①？」子曰：「內省②不疚！，夫何憂何懼？」(〈顏淵〉第十二)

司馬牛問怎樣才是君子。孔子說：「君子不憂愁，也不恐懼。」司馬牛說：「不憂愁，不恐懼，這就稱得上是君子了嗎？」孔子說：「內心自我反省，沒做過一點對不起良心，感到慚愧的事情。試問還會有甚麼值得憂愁和恐懼呢？」

1. 斯謂之君子矣乎：這就是君子了嗎。斯謂之：發問詞。
2. 內省不疚：內心自我反省，沒慚愧痛苦的感受。省：反省。疚：病痛。

要點析述

孔子訓示司馬牛，成為君子的修養重點，在於能常反省檢討所作所為，是否問心無愧。問心無愧自然理得心安，胸懷坦蕩，心境舒泰開朗，無憂無懼。能做到仁者不憂，勇者不懼，無所憂懼，配稱君子。

第四段

子曰：「君子成人之美①，不人之惡②。小人反是。」（〈顏淵〉第十二）

孔子說：「君子樂於幫助別人完成美好的事情，不會助人去完成壞事。小人的做法卻相反。」

1. 美：名詞，合乎仁德美好的事情。
2. 惡：有違仁德的惡事、壞事。

要點析述

孔子指出君子和小人居心行事截然不同之處。

君子：為人宅心仁厚，行事依據仁德原則，樂助別人完成好事。

小人：為人私心大，行事以利益為依歸雖見人為善，但對己無利亦不相助；見人為惡而於己有利，便會罔顧道義，助人為惡。

第五段

子曰：「君子恥①其言②而過其行。」（〈憲問〉第十四）

孔子說：「君子以說得多，而在行為上做得少為羞恥。」

1. 恥：視作羞恥，引以為恥。
2. 言：說話、言論。

要點析述

孔子指出身為君子必須說得出做得到，視說得出做不到為羞恥。能這樣自我期許，就不會犯上常人言過其實，說得出做不到的毛病。

第六段

子曰：「君子義以為質①，禮以行之，孫②以出之，信以成之。君子哉！」（〈衛靈公〉第十五）

孔子說：「君子處事，以義作根本原則，遵照禮法實行，以謙遜宣示，用誠信方式完成。這便是君子的作風了！」

1. **質**：本質，引伸為根據基本的原則。
2. **孫**：通遜，謙遜。

要點析述

孔子指出君子要想行事完善就需做到的事。

1. 義作原則。義者事之宜也，即最適宜適當的處事方法。
2. 依禮法實行。
3. 用謙遜的態度宣示。
4. 以誠信完成。

第七段

子曰：「君子病無能焉①，不病人之不己知也②。」（〈衛靈公〉第十五）

孔子說：「君子害怕的是自己沒有真正才能學問，不怕別人不知道自己真正的才能學問。」

1. **病無能焉**：害怕的是沒有真實的學問才能。病：害怕、擔心。能：學問才能。
2. **不病人之不己知也**：「不己知」是「不知己」的倒裝，目的在強調並不擔心別人不知道自己的真實才能。

要點析述

孔子明示求取學問，為的是增進個人才能，並非向人炫耀。因此應該懼怕自己沒有真才實學，而非擔心別人不認識自己的學問才能。

第八段

子曰：「君子求諸己①，小人求諸②人。」(〈衛靈公〉第十五)

孔子說：「君子修習學問，實踐仁德時，對自我要求嚴格。小人重視私利，計較得失，苛求別人有利於一己。」(本章亦可譯作：「君子犯錯，嚴責自己；小人犯錯推卸責任，苛怪他人。」)

1. 求諸己：自我要求高。求：要求。解作責承時，意犯錯嚴於責承自己。
2. 諸：「之於」的合音字，類同「不要」的合音讀作「別」，「不可」讀音頗「叵」。

要點析述

君子小人，求己求人的不同態度。

第一說：君子修習學問，實踐仁德，對自我要求嚴格。小人重視私利，計較利害得失，苛求別人。

第二說：君子勇於認錯，犯錯就會嚴厲怪責自己。小人犯錯，諉過別人，苛刻怪責他人。

文章導讀

君子與小人的涵義	春秋前，「君子」專指貴族階級；「小人」指平民百姓。後來君子演變為有學問而才德出眾的泛稱，小人則變成為君子的反義詞，泛指人格卑鄙的人。本篇君子與小人涵義為後者。內容為孔子訓示弟子關於君子立心、處事、待人之道，並論述君子與小人之別。

君子與小人立心行事的分別	1. 心境表現：才德兼備的君子行事奉仁，胸襟廣闊，心境開朗；人格卑鄙的小人重私利得，憂慮諸多，故常憂愁不安。 2. 行事作風：君子仁厚，樂助人成好事；小人為私利助人為惡，對好事旁觀不相助。 3. 自我要求：君子自我要求高；小人相反，苛求別人。
君子言行、學習、處事做人、交友的四重點	1. 言行舉止須莊重，學習態度要認真。 2. 處事以忠誠信實為主。 3. 犯錯勇於改過。 4. 結交道德學問一無是處的人為友。
君子言行態度必須注意的事情	言行一致：先行其言。先把要實踐的事完成，然後才說出來，確保言行相符。 不可浮誇：君子恥言過其行，以說得出做不到為羞恥。
君子害怕與不擔心的事情	君子病無能焉：君子求取學問，是為增進個人學識和德行，而非炫耀。因此害怕沒有真才實學。 不病人之不己知：不擔心別人不知道自己的學問才能。
內省不疚即是君子	問心無愧：倘人反省所作所為，問心無愧，心安理得，自然不生憂懼。 不憂不懼：仁者不憂，勇者不懼。能無憂懼，仁勇兼備，堪稱君子。
完善君子的行事作風	1. 義以為質：本着仁義道德的原則。 2. 禮以行之：遵照禮法行事禮節。 3. 遜以出之：顯示言行謙遜態度。 4. 信以成之：守信實踐成事的諾言。
詞句表達要義	**君子不重則不威，學則不固。** 指出君子行為態度倘不莊重，難以有令人肅然起敬的威儀；以輕浮淺薄的態度求學問，就不能獲得踏實牢固的學問。

詞句表達要義	**過則勿憚改。** 君子犯錯會勇於改過，不會因畏難而不改過。憚：畏懼。
	成人之美，不成人之惡。 君子樂助人成美好的事，不助人成壞事。小人則相反。美：好事。惡：壞事。
	君子坦蕩蕩，小人長戚戚。 君子胸襟開朗，心境快樂，小人憂慮多，常滿臉愁容。坦蕩蕩：胸襟廣闊，開朗快樂。戚戚：憂愁的樣子。

特點賞析

一 作法與內容特色

全是語錄，文句簡約，涵義豐富是全文的三大特色。本文選取的三章，選自以語錄體寫成的《論語》，內容主要出自博學宏識的孔子之口。文字並非一般對話，而是言詞簡約，意義豐富，意味深長的語錄。語錄凝聚了孔子很多有關為學做人的道理，處世治事的寶貴訓示，儒家道德的哲理。《論語》並非由孔子執筆，惟內容的思想道理皆出自孔子，故可透過書的內容了解孔聖偉大的思想，其重要性非其他經典所能取代。

二 因材施教，因人示教

孔子開創平民教育的先河，影響後世甚大的「因材施教」教育方針，着重針對個別學生。根據學生本身資質才能的差異和切實需要，加以引導與啟發。

例如魯國大夫孟懿子與他的弟子樊遲、子游，同時問「孝」。孔子針對孟懿子驕縱輕浮的毛病，簡答「無違」，即不會違背禮法事親，對父母生前死後都要按照禮法盡孝。至於對比他小 45 歲的學生子游，則表示孝道旨在「敬」，更強調事親不敬，與飼養牲畜無異，不算孝道。再以顏淵問仁為例，顏淵是孔子最聰明好學的學生，以禮的首要綱領「克己復禮為仁」答覆。這些都是他先進前衛的教學方法。

三 語錄體的特色

本文雖全為語錄，但文字深入淺出，文質並重。以下為其善用修辭手法幫助說理的例子。

1. **對比對偶句**：「富與貴，是人之所欲也；不以其道得之，不處也。貧與賤，是人之所惡也，不以其道得之，不去也」、「君子求諸己，小人求諸人」、「君子坦蕩蕩，小人長戚戚」、「無求生以害仁，有殺身以成仁」。
2. **排比句**：「非禮勿視，非禮勿聽，非禮勿言，非禮勿動」、「生事之以禮；死葬之以禮，祭之以禮」、「君子義以為質，禮以行之，孫以出之，信以成之」。

國學常識

一 《論語》的作者與內容

《論語》一書作者是誰，自古至今仍無定論，說法不一。漢代鄭玄以為乃仲弓、子游、子夏等人所執筆。唐代柳宗元則認為是孔門弟子曾參的門人所寫。宋程頤則以為乃出自曾子與有子的門人之手。總言之《論語》的作者，雖眾說紛紜，莫衷一是。惟可確定是出自孔門弟子門人之手，共同編集而成。

東漢班固《漢書．藝文志》記載：「《論語》者，孔子應答弟子時人，及弟子相與問答之言，而接聞於夫子之言也。」《論語》是孔子生前與弟子和時人，探討人生學問的對話，當中也有門人的對答。內容多屬論學、論政、論仁，論孝，以至於論《書》、《詩》、《禮》、《樂》的道理，言論大多與人格修養有密切關係。

書名《論語》，「論」是對道理內容作出仔細分析探討和評議；「語」是指孔子論述各方面道理的說話。把孔子「論」的「語」結集成書，故名《論語》。

二 經學的產生與取名為《經》的意義

經學泛指先秦時代，諸子百家學說要義，如老子《道德經》、作者佚名的《山海經》。及至西漢武帝採納董仲舒「罷黜百家，獨尊儒術」的建議後，《詩》、《書》、《易》、《禮》、《樂》、《春秋》，被官方指名為六經。從此研究有關六經學問的稱作經學，變成儒學專有名詞。

大葉啟思

黑格爾的歷史觀與孔子大同的政治理想

黑格爾對孔子的輕視

哲學家常為顯示其思辨學識過人，大多以褒貶別人的哲學為能事。撮錄德國哲學家黑格爾評價孔子的說法，他以為孔子在《論語》中與弟子的對答內容，是尋常不過的道德常識，隨處可拾，任何民族都可得，而且可能比《論語》表達得還要好。他更認為孔子只不過是個人世間的智者，其哲學缺乏深究思辨，從他的老生常談，宣揚善良道德的教訓中，難有甚麼得益。我們不去評駁他輕率淺薄的說法，先引用他一些言論去帶出孔子的政治理想。

黑格爾精闢的歷史觀點

黑格爾認為「歷史互為因果的連續軌跡，是常見現象」，因此每個運動的發生，是為了解決前一運動中的矛盾而出現。他指出例如法國大革命，是人類有史以來，前所未有，以爭取為由的動變。這場革命是絕對初次，也絕對激進。在革命徹底摧毀了對立面後，澎湃的革命激情所喚起的暴力高潮，無法自我壓抑平息，結局是無路可走的革命，最終自食惡果——得之不易的自由，被恐怖殘暴的統治毀滅。

然而歷史總是從犯錯中學習前行：正因有這慘痛經驗的教訓後，一個由自由公民組成，既能行使理性的政治職責，又讓人民獲得自由平等的憲政政府才會誕生，革命理想也達到。他對法國大革命的這番評論可說精闢。

孔子大同的政治理想

孔子嚮往《禮記·禮運·大同篇》的政治理想，認定「天下為公，世界大同」的烏托邦。理想社會的實踐有六類。

第一，天下為公：天下人民公有，政治領袖非由專有階級世襲，是透過選舉賢能擔任。政務執行講求信用，修好人與人之間和睦的關係。

第二，人人相親：人們相親相愛，愛自家父母子女，也愛護人家父母子女。

第三，社羣關顧：老人家得到善終照顧。壯年人可發揮所長，服務社會。小孩子得到健康養育；鰥夫、寡婦、孤兒、獨居老年人、殘疾者、有疾病的都能得到好好的照顧。國家的福利惠及整個社會。

第四，男女依歸：男有合適擔任的工作，女能嫁給合適人家，有好歸宿。

第五，資源善用：人力資源方面，讓人人都可發揮自己的能力，貢獻社會。貨物資源方面，要善加珍惜，達致物盡其用，絕不浪費。

第六，社會治安：社會沒有因陰謀奸詐而引起盜竊、動亂、殺人等事情發生，家家戶戶可大門不關，安享太平生活。這是理想的大同社會。

孔子避免以暴易暴的心意

相信二千多年前，也許孔子有這先見之明，推崇前衛的大同政治理想，就是避免人民像法國大革命般，用以暴易暴的革命手段，打倒當權統治，爭取政治改革，以求實現平等理想社會。以此革命手段，實際代價會是無比慘痛，目的亦不一定能達到。且先例一開，暴力革命鬥爭的連鎖反應沒完沒了，最受苦的定是蒼蒼蒸民，所以並不鼓吹這容易煽動，但難以結束的方法。他以為自由平等社會的實現，最好能透過説服統治階級，奉行「天下為公」愛民仁政，把天下視作人民公有，實踐選拔賢能，執行誠信政務，修好人與人間應有的和睦關係，使人人不自私，相親相愛。就可免於社會撕裂革命鬥爭帶來的慘痛，而人人自由平等，幸福和平的「大同社會」亦可因之實現。為這政治理念的追求，不惜奔波周遊列國前後十五年，試圖説服列國人君認同實踐。雖最終難如願，惟可知其用心良善良苦。

魚我所欲也　孟子

作者簡介

孟子，名軻（音柯），戰國時鄒（今山東鄒縣）人。生卒時年不確定，後人推測約生於周烈王四年，卒於周赧王二十六年（公元前 372 年—289 年），年壽大概 84。自幼喪父，得賢母苦心教誨而有志於學。後受業於子思（孔子之孫），修習儒家學術有成。（赧：羞愧臉紅。讀音：難字上聲）

孟子由於不滿戰國期間，諸侯急功近利，互相攻伐，橫霸兼併，征戰年年，民不聊生。他懷抱孔子生前志願，思以儒家的仁德思想，影響當世人君人心，以求濟世匡民。乃周遊列國，以仁義遊説列國諸侯，然均以其理論不切實際，難以速成而不重用。遂回歸故鄉，與弟子公孫丑、萬章等講學論道，研析詩書，闡揚孔學至卒。著有《孟子》。

題目解讀

本篇為節錄自《孟子》第七篇〈告子上〉中的兩段文字。取其首句「魚我所欲也」作為篇名。篇名雖與內容有關連，不概括全文意義。

本文要旨

透過魚與熊掌兩者不能共享時，人會捨棄魚而選取熊掌的比喻，證明人人明白擇善而從的道理。賢德者由於能不忘擇善固執，奉行大義的本心，因而在面對生命與大義不能共存時，深知大義的意義比生命更高，便會選擇不苟且偷生，而捨生取義，寧願捨棄生命，選取道義。

本文體裁屬論辯文。全篇先論述大義與生命兩者不能並存時，仁者不苟且偷生，會不惜捨生取義的道理。深明大義比生命更重要，仁者厭惡不能堅守大義，比厭惡失去生命更甚。再透過人在不忘大義時，甘願接受餓死的禍患，也不肯接受不義飯羹的正義人格。後來卻因見利忘義，去接受遠不及生命重要，不合禮義的高官厚祿，助當權者行不義之政，論證是「失其本心」的行為，是喪失了「羞惡之心」，亦即喪失了以自己做了不合道義事情，感到羞恥，也憎惡別人為惡，這種知廉恥守大義的本心。

內容理解

第一段

孟子曰：「魚，我所欲也，熊掌，亦我所欲也；二者不可得兼①，捨②魚而取熊掌者也。生亦我所欲也，義亦我所欲也；二者不可得兼，捨生而取義者也。生亦我所欲，所欲有甚於生者，故不為苟得③也；死亦我所惡④，所惡有甚於死者，故患有所不辟⑤也。如使人之所欲莫甚於生，則凡可以得生者，何不用也⑥？使人之所惡莫甚於死者，則凡可以辟患者，何不為也？由是則生而有不用也，由是則可以辟患而有不為也，是故所欲有甚於生者，所惡有甚於死者。非獨賢者有是心也，人皆有之，賢者能勿喪耳。

孟子說：「魚滋味好，我喜歡吃，熊掌滋味美，我也愛吃；假如二者不可同時享用，就捨棄魚選擇熊掌。我想保存生命，也想堅守大義，假使兩件事不可一起做到，寧可捨棄生命選取大義。我珍惜生命，但假如有比生命更重要的事，要二者選一，則不選擇苟且偷生；我厭惡死亡，但假如有比死亡更厭惡的事，那就不逃避死亡的禍患。假如人人都認為沒有甚麼比生命更重要，那麼怎會不採用任何可苟且偷生方法？如果人人都厭惡死亡，那麼又怎會不採取可逃避死亡的手段？但由於要堅守大義，也不會用可活命的手段，也不採取可逃避禍患的方法。因為大義比生命更重要，厭惡不守大義比厭惡死亡更甚。不單賢德者有這本心，人人都具有，只不過賢德的人能保持其不喪失罷了。

1. **得兼**：得以同時並有。兼：並同。
2. **捨**：捨棄。
3. **苟得**：隨便取得。意指苟且偷生。
4. **惡**：動詞，厭惡、憎惡。

5. **辟**：同避，逃避，躲避。
6. **何不用也**：怎麼不會採用手段呢？意指不擇手段。

要點析述

魚與熊掌不能共享時：人憑天賦的良心、良知，會懂得捨棄魚，而選擇更滋味的熊掌。

生命與大義不可並存時：生命與大義好比魚與熊掌，在兩者不可並存時，賢者不忘天賦的道義本心，會堅守大義，捨生取義。不惜犧牲生命，選擇更重要的大義，不會苟且偷生。

第二段

一簞食，一豆羹①，得之則生，弗得則死。嘑爾而與之②，行道之人③弗受④；蹴爾⑤而與之，乞人不屑⑥也；萬鍾⑦則不辯⑧禮義而受之。萬鍾於我何加焉⑨？為宮室之美、妻妾之奉、所識窮乏者⑩得我與⑪？鄉⑫為身死而不受，今為宮室之美為之；鄉為身死而不受，今為妻妾之奉為之；鄉為身死而不受，今為所識窮乏者得我而為之，是亦不可以已⑬乎？此之謂失其本心⑭。

一竹簞飯，一木碗肉羹湯，吃到可以活命，吃不到就會餓死。假使以呼喝的態度送出，行道上的飢民不會接受。用腳踐踏食物，踢給人，連討飯的乞丐也不屑屈辱接受。可是後來，竟然不分辨是否合乎禮義便接受萬鍾俸祿。俸祿到底對我有甚麼增益呢？是為了華麗的宮室，妻妾的侍奉，還是相識窮人的感激呢？從前寧願餓死也不接受，今為居住華麗宮室而接受；從前寧願餓死不接受，今為妻妾侍奉而接受；從前寧願餓死不接受，現今只是為了相識的窮人會感激我而接受。難道這些都是不能停止接受的原因嗎？這可說全是喪失了本心的緣故。

1. **一簞食，一豆羹**：一竹簞飯，一木碗肉湯。簞：古代竹織圓形盛飯器。食：名詞，即飯。豆：高腳木碗，盛湯器皿。羹：肉湯。
2. **嘑爾而與之**：呼喝地給路上人。嘑：通呼，吆喝、呼喝。與：給與。之：飢民的代名詞。

3. 行道之人：指路上的飢民。引《禮記．檀弓》故事：齊鬧饑荒，黔敖在路旁施弱賑災，見有以袖掩臉的飢民前來，便持弱呼喝：「嗟！來食！（喂！來吃吧！）」。這人眼瞪他說：「由於我不接受嗟來之食（呼喝來吃的食物），才會這樣。」黔敖道歉，但那人終不肯接受救濟而餓死。
4. 弗受：不接受。弗：不。
5. 蹴爾：踐踏踢送。
6. 不屑：輕視輕蔑的態度。
7. 萬鍾：鍾：古代容量計算的單位。孟子時代做官俸祿（薪酬）以穀物計算，萬鍾形容高官厚祿。
8. 辯：通辨，分辨。
9. 何加焉：又有甚麼得益增加呢？
10. 窮乏者：衣食缺乏，窮困的人。
11. 得我與：得：通德，恩德，引伸解感激。與：通歟，語助詞。
12. 鄉：通向，從前的意思。
13. 不可以已：停止。
14. 本心：指道義本心，亦即羞惡之心。羞恥自己行不義事，憎惡別人為不義的本心。

要點析述

人在不失道義本心時的表現：寧願餓死，拒絕接受不合禮義，施捨的食物。

失卻本心時的表現：一旦重利輕義，不能堅守大義時，便不會去分辨是否合乎禮義，接受當權者的高官厚祿。貪圖藉高官厚祿可居華美宮室，得妻妾侍奉，受窮人感激。這些不會增加，只會損害自己堅守大義的高尚人格。會因這些事情而接受賞賜，全因為是喪失了堅守道義的本心。

特點賞析

一 本文推論大義的重要，層次分明，富邏輯性。

孟文往往先確立中心思想，然後從各方面反覆論證。這種對問題逐層深入，富邏輯性的探討方法，條理清晰，使人信服。讀者明白孟子核心思想，便容易了解本文推理的因果關係。孔子言仁，孟子倡義，使仁義成為儒家學者最信奉的價值觀念。仁統攝所有美德，義是堅守奉行仁德的精神與行為。義的根源是仁，仁主內心，義本着仁心的仁愛美善，在行為上表現出來。義的本心是羞恥之心，即羞己行不義，恥人為惡的心。孟子以為依本心行大義，是待人接物與立身行事的正確態度。賢者能不失本心便做到。

1. **捨生取義：**由於明白大義比生命更重要，故在面對要保存大義，抑或喪失寶貴生命時，會選擇捨生取義。
2. **不苟且偷生：**由於厭恨喪失大義比死亡更甚，因而處於要保存生命，還是接受死亡時，會為選取大義，而不逃避死亡。
3. **不重利輕義：**寧願餓死，也不肯接受不合禮義的施捨飯羹，所以也不應接受不合禮義的高官厚祿，損害高貴大義人格。

二 全文特色

1. 比喻出色，說理精闢，文辭曉暢

孟文比喻多而美妙獨到，喜以淺近平易，生動有趣的比喻，達到貼切深刻的說理效果，為孟文最大特色。如本文以「魚與熊掌」貼切比喻生命與大義，推論明大義不失本心的重要，演繹深入淺出，說理精闢。孟文明白曉暢，不用典，不雕琢，不以僻詞險句，而平實淺近，簡潔俐落，深入淺出。巧妙的虛字運用，更使文字靈動矯健。

2. 善用反問與排句

孟文在事理闡述時特別善用反問式排句，引導讀者思考，突出答案與論點的說服力。排句非常適當，氣勢凌厲而無累贅多餘的感覺。以下舉要說明。

以魚與熊掌比喻生命與大義：「魚，我所欲也，熊掌，亦我所欲也」、「生，亦我所欲也，義，亦我所欲也」。

比較不失本心和失卻本心的不同：「鄉為身死而不受，今為妻妾之奉為之；鄉為身死而不受，今為所識窮乏者得我而為之」。

抨擊為貪生怕死而損仁的不當的反問：「如使人之所欲莫甚於生，則凡可以得生者，何不用也」、「使人之所惡莫甚於死者，則凡可以辟患者，何不為也？」

國學常識

一 《孟子》簡介

《孟子》一書，司馬遷認為是孟子自著，後有疑為孟子門徒萬章等所記，更有以為自作及門人記述。宋人朱熹以為孟子一書，不是親自著作，怎可首尾文字風格一致，毫無半點瑕疵。說法使人信服。

《孟子》全書有七篇。載有孟子周遊列國的事跡，進見諸侯時的論辯，及歸國後與生徒之間的論道講學。此外於六經之義，孔子之學，亦多所闡述擴充，實為儒家極重要的典籍。朱熹更以此書能宏揚孔聖之道，合《大學》、《中庸》、《論語》成四書，為宋以後讀書人必讀儒家典籍，影響重大。

二 中國人姓、氏的來由

「姓」為女生之意。在母系社會時期，人知有母而不尊父，並以母姓為部族標誌，視血緣關係密切的人為同姓。從流傳的上古八大姓：「姬、姜、姒、嬴、妘、媯、姚、姞（或作妊）」都是女字旁，證明古代人跟隨母姓。

至於「氏」，在遠古本來是對先祖神明的尊稱（如傳說的三皇：伏羲氏、神農氏、燧人氏），後因為同姓部族人丁繁衍，要分開聚居時，分支的子孫除保留姓外，另取一「氏」作為自己部族的標誌，從此「氏」便變成「姓」的分支。如周宗室本姬姓，周公兒子伯禽被封魯，子孫便以「魯」為氏。春秋戰國時期，宗法制度瓦解，姓氏制度生變。貴族沒落，代表貴族的「氏」，開始反過來轉變為跟從本來的「姓」，平民亦因地位上升而可以擁有姓。秦漢以後，姓氏合一，不再分稱。

三 中國人名、字的由來

「姓」、「氏」標誌部族家族，「名」、「字」代表個人獨有鮮明的象徵。「名」依傳統，是嬰兒出生百日後由父親取定。而「字」在男子是二十歲，舉行成人結髮加冠禮時取。女子是 15 歲有婚約時，舉行結髮笄（音雞，髮簪）禮時取。待字閨中表示女子尚未嫁人，父母未為其取字。中國人對名字運用很講究：與人交往，自稱用「名」，表示謙稱；稱對方時，不能無禮直呼姓名，要用對方的「字」，或姓與字連稱表示尊稱。個人在登記戶籍、報名考試、訂立契約、婚姻、法律訴訟等等，要以名而不能用字。名與字的意義相似，「字」大多增加「名」的意義。如岳飛，字鵬舉，意指大鵬騰飛三千里；諸葛亮，字孔明，意指一如大聖孔子般賢明。

四 孔子與孟子的姓、氏、名、字由來

孔子本姓「子」，即是殷商宗室後裔的「子」。「孔」是子姓分支的「氏」。孔母顏徵在懷孕時，曾向尼丘山神祈禱求子。誕下孔子後，把孔子取名「丘」，取字「仲尼」，指排行第二的兒子，以示不忘神恩。

孟子據說是為孟孫氏（孟氏）後人，是由周宗室「姬姓」後代魯桓公的孫子孟孫敖另立的一族。據此，孟子本姓是「姬」，而「孟」則是「氏」。孟子名軻，字子居或字輿。「軻」按說文解字作接軸車，意義難明，說文繫辭加以說明：「乃指諸車並行，致車軸相棱而言。故從車，又以車輛多時，彼此擠擁相接，則難行而生衝撞，摩擊之聲一如河之噪雜（黃河流水聲音的噪吵嘈雜），故從可聲。」原來「軻」是指路上堵車，引致車與車並行時，彼此車軸發生的衝撞摩擦。後加形容碰撞形聲字「轗」，合成為表示艱困的「轗軻」。有說孟子出身窮家，生活貧困轗軻，是取名軻，字子居（或子輿）的原因。

文章導讀

文體作者	論辯文。作者孟子。
主旨	以魚與熊掌不能共享時，人會捨魚取熊掌比喻，證明人皆有擇善選取的心。賢德者能不忘擇善固執，奉行大義本心，故在生命與大義不能共存時，會捨生取義而不苟且偷生。
魚與熊掌	以現實生活例子比擬：魚與熊掌不能共享時，懂得擇善取熊掌捨魚。表面以魚比生命，熊掌比義，實則擴大人有擇善本心。在生命與大義不能共存時，會擇善固執，捨生取義。

捨生取義	堅守保存大義比保生命意義重大。相反，視生命比大義更重要，則會為生命而不擇手段，損害大義。 厭恨不能保存大義比厭恨死亡更甚，所以不會逃避死亡禍患而苟且偷生。相反，如果厭恨死亡甚於一切，就會不惜損害大義，不擇手段地逃避死亡。
賢者行義	賢德者由於不會喪失奉行大義的本心，故能始終堅守大義。
本心	人在不失本心時的行為：路上的飢民，寧願餓死也不肯屈辱地接受別人呼喝而來，施捨的食物。乞丐不恥接受屈辱賤視，不義踢送的施捨食物。 人在失卻本心時的表現：從前不忘本心，為守大義，寧願餓死不食；喪失大義本心時，便不會分辨是否合乎禮義，接受萬鍾厚祿。
萬鍾厚祿的好處與對大義的得益	萬鍾厚祿的好處：居華屋，妻妾侍奉，窮人感激施與。 對大義的得益：對大義沒增加得益。
作法特色	1. 文辭曉暢，明白流暢，深入淺出引導思考論點，增加說服力。 2. 結構富邏輯性。 3. 善用比喻排句。 4. 善用反問排比。
詞句表達要義	**所欲有甚於生者，故不為苟得也。** 苟得：隨便取得，指苟且偷生。
	故患有所不辟也。 辟：同避，逃避。不避死亡禍患。

詞句表達要義	**噱爾而與之，行道之人弗受。** 噱：通呼，呼喝。弗受：不接受。
	蹴爾而與之，乞人不屑也。 蹴：踐踏踢出。乞人：乞丐。不屑：輕蔑。
	鄉為身死而不受。 鄉：通向，從前。從前寧餓死，也不接受呼喝送給的食物。
	萬鍾則不辯禮義而受之。 萬鍾：高官厚祿。不辯：不分辨。辯：通辨。
	所識窮乏者得我與。 窮乏者：缺乏衣食窮人。得：與德相通，伸解感激。
	此之謂失其本心。 本心：奉行道義的本有心腸。

大葉啟思

淺論孟子「若為大義故，生命誠可拋」

孟子《魚我所欲也》章驟然看來，孟子似乎是把魚與熊掌，比喻為生命與大義。魚與熊掌不能一起享用時，選擇熊掌，仍然不失是快意享受，有甚麼大不了呢？可是大義與生命，二者不能並存時，選取大義便喪失了寶貴的生命。死亡對任何人來說，可說事關重大。魚還是熊掌，只是食物的選擇，豈能與生命相比？這使人不禁懷疑孟子的推論是否有錯。

細心推敲，才明白孟子要比喻的是：人人生而具有，由良知、良能、良心發展形成的奉仁行義的本心。本着這天賦的本心，人會懂得擇善而取，因此在遠比選擇食物的意義更重大時，孟子標榜人倘能不失堅守大義的本心，便會始終如一，擇善固執，視大義比生命更重要。雖厭惡死亡，但更厭惡不能堅守奉行大義。當處於大義與生命不能並存，必須抉擇，二取其一時，會捨生取義。

如厭惡死亡就得捨棄大義，要保存大義便難逃死亡時，不會苟且偷生，因只有這樣才能無愧於本心，頂天立地做人，是理所當然的事。越是珍惜生命的人，定必更恐懼死亡。孟子把保存生命與逃避死亡相提並論，藉以強調不失本心，不為不義屈，自當不怕犧牲生命，不逃避死亡，很是高明。

「生命誠可貴，大義價更高」，孟子說得響亮。可是教我困惑的是：壯烈犧牲，保存了人家看不見，個人要堅守的抽象大義，是否值得？耐心思量，想到南宋的文天祥，寧死不肯向元朝投降。他從容就義後，發現衣帶贊文寫着：「孔曰成仁，孟曰取義。惟其義盡，所以仁至。讀聖賢書，所學何事？而今而後，庶幾無愧！」孔子說要敢於犧牲，成全仁德；孟子說要捨棄生命堅守大義。由於能夠堅守大義，所以便能實踐仁德。讀聖賢書，體會到的是甚麼道理呢？從今之後，仁至義盡的我，也可以說是差不多無愧於聖賢訓示我要堅守奉行仁義的本心了！豁然明悟，這不正就是孔子宣揚的「志士仁人，無求生以害仁，有殺身以成仁」，和孟子教訓的「有捨生以取義，無苟且而偷生」的明證嗎？

再想深一層，范仲淹主張讀書人要「先天下之而憂，後天下之樂而樂」的偉大理念，不正就是志士仁人應該堅守正道，推而及天下蒼生的實踐嗎？文天祥為國家民族轟烈犧牲的示範，不也正是孟子激勵人要堅守大義，不在乎個人的生死禍福，不在乎得失利害的計較，在乎要志士仁人效法的目的嗎？孟子激勵人要意志堅強，堅守大義，崇尚名節，不能自甘墮落，要無愧於心做人，影響了自古至今中國無數讀書人，為挺身捍衛正義而殉道，以生命的奉獻寫出使人傳頌欽敬的歷史。

始創「中華民族」概念的梁啟超先生，是中國近代史上學貫中西的大師級人物。他非凡的思想及學術成就，推動晚清以至民國後政治改革的思潮，擴闊了文史國學知識的嶄新領域。他以為《論語》如飯，温柔敦厚，富於滋養，學習修養，最為受用；《孟子》如藥，洋溢陽剛正氣，最宜激勵振奮，鼓舞精神。所以覺得青年人如能摘孟子精要說話，抄讀熟誦思考，讓富重大意義的思想精神，進入意識，潛移默化，自然可以穩固做人基礎，日日向上，受用無盡。年青的朋友們，讀書要有目的。讀一本好書，讀《孟子》可以使你擴大識見胸襟，提升品格情操，啟發思想。相信梁啟超大師的指示吧！

逍遙遊（節錄） 莊子

作者簡介

莊子，名周，戰國時期宋國蒙縣（今河南省商丘縣東北部）人，曾為蒙城漆園小官吏。從楚威王知其賢，欲聘請其為楚國宰相但遭拒絕，就可知莊子無心官場發展。生卒年月與一生事跡，不可確實考究。據《史記》所載推敲，大概與梁惠王、齊宣王及孟子同時代。莊子學問廣博，無所不窺，後人以為其「無為」與「法乎自然」之說，出於老子，而以老莊並稱，並視作道家代表。其實老子的「無為」本義是入世的無所不為，莊子「無為」是遁世的任性逍遙遊，二者大有不同，因此把老莊並稱道家不當。莊子與其時名家學者惠施為好友，二人時作思想論辯之爭議。莊子卒年傳為 80 歲（據錢穆先生考證為 76 歲），著有《莊子》一書，內有〈內篇〉7 篇、〈外篇〉15 篇、〈雜篇〉11 篇。

題目解讀

《莊子》全書 33 篇，精華主要在公認是莊子所寫的 7 篇〈內篇〉。〈內篇〉首篇的〈逍遙遊〉，更一向被視為莊子的代表作，道家的經典。

本文節錄自〈逍遙遊〉最後部分，屬於闡釋「神人無功」的分論。內容藉着反對惠子判定事物的意義，局限在有用與無用的觀念，闡釋無用之用的主張。

本文要旨

莊子透過與惠子論辯事物有用無用，突出他的主張：事物由於無所作為，一無所用，才能有無用之用，可謂大而無當。例如大而無用的大牦牛和臭椿樹等，由於對人無所作為，無所可用，也就不會受到任何人為的干擾、限制與傷害，阻撓二者自然生存。才得以自由自在地發展，跟大自然融和共存，得享天年，達到活得逍遙的理想境界。

本文最主要目的是闡釋「無用之用」的道理，莊子與惠施對事物的大用、小用；善用、不善用；有用無用，無所可用，無用之用；有為，無為各方面說法，全為輔助突出主題而作。

內容理解

第一段

惠子①謂莊子曰：「魏王②貽③我大瓠④之種，我樹之成，而實五石⑤。以盛水漿，其堅不能自舉也。剖之以為瓢⑥，則瓠落⑦無所容。非不呺⑧然大也，吾為其無用而掊之。」莊子曰：「夫子固拙於用大矣！宋人有善為不龜手之藥⑨者，世世以洴澼絖⑩為事。客聞之，請買其方百金。聚族而謀曰：『我世世為洴澼絖，不過數金⑪；今一朝而鬻技⑫百金，請與之。』客得之，以說吳王。越有難⑬，吳王使之將，冬與越人水戰，大敗越人，裂地而封之。能不龜手一也；或以封，或不免於洴澼絖，則所用之異也。今子有五石之瓠，何不慮以為大樽⑭而浮於江湖，而憂其瓠落無所容，則夫子猶有蓬之心⑮也夫！」

惠施對莊子說：「魏惠王送給我的大葫蘆瓜種籽，我種植栽培它，長成後結出的果實有五石。拿來盛載水漿，堅固的程度承受不起水的壓力；剖開兩邊來做水勺瓢，水勺卻大得難有容納放置的地方。這葫蘆並非不大，但一點用處也沒有，我因此把它砸破敲碎棄掉了。」莊子說：「先生真的不會利用『大的優點』！有個宋國人，善於炮製防止手部受凍傷龜裂的護膚藥，他的家族世代從事漂洗綿絮。有個外來客得知這事，用百斤黃金請求購買藥方。他聚集整個家族商量時說：『我們世代漂洗綿絮，只得幾塊金餅，現在把藥方賣出就有百斤黃金，請大家贊成賣給他吧！』客人得到藥方後，便去遊說吳王求任用。適逢越國發兵侵犯吳國，吳王任命他為將領，並帶兵與越軍在寒冬打水戰。由於吳軍有能防止雙手不被凍傷的優勢，而大敗越軍；他因此得到吳王割地封賞的厚賜。同樣的護膚藥藥方，有人用它得到大封賞，有人卻難免世代只用在漂洗綿絮上，那就是用法不同，結果也不同的緣故。如今你有五石大葫蘆，何不考慮當作浮水腰舟，逍遙地浮游在江湖之上，卻反而擔憂無處可以容納它的闊大。從這便可見你存在的，是思想受成見所局限，有如彎曲不直的蓬草心了！」

1. 惠子：戰國時的名家，莊子好友與論辯對手。《莊子》涉及惠子的寓言多為假託，非實有其事。
2. 魏王：魏惠王。魏遷都大梁，故稱梁惠王。
3. 貽：音怡，指贈送。
4. 瓠：音護，即葫蘆瓜。
5. 五石：五百斤。石：容量、重量的單位。一石約百多斤。
6. 瓢：音漂，用葫蘆瓜乾破邊做成的取水勺。
7. 瓠落：或作廓落，三解：形容空闊、平淺、破碎。本文應解空闊、容量大。瓠：音獲，不解葫蘆瓜。
8. 呺：枵的俗字，音梟，指空虛闊大。
9. 不龜手之藥：防止手足皮膚凍傷，出現有如龜甲裂紋的護膚藥物。龜：通皸（音軍），皮膚受凍傷爆現的裂紋。
10. 洴澼絖：音平辟壙，從事洗漂綿絮的工作。洴澼：漂洗綿絮拍打時的聲音。絖：絲綿絮。古無木棉花，不解作棉絮。
11. 金：古黃金餅，每塊約一斤。
12. 鬻技：賣藝。指賣出護膚藥方。鬻：音育，賣。
13. 越有難：越國發動戰爭。
14. 大樽：指形似酒樽，以葫蘆乾做的浮水腰舟。
15. 蓬之心：蓬：音篷。蓬草：為人賤視的野草。蓬之心：指思想受成見所拘限，有如彎屈不直的蓬草心。

要點析述

莊子評惠子不善用大：惠子有重五石的大葫蘆，破開後，難以用來盛載水漿或造水勺。他以全無用處為由，砸破拋棄葫蘆。莊子批評他「不善用大」，並舉不龜手藥方故事為例，指出同一藥方，用法不同，結果便大不同。證明物無大小，在於用得其所的重要。

指出惠施存有蓬之心：莊子譏諷惠子，不會善用大葫蘆天然特性造浮水腰舟，逍遙地浮游在江湖之上，是因為存有蓬草之心。

第二段

惠子謂莊子曰：「吾有大樹，人謂之樗①；其大本擁腫②而不中繩墨③，其小枝卷曲而不中規矩④。立之塗⑤，匠者不顧。今子之言，大而無用，眾所同去也。」莊子曰：「子獨不見狸狌⑥乎？卑身而伏，以候敖者⑦；東西跳梁⑧，不辟高下⑨，中於機辟⑩，死於罔罟⑪。今夫斄牛⑫，其大若垂天之雲；此能為大矣，而不能執鼠。今子有大樹，患其無用，何不樹之於無何有之鄉，廣莫之野⑬，彷徨⑭乎無為其側，逍遙乎寢臥其下；不夭斤斧害者⑮。無所可用，安所困苦哉？」

惠子對莊子說：「我有一株人稱樗（臭椿）的大樹。樹幹外貌粗醜臃腫，木質惡劣，不能用墨斗線彈出正確直線去鋸出木板，它的小枝幹生得卷曲，無法用圓規、矩尺畫定方圓，加工運用。它生長在道路的當眼處，可是路過的工匠不會回頭看它一眼。現今你的言論道理，有如大葫蘆，大而毫無用處，同為大眾所捨棄。」莊子說：「難道只有你沒有看過野貓的遭遇嗎？牠為了覓食，不是彎屈整個身軀，埋伏暗處，耐心等候偷襲往來路經的弱小飛禽走獸；便是東跳西躍地，不避高低地去獵取食物，到頭來卻難逃死於機關弓箭之下，因捕殺網羅而喪生的命運。現今有一頭牦牛，大得有如垂蓋天邊的浮雲，卻不能捕捉一隻小老鼠。現在你有這樣的大臭椿樹，憂心沒有用途，何不移植到荒村，無邊廣闊的曠野中，讓牛可無所作為的，心神輕鬆舒暢在樹邊優遊，逍遙自由的在樹蔭下躺臥生活。樹也不會受到斧頭砍伐要早死。就因為一點用處也沒有，還會有甚麼困擾的痛苦呢？」

1. **樗**：音書。俗稱臭椿樹。落葉喬木，皮粗質劣兼有臭味，並非有香氣的椿樹。
2. **擁擁**： 同臃腫，肥胖腫脹。
3. **不中繩墨**：木材不能用墨斗彈出正確直線，鋸出直板。繩墨，指木匠取直線時使用的墨斗與彈線。中：動詞，符合的意思。
4. **不中規矩**：不能用圓規、矩尺畫出符合方圓的形狀去鋸用木材。
5. **立之塗**：樹立在路途當眼地方。塗：同途。
6. **狸狌**：穴居近村裏，晝伏夜出，掠食家禽的野貓。狸：音里，貍的俗字。

7. **敖者**：指地上到處往來遊走的小動物。敖：同遨，指放遊，隨意四處往來走動遨遊。
8. **東西跳梁**：東跳西躍。梁：通踉，解跳躍。踉：音良，在這裏與踉蹌的意思不同。
9. **不辟高下**：不怕上下跳躍。辟：同避。
10. **機辟**：設計的機關弓弩。辟：通臂。
11. **罔罟**：泛指設計捕捉陸上飛禽走獸，以及水中魚類動物的器具機關。罔：通網；罟：亦網也。
12. **斄牛**：亦稱牦牛或西藏牛。斄，音離。
13. **廣莫**：空闊廣大的曠野。莫：通漠，指空闊曠野。
14. **彷徨**：反義，不解心神無主散亂不寧。而是心神舒鬆，自由自在之意。
15. **不夭斤斧**：不受刀斧砍伐摧殘早逝，而得以安然享天年。

要點析述

惠子嘲諷莊子說法大而無當：惠子嘲諷莊子言論不切實際，類同樗樹與大葫蘆的大而無用，會同為大眾拋棄。

莊子評惠施拘限於有用無用：莊子反駁惠施只站在人的角度看事物，拘限於有用與無用的觀念是蓬之心。以小野貓的活動能力足以謀生有餘，但終死於人為陷阱，證明縱有所用，無法避免人為的限制。用途對事物本身來說意義不大。

莊子闡釋無所可用的理論：莊子以大牦牛、大臭椿為例，以為倘把無所可用的樹和牛，移運到渺無人煙的荒村曠野。從此樹不會受到干擾傷害，不被斧頭砍斫而早死；牛可在樹下優遊躺臥。二者在大自然懷抱中，逍遙生活，共享天年，這是從無所可用得出無用之用的至佳結果。

特點賞析

一 惠施只站在人的角度判定事物意義

惠子只站在人的立場，執着判定事物的意義有無。因而對大葫蘆瓜、大臭椿樹與莊子言論，視為大而無當，雖大而一無所用，因此應同為大眾賤視捨棄。

二 莊子闡釋事物的「用」

莊子不同意惠施看法，以為物無大小，用得其所，就能發揮最大功能。莊子對以下的事物有其獨特觀點，在於突出無論人與物，必須無所作為，始能互不干擾傷害，才可與大自然融合一體，生活在逍遙的境界中。以下對他的說法加以說明。

1. **物的小用大用，在於善於運用與否：**同為不龜手藥方，善於「用大」的人得大封賞，固執不變只懂「小用」的，世代做漂染工人。證明用得其所的重要。
2. **不善用大，在於狹窄執着的蓬之心：**莊子以惠施固執不通達，有如蓬心的狹隘觀念，使他「拙於用大」，「不善用大」，以致不懂得善用大葫蘆的浮水特性造腰舟。
3. **雖有所用，而無意義，在於受到人為干擾傷害：**以小野貓的能力足作謀生有餘，但不免死於人為陷阱為例，證明縱有所用，最終難免會受到人為的傷害而沒有意義。
4. **無用之用才得以達到逍遙遊的理想境界：**大牦牛與大臭椿由於無所可用，反不會受到干擾與傷害。二者可以在渺無人煙的荒村曠野，融合大自然生活。樹不憂斧頭斫砍，夭折早死；牛樂得自由自在，逍遙樹下，優遊生活。樹與牛同享天年，存活在逍遙遊的境界中，獲得無用之用的最佳結果。

三 莊子文章的風格特色

1. 莊文的內容

莊文想象力豐富超卓，推理嚴謹精密，目光敏銳獨到，文筆變化多端。既具濃厚浪漫主義色彩，又富有幽默諷刺的意味。他喜歡用生動淺白的寓言故事，深入淺出的句語，演繹高深難明的道理。使人讀之，趣味盎然，而又易於明白吸收，尤為獨到。

2. 莊子文章的組織結構

莊文常設總論和分論：內容的總論在前，分論隨後。莊子慣在總論中將整個理論的核心精要交代說完，然後於分論舉具體的人事物為例，闡述總論道理。如〈逍遙遊〉，篇章第一段起首「故曰：至人無己，神人無功，聖人無名」，是全篇總論。其後全為闡析這總論中「至人、神人、聖人」的意義。本文是〈逍遙遊〉最後兩段，是屬於闡釋「無功」的分論。

3. 莊文善於運用寓言、重言、卮言

寓言：借助或營造一個假託的故事，申明要表達的事理。本文中的大葫蘆瓜、臭椿樹、不龜手藥、小野貓、牦牛等均屬申明表達事理的寓言。

重言：藉助大眾熟識的人物，如孔子、老子等的言論，申明表達個人觀點，加強說服力。至於人物的言論，可隨需要與心意虛構，不必有所根據。

卮言：是有如酒後觸發的靈感。間中出現的別具機鋒與含義的說話，有如相配日出天際的雲錦，更添浪漫色彩。本文中「今子有大樹，患其無用，何不樹之於無何有之鄉，廣莫之野，彷徨乎無為其側，逍遙乎寢臥其下；不夭斤斧害者。無所可用，安所困苦哉？」是卮言的鮮明例子。

四 本文運用的修辭句法

1. **對偶：**「中於機辟，死於罔罟」、「其大本擁腫而不中繩墨，其小枝卷曲而不中規矩」、「彷徨乎無為其側，逍遙乎寢臥其下。」
2. **誇張：**「魏王貽我大瓠之種，我樹之成，而實五石。」誇大形容大葫蘆瓜的果實有五石的重量。「今夫斄牛，其大若垂天之雲。」誇大形容牦牛的巨大有如垂佈天邊的雲。
3. **比喻：**以大臭椿樹和大斄牛的大而無當，對人一無可用，比喻他們不會受到人為干擾傷害，得以逍遙享天年的大用。

國學常識

一 道家的學術思想

中國學術思想，於春秋戰國時期出現諸子百家爭鳴的局面。當時思以學識濟世或為世所用的才能之士，無不各抒己見，相互爭鳴，以求取信時君，得以名成利就。因此形成眾多學術思想流派。

諸子百家發展至漢，班固在其《漢書．藝文志．諸子略序》中，將有代表性與影響力思想學派以「九流十家」——儒、墨、道、名、法、陰陽、縱橫、農、雜、小說定名。九流十家中，前九家由於其學術思想，均自成一家之言而演變為代表流派，而稱為「九流家派」。至於第十家，街談巷語所造的「小說家」，因成就與影響較低，不被列入流派。

諸家各派中，影響中國幾千年來學術思想最深遠的是儒、道兩大家。基於歷代帝皇崇儒，造成儒家成為學術主流。但道家在大多知識分子心目中的地位不遜儒家，長期以來很受重視，思想影響深遠。

道家的名字，源於開派宗師老子在《道德經》中，提出「道」是天地萬物的本源與本體，道成就天地萬物，也是宇宙中一切事物的運動法則。並以為「人法地，地法天，天法道，道法自然」。道的本性是自然無為，他因此主張人也要無為，一切順法自然。人能無為地順法自然，自然成就一切有為。老子概括這現象為「無為而無所不為」。由於莊子也承認「道」是萬物本源，亦主張「道即自然，要法乎自然的無為」，而常被視為老子思想的承繼與發展者。雖然莊子學術思想在很多方面與老子有所不同，惟後人常將他與老子並稱老莊，成為道家最重要的代表人物之一。

二 道教的源流簡介

道家是哲學思想學派，道教是假藉道家思想融入神道觀念的宗教。東漢末年，張道陵自稱得到尊為太上老君的老子命為天師，開創道教。道教綜合傳統的鬼神崇拜、神仙思想、陰陽術數、卜筮巫術，與漢代崇尚的黃帝老莊道家思潮融合，尊奉老子為始祖太上老君。道教，又稱五斗米教或天師道，因此成為中國原生的宗教。道教延續演進至魏晉南北朝，引伸的教義大同小異，各有差別的派系。同時諸多道教派別，受到佛教影響，吸收大量佛教文化中的輪迴觀、因果報應、諸天地獄等概念，又仿照佛教戒律制，定立道教戒律，建立了較完備教團體系和神仙體系，宗教形態達到成熟。加以北魏立道教為國教，承認道教為合法宗教。唐太宗崇老子（李耳）為唐朝皇室（李姓）之祖。道教從此地位日高，信眾日多，影響蔓延社會。

道教教義多元化，除借重道家「道德」思想，將之神化，作為增加公信力的核心宗旨外，更融入了追求長生不死、得道成仙、濟世救人的概念，形成難以理清源委究竟，概念龐雜宏大的理論體系。由於教義不拘一格，兼容並包，並不排斥任何神明，形成一個多神教宗教。儒釋道的宗師孔子、釋迦牟尼、老子、諸天神佛、將相忠臣、孝子淑女，如關公、岳飛、媽祖，土地公婆，只要有其一得的美善功德，莫不可被視作神明供奉。道士開壇作法，辟邪除魔，消災去難，陰間超渡，亦成為悠久風氣。影響到中國自唐以後，大小道觀，不同神明神廟，遍及民間。

文章導讀

文體	莊子提倡以無用之用為大用的哲學思想論辯文。
主旨	事物因無用，即毫無可為人利用的功能，而得以不受人為干擾傷害，讓自身可發揮無用之用的大用，可以優遊自得，安閒自在地與大自然並存，活得逍遙。
惠施與莊子的觀點	惠施：事物的意義，在對人有用與否。因而對大葫蘆瓜、大臭椿樹與莊子言論，視為大而無用，應同為大眾捨棄。 莊子：以為「善於用物」，才能發揮物的本體功能。因此大而無當葫蘆瓜，如用作腰舟可浮遊江湖之上。大臭椿樹如移植荒野，發揮無用之用的大用，可逍遙自在地享天年。也以此自己大而無當的言論，正是無用大用的追求。
莊子對物用的各方面的闡釋	1. 物的小用大用，在於善用與否：如不龜手藥方，善用大的得大封賞，只知小用的世代做工人。證明用得其所的重要。 2. 不善用大，在於執着狹窄觀念：評惠施因蓬之心狹獈觀念，使他「拙於用大」，不善用葫蘆作浮水腰舟。 3. 縱有所用，而難免要受人為傷害便無意義：小野貓具謀生之能力，卻不免死於陷阱。證明縱有所用難免受害，而顯得沒有意義。 4. 無用大用的意義：大牦牛與大臭椿因一無所能，無所可用，而不受人為利用干擾傷害，讓其可在曠野，融合大自然。自由自在，優遊生活享天年，得無用之用的最佳結果，活在逍遙境界。

作法特色	1. 推理嚴謹精密：從各方面推論事物意義，不在人怎樣看待其功能，在於事物本身如何得以優遊存活的意義。而一無所用的大用是事物存活最有意義的境界。 2. 善用寓言說理：莊子喜以生動淺白的寓言故事，深入淺出的句語，演繹高深難明道理。使人讀之，趣味盎然，而又易於明白汲收，尤為獨到。如本文的不龜手藥寓言，即一佳例。 3. 富浪漫色彩：如「今子有大樹，患其無用，何不樹之於無何有之鄉，廣莫之野，彷徨乎無為其側，逍遙乎寢臥其下；不夭斤斧害者。無所可用，安所困苦哉？」，文筆優美，充滿浪漫。
詞句表達要義	**拙於用大。** 莊評惠拋棄大而無用的大葫蘆瓜，是對利用「大的優點」方法笨拙，亦即不善用大緣故。拙：愚笨。 **不龜手之藥龜（皸）膚凍裂。** 以防手部凍傷龜裂的不龜手藥方為例，說明宋人不善用大，以百金賣藥方；外客善用大，得大封賞。 **鬻技百金。** 鬻：出賣。賣出藥方有百斤黃金餅回報。說出宋人為貪小利售藥方。金：古代一黃金餅一斤。 **何不慮以為大樽。** 何不考慮把葫蘆作為腰舟。莊評惠施不懂利用大葫蘆天然特性作腰舟，是受蓬心拘限，不善用大。大樽：浮水腰舟。 **猶有蓬之心。** 莊子評惠純以人的角度審視事物，以是否有利用價值判定事物有用無用，仍存蓬心彎曲不通淺狹觀念。蓬心：思想淺狹。 **不中繩墨、不中規矩。** 惠施嘲莊子的言論如大臭椿樹，不能用墨斗彈直線與圓規矩尺畫方圓的方法鋸木材，大而無當，應被大眾拋棄。 **大而無用，眾所同去。** 惠施嘲莊子善於用大的不龜手藥方的言論道理，有如大葫蘆，大而毫無用處，同應為大眾所捨棄。

詞句表達要義	
	東西跳梁，不辟高下。 形容野貓東跳西躍，不避高低獵食；謀生能力高。梁：通踉，音梁，跳躍。辟：通避。 **中於機辟，死於罔罟。** 野貓的能力足作謀生，但不免墮入人為陷阱致死。辟：通臂；罔：通網。機辟、罔罟：弓弩機關與設網。 **樹之無何有之鄉，廣莫之野。** 移植到甚麼也沒有的荒村，無邊廣闊曠野中。表示在毫無人為干擾的環境生存。莫：通漠，空闊曠野。 **彷徨乎無為其側，逍遙乎寢臥其下。** 突出無用的逍遙境界。牛可（亦喻人）心神舒鬆，在樹邊優遊躺臥，逍遙過活。彷徨：反義，指心神舒鬆。

大葉啟思

逍遙遊涵義述評與鵬飛九萬里的聯想

本文的節錄，僅是莊子闡釋「逍遙遊」總論：「至人無己，神人無功，聖人無名」中，「神人無功」一部分的分論，要結合對總論其他部分的認知，才能對逍遙遊的涵意，有進一步的了解。

逍遙遊釋義紛紜，試以平實易明的說法解釋。逍遙遊是莊子追求的理想境界。他認為人要活在無所期待，無所用心，一無所用，才能與大自然融為一體，得以無入而不自得一處。於任何境地，也可悠然自得，優遊逍遙地活着。而人想做到無所期待，首要在消除個人在社會上的一切作用，放棄一切人為意圖與努力，與世無爭，與萬物無逆。才可與大自然混融為一體，聽任自然而活。遊於無窮之天，達到逍遙遊境界，無往而不逍遙。相反如存有所待，有所用之心，便難以活得逍遙。萬物如要憑藉期待運行，就不能達到逍遙自得的境界。以能力至大的鯤鵬為例，要等待羊角旋風的到來，才能憑藉風力騰飛九萬里，就不算是逍遙。以為大鵬騰飛九萬里的宏偉壯觀，即是逍遙遊的境界，實有所誤解。

能無所用心，無所期待，無往而不逍遙活者，可謂之至人，亦可謂之神人、聖人。三者名稱有異，實為一體。至人無己，即至人達致物我不分，與自然混融一體忘我境界；神人無功，神人達到順任自然，忘卻塵世物我的作用，不期立功；聖人無名，聖人達到忘懷俗世現實，忘懷所有物我的名義觀念，不期立名。三者為道的本體（忘我）、功用（無用）、名相（無現實觀念）。三者實一，以至人為總體。結論是「能夠無所依賴等待，便可活得逍遙。一要有所依賴等待，便不能活得快樂逍遙。」

絕對唯心論的莊子，主張以無己忘我為人生追求的最高境界，能忘我則可達致逍遙遊。個人質疑若果真忘我，「無己的我」怎樣去感受逍遙遊，若要「忘我」方能體會，那麼「我」定仍在，便不是「無己的我」。法國理性主義哲學家笛卡兒，懷疑世間一切事物，認為除非能清楚確知真實，否則決不承認為真。他不但懷疑別人意見、外界事物，也不相信自己的感覺思想。無論如何，他最終惟有一物無可置疑，那就是「自我」。因為，必須有「我」，方能有疑，連「我」亦疑，更見因「我」的存在才能產生懷疑。足證世間一切事物縱然皆有可假，惟有「我」必為真。笛卡兒「我思故我在」（在：存在的真理）的論證，也許可啟發大家對莊子「至人無己」及「忘我」的看法，多一個對比的思考角度。

〈逍遙遊〉最使讀者矚目動心，是開首對鵬飛九萬里的誇張描述感眩目震撼。先作語譯對照，以供欣賞。「北冥有魚，其名為鯤。鯤之大，不知其幾千里也；化而為鳥，其名為鵬，鵬之背，不知其幾千里也；怒而飛，其翼若垂天之雲。……鵬之徙於南冥也，水擊三千里，摶（音：團，環繞）扶搖（旋風）而上者九萬里，去以六月息也。……背負蒼天而莫之夭閼（音：壓，攔阻）者，而後乃今將圖南。」北溟大海有條鯤魚，鯤魚大得不知有幾千里長；化身成鵬鳥，單是鵬背就大得不知有幾千里長；當牠振奮翅膀飛翔時，雙翼好像懸垂天邊雲彩。……鵬飛遷南溟，振翅起飛時激揚的浪花有三千里高，環繞着旋風，騰飛上空九萬里，從北溟飛到南海，半年才休息。……大鵬就是這樣背負着蒼天翺翔，沒有甚麼可以攔阻牠南飛的意圖。

也就是莊子這充滿浪漫色彩，想像天外，描述壯麗的文字，引發徐志摩也對老鷹翺翔的聯想，寫了《想飛》。散文洋溢年青人嚮往自由的強烈氣息，充滿激蕩昂揚的感情。渴望飛翔的強烈心志，擺脱一切現實的束縛，超脱一切，籠蓋一切，掃蕩一切，吞吐一切。他藉着鯤鵬淩空九萬里的靈感，迸發心底壓抑已久的感情，尋求靈魂解放。雖則理想與現實的矛盾，常使人痛苦無奈，但也刺激人們奮起追求理想的動力。很值得把文章中充滿激情，精湛超拔的部分，讓大家拿來跟莊文對比分享。

……要飛就得滿天飛，風攔不住雲擋不住地飛，一翅膀就跳過一座山頭，影子下來遮得陰二十畝稻田地飛，到天晚飛倦了，就來繞着那塔頂尖順着風向打圈做夢……是人沒有不想飛的，老是在這地面上爬着夠多煩厭，不說別的。飛出這圈子，飛出這圈子！到雲端裏去，到雲端裏去！哪個心裏不成天千百遍的這麼想？飛上天空去浮着，看地球這彈丸在太空裏滾着，從陸地看到海，從海再看回陸地。凌空去看一個明白——這才是做人的趣味，做人的權威，做人的交代。這皮囊要是太重挪不動，就挪了它，可能的話，飛出這圈子，飛出這圈子！

讀了這教人思想振蕩，血脈賁張的文字。年青的同學們，是否也有激勵奮迅，想要高飛，抉破現實束縛的衝動呢？

勸學（節錄）荀子

作者簡介

荀子，名況，戰國末趙國人。幼習儒學，博通典籍。最初在齊做官，曾經三次擔任齊國最高學術機構稷下學宮的祭酒，後來因受到讒言的誹謗迫害，投靠楚國。楚相春申君任為蘭陵令，春申君死後，便家居蘭陵（今山東嶧縣境）。

晚年著書講學，著有《荀子》。荀子學問淹博，識見高超，為儒家重要代表人物。其文章包羅宏富，兼有陽剛陰柔之美。其學說主性惡論，而以尊師、隆禮為改變醜惡本性之方法。其弟子李斯、韓非子為法家之佼佼者。

題目解讀

勸學即勉勵向學。文章強調追求學問的重要，勉勵人人必須具有學習向上的心志，時刻不可停止。指出藉着求學取得的知識，利用事物時，除了可收事半功倍的效果外，更重要的是以累積的學問，啟示立身行事的道理，達到去惡從善，修身造福遠禍。從常人成君子，再進而為聖賢。

本文要旨

荀子主性惡論，以為人生而有為惡之本性，「其善者偽也」，要藉着後天「偽」的「人為」，努力積善去惡，才能修善成德，為賢為聖。本文透過「學不可以已」，即學習時刻不可停止為中心主題，勉勵人人必須專心一志向學，要堅毅有恆地不斷學習，積聚學問，並善於利用外物日增知識，德行亦會與時並進。最終使人達到積善成德，去惡從善，神明自得，修身遠禍，為聖為賢的崇高人生目標。

內容理解

第一段

君子曰：學不可以已①。青，取之於藍②，而青於藍；冰，水為之，而寒於水③。木直中繩④，輮以為輪⑤，其曲中規⑥；雖有槁暴、不復挺者⑦，輮使之然也。故木受繩則直⑧，金就礪則利⑨，君子博學而日參省乎己⑩，則知明而行無過矣⑪。

君子說：追求學問，學習要無時無刻，永不休止。青取自藍草汁液，顏色比藍草更鮮艷；冰由水凝結而成，比水更寒凍。木匠鋸出符合墨線的直板木材，用熱火熨燙，使直板軟彎，形成合乎圓形弧度的車輪後，便再難用乾烘的方法，恢復木板挺直，全因木板曾受熱力熨燙緣故。可知木材藉墨線，可鋸出直板，金屬器具憑磨刀石能磨出鋒利。君子能夠每天廣博地學習，時刻檢驗反省學習的作為得失，定能增加智慧，不會犯過錯。

1. **學不可以已**：追求學問知識的學習永遠不可停息。已：停止。
2. **青，取之於藍，而青於藍**：青色取藍草汁液製成，顏色卻比藍草本色更艷麗。青：古時的青色，即今人的藍色，不是綠色。
3. **冰，水為之，而寒於水**：冰，水凝結而成，卻比水更寒冷。
4. **木直中繩**：木匠鋸出符合墨線直線的木板。中：動詞，音種，符合。繩：指木匠工具墨斗內用來彈直線用的繩墨線。
5. **輮以為輪**：用熱火熨木板，成為車輪。輮：同煣，音柔，用火熨烘，使木板柔軟彎曲。
6. **其曲中規**：弧度符合圓規標準。
7. **雖有槁暴、不復挺者**：雖然再加熱烘乾，不能恢復挺直。槁暴：乾枯，烘乾。
8. **木受繩則直**：木材加上繩墨線就可鋸出直板。受：接受。
9. **金就礪則利**：金屬器具磨刀後，便變得鋒利。金：指金屬器具，如刀劍等。
10. **而日參省乎己**：每天自我驗證檢討，所作所為和所學的得失。參：驗證。省：檢討反省。

11. 則知明而行無過矣：便能擁有高明的智慧，也不會犯過失。知：智慧。

要點析述

立論：以「學不可以已」建立核心主旨。

以「追求學問，時刻不可停止學習」作勸勉勤學的主旨。為加強說服力，舉例論證利用學問可改善先天本質。

論證：透過五例證，論證善用學問的好處，支持立論。

增進本質性能：如青色比藍草色更艷麗；冰比水更寒凍。

發揮更大功用：如木材可藉繩墨直線鋸出直板，直板加熱可變車輪；金屬器具憑磨刀變得鋒利。

身心獲得修養：思想智慧增進清明，不犯過錯。

總結：指出求學的主要目的是修習成為君子。

以「君子博學而日參省乎己，則知明而行無過矣」標明求學目的在學習做人的道理。需時刻檢驗反省作為，修養一己成為智慧高明，不犯過錯的君子。

第二段

吾嘗終日而思矣，不如須臾①之所學也；吾嘗跂②而望矣，不如登高之博見③也。登高而招，臂非加長也，而見者遠。順風而呼，聲非加疾也，而聞者彰④。假輿馬者，非利足也，而致千里⑤；假舟楫者，非能水也，而絕江河⑥。君子生非異也，善假於物也⑦。

我曾嘗試整天思考，發覺不及在短時間上學習的效果；我也曾嘗試提起腳跟站立遠望，視野總不及登上高處廣闊。站在高處招手，手臂並沒有拉長，但卻讓更遠的人看得見。順着風向呼叫，聲音非更宏亮，但聽得很清楚。利用車馬的人，本身並非善於走路，卻可以遠至千里；利用船和槳的人，並非善於游泳，卻可以橫渡長江黃河。君子的天賦本質與常人並非有甚麼不同，只是善於利用事物罷了。

1. 須臾：片刻時間。臾：音兒。

2. 跂：音企，提起腳後跟站立。

3. **博見**：視野見識廣闊。

4. **聲非加疾也，而聞者彰**：聲音並沒有加快加大，但聽得格外清楚。疾：快也。彰：清楚。

5. **假輿馬者，非利足也，而致千里**：藉助馬車或騎馬的人，並非善於走路，但可到達千里。假：藉助利用。利足：走路敏捷。

6. **假舟楫者，非能水也，而絕江河**：利用船和船槳的人，並非善於游泳，卻可以橫渡江河。楫：音折，船槳。能水：善游泳。絕：橫渡。

7. **君子生非異也，善假於物也**：君子本質並非與眾不同，只是善於利用事物罷了。生：通性，天賦本質。

要點析述

立論：空想遠遠不及實際學習的結果。

以「吾嘗終日而思矣，不如須臾之所學也」認為整天空想所得的知識，不如片刻實際學習結果立論。

論證：透過例證，論證實際學習得到知識的好處。

高處遠望招手，可使視野廣闊，更遠的人也能看見我；順風呼叫，可讓人聽得更清楚；利用車馬船槳，可至千里而橫渡江河。善用學問知識，可事半功倍。

總結：君子與常人無異，以能善用學問而成君子。

以「君子生非異也，善假於物也」，表示君子天賦本質與常人相同，差別在能善用學問知識，而得以修身，成為君子。

第三段

積土成山，風雨興焉；積水成淵，蛟龍①生焉；積善成德，而神明自得，聖心備焉②。故不積跬步③，無以至千里；不積小流，無以成江海。騏驥④一躍，不能十步；駑馬⑤十駕⑥，功在不捨⑦。鍥而捨之，朽木不折⑧；鍥而不捨，金石可鏤⑨。螾無爪牙之利⑩，筋骨之強，上食埃土，下飲黃泉⑪，用心一也。蟹六跪而二螯⑫，非蛇蟺之穴無可寄託者⑬，用心躁也⑭。

泥土沙石累積成了一座山，風雨自然興起；匯積水流成了深淵，蛟龍就會出現；修積善良行為，養成美德，也就自然獲得高明的智慧，具備聖人思想。因此，不肯一步一步的累積，是無法遠達千里；不去匯積小流，無法形成長江大海。駿馬縱身一躍，不會超過十步距離；一匹不善奔馳劣馬，堅持不放棄，連走十天的行程，也能有騏驥一日遠走千里的成績。隨意雕刻一下，便放棄不繼續，不能雕斷枯爛的木頭。相反，能夠持續雕刻下去，即使是堅硬的金石，也可雕鏤刻出心中的圖樣。蚯蚓沒有銳利的指爪牙齒和強健筋骨，卻可舉頭食黃泥土，低頭飲黃泉水，全因用心專一。螃蟹有一對鉗六隻足爪，沒有蛇鱔洞穴，就沒有棲身地方，是用心浮躁，不專一的緣故。

1. **蛟龍**：傳説能引發洪水的龍。
2. **聖心備焉**：具備聖人的思想。
3. **跬步**：半步，按古人以再舉足為步，故古人所謂半步，即今人一步。
4. **騏驥**：日走千里駿馬的名稱。
5. **駑馬**：不善奔跑的劣馬。駑：音奴。
6. **十駕**：走十天路。一駕：騎馬走一天路。
7. **功在不捨**：能至千里成績，在於不停止前進。
8. **鍥而捨之，朽木不折**：稍作雕刻便不繼續，枯爛木材不斷折。形容無恆心小事難成。鍥：音揭，本義鐮刀，作動詞用，解雕刻。
9. **鍥而不捨，金石可鏤**：不停雕刻，堅硬金石亦可雕鏤出圖樣。形容堅持可成難事。
10. **螾無爪牙之利**：蚯蚓沒銳利指爪牙齒。螾：同蚓，蚯蚓。
11. **黃泉**：地面的黃泥水。
12. **蟹六跪而二螯**：跪：腳也。六跪應是八跪之誤。二螯：蟹最前一對取食、攻擊用的鉗夾。
13. **非蛇蟺之穴無可寄託者**：沒有蛇鱔洞穴，便沒棲身之所。蟺：同鱔。
14. **用心躁也**：用心浮躁不專一之故。

要點析述

立論：積學的好處，在能使人修養成為聖人。

認為積學發揮從無到有的功能，可使人「積善成德，而神明自得，聖心備焉」，即是修積善良的思想行為，養成美德，獲得高明智慧，為聖作賢。標明積學的重要性。

論證：透過積學與不積學的分別支持立論。

積學的好處：能產生從無到有作用：如泥積高山生風雨，水積深淵出蛟龍，積善成德為賢聖。持之以恆，如駑馬雖遠不及騏驥，將勤補拙，亦可至千里。

不積學的結果：跬步難至千里，小流難成江海。

結論：以用心專一，恆毅堅持，為積學最重要元素作結。

積學必須鍥而不捨：以「鍥而捨之，朽木不折」與「鍥而不捨，金石可鏤」的例證對比，說明堅持積學的重要。

積學須用心專一：以用心專一的蚯蚓，與用心浮躁的蟹作對比，說明專心一志，方能將勤補拙，獲得學習的最佳效果。

特點賞析

一 例證比喻豐富，善用排偶句法

本篇大部分都在說明道理，以各種不同形式的比喻作為例證。比喻又多以排句、偶句、長短句表達。除了內容豐富，說明方法層出不窮，辭彩繽紛，令人應接不暇，讀來更琅琅上口，富音樂節奏感。這種寫作方法，是荀子散文最大特色。

二 作法結構採立論、例證、總結

本文節錄自〈勸學篇〉，每段結構均為起首設立論，繼而舉例論證說明道理，然後作總結。

第一段起首，要改善先天本質，必須「學不可以已」，不可停止學習，追求學問，作為全篇核心主旨立論。繼而以五例證去說明與立論相關的道理，得出君子「博學而日參省乎己，則知明而行無過矣」的結論。

第二段以「吾嘗終日而思矣，不如須臾之所學也」表示空想不切實際，惟學習求取學問，方能獲得事物知識的立論。再舉五個例證支持立論，最後以「君子生非異也，善假於物也」作為立論的總結。

第三段以「積善成德，而神明自得，聖心備焉」立論，然後舉多個例證力陳積學之功與重要性，再以積學必須恆毅堅持，用心專一作結。

這種結構簡明有序，推理層次井然，例證或深入淺出，或由淺入深的作法，也是荀子的寫作特色。

三 荀子文章的風格特色

荀子文章內容包羅宏富，文筆兼有陽剛陰柔之美，予人醇厚、雅正、富麗、雄渾、凝重並備的感覺。至於他的文章，被譽為「經師之文」、「學者之文」的緣故，來自其文章三方面的特色。

1. **結構嚴謹**：荀文以説明縝密，層次清晰見稱。剖析事理時，往往喜從正反兩方面反覆闡述，文字波瀾起伏。然而條理井然，其立論、例證，總結表達方式，萬變不離主題的手法，最能引導讀者加深對文章的認識與了解。
2. **排句特多**：其文喜用排句。雖為論理文，而恆以優美豐富的排句表達，其排句如玉盤串串，明珠流動，如青天相連，雁行飛翔，錯落有致，動態生姿。至於排偶句的聲調諧和，讀之一氣呵成。
3. **比喻恰當**：擅用簡明生動的比喻，深入淺出的手法解釋艱深難明的事理。如本文之青出於藍、鍥而不捨、駑馬十駕，均已成為後世傳誦引用的成語。

國學常識

一 荀子思想概要

1. **宇宙觀**：荀子以天（宇宙總體之名）即自然，天並無意志與理性可言。因此天不能支配人的思想行為，亦不會主宰人事命運的吉凶禍福。天也沒有甚麼可以為人所效法。是以一切吉凶禍福均由人引致發生，而非由天。相反人定勝天，人可憑發揮知識能力，征服自然，支配自然，使自然為人所利用。

2. **性惡論**：荀子認為人的天賦本性本質為「惡」，生而具有為惡的心腸。「其善者偽也」，為了能使人去惡從善，必須藉着後天人為的努力，透過尊師隆禮，即良師訓導和禮法管治，學習做人的學問。以期為惡的常人，能修養向善為君子，進而為聖賢。
3. **政治觀**：觀念一如孔孟，荀子推崇周代的政治制度。認為從政者必須遵行文武周公的政制，實踐禮法之治，始能國泰民安，天下太平。
4. **重智說**：認為人之所以異於禽獸，在於人有「義辨」與「能羣」的特性。義辨是人理智的表現；能羣是人類社會性的表現。人類是合羣生活的社會組織，而理智對人類非常重要。荀子治學與教導生徒的方針，着重義辨，亦即着重理智。其重點於以理智為修身治國，為利羣之用，可說是本自理智的實用主義精神。

二 孟子與荀子學術思想的同異

1. **學術思想相同處**：孟荀均為孔子學說繼承者，同屬儒家巨擘。主張奉行周道，效法文武周公之政，以禮法治國安民。
2. **學術思想相異處**：對人性看法，孟子言人之本性善，故其學勉人以為善，主張行仁義之政。荀子言「人先天之本性惡，其善者偽也」，他痛恨人之為惡。以為不藉後天人為的努力，透過學習禮法，積善成德，難以去惡從善，因而主張禮法之治。其次孟子重義而輕利，荀子則重義而不輕利。孟子專主法先王，而荀子則法先而兼法後王。孟子專尚王道，荀子則王道與霸道兼尚。此外孟子主順法天命，荀子則主人定勝天，征服自然以為人用。

文章導讀

文體	論說文。
主旨	以「學不可以已」，追求學問永不停止立論，勉勵人們必須專志向學，有恆學習，累積學問知識，作為利用事物的基礎。以期達到積善成德，為聖為賢的目標。

勉勵常人「學不可以已」	1. 利用獲得的知識做事，能收事半功倍的目的。 2. 可藉學問知識修養智慧，成為不犯過錯的君子。進而積善成德，成為聖賢。
利用學問的各種好處	1. 改善先天本質性能：青色從藍草提煉出來，比藍草鮮艷；冰由水結而凝成，比水寒冷。 2. 發揮本質更大作用：木材藉繩墨直線可鋸出直板，直板加熨燙可變車輪；金屬器具藉磨刀石磨出鋒利。 3. 修養至君子：君子本質與常人無異，差別在能善於以學問利用事物，得以思想智慧日益高明，行為不犯過錯，修養為君子。 4. 收到事半功倍效果：善用高處遠望招手，視野更廣闊，讓更遠的人看見我。利用順風，呼叫聲音更響亮。利用車船，可至千里，橫渡江河。
説明積學的重要性	積學從無到有作用：如泥土堆積成山生風雨，水流匯積成深淵，蛟龍出沒，積善成德為賢聖。 有將勤補拙的效果：如駑馬奔跑不及騏驥，倘能十日不息前跑，亦可至千里，説明積聚堅持的重要。
不積學與積學對比	不積學易事不成，積學難事可成：以雕刻工作的「鍥而捨之，朽木不折」與「鍥而不捨，金石可鏤」對比例子，説明稍事便放棄，難折枯朽木材；恆毅持續累積下功夫，可雕鏤堅硬的金玉。 不積學遠大目標難成：如不積跬步難至千里，不滙小流難成江海。
用心專一與浮躁的分別的比喻例證説明	用心專一：指蚯蚓無鋭利爪牙，強健筋骨，卻可上食黃泥土，下飲黃泉水，合因用心專一。 用心浮躁：螃蟹有一對鉗，八隻爪，沒有蛇鱔洞穴就沒有棲身地方，是用心浮躁不專一緣故。
寫作與結構特色	寫作特色：大部分説理內容，以各不同形式比喻句子，作例證構成。比喻又多以排句、偶句、長短句表達。句子內容豐富，比喻恰當，説明方法層出不窮，辭彩繽紛，並富音樂節奏感。 結構特色：三段式結構，均為起首設立論，繼舉例論證説明道理，然後作總結。立論、論證、總結是荀子慣用的寫作結構。

詞句表達要義	
	學不可以已。 以「追求學問，學習永不休止」作立論主旨。已：停止。
	青取之於藍，而青於藍。 以青色由藍草顏料製成，色澤更艷麗。例證比喻，說明學習可改進本質，更勝一籌。今常用讚揚學生成就超越老師。
	君子博學而日參省乎己，則知明而行無過矣。 以君子能廣博學習，並每天驗證檢討學習得失，自然智慧日益高明，行為不犯過失，說明學習使人成為君子的得益。參：驗證。省：檢討反省。
	吾嘗終日而思矣，不如須臾之所學也。 荀子以學習經驗：曾整天思索，發覺不及片刻學習，說明空想不如切實學習。須臾：片刻。
	積善成德，而神明自得，聖心備焉。 以修積善行，養成美德，獲得高明智慧，具備聖人思想，說明積學效果。可使人修養成聖賢。
	君子生非異也，善假於物也。 君子天賦本質與眾無異，不同的是善於透過學問知識，利用事物。生：通性，天賦本質。
	鍥而不捨，金石可鏤。 堅持不停累積刻下去，堅硬的金石，也可雕出心目中圖樣。鍥而不捨：今常用作勉勵人求學做事，需努力堅持才能有成。鍥：鏤刻。捨：放棄。

大葉啟思

中國荀子與英國培根

對待學問知識，如果一味只重覆修習舊說，不思發掘新的見解，所學就漸變一潭凝滯無波的靜水，難與其他學問匯成無盡活流。這是個人在依附固有舊說，析述本書選文外，嘗試以「啟思」拋磚引玉，希望同學們在應試以外，也能引發獨特創見。

析述了孟子、莊子與荀子哲學思想選文後，聯想起荀子與培根這兩位中西大哲人對哲學的看法。個人十分認同他們對哲學所持的觀念，不作詳引論據細述，概要而言：他倆認為哲學目的，不應崇尚空談理論，使哲學淪為深奧抽象的思維遊戲。哲學要講求對實事有所貢獻，於世有所澤益。一言以蔽之，難以應用的哲學，於世無益，培根與荀子最為不屑。

荀子是公元前 4 世紀中的中國人；培根是 16 世紀中業的英國人，這兩位相隔 2000 多年，異代異地的東西哲人，竟然有不少相同之處：荀子〈勸學篇〉以「學不可以已」立論，着重學問知識的重要，勉勵人人都必須終生專志，努力學習。認為有了學問知識，才能達到處事善於利用事物，修養德行，進而為聖為賢。培根則認為「知識就是權力」(Knowledge is power)，任何人想要有所成就，需以權力作後盾，而權力來自知識。知識越多，擁有的權力便越大。因此教人要想獲得權力，想達至成功的話，就得透過努力學習。他對不同人對知識不同的看法，有幾句精簡論評：「機巧狡猾的人輕視知識，簡樸愚魯的人信服知識，聰明人利用知識。」喻意是只有聰明人才真正懂得運用知識，發揮知識最大功能。荀子為了修身為聖賢，而勸學教人；培根為了擁有權力，建立理想的政治模式，而勉人勤學，雖各有目的，但對重視學習，以及強調學習的重要則並無分別。

再看他倆對自然的近似看法：培根以為人類要想擺脫成為大自然奴隸的命運，就得從了解自然入手，循序漸進。因了解而適應自然，再進而把人類利用自然的野心與夢想，付諸實踐，征服自然，成為自然的主人翁，建立一如天國的理想人國。這是令歐洲重視科學研究與發展的偉大思想。敢於有這宏願的話，就得從研究自然原則，了解自然科學入手，否則難望有開創新天的成就。培根強調只有科學，才是建立人類烏托邦的基礎。至於荀子則以天即自然，天並無意志與理性可言。因此天不能支配人的思想行為，亦不會主宰人事命運的吉凶禍福，是以一切吉凶禍福均由人引起。相反人定勝天，人可憑自身的知識能力，征服自然，支配自然，使自然為人所用。荀子「人定勝天，天為我用」的看法與培根如同一轍，創見卻比培根走前了 2000 多年，教人怎得不佩服。至於荀子批評莊子「知天而不天而不知人」，只知無為無用，無欲無求，順從大自然的天道，忽視發揮人道。這與培根批評一些哲學家教人不必應用知識學問，就可免於慾求，無所慾求，免於挫敗的恐懼，是懦弱遁世的表現。彼此有如異代千古相和應的「相聲」，教人怎不讚歎！

最後盛意滿懷，推介培根的《論文集》給同學們作課外閱讀。書內每篇論文都值得細加咀嚼消化。簡潔精彩的文句，一篇一個主題，含豐富內容。讀一兩頁，會讓大家領略培根的偉大思想，並能藉助提供的睿智方法，幫助解決很多纏繞困惑的切身問題。在英國文學當中，《論文集》可說是富智慧，滋養心靈的補品。

七

大學（節錄）禮記

作者簡介

〈大學〉是《禮記》中不分章節的文章，朱熹抽選出《論語》、《孟子》、《中庸》成四書後，將《大學》分為經一章（首三段，本文節錄的部分），傳十章。並說「經一章，蓋孔子之言，而曾子述之；其傳十章，則曾子之意，而門人記之也。」從此人多便視〈大學〉為孔子所作「經文」；後十章是曾子門人弟子，解釋的「傳文」。說法屬朱熹無實證的個人推測，不可靠。〈大學〉作者，學者推測為孔門之後的儒家學者，於戰國末至西漢初期撰成作品。

題目解讀

〈大學〉本屬《禮記》中的一篇文章，自南宋理學家朱熹推崇為修習儒家學說的重要篇章後，就把它從《禮記》抽出，配合《論語》、《孟子》、《中庸》稱為四書。作為教授學生的課本，更因自宋後官方列四書為科舉必讀書，而使四書名揚天下，成為此後深受重視的儒學經典。

〈大學〉全文不過 2000 字左右，是四書中篇幅最短的書。文章開首 200 多字講述三綱領與八條目，是朱熹稱為「經」的部分。認為是揭示修養身心，明德立業，達到止於至善的過程中，必須遵循的學習方法與次序。本文節錄的只是「經文」部分，沒有納入「傳文」的部分。

本文要旨

經文主旨闡述大人之學（身為國君或一國統治的人君學問），在以三綱領的明明德、新民、止於至善，以及八條目的平天下、治國、齊家、修身、正心、誠意、致知、格物。如按部就班，有條理地修養身心，就能達到內聖外王，止於至善的目標，亦即內心明德為聖人，外在功業平天下。三綱領都可以達致最完善美好，永恆不變的境界。

篇中論述儒家政治哲學與人倫哲學的道理，精闢握要確當，是進入儒家學說的入門學問，亦是指引大人之學，修身、齊家、治國、平天下的階梯，深受儒家學者認同和讚許。

內容理解

第一段

大學①之道：在明明德②，在親民③，在止於至善④。知止而後有定⑤，定而後能靜，靜而後能安，安而後能慮，慮而後能得。物有本末，事有終始，知所先後，則近道矣。

大學的道理，在於不受私慾的蒙蔽，修養發揚正大光明的德性。在推己及人中，啟發人人效法自新，棄惡從善。在修養德行達至最完善境界，永不改變。知道要達到最善美的目標，就要志有定向。志有定向，心念才會寧靜下來。心念寧靜不躁，才能使身體舒泰安祥。心身清靜舒泰安祥，思慮才格外縝密精明。思慮縝密精明，才能有體會道理的得着。凡物都有根本末梢，凡事有結果開始，明白事物的本末和次序，便接近修養身心的目標了。

1. **大學**：廣博學習。指大人之學。古貴族子弟的教育，8歲入小學，學習生活基本知識和與人溝通應有言行的「灑掃應對進退」。進而修習六藝，包括文化科的禮法、音樂，體育科的射箭、駕馭，學術科的文字、數學。15歲小學畢業後，進入大學，學習修身、治國、平天下的知識。
2. **在明明德**：在於去除私慾，彰明自身的德性。首明字動詞。彰：明顯。
3. **在親民**：程頤以為「親」應當作「新」，解作能起示範作用，使民眾效法去惡從善而自新。如作「親民」，解愛護民眾亦可。
4. **止於至善**：永遠保持在最美好完善的境界，不會改變。止於：保持在某種狀態。
5. **知止而後能定**：知道止住的目標，然後追求才能有定向。

要點析述

修習大人之學的目的：實踐三綱領。在追求明明德，不受私慾蒙蔽，彰明發揚自身正大光明的善良德性。達到推己及人，啟發他人效法自新，去惡從善。把明德新民做到最好，並保持在最完美的境界，恆久不改變。

止於至善以及本末終始先後的道理：知道止於至善的目標，才能有志向地追求和實踐。透過修養身心思想的定、靜、安、慮、得，體會它的道理。更要知道明明德是根本，要先追求，隨後親民。明白大人之學從實踐明明德開始，最終以止於至善為目標。

第二段

古之欲明明德於天下者，先治其國①；欲治其國者，先齊其家②；欲齊其家者，先修其身；欲修其身者，先正其心③；欲正其心者，先誠其意④；欲誠其意者，先致其知⑤；致知在格物⑥。物格而後知至，知至而後意誠，意誠而後心正，心正而後身修，身修而後家齊，家齊而後國治⑦，國治而後天下平。

古代有志者，想彰明自己正大光明的善良德性，並推己及民，使天下百姓，都能效法他，就先要把國家治理好。要治理好國家，必先着重整齊治理好自己的家族；要想把家族整治好，先修正自身行為；要想自身行為適當，必先端正自己心念；要端正心念，先真誠看待，判斷自身心念好壞；要想真誠，看待自己心念，必先增進個人對事物學問的知識；要想增進知識學問，先要從根究認識事物的道理着手。能夠根究事物道理，對事物無所不知時，也就可倒果為因。讓自己真誠看待事物，有了真誠，心念就不會妄動而端正；心念端正，也就可以修養好自身行為；能敦品勵行修身，便能整齊家族；家族整齊，便能把國家治理好，再進而達到統治天下太平的至善地步。

1. **先治其國**：先把國家治理好。治：治理，動詞，平聲，音持。
2. **先齊其家**：先要把自己家族整治好。
3. **先正其心**：先端正個人心念。
4. **先誠其意**：先要真誠判斷，自己意念的好壞。

5. **先致其知**：先要增進修己治人，立身處事等學問知識。
6. **致知在格物**：要想增進學問知識，就得從根究事物的道理着手。
7. **家齊而後國治**：將大家族整理好，才可把國家管治好。治：音寺，管理。

要點析述

指出想達到內聖外王，作為聖賢人君，治國平天下者，務須經歷過八條目中，格物、致知、誠意、正心四個階段，按部就班地修養內在。達到修身，才能進而達到齊家、治國、平天下的外在治理目標。

第三段

> 自天子以至於庶人，壹是以修身以本①，其本亂而末治者否矣；其所者厚薄，而其所薄者厚②，未之有也。

上自天子，下至平民，一切都要從根本的修身做起。如果根本的修身壞亂，屬於枝末的齊家肯定沒有可能達到。如果輕視重要的修身，而重視不迫切的齊家，這不是成功的道理。

1. **壹是以修身為本**：一切皆以修身為根本。壹是：一切全是。
2. **其所厚者薄，而其所薄者厚**：理應重視的修身受到薄待；並非迫切的齊家卻被重視。厚與薄，均動詞，解重視與輕視。厚：指需重視的修身。薄：指未需重視的齊家。

要點析述

修身是逐步修養德性的成果：修養好個人行為。修身是在八條目中，格物、致知、誠意、正心，逐步修養的成果。

修身是發揮政治管治能力的關鍵：修身是能跟進齊家、治國、平天下的關鍵，也是明明德以及天子萬民同需重視的根本。身不修無以齊家，更不要說治國平天下，修身比齊家重要，必須厚待重視。

特點賞析

一 道理確切完善，結構精密周詳的三綱領八條目

三綱領八條目是指大人之學須做到內修與外治。三綱領指的是明明德、新民、止於至善。明明德和止於至善，都要求個人修養明德，並做到最好，屬內在修養。至於把明德發揚推廣，達到啟導人民都能棄惡從善的新民，是外在治理的成果。

八條目指的是格物、致知、誠意、正心、修身、齊家、治國、平天下。前四者是屬於統攝在明明德之下的內修進程。修身則是連結內修與外治的樞紐，是由內修過渡至外治的關鍵。要能修身，才可再進外治的齊家、治國、平天下，地位至為重要。

三綱領八條目對大人之學，內修外治互為因果的闡述，可謂確切完善，結構精密周詳。

二 揭示明明德與修身的重要性

明明德，是指去除私慾，彰明發揚德性，是國君大人之德。它統攝三綱領中的新民，以及八條目中每項修養的實踐，意義重大。這是明明德首屈一指的緣故。

八條目中的修身，指修養好自身行為，是上至國家領導，下及萬民的進德修業根本。修養好自身行為，敦品勵行，才能以德服人，整齊家族，進而治理好國家，再平天下。修身是明明德的初步驗證，確證能去除私慾，顯現光明正大的德性。也是能否實踐齊家、治國、平天下的關鍵，可見其地位的重要。

三 三綱領的始末

1. **明明德是根本，新民為枝末：**身為統治者，開始時如不能去除自身私慾，彰明自己光明善良的德性，就不能推己及民，讓他們棄惡從善自新，達到最善美的結果。
2. **止於至善是始，能得為終：**身為人君，要知道修養身心的目標，在於達到至善的境界，才能志有定向地追求成就。這是三綱領以止於至善為始的緣故。有了目標後，能透過定、靜、安、慮、得循序漸進地修養。在

志有定向下，心身寧靜安祥，思慮格外縝密精明，而能有所得着，體會止於至善的境界。這是「能得」為終的緣故。

四 修身的本末、厚薄

1. **八條目與三綱領的本末，彼此不同：**三綱領以明明德為根本，新民為枝末。八條目則以修身是根本，齊家為枝末。
2. **修身的重要性：**無論天子或平民，一切都要從修身做起。根本的修身敗壞，屬枝末的齊家就沒可能達到成功。這是八條目以修身為根本，齊家為末的緣故。
3. **重視修身，薄待齊家：**由於修身是齊家的根本。齊家是修身發展的枝末，修身比齊家重要，要受重視；齊家相比修身而言是次要，故在未修身前可薄待。

五 文章表達特色

1. **結構出色：**全篇結構精密周詳，三綱領八條目確切完善，揭示修身、齊家、治國、平天下的道理。闡述層次有序，三綱領八條目的因果關係，意義鮮明。
2. **富音樂感：**全文一氣呵成，聲調優美，富音樂節奏感，琅琅上口。
3. **精煉句子：**整篇幾全以極精煉的頂真排句與排句表達。

排句：兩句以上結構形式相同的句子，例：「在明明德，在親民、在止於至善」、「欲治其國者，先齊其家；欲齊其家者，先修其身；欲修其身者，先正其心；欲正其心者，先誠其意；欲誠其意者，先致其知。」

頂真排句：又稱連珠句，句子末字詞與下句開首字詞相同，例：「定而後能靜，靜而後能安，安而後能慮，慮而後能得」、「物格而後知至，知至而後意誠，意誠而後心正，心正而後身修，身修而後家齊，家齊而後國治，國治而後天下平。」

國學常識

一 《禮記》

儒家典籍「三禮」，包括《周禮》、《儀禮》、《禮記》。東漢鄭玄註解《儀禮》時，把它分為《周禮》、《儀禮》、《禮記》，並稱之為三禮，因而有三禮名稱傳世。

《儀禮》記載上古貴族社會生活的禮儀與政治；《周禮》又稱《周官》，記載古代的官制、禮制、軍制、田制、稅制等等的政治制度，以及國家機構組織、職能分工；《禮記》是禮學家解釋《禮經》內容。

《周禮》與《儀禮》內容因日久與時代脱節，以及艱深難讀，漸不受重視。《禮記》由於著重闡釋禮義結合的意義，發揚儒家核心思想，且對《禮經》的內容作出説明與詮釋。漢後深受學者重視，三禮中地位最高。

文章導讀

文體	儒家進修德業的論述文。作者推測為漢初孔門之後的儒家學者。
主旨	闡述大人之學，在於以三綱領與八條目的身心修養，達到內聖外王，內心明德為聖人，外在功業平太下，最完善而永不變遷的境界。
三綱領	1. 明明德：去除私慾，發揚正大光明的德行。 2. 新民：推己及民，啟導人人從善自新。 3. 止於至善：明德是國家社會領導者與人民應有的共同價值觀。領導要修養發揚明德新民，啟導人民棄惡從善自新。明德新民要做到最完善。

八條目	1. 格物：根究事物知識的道理。 2. 致知：增進事物與做人的學問知識。 3. 誠意：真誠判斷自身心念好壞。 4. 正心：心念端正，不胡亂作為。 5. 修身：敦品勵行，修養好德行。 6. 齊家：整治管理好大家族。 7. 治國：管治好國家。 8. 平天下：統治天下太平達最完善目標。 格、致、誠、正，是明明德下的內修進程。修身是連結內修與外治的樞紐，是由內修過渡至外治的關鍵。要能修身，才可進而齊家、治國、平天下。地位僅次明明德。
明德、親民、止於至善的關係	國君因知止於至善為追求內聖外王的目標，才能志有定向修養明明德，並推己及萬民，效法從善自新，達到平天下的理想。因為知道止於至善的目標，而有實踐明明德的結果；因為有明明德，才有新民的結果。三者間互為因果。
明明德與修身的重要性	明明德是去除私慾，顯現正大光明的德性，意義重大，統攝新民與八條目。每項修養實踐，是為彰顯明德的意義。修身是進德修業的根本。能修養好自身行為，才能以德服人、整齊家族，進而治國家平天下，並止於至善。修身是修養明明德的初步確證，是實踐齊家、治國、平天下的關鍵，地位重要。
三綱領的始終、本末	明明德為根本，新民為枝末。知止於至善為始，能得為終。
修身的本末、厚薄	以修身為根本，齊家是枝末。厚重重要的修身，薄待次要的齊家。
詞句表達要義	**大學之道，在明明德，在親民，在止於至善。** 要成為治國平天下賢君，首重彰明發揚正大光明的德行，啟導人民去惡從善，自新起來。並把這內修外治做到最完善美好。 **致知在格物，物格然後知致。** 想增進知識，先從根究事物道理着手。這樣才能對事物有深刻確切的認識。

詞句表達要義	**壹是以修身為本。** 自天子至平民，一切全要從根本修身做起，根本修身壞亂，枝末的齊家一定無法達到。壹：全以。

大葉啟思

為學與做人

上學的目的何在？大多會眾口一詞答是「求學問」。對「為甚麼要求學問？」「學甚麼？」的答案就人各不同。真正目的是學做人，延續「大學之道，在明明德，在親民，在止於至善」的發展，明白的人就不多。同學們，大家學習的數、理、化、生、文、史、哲等，不過是生活所需的手段。即使科科精通，能否達至大人，還是個問題。沒有仁義心腸，善良德行的人，不算大人。大人定必樂於對社會有所回饋貢獻，知識自然越多越好。心腸敗壞者，擁有的學問越多，為害社會越多。舉一例：擁有專業的生化知識，如是大人，就會研製良藥，抗疫滅瘟，消災去禍；反研製殺人武器的話，不難想像禍害之大。

以上是撮寫梁啟超先生《為學與做人》的一些精闢說法，加上些說明，讓同學們體會一下。梁啟超先生勉勵大家，為學切不可忘記要志在「做人」。中國2500年以來，儒家思想影響深遠，歷久不衰。元清兩朝異族統治，沒有使儒家斷層；五四運動排斥傳統，不使仁義消滅；文革浩劫的摧殘，不能消除為學與做人的道理。無可否認，某些與時代脱節的部分，已受淘汰。然而儒家文化精髓，以能實踐仁義，成為志士仁人，「達則兼善天下，窮則獨善其身」的核心思想，依舊影響不少讀書人，視作進德修業的心法楷模。

儒家宣揚為學與做人，關係進德修業的修養層次。最受稱道的是〈大學〉的三綱領與八條目。主張要成為賢明的領導者，就得具有內修外治的功夫。內在修養首重本明明德以新民，即去除私慾，發揚自身德性，啟導國民去除舊有惡習，自新向善。完善的內修，關係外治（對外管治）是否能夠圓滿實踐。至於格、致、誠、意四條目的內修，則是為了實踐明明德。

就中修身作為內修外治的樞紐。〈大學〉認為上至國家領導，下及萬民，全都得以修身作進德修業的根本。能修養好自身行為，才能敦品勵行，以德服人，整治好大家族，進而治理好國家，以及平天下。修身是內修與對外作出管治的初步驗證，確認一己真能去除私慾蒙蔽，宏揚個人德行，也是實踐齊家治國平天下的關鍵，地位僅次於明明德。三綱領八條目道理確切完善，全篇結構精密周詳，揭示修齊治平與內修外治的因果關係，闡述層次有序，意義鮮明正確，難怪古今視之為修養立身處事的洪範。

行文至此，情不自禁想提及兩位值得敬仰的已故政治人物——鄧小平與習近平主席的父親習仲勳。文革期間兩人是命運共同體，同遭政治批鬥迫害，折磨長達十年之久。慶幸能熬過劫難，有機會重返中央執政，並以高瞻遠矚的改革思維，推行開放政策。使中國在文革浩劫後，跳出一窮二白的經濟深淵，躍登富強。習仲勳任廣東省委書記期間，因要處理關於香港的事務，而了解資本主義的優點，明白到亞洲四小龍經濟起飛，在於開放的自由貿易。因此在 1979 年中，向中央提出讓廣東省擁有自主權。他參照四小龍的成功經驗，搞出口特區，以開放政策，振興經濟。構思得到時任主席鄧小平認同，批准廣東試辦深圳、珠海、汕頭出口特區，作為實行改革開放的試金石。靈活措施下的經濟活動，湧現驚人成果，讓鄧小平更放膽在 1980 年 8 月 26 日，正式在深圳，珠海、汕頭、廈門設立經濟特區，為改革開放發展奠定基礎。

經過廿載努力，中國逐漸富強起來，讓舉世刮目。沒有習仲勳的先見之明，沒有鄧小平力排眾議，拍板力撐習仲勳的話，中國不知要走多少冤枉路，才能讓十四多億人得到温飽。個人以為知難行易，習仲勳的睿智遠見，豐功偉績實不在鄧之下。無論如何，二人都是滿懷憂國憂民，富愛國熱誠，滿腔服務人民，貢獻國家的心志。與〈大學〉無私慾的明德親民，治國平天下的理念相符，對中國偉大的貢獻，同為不朽。

廉頗藺相如列傳（節錄） 司馬遷

作者簡介

司馬遷（公元前 145 年—？），字子長，西漢左馮翊（今陝西省韓城縣南）人。祖先為周代史官，父司馬談曾任漢太史令，有續寫《春秋》宏願，治學精神深受其父影響。二十歲時，因隨武帝出巡，得以遊遍天下名山大川，學問與遊歷並增，文章造詣日進，因繼父業為太史令，可遍覽皇家藏書，學問越廣博後，就實踐其父續寫《春秋》的遺願。（太史令：職責掌管天時曆法，記錄、蒐集和保存典籍文獻。）

後因漢將軍李陵（名將李廣之孫）率五千孤軍，遠征匈奴大勝後，遭匈奴傾巢反擊，戰至兵盡矢窮，糧絕後，援不至而投降。事件在朝中受到諸多誣陷，被指控降後為匈奴練兵，罪成須滅族。司馬遷極力為李陵辯護，認為李陵為形勢所迫，絕非貪生怕死，觸怒武帝，獲死罪下獄待刑。因無鉅額金錢贖罪，惟有以接受腐刑（閹割生殖器官）代替死罪。出獄後任中書令。他滿懷屈辱悲憤，餘生傾全力著作，完成中國偉大史書《史記》。卒年 60 餘歲。

題目解讀

《史記》通過記敍人物活動的言行反映歷史事件，首創「紀傳體」，即記載歷史形式的體裁。全書依年代先後次序，為皇帝立傳記的稱〈帝王本紀〉（簡稱〈紀〉）；為一般人立傳記的稱〈列傳〉（簡稱〈傳〉）。本文節錄〈廉頗藺相如列傳〉前半部，以藺相如為主，廉頗為副。透過先介紹二人身分地位後，以其在各事件的行為表現，突出藺相如智勇雙全，機智權變有急才，能言善辯敢擔當，量度寬宏，明理識大體等性格。兼寫廉頗有政治智慧的識見，以及勇於改過的精神。

本文要旨

透過藺相如獻計為繆賢脱罪、完璧歸趙、捍衛趙惠文王在澠池之會不為強秦侮辱、大義忍讓言行感動廉頗負荊請罪四件事情，鮮明地凸顯藺相如的性格特徵：有智慧謀略而膽色過人，具權變機智急才而能言善辯，深明大義而量度寬宏。

至於廉頗則為秦以為趙怯弱，激勵文王赴澠池之會；要求文王赴會後，倘遭扣留則許立太子為王，免受秦脅持威脅；會後在秦邊境預駐重兵，使秦不敢即時發動戰爭；以及負荊請罪四事，顯示廉頗是位名實相符，有勇謀遠見的名將。負荊請罪表現的勇於改過精神更為難得。

內容理解

第一段

廉頗者，趙之良將也。趙惠文王十六年，廉頗為趙將伐齊，大破之，取陽晉①，拜為上卿②，以勇氣聞於諸侯。藺相如者，趙人也，為趙宦者令繆賢舍人③。

廉頗，是趙國的優良將領。趙惠王十六年時，他身任趙國將軍，領兵征討齊國，大敗齊軍，奪取了齊地陽晉。因這軍功，他升官做了上卿，更以勇敢善戰揚名諸侯。至於藺相如，是趙國人，他是趙國宦官首長繆賢家中的門客。

1. 陽晉：齊地，今山東惲城縣西。
2. 拜為上卿：在朝廷任上卿。拜：朝廷任官。上卿：官職。春秋戰國時期，諸侯國有上、中、下卿。上卿，地位如後世的宰相、丞相，是最高職位。
3. 趙宦者令繆賢舍人：趙國宦官首長的門下食客。宦者令：宦官首長。舍人：門下食客。繆：音妙。繆與謬相通時解錯誤，和穆相通時解恭敬；合成綢繆（音籌謀）時，解男女情意深厚纏綿；成紕繆（音披茂）時解錯誤；成繆巧（音茂巧）解機智計謀。作姓氏時，音妙。繆字一字多音多義，需避免不同用法時，錯音誤解。

要點析述

廉、藺出身地位懸殊：相如未顯露超卓才能時，只是宦宦令繆賢的門客；

廉頗已名揚諸侯，位居上卿。相比下地位名望懸殊。

有為者可後來居上：後來藺卻位居廉上，突出有才能者必能有所作為。如廉、藺二人，各有成就的機遇和時間，先後不同。

第二至三段

趙惠文王時，得楚和氏璧①。秦昭王聞之，使人遺趙王書②，願以十五城請易璧。趙王與大將軍廉頗諸大臣謀：欲予秦，秦城恐不可得，徒見欺；欲勿予，即患秦兵之來。計未定，求人可使報 秦者，未得。宦者令繆賢曰：「臣舍人藺相如可使。」王問：「何以知之？」對曰：「臣嘗有罪，竊計③欲亡走燕，臣舍人相如止臣，曰：『君何以知燕王？』臣語曰：『臣嘗從大王與燕王會境上，燕王私握臣手，曰：「願結友。」以此知之，故欲往。』相如謂臣曰：『夫趙彊而燕弱④，而君幸於趙王，故燕王欲結於君。今君乃亡趙走燕，燕畏趙，其勢必不敢留君，而束君歸趙矣。君不如不如肉袒伏斧質請罪⑤，則幸得脫矣。』臣從其計，大王亦幸赦臣。臣竊以為其人勇士，有智謀，宜可使。」於是王召見，問藺相如曰：「秦王以十五城請易寡人之璧，可予不⑥？」相如曰：「秦彊而趙弱，不可不許。」王曰：「取吾璧，不予我城奈何？」相如曰：「秦以城求璧而趙不許，曲在趙；趙予璧而秦不予趙城，曲在秦。均之二策，寧許以負秦曲⑦。」王曰：「誰可使者？」相如曰：「王必無人，臣願奉璧往使。城入趙而璧留秦；城不入，臣請完璧歸趙。」趙王於是遂遣相如奉璧西入秦。

秦王坐章台見相如，相如奉璧奏秦王⑧。秦王大喜，傳以示美人及左右，左右皆呼萬歲。相如視秦王無意償趙城，乃前曰：「璧有瑕⑨，請指示王。」王授璧，相如因持璧，卻立⑩倚柱，怒髮上衝冠⑪，謂秦王曰：「大王欲得璧，使人發書至趙王，趙王悉召羣臣議，皆曰：『秦貪，負其彊⑫，以空言求璧，償城恐不可得』。議不欲予秦璧。臣以為布衣之交尚不相欺⑬，況大國乎！且以一璧之故逆彊秦之驩⑭，不可。於是趙王乃齋戒⑮五日，使臣奉璧，拜送書於庭。何者？嚴大國之威以修敬也。今臣至，大王見臣列觀，禮節甚倨⑯；得璧，傳之美人以戲弄臣。臣觀大王無意償趙王城邑，故臣復取璧。大王必欲急臣，臣頭今與璧俱碎於柱矣！」相如持其璧睨柱⑰，欲以擊柱。秦恐其破璧，乃辭謝固請⑱，召有司案圖⑲，指從此以往十五都予趙。相如度秦王特以詐佯為予趙城⑳，實不可得，乃謂秦王曰：「和氏璧天下所共傳寶也。趙王恐，不敢不獻。趙王送璧時齋戒五日，今大王亦宜齋戒五日設九賓㉑於廷，臣乃敢上璧。」秦王度之，終不可彊奪，遂許齋五日，舍相如廣成傳。相如度秦王雖齋，決負約不償城，乃使其從者衣褐㉒，懷其璧，從徑道亡，歸璧於趙。

趙國在惠文王時獲得楚國至寶和氏璧。秦昭王聽聞後，派人送信給趙王，說願以十五城換璧。趙王和大將軍廉頗及各大臣謀對策：想把璧給秦，但深恐秦不會交出城邑；想不給予，但憂慮秦發兵侵犯。計策難定，派誰當使者回覆也未找到。宦官令繆賢說：「臣下的門客藺相如可出使。」趙王問：「你為甚麼知道他能勝任？」繆賢回答：「臣曾因犯罪，私心想逃亡至燕國，藺相如在勸阻我時問我：『你怎知燕王定包庇你呢？』我說：『我曾跟大王與燕王在兩國邊境相會，燕王私下握我手說：「願和你交個朋友！」因此相信他會收留我。』相如對我說：『趙強燕弱，當日你為趙王寵幸，所以燕王要巴結你，現你逃亡燕，在燕國害怕得罪趙國下，燕王肯定不敢收留你，反會把你綑綁送回趙國。你不如脫衣露背，俯伏在刀斧刑具下，請求大王治罪，也許有機會獲赦。』臣聽他的意見，幸獲大王赦免，所以臣私下認為他是個有機智計謀勇士，適宜出任使者。」於是趙王召見藺相如，並問：「秦王求用十五座城池換取和氏璧。可否給他呢？」相如說：「秦強趙弱，不能不答應。」趙王說：「如果秦取璧玉卻不償還城池，該怎麼辦？」相如說：「秦國要求以城換璧，趙不答允，理虧在趙；趙送璧玉而秦不依約交城，理虧在秦衡量兩策利害，寧願答應要求，讓秦國承擔理虧責任。」趙王問：「派誰當使者呢？」相如說：「大王定沒人選，臣願捧璧出使。屆時若秦不依約，璧玉留秦而城邑不歸趙，臣定設法將璧玉完好歸趙。」趙王遂遣藺相如捧璧西行入秦。

秦昭王坐在章台宮見藺相如。相如捧璧呈上，秦王大喜，把璧傳給姬妾和左右近臣觀賞，左右齊呼萬歲。相如觀察到秦王無意用城邑償還趙，便上前說：「璧玉有小瑕疵，請讓我指示給大王看！」秦王給他璧玉，相如一接回，立即持璧退後，背靠宮柱，憤怒得就算頭戴冠帽，頭髮也向上衝。他對秦王說：「大王想得到璧玉，派人發信趙王。趙王召集羣臣商議，大家都認為：『秦國恃強貪婪，想用空話取璧，償還城邑恐怕不可得到。』議決不把璧給秦。我卻認為平民交往尚守誠信，互不欺騙，何況是大國間的往來！而且不應該為了一塊璧玉，令強秦不高興。因此趙王虔誠齋戒五天，使我捧護璧玉，恭敬地在秦國朝廷上拜送國書。為甚麼要這樣謹重呢？是因為敬重大國的威望。現臣到來，大王只在章台離宮，並非在舉行大典的殿堂裏接見我，非常傲慢不周。得璧後，傳給姬妾們觀看，藉此戲弄臣。我觀察到大王並沒有誠意償還城邑給趙王，所以取回璧玉。大王如果一定要強逼我無償地送出璧玉，那麼今天我的頭顱會與璧玉一起，在宮柱上撞碎！」相如持着和氏璧，怒目斜視庭柱，作出要用璧撞擊宮柱的樣子。秦王怕他真的要撞碎璧玉，馬上道歉，堅請不要這樣。並立召負責官員展示地圖，指出償還趙的十五座城。相如忖度秦王只是使詐假裝償還，趙國實際不可得到，便對秦王說：「和氏璧是天下人共同傳頌的寶物。趙王恐懼秦國，不敢不奉獻。趙王送璧事前齋戒五日，今大王亦應齋戒五日，在咸陽的宮殿堂上以九賓典禮進行交接儀式，我才敢獻上璧玉。」秦王猜度不能恃強奪取，便答應齋戒五日，安置相如在廣成傳貴賓館。相如估計秦王齋戒後，亦定必背約不償還城邑，便暗中派隨從，穿麻布衣服假裝平民，懷藏璧玉從小徑逃出，把璧玉完整地送回趙國。

1. **和氏璧**：傳為卞和獻給楚文王的稀世奇寶。在命玉匠加工琢磨玉璞後而得寶玉，因名「和氏璧」。楚國視之為國寶。後璧玉輾轉為趙宦官令繆賢所得，獻給惠文王。
2. **使人遺趙王書**：秦王派人送書信給趙王。遺：音櫃，送出。
3. **竊計**：私心計劃。竊：私下暗中。
4. **趙彊而燕弱**：趙強燕弱。彊：通強。
5. **肉袒伏斧質請罪**：赤露上身，俯伏斧鑕刑具上，請趙王治罪。肉袒：脱除上衣，裸露上身。是古人祭祀時表示對神明恭敬，或向人謝罪時表誠惶誠恐。質，通鑕：墊斧頭鐵的砧板，為古代執行腰斬刑具，亦為腰斬的代名詞。
6. **可予不**：可讓給嗎？不：與發問詞的「否」相通。
7. **寧許以負秦曲**：寧願允許以城池換璧的請求，讓秦承擔理虧的責任。
8. **奏秦王**：進獻秦王。奏：進獻。

9. 璧有瑕：璧有瑕疵。瑕：玉含雜色斑紋。玉以純色為貴。
10. 卻立：向後倒退站立。
11. 怒髮上衝冠：憤怒至頭髮豎起，衝頂着帽子。表極憤怒貌。
12. 秦貪，負其彊：秦國貪婪並恃着強大。彊：通強。
13. 布衣之交尚不相欺：平民交往尚且能守誠信，不會互相欺騙。布衣：指穿粗布衣平民。
14. 逆彊秦之驩：不順從強秦會引起不歡。逆：不順從。驩：通歡。
15. 齋戒：古人祭祀神明或舉行重大典禮前夕，為表虔誠，沐浴，更換衣裳，過正午不飲食。
16. 禮節甚倨：禮節上表現得很傲慢。倨：傲慢。
17. 持其璧，睨柱：手持璧玉，瞪眼斜視廷柱。睨：斜着眼睛，注視目標。
18. 辭謝固請：道歉懇求。辭謝：道歉。謝：非解感激。
19. 召有司案圖：命官員按照地圖劃出十五城所在。有司：專職官員。案：通按，按照。
20. 佯為予趙城：假裝要給予趙國城池的樣子。
21. 九賓：古諸侯隆重的外交禮儀。
22. 衣褐：穿平民粗麻褐衣。衣：動詞，音意，穿平民的粗麻褐衣。

要點析述

闡述完璧歸趙的起因、經過、結果。

起因：秦昭王聞和氏璧在趙，致信趙惠文王要以十五城換玉。惠文王憂慮秦不信守承諾，不讓又恐秦藉故侵略。苦無良策。

藺被推薦使秦：宦官令繆賢曾藉藺高明的指示，獲趙王赦罪，認定藺是有智慧謀略，膽色過人的勇士，而向文王推薦使秦。

藺相如自薦使秦：藺指出不讓璧，理虧在趙；若秦不守信，理虧在秦。寧讓璧，使秦承擔理虧責任。並自薦任使，許下如秦失信會完璧歸趙的承諾。

藺相如在完璧歸趙中表現過人之處：機智權變：以璧玉有小瑕疵的機智權變，巧妙地從秦王手中取回璧玉；富膽色：以過人膽色，理直氣壯地痛斥秦王不是；巧施緩兵計：施緩兵計，要秦王齋戒設九賓之禮進行以城換璧儀式；有擔當：有先見之明，預判秦必不守信，使隨從假裝平民，暗運璧玉出秦，實踐承諾。

第四段

秦王齋五日後，乃設九賓禮於廷，引趙使者藺相如。相如至，謂秦王曰：「秦自繆公①以來二十餘君，未嘗有堅明約束者也②。臣誠恐見欺於王而負趙，故令人持璧歸，間至趙矣③。且秦彊而趙弱，大王遣一介之使④至趙，趙立奉璧來；今以秦之彊而先割十五都予趙，趙豈敢留璧而得罪於大王乎？臣知欺大王之罪當誅，臣請就湯鑊⑤。唯大王與羣臣孰計議之⑥！」秦王與羣臣相視而嘻⑦。左右或欲引相如去，秦王因曰：「今殺相如，終不能得璧也，而絕秦趙之驩，不如因而厚遇之，使歸趙，趙王豈以一璧之故欺秦邪！」卒廷見相如，畢禮而歸之。相如既歸，趙王以為賢大夫，使不辱於諸侯，拜相如為上大夫。秦亦不以城予趙，趙亦終不予秦璧。

秦王齋戒五天後，在朝廷殿堂上安排了九賓大典禮，派人引領趙國使者藺相到臨。相如抵達現場後對秦王說：「秦國自從秦穆公來二十多位君主，從來沒有堅定遵守過信約。小臣委實恐怕受大王欺騙，而對不起趙國君主，因此派人暗中從小徑帶璧玉回歸趙國。當秦強而趙弱，大王只要派遣一個使者到趙，趙國立即就會捧璧送來秦國；以現在秦國的強大，願意割讓出十五座城邑給趙國，趙國又怎敢留着璧玉而得罪大王呢？微臣知道欺騙大王罪當誅殺，我願意承受湯鑊刑罰。只望大王和秦大臣們，好好商量怎樣處理這件事情！」秦王和羣臣相視苦笑。羣臣中有人想把相如處死，秦王這時說：「如今即使殺了相如，終歸也不能得璧，反會破壞秦趙兩國友好關係。倒不如趁這時好好對待他，讓他安全回趙。趙王難道會因一塊璧玉欺騙秦國嗎？」最後還是在朝廷會見，完成九賓禮數，並讓相如回歸趙國。相如歸趙後，趙王盛讚他的所作所為，是傑出的賢良大夫，代表趙國出使又不受強秦侮辱，授任相如上大夫。最終秦國沒有割讓城邑給趙國，趙亦沒有把璧玉交給秦國。

1. **秦繆公**：春秋五霸之一，秦國賢君。繆：通穆，音木，解恭敬。
2. **未嘗有堅明約束者也**：從來沒有堅定地遵守信約。
3. **間至趙矣**：走小徑到趙國。間：不直接走大路，而抄小徑。

4. 一介之使：一個低微的使者。一介：一個，泛指地位卑微。

5. 臣請就湯鑊：請讓我接受湯鑊酷刑。就：承受，接受。湯鑊：古置罪人於沸水大鍋的酷刑。

6. 唯大王與羣臣孰計議之：希望大王和一眾大臣仔細商量怎樣處置我。孰：通熟，仔細，審慎。

7. 秦王與羣臣相視而嘻：秦王和眾臣相互對視苦笑。嘻：苦笑聲。

要點析述

表述已完璧歸趙：在秦王以九賓之禮進行城池換璧玉儀式中，相如從容自陳，已把寶玉完璧歸趙。原因怕受秦所騙會對不住趙王，表示已視死如歸，甘受湯鑊重刑抵罪。

秦昭王不殺藺相如：事起突然，秦君臣震怒莫名。雖欲置之死地，昭王以殺之於事無補，乃故作大量，禮待相如，送歸趙國。

趙文王擢升藺相如：趙王盛讚藺是賢大夫的行徑，代表趙國出使，不受強秦侮辱，因而授任為上大夫。

第五段

其後秦伐趙，拔石城①。明年，復攻趙，殺二萬人。秦王使使者告趙王，欲與王為好會於西河外澠池②。趙王畏秦，欲毋行。廉頗、藺相如計曰：「王不行，示趙弱且怯也。」趙王遂行，相如從。廉頗送至邊境，與王訣曰③：「王行，度道里會遇之禮畢，還，不過三十日。三十日不還，則請立太子為王，以絕秦望。」王許之，遂與秦王會澠池。秦王飲酒酣④，曰：「寡人竊聞趙王好音，請奏瑟⑤。」趙王鼓瑟。秦御史前書曰：「某年月日，秦王與趙王會飲，令趙王鼓瑟。」藺相如前曰：「趙王竊聞秦王善為秦聲⑥，請奏盆缻秦王⑦，以相娛樂。」秦王怒，不許。於是相如前進缻，因跪請秦王。秦王不肯擊缻。相如曰：「五步之內，相如請得以頸血濺大王矣⑧！」左右欲刃相如，相如張目叱之，左右皆靡⑨。於是秦王不懌⑩，為一擊缻，相如顧召趙御史書曰：「某年月日，秦王為趙王擊缻。」秦之羣臣曰：「請以趙十五城為秦王壽。」藺相如亦曰：「請以秦之咸陽為趙王壽。」秦王竟酒，終不能加勝於趙。趙亦盛設兵以待秦，秦不敢動。

後來秦國征伐趙國，攻佔石城。第二年，再次攻趙，殺死兩萬人。秦王派使者告趙王，想在西河外澠池友好相會。趙王畏懼秦國，不打算赴會。廉頗、藺相如商議後進勸說：「大王不赴會的話，會顯得趙國軟弱又膽怯。」趙王便在藺相如伴隨下赴會。廉頗護送趙王到邊境，話別時說：「大王此行，估計到達澠池完成會聚禮節，加上回國時間，不超過三十日。如果三十天後還不見回來，請大王允許立太子為王，以斷絕秦藉扣留大王要脅趙的企圖。」趙王允許後，便前往澠池與秦王相會。宴會中，秦王暢飲後說：「寡人私下聽聞趙王喜愛音樂，請鼓瑟演奏。」趙王鼓瑟後，秦史官上前到趙王面前邊寫邊宣讀說：「某年某月某日，秦王與趙王會飲，命令趙王鼓奏。」藺相如走到秦王面前說：「趙王私下聽聞秦王善於秦聲敲擊樂，也請敲擊盆缶奏樂，娛樂一下大家。」秦王惱羞成怒，不答應。藺相向前走近秦王，獻上盆缶，跪下請求演奏。秦王不肯，藺相如威脅說：「五步之內，請讓相如的頸血灑濺到大王身上！」秦王近身侍衛想動手殺相如，相如怒目圓睜大聲斥喝，侍衛都被嚇退。秦王內心非常不高興，勉強敲擊了陶缶一下。相如回過頭來，命趙國史官寫下：「某年某月某日，秦王為趙王擊缶。」宴會中秦大臣突然起哄說：「請趙國用十五座城池向秦王賀壽。」藺相如亦說：「請以秦首都咸陽為趙王祝壽。」宴會至終，秦王無法佔勝趙。趙亦預設大軍，防秦動武襲擊，秦不敢輕舉妄動。

1. **拔石城**：攻佔石城。石城在今河南林州西南。拔：攻佔。
2. **西河外澠池**：黃河西邊的澠池。澠池：今河南澠池，音敏。
3. **與王訣曰**：廉頗與趙王話別。訣：話別。
4. **秦王飲酒酣**：秦昭王喝酒至微醉暢快時。酣：音咸，暢飲微醉時。
5. **寡人竊聞趙王好音，請奏瑟**：我私下聽聞趙王喜歡音樂。請用瑟演奏。寡人：寡德之人，古人君的謙稱。好：動詞，愛好。
6. **善為秦聲**：善於奏秦的敲擊樂。
7. **請奏盆缶秦王**：請秦王敲擊盆缶表演秦聲。盆缶：敲擊樂，敲打陶盆陶缶。缶：音否。

8. **五步之內，相如請得以頸血濺大王矣**：在五步距離內，請讓相如的頸血灑濺到大王身上。威脅倘不肯擊缶則同歸於盡。

9. **相如張目叱之，左右皆靡**：相如瞪眼喝罵。接近他身邊的人都給這氣勢嚇得倒退。靡：倒下，申解後退。

10. **不懌**：不快樂。懌：音亦。

要點析述

澠池之會藺相如展現應變急才。

秦君臣刻意羞辱趙王：宴會上，秦君臣傲慢無禮，試圖羞辱惠文王。先有昭王要文王鼓瑟秦樂，並命史官記事；後有羣臣迫文王獻十五城為秦王賀壽。

相如維護趙王尊嚴：相如發揮敏捷應變的急才，與秦王針鋒相對：以同歸於盡脅迫秦王擊缶助興，又命史官記事；要求秦送出咸陽為趙王賀壽，回應無理索求。相如獨力對抗，使秦王始終無法羞辱趙王。

第六段

既罷歸國，以相如功大，拜為上卿，位在廉頗之右①。廉頗曰：「我為趙將，有攻城野戰之大功，而藺相如徒以口舌為勞②，而位居我上，且相如素賤人，吾羞，不忍為之下。」宣言曰：「我見相如，必辱之。」相如聞，不肯與會。相如每朝時，常稱病，不欲與廉頗爭列。已而相如出，望見廉頗，相如引車避匿。於是舍人相與諫曰：「臣所以去親戚而事君者，徒慕君之高義也。今君與廉頗同列，廉君宣惡言而君畏匿之，恐懼殊甚，且庸人尚羞之，況於將相乎！臣等不肖，請辭去。」相如固止之曰：「公之視廉將軍孰與秦王？」曰：「不若也。」相如曰：「夫以秦王之威，而相如廷叱之，辱其羣臣，相如雖駑③，獨畏廉將軍哉？顧吾念之，彊秦之所以不敢加兵於趙者，徒以吾兩人在也。今兩虎共鬥，其勢不俱生④。吾所以為此者，以先國家之急而後私讎也⑤。」廉頗聞之，肉袒負荊⑥，因賓客至藺相如門謝罪。曰：「鄙賤之人不知將軍寬之至此也⑦。」卒相與驩，為刎頸之交⑧。

澠池之會後，惠文王論功行賞。相如功勞最大，被封上卿，官位在廉頗之上。廉頗心有不忿說：「我身為趙國將軍，立下攻城奪地，戰勝曠野大功。藺相如只不過靠賣弄口舌，能說善道立了點功，地位竟在我之上，況且他出身卑賤，我在他之下更感屈辱羞恥，無法忍受。」對外揚言說：「如碰見相如，定要羞辱他洩憤。」相如知情後，便再不肯和廉頗會面。常稱病缺席不上朝，免跟廉頗在朝上爭執。外出遠見廉頗車子便掉頭走避。藺相如的門客一起向他進諫，說：「大家都是遠別親人來侍奉主人，是仰慕你的高尚節義。如今主人與廉頗官位同是上卿，為了廉頗，害怕得處處藏頭躲尾，實在太過分了。即使常人也會感到羞恥，更何況身為將相呢！我們這班沒出息的人都感覺難受，請讓我們辭職離開吧！」相如極力挽留說：「大家認為廉將軍跟秦王相比誰更厲害，更難應付？」都說：「廉將軍比不上秦王。」相如說：「面對秦王威勢，相如敢當廷叱責，羞辱秦國羣臣。相如雖然無能，難道獨怕廉將軍嗎？只因想到強秦所以不敢對趙用兵，是畏忌我倆存在。如今倘若兩虎相鬥，形勢上定必不能並存。忍讓是為了把國家面對的切要急需放前，私人恩怨置後頭罷了！」廉頗聽聞這番說話，就脫去上衣，裸露上身，背着荊鞭，在賓客引領下，到藺相如門前請罪致歉說：「我這粗野卑賤的人，不知道將軍寬宏大量，竟達到這樣地步。」二人終於歡結成可共患難，同生死的知心好友。

1. **拜為上卿，位在廉頗之右**：任藺上卿，位比廉高。古右比左尊貴，上朝時藺排右廉排左，藺地位較高。
2. **徒以口舌為勞**：只靠嘴巴花巧。
3. **相如雖駑**：相如雖低劣笨拙。駑：劣馬，伸解才能低劣。
4. **兩虎共鬥，其勢不俱生**：倘兩虎相鬥，必有一死，勢不能並存。
5. **先國家之急而後私讎也**：先處理急切的國事，才及私人仇怨。
6. **肉袒負荊**：裸露上身，背着荊鞭請罪，請求懲罰鞭打。肉袒：脫上衣裸露上身。荊：指鞭打懲罰犯人用的荊樹木鞭。表示廉頗自我懲罰。
7. **鄙賤之人不知將軍寬之至此也**：粗野下賤的人不知將軍的度量是這樣寬大。鄙：粗賤。
8. **卒相與驩，為刎頸之交**：最終歡結成可共生死的朋友。驩：同歡。刎頸：用刀割頸，伸解共生死朋友。

要點析述

通過負荊請罪，凸顯相如寬宏明理，識大體的優點。也突出廉頗勇於改過的精神。

廉不滿藺：澠池之會，相如立大功，官封上卿。廉以相如出身低賤，僅以賣弄口材主功，名位竟高於自己，感屈辱羞恥，揚言要當眾侮辱相如洩憤。

忍讓惹起誤會：相如知情後詐病不上朝，遠見廉就掉頭迴避。門客以他軟弱為恥，齊請離去。相如堅留，並以不畏秦王何懼廉頗，處處相讓，蓋深明強秦不對趙動武，在有二人。若兩虎相鬥必有一死。為顧全大局，先國家之急而後私仇，故忍讓。

廉頗悔錯，負荊請罪：相如大量的言行，使廉感動慚愧。裸露上身，負着荊木鞭子至相如門下請罪。二人從此成為生死之交。

特點賞析

一 文字與結構特色

1. 藉記言表現人物精神面貌

用如《左傳》的文筆，近乎客觀地描述事情。透過簡潔切要的記言，反映出藺廉二人思想行為鮮明的特質。這種以記言去表述事情的手法，使讀者讀來如目睹其事，如見其人精神面貌，聽其話語聲音。

2. 以有序記事安排，突出人物才能與性格特徵

透過獻計繆賢，突出藺是位有機智計謀的勇士。從完璧歸趙，印證藺的智勇雙全，善機變而富謀略。而在澠池之會為捍衛惠文王尊嚴，與秦昭王針鋒相對，視死如歸，大義凜然，則是深層次突出他的智勇雙全與能言善辯。至於負荊請罪，顯露藺的識大體，懂得先國家之急，然後才私仇，避免與廉兩虎相鬥。總結出他是個才德兼備的君子；而廉則是個勇於改過的人物。

二 突出廉頗的才能與性格

1. **有勇有謀，名揚諸侯：**廉頗擔任齊軍奪陽晉的主帥，顯示他是勇敢善戰、有謀略的名將，並名揚諸侯。
2. **有政治智慧與遠見：**廉與藺激勵趙王赴澠池之會。免秦以為趙王膽怯示弱，並預請趙王為絕秦要脅，倘遭扣留，就許立太子為王。更早在秦邊境駐重兵，使秦在會後不敢發動戰爭，都是有勇有謀，有政治遠見的表現。

3. **重視名位與階級觀念，富勇於改過精神：**以不甘名位不及出身卑賤的藺相如，而揚言要羞辱藺洩憤。但知悉相如處處忍讓，是明大義顧大局後，負荊請罪，顯勇於改過的精神。

國學常識

一 《史記》簡介

司馬遷廿多年的心血結晶《史記》，主要透過〈本紀〉、〈世家〉、〈列傳〉的記事、記人、記言方法，反映歷史事實，是中國第一本紀傳體史書。全書由5部分，共130篇構成。

十二帝王本紀：按年月先後，記述先秦以至漢武帝，歷代帝王的事跡。

十表：依次排列各朝代世系人物和歷史大事的表格。

八書：記述歷代典章、經濟等各種制度的發展。

三十世家：記述周至漢，世襲諸侯、封國侯王及重要人物的史事。

七十列傳：記述各代表人物的生平事跡，以及少數民族的史事。

二 對中國史學的重大影響

《史記》是中國官方視作正史之始，以紀傳體方法書寫。與從前依年代先後，綜合地記事、記人、記言的編年體史不同。其後的二十四史都以紀傳體寫成。連《大日本史》亦如是，可見其影響之大。

三 文學特色

魯迅盛譽為「史家之絕唱，無韻之離騷」，其人事記史的文章如沒協韻的《離騷》，是司馬遷融入其感情與理想的史詩。其文學特色簡要為：

1. **長於敘事：**善於透過記言，用白描手法描寫與突出人物活動時的行為與精神面貌，塑造出該人物與眾不同的形象。手法高明。
2. **文字簡明：**能把艱深古語化為通用語。善於引用口語和民謠，切合人事時代，緊貼現實。文句不求對仗穩當，不避諱重複用字，形式自由，不拘一格，生動鮮活地表現人物特徵。

3. **筆鋒帶有感情：**是《史記》隱涵的特色。司馬遷為李陵事件遭受腐刑冤辱，滿懷悲憤。不時藉《史記》表達對天道的質疑，對身世類同者表同情。

文章導讀

文體	《史記》以紀傳體書寫，主要記敘人物在事件中的表現，反映歷史。
主旨	透過藺相如獻計繆賢、完璧歸趙、澠池之會、負荊請罪，突出他的才能和性格：有智慧，有謀略，膽色過人，具權變，機智急才，能言善辯，深明大義。廉頗有政治遠見及勇於悔過的精神。
藺相如在各方面表現的性格和才能	智慧謀略兼備的勇士。 宦官令繆賢因曾獲藺獻計，而得趙王赦死罪，認定藺為有智慧謀略，膽色過人的勇士，推薦他擔任趙國使者。
	判斷明智，敢於擔當。 趙王恐讓璧會受秦騙，不讓又怕秦侵略。問策相如。相如寧讓璧，使秦承擔理虧責任。並自薦出使，許下秦不守信，就完璧歸趙的承諾。
	機智善辯，有急才。 以璧有瑕疵為由，巧計取回璧玉，理直氣壯地痛斥秦王；並用緩兵之計，暗運寶玉，完璧歸趙，實踐對趙王的承諾。
	智勇雙全，善於應變。 澠池之會上，秦王設法羞辱趙王。秦王請趙王鼓瑟，並命史官記事；羣臣迫趙獻十五城為秦王賀壽。藺針鋒相對，以同歸於盡迫秦王擊缶，命史官記事；又要秦送咸陽為趙王賀壽，維護了趙王尊嚴。

	量度寬宏，深明大義。 廉不甘位居藺後，揚言會辱藺洩憤。藺忍讓迴避。門客誤為軟弱。藺以秦忌兩人而不侵趙，為免兩虎相鬥而忍讓，乃先國家之急而後私仇，言行使廉羞愧，負荊請罪並成至交。
廉頗的才能和性格	具有政治智慧識見：與藺鼓勵趙王應約，赴澠池之會，免因顯露膽怯示弱，加強秦侵趙的野心。又議趙王倘遭扣留，為絕秦乘趙一國無主的威脅意圖，許立太子為王。並預駐重兵於秦邊境，使秦不敢在會後發動戰爭，都是有勇有謀，有政治識見與智慧的表現。 富勇於改過的精神：廉恥位居出身卑賤，靠賣弄口舌立功的相如之下，揚言當眾羞辱藺洩憤。後悉相如處處忍讓迴避，在於深明大義，顧全大局。廉慚愧，負荊請罪，顯示勇於改過的精神。
詞句表達要義	**肉袒伏斧質請罪，則幸得脫矣。** 赤露上身俯伏斧鑕（腰斬）刑具上，請求治罪，望僥倖獲得趙王赦死罪。相如向繆賢獻苦肉計使成功免罪。 **寧許以負秦曲。** 寧願允許以城池換璧，讓秦承擔理虧責任。曲：理虧。 **布衣之交尚不相欺。** 平民交往尚且要守誠信。不互相欺騙。布衣指平民。理直氣壯叱責秦王身為一國之君不守信。不如平民。 **相如請得以頸血濺大王矣。** 威脅在五步距離內，讓頸血灑濺在秦王身上。以同歸於盡迫秦王擊缶，回應秦王要趙王彈瑟。 **今兩虎共鬥，其勢不俱生。** 今倘兩虎相鬥必有一死，不能共存。相如以秦因忌趙有廉與他不敢侵趙。故忍讓廉免相鬥不能並存。 **以先國家之急而後私讎也。** 定必先要處理急切的國事，然後才去顧及私人的仇怨。顯示相如忍讓迴避廉頗，是深明大義，顧大體。

司馬遷的不幸鑄造偉大成就

命運的意義

屈原在《離騷》中，認為凡人命運的好壞壽夭，掌控在大司命與小司命，這兩位命運之神的手中。希臘盲眼詩人荷馬則喟然嘆息說：「無論果敢勇進，怯懦畏縮，強者弱者，都休想逃過天命安排。」個人以為與其相信命運由上天主宰，不如相信墨家的「非命」，否定命運由上天注定；相信法家「貧富福禍，由人而不由天」說法；更不如相信荀子說「天」即自然，「天命」是自然運行法則，人不能一味消極敬畏天命，應發揮萬物之靈的主動性，「制天命而用之」。做到人定勝天，爭取利用自然力量，堅信努力發憤，可創造個人命運。

藺相如遇繆賢賞識

如說人真有宿命安排，以藺相如與司馬遷兩人相比，命運可謂厚相如而薄司馬。藺若不是幸遇宦官令繆賢的賞識與推薦，使他在使秦和澠池之會中，一鳴驚人，大展才能的話，也許終生英俊沉下僚，難望飛黃騰達，更不會成為司馬遷筆下千古傳頌人物。因此，大家聚焦在藺相如時，絕不可以忽視宦官繆賢。楚國國寶和氏璧，戰國時幾度失蹤又重現。幾經輾轉易主後，竟為繆賢購得而獻趙惠文王，並惹秦昭王垂涎，引發秦趙兩國以城換璧的波瀾。從事態發展，沒有繆賢的購玉獻玉，相如施巧計完璧歸趙，以及澠池之會的智勇護文王就不會發生。沒有繆賢的知人之明，向趙王推薦相如任使者，趙肯定在事件中吃盡苦頭。當然更關鍵的是，沒有繆賢對相如智勇雙全，富於謀略的肯定認同，地位卑賤的相如，不一世出的傑出才華，燦露無期，更休說史冊揚名。

操控司馬遷悲慘命運的漢武帝

藺相如因遇貴人而飛黃騰達，司馬遷不幸遇到的是中國歷史上一位大人物，漢武帝，讓他受盡折磨。個人不以偉大視武帝，緣於古今對他的評論多不勝數，對他統治 54 年，在歷史上功過好壞，莫衷一是，爭議極大。有必要梳理他的作為，讓大家自作褒貶。以中性視武帝的唐虞世南，評他「功有餘而德不足」：肯定他三次大舉匈奴，定邊闢遠的功績，卻犯了有愧德行的罪過。近人的辛德勇則徹底否定他，評他一生禍國殃民：抨擊他瘋狂征戰，導致舉國陷入財困。為紓解財困，瘋狂搜刮，民不聊生。四方八面出擊，造成生靈塗炭。

「獨夫民賊，惡貫滿盈」是他一生寫照。但毛澤東、趙翼、王夫之等人，卻正面評武帝雄才大略。芸芸中，欣賞史學家呂思勉的卓見，他以武帝表面獨尊儒家，行為則反儒道。至於東征西討，開邊拓疆的成就，乃當時累積雄厚國力的必然趨勢，沒有他亦必有建功者。武帝好大喜功，輕舉寡慮，喜怒任情，用人以私，大耗國力，功不掩罪。個人以為 15 歲即掌權登基漢武帝，私德一塌糊塗。他縱情色慾，宮嬪過千，貪新厭舊，寡情薄義，愛女色，喜男色而不拘老少。君德方面，任免臣下，一憑好惡，喜則過予，怒則過奪，動輒以罪處人滅族，冷酷殘忍過於始皇。思想方面，武帝殘忍不仁居心，表面篤信儒家，實則視作統治思想的手段而已。至如迷信方士鬼神之說，無非貪圖長生。縱觀一生，他從沒真心愛過任何女子。難怪亙古至今，成為惟一死後獨葬無后伴的獨夫皇帝。從他一些重大政治策略與應對急難的權謀詐術，以及文學造詣之高，並非如毛澤東說的「略輸文采，稍遜風騷」，而是在這兩方面的表現可比曹操。總言之漢武帝聰明敏銳，但生性自戀而狂躁，任意妄為。使他的一生，縱然有作為，但功不補過，難言偉大。

司馬遷仗義慘遭橫禍

回說命運對司馬遷的不公，他的祖先是周代史官，父親司馬談任漢太史令時，有續寫《春秋》宏願。他從小受到父親的影響，有治學精神。20 歲時，從長安向東南出發，遊遍天下名山大川，學問與遊歷並增，文章造詣日進。父逝，遷繼為太史令，可遍覽皇家藏書，學問日益廣博，開始繼父續寫《春秋》遺願。就這期間，橫禍飛來，事緣漢將軍李陵率領五千孤軍遠征匈奴，大勝多仗後，遭匈奴傾巢反撲，以十多萬兵圍困李陵。李戰至兵盡矢窮，人無寸鐵，糧絕後援不至，投降。李陵受到朝臣諸多構陷罪狀，指控其降後為匈奴練兵（實為另一降將李緒）。武帝震怒，未經查核，便降罪諸李陵家族。司馬遷仗義，獨排眾議，為李陵辯護，認為李陵為勢所迫，絕非貪生怕死。司馬遷敢於直言，但沒有得到半點聲援。一士諤諤的言論，更觸武帝怒而獲死罪。漢有三個免死罪的方法：以曾經得到皇帝賜的免死金牌抵罪；以五十萬錢贖死罪；以自願接受宮刑抵罪。司馬遷無法付出龐鉅贖金，又不甘心含冤而死，使續寫《春秋》壯志難酬。因此在滿懷悲憤與屈辱下，接受宮刑，即切除整個生殖器官。要知古代最重視傳繼子孫香燈，認為無後最為不孝。因此宮刑是使承受者，感到比死更悲慟難受的刑罰。司馬遷為此呼天搶地，在《太史公自序》悲喊說：「是余之罪也乎！是余之罪也乎？身毀不用矣！」這是我應得的罪過的懲罰嗎！這是我應得的罪過的懲罰嗎？我徹底變成一個廢人了！可見悲苦愴痛之情。

司馬遷化悲憤為偉大心志宏願的成就和貢獻

司馬遷與藺相如同為不一世出的俊傑，一個遇到操生殺大權的衝動皇帝，一個遇上有知人之明的宦官。落差竟然這麼大，難怪司馬遷在《史記》中，有不少表面質疑天命的有無與是非，實則控訴命運對他不公。他在出獄後任中書令，相信是武帝為補過。他從此滿懷屈辱悲憤，把命運的不公，化作激發完成宏願，澤後世的精神，餘生傾力撰寫《史記》。遭逢不幸會教親者痛，仇者快，親者仇者不能改變他感受到的苦痛。他知道自己才是個人感受的主宰，才是能改變不幸的主人。他也知道人人難免有不幸，沉溺不幸會沮喪苦痛，志窮氣短，一蹶不振，致人於死地。雖然他無辜地慘遭不幸，但選擇了正確的發憤的目標。不讓武帝一手造成的黑暗，毀滅他畢生追求太陽的強烈意願。

出師表　諸葛亮

作者簡介

諸葛亮（公元 181 年—234 年），字孔明，瑯琊郡陽都（今山東沂南縣）人，東漢末年傑出的政治家、軍事家、發明家與文學家。幼年父母雙亡，依叔父諸葛玄到荊州生活。玄死後，亮隱居南陽（簡稱宛，今河南南陽市）隆中，務農躬耕而不忘博覽羣書，關心天下大事。他自視政治才能可與戰國名相管仲、燕名臣樂毅相比。喜吟唱流傳山東梁父山一帶，懷念齊國三勇士的民歌《梁父吟》，抒發心志與思念故鄉的情懷。時人稱之「南陽臥龍」，即臥隱南陽的潛龍。

劉備在荊州期間，有志立業建功，思招攬人才。聞亮大名，不惜親臨南陽隆中。三顧草廬（三次探訪）後，才得見亮諮詢天下大事，而有兩人著名的《隆中對》，即二人商討天下大事的對策。亮獻策以佔據荊州、益州建基業，並聯孫權對抗曹操。劉備據策行事，成功建立蜀漢政權，與吳孫權、魏曹操形成三國鼎足而立的形勢。

劉備在曹丕篡漢後，稱帝於蜀，並以亮為丞相。但因征吳大敗，憂憤病危。臨終託付亮輔助其子劉禪繼位。亮從此勤勉謹慎，對內親處大小政事，賞罰嚴明；對外與東吳聯盟，改善和西南各異族關係；實行屯田政策，加強戰備。蜀國力漸強，可惜五次北伐中原而無功，未能實現劉備興復漢室的遺願。亮積勞成疾病逝，年 54。後主追謚為忠武侯，世稱諸葛武侯。

題目解讀

東漢獻帝二十五年，曹操子丕篡漢。次年劉備以漢室正統身份稱帝於蜀，以諸葛亮為相。劉備因不聽諸葛亮勸告，征吳兵敗，憂憤至病逝白帝城。臨終託付亮輔佐繼位的後主劉禪。

亮從此日夜憂勤輔政，力謀實踐劉備光復漢室的遺願。與吳國孫權修好，南平孟獲。去除後顧之憂後，即鋭意籌集軍力。並欲乘曹丕新喪，魏政生變藉機北伐。

諸葛亮準備出師（領軍出征）北伐魏國前夕，以臣子身分，呈上表章予蜀後主劉禪，陳述心事情懷和感受，與對後主的叮嚀，以及周到的人事安排。故從文體而言，人臣向君主表述意見，屬「奏議類」中的「表」，故稱《出師表》；從內容言，則為半敘半議的議論文。

本文要旨

蜀漢丞相諸葛亮，自先主劉備去世後，佐後主，朝夕憂勤國政，使正處危亡的西蜀轉危為安。後魏文帝曹丕病逝，子魏明帝繼位時，魏朝政變。亮以機不可失，乃調駐重兵於漢中，準備北伐。

後主劉禪時年 21，資質平庸，又寵信宦官黃皓。諸葛亮恐在北伐期間，後主會受小人操控而誤國政。故於出征前夕，上表後主，作出叮嚀且周到的人事安排。並懇切規勸後主，要親近他所指定的賢臣，遠離小人，廣開言路，處事公正，不存偏私，發憤自強，不忘先帝復興漢室的遺願，讓他可放心北伐。更表為報先主知遇之恩，必盡心盡力，耿耿忠貞事後主，以實踐先主「復興漢室，還於舊都」遺願為己任。

內容理解

第一至五段

臣亮言：先帝①創業未半，而中道崩殂②；今天下三分，益州疲弊③，此誠危急存亡之秋④也！然侍衞之臣，不懈於內⑤；忠志之士，忘身於外⑥者，蓋追先帝之殊遇⑦，欲報之於陛下⑧也。誠宜開張聖聽⑨，以光先帝遺德，恢弘志士之氣⑩；不宜妄自菲薄⑪，引喻失義⑫，以塞忠諫之路也。

宮中、府中⑬，俱為一體；陟罰臧否⑭，不宜異同。若有作姦犯科⑮，及為忠善者，宜付有司⑯，論其刑賞，以昭陛下平明之治⑰；不宜偏私，使內外異法⑱也。

侍中、侍郎⑲郭攸之、費禕、董允等，此皆良實，志慮忠純，是以先帝簡拔⑳以遺陛下。愚㉑以為宮中之事，事無大小，悉以諮之㉒，然後施行，必能裨補闕漏㉓，有所廣益。

將軍向寵，性行淑均㉔，曉暢軍事㉕，試用於昔日，先帝稱之曰「能」，是以眾議舉寵為督。愚以為營中之事，悉以諮之，必能使行陣和睦㉖，優劣得所㉗。

親賢臣，遠小人，此先漢㉘所以興隆也；親小人，遠賢臣，此後漢㉙所以傾頹也。先帝在時，每與臣論此事，未嘗不歎息痛恨於桓、靈也㉚！侍中、尚書、長史、參軍，此悉貞良死節之臣㉛，願陛下親之、信之，則漢室之隆，可計日而待也㉜。

臣諸葛亮上奏：先帝復興漢室大業未到一半，就中途逝世。當今蜀、吳、魏三分天下，益州國力疲弱，資源短缺，蜀國正處危急存亡關頭之際！幸而侍衛大臣，在朝廷內都勤勞有為；邊境上，忠勇堅定的將士依舊奮不顧身地守護國家。這全因他們懷念先帝厚重的恩惠，意圖報答陛下。陛下應多聽取他們意見，來彰顯先帝的德澤，鼓舞振奮忠勇志士的精神；不應胡亂看輕自己，引用不恰當的譬喻做藉口，阻礙他們忠心善意的勸諫途徑。

處理宮廷中、丞相府與將軍府中事務時，要一視同仁，賞善罰惡，不可以有不同的標準。對做了壞事、觸犯法律，或者表現忠心盡責的人，應將他們交給專責的機構和官員，依法分別懲罰或獎賞，藉此顯示陛下公平明辨的管治。不應心有偏私，使宮內宮外兩府的法則不同。

侍中郭攸之、費禕和侍郎董允等人，都是善良誠實，有志向思慮，忠心不二的臣子。因此先帝選拔他們，留給陛下任用。愚臣以為宮中的事情，無論大小，全都先詢問他們的意見，然後實行，一定能夠幫助補救缺失和疏漏，對陛下有很大的益處。

將軍向寵，性格善良，品行端正公平，熟識軍事。從前先帝試用他後稱讚其「能幹」，大家議決推舉他為都督將軍。愚臣以為有關軍政事情，先請教他的意見，定能使軍隊執行任務時，上下和睦。並對安排人才的職責，妥當得宜。

親近賢臣，遠離小人，是前漢政治興隆的原因；親近小人，遠離賢臣，是後漢傾倒敗壞的緣故。先帝在世時，每和我談論這事情時，都對桓帝、靈帝犯錯，深感痛心遺憾。侍中郭攸之、費禕、尚書陳震、長史張裔、參軍蔣琬，都是堅貞可靠，有以死報國氣節的臣子。但願陛下親近他們，那麼漢室興隆的日子，相信很快就會到來了。

1. 先帝：後主父親，蜀漢昭烈帝劉備。
2. 中道崩殂：中途逝世。天子逝世稱「崩」。殂：音曹，逝世。
3. 益州疲弊：蜀國力疲弱敗壞。益州：蜀土所在，借指蜀。弊：敗壞。
4. 危急存亡之秋：面臨存亡的危急關頭。秋：時候，借指關頭。
5. 不懈於內：在朝內重視政事。懈：音蟹，懈怠、不緊張着重。
6. 忘身於外：在朝外奮不顧身。
7. 殊遇：特別厚重的恩惠。
8. 陛下：大殿下高階，臣在階下朝見天子，因而借指天子。
9. 開張聖聽：廣開臣下進言門路，聽取多方面意見。聖：皇帝的尊稱。
10. 恢弘志士之氣：擴大發揚忠義之士的志氣。恢弘：擴大。弘：音宏。
11. 不宜妄自菲薄：不應胡亂看輕自己。妄：胡亂隨便。菲薄：淺薄不厚，引申解輕視。
12. 引喻失義：以沒有道理的譬喻，作為拒諫的藉口。失義：沒正義。
13. 宮中、府中：指宮中的內廷，以及朝廷、丞相府、將軍府等的外廷。
14. 陟罰臧否：賞善罰惡。陟：音職、登高，引申解作升職。臧：善美。否：音鄙，是易經中最不吉的卦，引申解壞事惡行。
15. 作姦犯科：觸犯法律，犯罪行為。姦：通奸，解干犯。科：法律條文。
16. 有司：專職的官方機構。
17. 平明之治：公平高明地處理國事。
18. 內外異法：指內廷與外廷處理同一事情，有不同的標準。
19. 侍中、侍郎：漢官名。侍中為天子身旁，主管奏事與護衛者。侍郎為天子的左右侍從，掌廷殿護衛之職。
20. 簡拔：簡單直接的選拔提升。古朝廷選任官員簡稱。
21. 愚：諸葛亮自稱。
22. 悉以諮之：全先得諮詢侍中和侍郎的意見。悉：全部。
23. 裨補闕漏：補救缺失和錯漏。裨：音卑，補助。闕：通缺。
24. 性行淑均：性情和善而處事公正。淑：美善。均：平正。
25. 曉暢軍事：精通熟識軍事。
26. 行陣和睦：軍隊行列整齊，軍心上下和睦團結。行陣：指軍隊。行：音杭，行列之意。陣：指排列陣勢。
27. 優劣得所：對軍中才能優異和低劣者的人事與職責，都能妥當安排。

28. 先漢：指西漢立國後，漢高祖、文帝、景帝三帝時期。

29. 後漢：指東漢後期，宦官專權的桓帝、靈帝時期。

30. 歎息痛恨於桓、靈也：痛心歎息桓、靈二帝寵信宦官，以致政治衰敗。
痛恨：深感遺憾而痛心。

31. 貞良死節之臣：堅貞賢良，有以死報國氣節的臣子。

32. 可計日而待也：可計算日子等待。意即很快來臨。

要點析述

諸葛亮向後主分析現今三國形勢，並向後主獻言進諫。

諸葛亮向後主分析現實形勢：天下三分，蜀漢因先主劉備過世，及連年用兵失利，軍民疲累，國力疲乏，正處危急存亡的關頭。幸而朝廷內有賢臣勸政，外有忠勇武將奮勇護國，故蜀漢雖危但安。

忠告後主接納諫諍，賞罰分明：切不可阻礙人臣進諫的門路，要多方面聽取寶貴意見，使賢能者有機會大展所長，為國效勞。切勿感情用事，有偏私，令宮中與外朝有不同賞罰標準。

人事安排：事無大小，執行前都要先諮詢經由先帝選拔，忠心誠實，思想老練的臣子，例如郭攸之、費禕、董允等人的意見。可避免缺失疏漏，有所得益。諸葛亮恐後主因聽信宦官黃皓而有誤國政。

軍政人事安排：任用先帝認為善良，公正，能幹的向寵做都督將軍。任何軍政決定，需先諮詢向寵的意見。則定能使軍務進行時，上下一心。

以歷史告誡後主：先漢因君主能親賢臣，遠小人而政治興隆；後漢君主因親小人，遠賢臣，以致政治衰敗。藉與先帝痛心桓、靈兩帝犯錯，告誡後主切勿重蹈覆轍。叮嚀後主需親近賢臣，作有為賢君。規勸後主不應親近小人。此處暗喻宦官黃皓，但不指名道姓，是恐後主不悅。

尊後主陛下，自卑稱臣，屢提先帝：規勸後主為君治國之道，但措辭不同一般奏議使用誠惶誠恐的君臣語，而是融入濃重的父子情。先主臨終時，託付亮輔後主，亦囑後主要事亮如父。但君臣有別，因此作君臣語時，需守禮避冒犯，尊後主陛下，自稱臣；在表達如父執的忠告時，雖情如父子，仍慮後主不悅，而屢提先帝，表示叮嚀教訓。情同父子之語，是不欲有負先主託付之故。

第六至第七段

臣本布衣①，躬耕於南陽②，苟全性命於亂世③，不求聞達於諸侯。先帝不以臣卑鄙④，猥自枉屈⑤，三顧臣於草廬之中，諮臣以當世之事；由是感激，遂許先帝以驅馳⑥。後值傾覆⑦，受任於敗軍之際，奉命於危難之間，爾來二十有一年矣⑧。

先帝知臣謹慎，故臨崩寄臣以大事也。受命以來，夙夜憂歎⑨，恐託付不效，以傷先帝之明。故五月渡瀘⑩，深入不毛⑪。今南方已定，兵甲已足⑫，當獎率三軍⑬，北定中原，庶竭駑鈍⑭，攘除姦凶⑮，興復漢室，還於舊都⑯。此臣所以報先帝而忠陛下之職分也。至於斟酌損益⑰，進盡忠言，則攸之、禕、允之任也。

微臣本是平民，在南陽務農，但求在亂世中保全性命，不想向各地諸侯自薦，追求名譽地位。先帝沒有嫌棄我的地位低微，見識鄙陋，竟然自貶身分，先後三次到我家茅屋探訪，向我諮詢有關當時政局的意見。我感激他的愛重，因此答允為他奔走效勞。後在國家陷滅亡邊緣，兵敗危難時，接受任命，應付挽救。直至現在，承擔任務已有21年了。

先帝知道微臣謹慎小心，因此臨終時託付我處理國家大事。接受遺命以來，日夜憂心嘆氣，恐怕無法完成先帝交託我處理的事情，有損先帝聖明，辜負遺願。因此五月會帶兵渡過瀘水，深入草木不毛，蠻荒的地方。現今南方動亂已經平定，軍事武器裝備也已充足，該是時候獎勵及鼓舞軍隊士氣，率領大軍北上平定中原。以期能竭盡我庸劣低微的力量，掃除奸詐兇惡，復興漢室，重返舊日京都。這是我藉此報答先帝，亦顯示忠於陛下的職責。至於對政策利害得失的細心衡量，革除壞政策或振興好政策，全都是郭攸之，費禕與董允他們的責任。

1. **布衣**：指平民。
2. **南陽**：諸葛亮隱居的地方。
3. **苟全性命於亂世**：在亂世中苟且偷生。苟：馬虎胡混，得過且過。
4. **卑鄙**：低微出身，淺陋識見。
5. **猥自枉屈**：委屈地自貶身分探訪。猥：音萎，曲：引申解委屈。
6. **驅馳**：接受驅使，奔走效勞。

7. 後值傾覆：後來正當先帝的軍隊遭曹操大敗，幾乎滅亡的時候。

8. 爾來二十有一年矣：從那時至近來，已有二十一個年頭。爾：通邇，音預，解接近。有：同又，讀音亦作又，表示整數後加的數字。

9. 夙夜憂勤：為國事早晚日夜，憂心勤勞。夙：早也。

10. 五月渡瀘：指在建興三年五月，率軍渡瀘水，平定孟獲一事。

11. 深入不毛：深入草木不生的蠻荒之地。不毛：不能種植的地方。

12. 兵甲已足：軍事武裝配備充足。兵：兵器，武器；甲：鎧甲。兵甲：軍隊裝備。

13. 獎率三軍：獎勵，統領全軍。三軍：泛指整個軍隊。

14. 庶竭駑鈍：望能竭盡低劣的才能。駑：下等劣馬。鈍：刀鋒不利。駑鈍，喻人的才能低劣。

15. 攘除姦兇：掃除奸詐兇惡的人。姦兇：篡漢的曹魏（曹丕篡漢建魏，史稱曹魏）。

16. 舊都：東漢首都洛陽。

17. 斟酌損益：謹慎衡量政策利害，壞的革除，好的振興。

要點賞析

傾訴忠心的緣故：表示在亂世中躬耕隱居，本無意功名。先主摯誠知遇重用而效忠；在蜀漢處危難關頭時，承擔興漢的重任，已有 21 年之久。

表達目的：提出多年來，為報先主知遇之恩而盡忠，以示將來亦定不辜負臨終託付，而盡忠後主。説話目的是為了堅定後主對自己的信任。

諸葛亮交代出師北伐原因：表述為不辜負先主臨終託付，輔佐後主，並以興漢室為己位，日夜憂勞國事。在己平定南方各異族，無後顧之憂，以及強化軍事實力與配備，兵甲充資源充足下，是望實現先主遺願，而出師北伐。

要求後主與羣臣應負的責任：希望在一己出師北伐期間，後主與羣臣能各盡職守，讓他可以無後顧之憂，安心出征。

第八至第九段

願陛下託臣以討賊①，興復之效；不效，則治臣之罪，以告先帝之靈。若無興德之言，則責攸之、禕、允等之慢，以彰其咎②。陛下亦宜自謀，以諮諏善道③，察納雅言④，深追先帝遺詔。臣不勝受恩感激。

今當遠離，臨表涕零，不知所言⑤！

但願陛下把征討逆賊的責任交由我效勞，光復漢室的事業倘若沒成果，那麼就把我治罪處分，以告慰先帝在天之靈。至於如果沒有為陛下增添德業的言論，那就得要追究郭攸之、董允等臣子怠慢疏忽，明白指出他們的過失。陛下自己也應該好好打算，諮詢尋求治國良方，小心明察及接納正當建議，深切謹記先帝遺訓。愚臣就蒙受聖恩而感激不盡。

如今即將遠離的時候，我對着這篇表章，情不自禁的掉下了眼淚，也不知道自己說了些甚麼！

1. 討賊：討伐曹魏集團這種國賊。
2. 則責攸之、禕、允等之慢，以彰其咎：追究郭攸之、董允等臣怠慢失職的責任，顯示其所犯過失。彰：顯明。
3. 諮諏善道：諮詢求取治國良方。諏：音周，探求。
4. 察納雅言：細心分辨臣下言論是非好壞，接納好的諫言和建議。
5. 臨表涕零，不知所言：寫奏表時激動落淚，不知所説。涕零：落淚。

要點析述

總結自己、羣臣、後主應負的責任，並表達心情。

個人：承擔征討逆賊的責任，出師北伐，完成光復漢室的事業。倘若沒成果，就把他治罪處分，以告慰先帝之靈。

朝廷中臣子：郭攸之、董允等臣子，倘若不能為後主貢獻有益國家的政策和言論，就得追究他們怠慢疏忽的過失。

後主：應該諮詢尋求治國良方，小心明察及接納正當建議，深切謹記先帝遺訓。

表達寫奏表時的心情：在即將遠離西蜀北伐時，思前想後，對着表章情緒激動，情不自禁而落淚，更不知自己表中說了些甚麼。

特點賞析

一 文采無華艷，摯情動人心

語語出自肺腑，情深質樸，表達如父訓子的苦心，為臣事君的殷切期望，以至對朝政人事安排的反覆叮嚀。真情流露遍及，故文不用華辭麗藻，只憑真情摯誠就感人無限。結句「今當遠離，臨表涕零，不知所言！」更是餘情震撼人心。

二 用正反對比手法，表達對後主的勵勉與叮囑

1. 勉勵圖強

以蜀國正處危急存亡的關頭為反面，對比幸賴文臣武將忠勇護國，蜀才轉危為安的正面情況，警惕後主應正視現實，發憤圖強。

2. 叮囑後主應做和不應的事

期盼後主做的，為宜（應當為）；告誡後主的，為不宜（不應當為）。以這種句式手法，規諫勸勉，訓示為君之道。

面對勸諫：宜多聽取臣子意見，振奮忠勇戰士的志氣；不宜無故輕視自我，以不當的譬喻阻止忠善勸諫。

處理宮中、府中的人事：理宜公正，賞罰分明；不宜偏私。

告誡宜親賢臣，遠小人；不宜親小人，遠賢臣：以先漢因君主能親賢臣，遠小人，而國運興隆；後漢君主因親小人，遠賢臣，致政治衰敗。告誡後主不可重蹈後漢君主的覆轍。

國學常識

一 書

戰國時，臣下向君主有所陳述、請求、建議的文體統稱為「書」，如樂毅《報燕惠王書》、李斯《諫秦逐客書》。書至漢被細分為「表」、「章」、「奏」、「議」四種。書、章、奏、表、議同屬古代人臣上書人君的文體。

二 表、章、奏、議四種文體的分別

表：陳述個人在某一方面的事情中，個人處境與感受。

章：臣下向君主表示感謝賞賜或其他恩德的上書。

奏：人臣對朝廷政策人事好壞，有所彈劾或頌揚的上書。

議：評論政策，表達不同意見。

文章導讀

文體	形式為奏議體中的「表」。內容為議論文。
主旨	諸葛亮以蜀處危急存亡關頭，訓示後主需發憤振作，重視為君之道。宜親賢臣遠小人，聽賢納諫，處事公正不偏，使其可安心北伐，以報先主知遇之恩，實踐其恢復漢室的遺願。
蜀漢形勢	危急關頭：天下三分，用兵失敗而軍民疲困，處危急之秋。 雖危而安：幸賴賢能文臣武將忠勇護國，局勢雖危但安。
忠告後主為君之道	1. 聽賢納諫：聽取賢良的諫諍，使忠勇賢能大展所長，為國效勞。 2. 公正無私：賞善罰惡公正嚴明不偏私，宮中和府中標準一致。 3. 親賢遠小：西漢君主因能親賢臣，遠小人而國運興隆；東漢則政治衰敗。告誡切勿重蹈東漢親小遠賢的覆轍。 4. 發憤圖強：求治國良方，察納明智意見，以圓先帝興漢的遺願。
諸葛亮自述輔佐先主和後主原因	1. 感恩圖報：本泊名利隱居。為報先主知遇賞識之恩而盡忠效勞。 2. 先主託咐：為不負先主臨終託咐，忠貞輔後主，力圖恢復漢室。
諸葛亮自己、賢臣、後主各應負的責任	自己：需實踐先帝「興復漢室」的遺願，不能達到，願受治罪處分。 賢臣：貢獻能提升後主君德的意見與治國良方。不能做到，後主能追究其過失。 後主：探求治國良方，明察及接納好的建議，謹記先帝的遺訓。
屢提先帝	顯示及勸勉後主為君之道，均先帝在世的訓示，並非出自一己私意。避免後主視忠貞規諫，誤作有意干涉冒犯。

對賢臣指名道姓而不提小人名字	恐小人懷恨在心，在己北伐遠征時，操控後主作亂，作不利己與賢臣的事情。
詞句表達要義	**然侍衞之臣，不懈於內；忠志之士，忘身於外者。** 幸有忠勇賢臣勤政，武將奮不顧身地守邊護國，使蜀雖危但安。懈：疏懶懈怠。忘身：奮不顧身。 **不宜妄自菲薄，引喻失義，以塞忠諫之路也。** 忠告後主不應輕視自我，為阻忠諫而引不當喻。妄：胡亂、隨便。菲薄：伸解輕視。 **陟罰臧否，不宜異同。不宜偏私，使內外異法。** 獎善罰惡，公正嚴明不偏私，避免宮內和外府有不同標準。陟罰：獎罰。臧否：賞善罰惡。 **裨補闕漏，有所廣益。** 提示後主推行政務應先詢賢臣意見，可補缺失疏漏。裨：補助。闕：通缺。廣益：擴大好處。 **庶竭駑鈍，攘除姦兇。** 望能盡低劣的才能，掃除奸詐兇惡的曹魏。駑鈍：喻才能低下如劣馬鈍刀。姦：與奸相通。 **諮諏善道，察納雅言。** 勉後主應謀有作為，聽賢納諫，求治國良方與正確建議。諮諏：諮詢聽取。雅言：正確言論。

大葉啟思

文采無華艷，摯情感人心的《出師表》

中國向有「文以人傳」與「人以文傳」的說法。漢高祖劉邦作的《大風歌》，寫道：「大風起兮雲飛揚，威加海內兮歸故鄉，安得猛士兮守四方！」意思即大風勁吹啊，浮雲滿天飛揚，我在聲威可以號令天下時啊。回歸故鄉，要怎麼樣才能得到勇士為我鎮守四方？歌是在擊敗英布後，漢高祖帶領大軍路經故鄉，為炫耀成就，廣邀沛縣父老鄉親在酒席歡會中，酒酣耳熱，興奮擊筑，即興而作，並慷慨起舞，傷懷泣下。全歌僅得三句，是一首口氣大而內容再平凡不過的順口溜的歌。因《大風歌》是由漢高祖創作，古今有不少分析和讚頌。這是「文以人傳」的一例。民初的狗肉將軍張宗昌，自命不凡，仿效漢高祖，把歌改成「大炮開兮轟他娘，威加海內兮回家鄉，安得巨鯨吞扶桑！」自以為是豪情蓋劉邦的傑作，為此還出了本詩集騙示，淪為笑柄。

石達開最膾炙人口的詩作莫過於《入川題壁》：「大盜亦有道，詩書所不屑。黃金等糞土，肝膽硬如鐵。策馬渡懸崖，彎弓射胡月。人頭作酒杯，飲盡寇仇血。」這詩鐵定是偽作。堂堂太平天國翼王石達開，不可能自視是盜賊。但傳是他詠題而受傳誦，成為「文以人傳」的又一例。

《詩經》305 篇，加上 6 篇有名目，而 6 篇無詩文，應為 311 篇。《唐詩三百首》以「三百首」定名，其實是 310 首，編者有心模仿詩經三百篇的意思，但不敢自視地位等同，因此不稱篇，而稱首，並比《詩經》少一首。《唐詩三百首》最後一首詩《金縷衣》，勸人應及時行樂：「勸君莫惜金縷衣，勸君惜取少年時。花開堪折直須折，莫待無花空折枝。」由於詩寫得好而受傳誦，讓杜秋娘的名字和身世廣為人知，這是「人以文傳」一例。（直須折：應該立刻採摘折取下來。）

李紳是唐朝詩人。相傳他是驕奢之人。因嗜吃雞舌，所以日宰三百隻雞以滿口腹之慾。有才缺德，本無足道，只緣他寫了兩首《憫農》：「鋤禾日當午，汗滴禾下土。誰知盤中飧？粒粒皆辛苦」與「春種一粒穀，秋收萬顆籽。四海無閒田，農夫猶餓死」被譽為傷憐憫農，首屈一指之作，而使他成為「人以文傳」又一例。（飧：音酸，夕食。如西方的正餐晚餐。春種一粒穀：春天時以一束禾穀種在田裏。）

「諸葛大名垂宇宙」的孔明，在中國即使是目不識丁的文盲，對他名字也如雷貫耳。在中國公認為最是摯情深切的三篇文學作品：《出師表》、《陳情表》、《祭十二郎文》中，《出師表》名列前茅。可以說諸葛亮是名文並傳，千古並茂的不朽偉人。南宋學者安子順以為「讀諸葛孔明《出師表》而不墮淚者，其人必不忠。」

當今時代不同，中國傳統君臣、父子、兄弟、夫婦、朋友的倫理觀中，君臣已給上司下屬取代。也從臣事君，臣要無條件地竭盡忠誠的觀念，變為上司與下屬各有應盡的守則和職責。相信再也沒有人會為讀《出師表》感動至落淚，但《出師表》仍確有其感動人心之處。

傅庚生在《中國文學欣賞舉隅》的〈深情與至誠〉篇中，指出應對文學作品好壞高低該怎樣評定：「以感人之淺深，衡量文學作品之優劣，十九得之。作品之感人深，自於作者之至誠，至誠之發，又自於深情，情之本末深，或未嘗以深情臨之者，必無其誠也。」論述簡明切要。用這觀點標準衡量《出師表》，諸葛亮為報先主劉備賞識倚重之恩，不負臨終所託，以輔佐後主與興復漢室為己任。古代忠君思想盤踞腦筋，視精忠事君報國，死而後已為天經地義之事。於即將北伐前夕，既恐遠離後，後主親小人遠賢臣，不重君德，而心事沉重，復憂北伐成敗難料而戰戰兢兢。老臣忠貞的心事，真摯情懷，惟藉表章傾訴。

以語出至誠與深情肺腑，引先主遺志遺訓，勸勉後主修君德之道，表達如父訓子苦心規勸，臣事君的殷切期望，以至於對朝政人事安排的反覆叮嚀。至誠質樸的文字，在在流露真情，這也正是本文不以華辭麗藻，文采飛揚的形式寫出。就憑事實，至誠意，深摯情而感人千古。《三國志》的作者陳壽評本文「文采不艷，而過於叮嚀周至」，指文辭不華美，而過分叮嚀周到。這含貶意的說話，實正是千古傳誦的優點所在。從收結的「今當遠離，臨表涕零，不知所言！」真純質樸的白描句語，千載讀之，餘情震撼人心足證。

陳壽存心貶低諸葛亮的商榷

選自陳壽《三國志．諸葛亮傳》的《出師表》，文體屬奏議類，臣對君有所陳說上書的「表」。古時奏章的「表」，依例要以「臣某言」開首，但這篇〈出師表〉發端，偏少了「臣亮言」這三個字。但在中國最早的詩文總集《昭明文選》中，選錄的《出師表》卻有這三字。諸葛亮以臣下的身分，上書給人君劉禪的《出師表》中，「臣亮言」這三個字，不可或缺。缺少的話，會有罪犯欺君之嫌。到底這是陳壽一時疏忽，陷孔明於不義，還是有別的原因，值得根究。

有謂陳壽的父親曾為馬謖的參軍（軍事參謀）。馬謖是諸葛亮愛將，任命他鎮守蜀國要地街亭。馬謖沒有遵照臨水佈陣的囑咐，選擇登山紮營，認為居高臨下，可勢如破竹敗敵。結果被魏將張郃（音合）切掉水源，斷糧道圍困，而失街亭。最終諸葛亮追責，被迫要依軍法把馬謖處斬，釀成「孔明揮涕斬馬謖，十萬軍士淚落同」的悲劇。事件令壽父受牽連，罪罰剃頭。陳壽懷恨在心，致在《諸葛亮傳》中，評用兵非亮所長。亦以缺少了「臣亮言」三字，暗喻諸葛亮看不起平庸的後主，以父執輩自居的不當。

然而，〈諸葛亮傳〉是陳壽在《三國志》中，敘述最詳盡的一篇傳文。內容對亮的人格、才能、成就多加頌揚，詳述與讚賞其不凡的言行與事跡。傳文後來成為羅貫中《三國演義》活化神化孔明的藍本，使孔明成為所有中國人心目中，重要的一位歷史人物與深受尊崇的偶像，可見陳壽敬重諸葛亮。評他用兵難以有成，亦不過是可惜孔明不像韓信等大將助成大事而已。對陳壽因父受辱而懷恨在心，固多醜詆諸葛亮之說，史評家多不認同。

陳情表 李密

作者簡介

李密①，字令伯，生卒不可考（推測約為 224 年—287 年），三國蜀犍②為縣武陽（今四川眉山市彭山區）人。蜀漢時官尚書郎中③，蜀亡國後，晉武帝徵召為太子洗馬④，李密以家貧祖母老病推辭。直至他在祖母逝世後，才開始在晉為官，官至漢中太守。因賦詩觸犯帝怒，被罷免放還蜀，病死於家中。著有《述理論》十篇，散佚不傳世。（註①作者與唐初李密，同姓同名，但非同一時代人，不可混淆。②犍：音展，公牛。特指閹割了睪丸的公牛。③郎中：東漢中央尚書臺在皇帝左右處理政務官員，初入稱尚書郎，滿一年為尚書郎中，三年升侍郎。④太子洗馬：洗音癬，解先前，非清洗。洗馬指先於太子馬前，不解為太子清洗馬匹。官因秦漢太子外出時，要乘馬作前導侍從而得名。晉改為輔助太子整理書籍與文書職務。）

題目解讀

李密幼年喪父，舅迫生母改嫁，是個多病孤兒，全賴祖母含辛茹苦撫養成人，因此他對祖母極盡孝道。晉滅西蜀後，晉武帝聞他孝義賢才，徵為太子洗馬。李密以不能離棄老病祖母，遠地為官，上表傾訴與祖母相依為命的可憐身世，陳情辭任。

文體屬奏議類，是人臣向君主表意陳情的「表」。陳情內容為抒情文。後為推辭任官，並非故意怠慢欺君，辯護言是論辯文。

本文要旨

晉武帝任李密當官，李以要侍奉年老祖母為理由推辭，被指怠慢欺君，下詔責罪，並催促上任。李為此上表陳述悽慘身世：父早卒，舅迫母改嫁，自幼是多病孤兒。如無祖母憐憫，辛苦撫育，難以長大。如今祖母年老病危，倘沒他照顧，就無法終老。以「臣無祖母，無以至今日；祖母無臣，無以終餘年」，摯情哭訴，以祖孫二人相依為命為理由，乞准辭任。全文情深義重，感人肺腑。終打動武帝同情，允所求，不降罪且厚加賞賜。

內容理解

第一段

> 臣密言：臣以險釁①，夙遭閔凶②：生孩六月，慈父見背③，行年四歲，舅奪母志④。祖母劉，愍臣孤弱⑤，躬親撫養。臣少多疾病，九歲不行；零丁孤苦⑥，至於成立。既無叔伯，終鮮兄弟⑦，門衰祚薄⑧，晚有兒息⑨。外無期功彊近之親⑩，內無應門五尺之童。煢煢獨立，形影相弔⑪。而劉夙嬰疾病，常在牀蓐⑫；臣侍湯藥，未曾廢離。

臣李密稟告：臣因為命運險惡殘酷，很早便遭遇不幸：出生僅六個月，父親便逝世；四歲時，舅父不管母親守節的志向，逼她改嫁。我家祖母劉氏，憐憫我孤單弱小，親自撫養我長大。我童年時多疾病，以致到了九歲還不能走路，孤獨困苦地過活，直至長大成人。既無叔伯，亦沒兄弟。家門衰落，福分薄弱。年紀老大，才有兒子。在外沒有血緣親密的親人，家中沒一個可照應的門戶小童僕。一個人孤獨地支撐家門，只能跟自己影子互相安慰。祖母劉氏長年患病臥牀，我經常要侍奉她飲食吃藥，從來沒有離開過她。

1. **臣以險釁**：臣因為身世險惡。釁：音刃，古時殺牲取血，並塗在鐘鼎器皿上祭禮。險釁：指命運遭遇殘酷不幸，如被取血釁祭牲畜。
2. **夙遭閔凶**：早年遭遇不幸凶喪。夙：音宿，早前。閔：通憫，憐憫。
3. **慈父見背**：慈父逝世。見背：背向，喻逝世。
4. **行年四歲，舅奪母志**：四歲時舅父逼母改嫁。奪：強迫。母志：母親不改嫁的志向。
5. **愍臣孤弱**：憐憫我孤單弱小。愍：同憫，憐憫。
6. **零丁孤苦**：過着孤單無可依靠的童年。零丁：零落細小，借指年紀幼而孤單無依。

7. **終鮮兄弟**：由始至終，家中很少同輩兄弟。鮮：音癬，少有。

8. **門衰祚薄**：門庭衰落，福分薄弱。祚：福分。

9. **外無期功彊近之親**：家外沒有關係勉強較接近的親屬。彊：通強，勉強。期功：古為逝世親屬守喪所穿喪服。期：音姬。守喪一年穿的期服簡稱。守喪九月穿大功服，五月穿小功服。

10. **晚有兒息**：老年才有兒子。息：生命呼吸氣息，引申解生育兒女。

11. **煢煢獨立，形影相弔**：孤單獨身，只能和影子互相安慰。煢煢：孤單無依樣子。煢：音瓊。獨立：或作孑立，亦解單獨。弔：安慰。

12. **而劉夙嬰疾病，常在牀蓐**：祖母早年疾病纏繞，常臥病在牀。夙：早年。嬰：古時女子以貝殼串成頸鏈。引申解纏繞，勿誤解嬰兒。蓐：通褥，草席墊。牀蓐：指病牀。

要點析述

傾訴幼年悲慘身世及表陳情目的。

出生六月喪父，四歲舅父迫母改嫁；自幼多病孤兒，九歲不能行，全賴祖母憐憫撫養，始得長大成人。如今祖母老病多年，定要自己供養才能終老。祖孫二人相依為命。

目的在於以悲慘身世打動帝心，恩准辭任，在家侍奉祖母終老。

第二段

逮奉聖朝，沐浴清化①。前太守臣逵，察臣孝廉；後刺史臣榮，舉臣秀才；臣以供養無主②，辭不赴命。詔書特下，拜臣郎中；尋蒙國恩③，除臣洗馬④。猥以微賤，當侍東宮⑤，非臣隕首所能上報⑥。臣具以表聞，辭不就職⑦。詔書切峻，責臣逋慢⑧；郡縣逼迫，催臣上道；州司臨門，急於星火⑨。臣欲奉詔奔馳，則劉病日篤⑩；欲苟順私情，則告訴不許⑪。臣之進退，實為狼狽！⑫

及至聖明的晉朝降臨，我有幸蒙受清明教化的潤澤。先有太守逵選拔我做孝廉；後有刺史臣榮，推舉我做秀才。我由於家中沒有人供養祖母，推辭而不受任命。怎知詔書再頒下來，授任郎中；接着更蒙受國恩，再授任太子洗馬。猥瑣微賤的我，竟可服侍東宮太子，就算粉身碎骨，也難報恩寵。臣把辭任苦衷據實盡報。然而措辭嚴厲的詔書急頒下來，斥責臣怠慢拖延，故意推避委任為官。郡縣也派員逼迫，催促起程；連州官亦登門催行，緊急得有如天上流星的閃光。臣想遵照詔命立刻赴任，可是祖母病情日益嚴重，想順着私情留下照顧，但辭任盡孝的申訴又不獲准許。臣的處境委實進退兩難，狼狽不堪。

1. **逮奉聖朝，沐浴清化**：及至承奉聖朝降臨，蒙受清明教化洗禮。逮：及至。聖朝：晉朝。
2. **供養無主**：家裏沒有人主理供養祖母事宜。無主：無人主理。
3. **尋蒙國恩**：不久蒙受國家恩德。尋：不久。
4. **除臣洗馬**：授任臣洗馬一職。洗馬：全稱是太子洗馬，指先於太子馬前，不解為太子清洗馬匹。官因秦漢太子外出時，要乘馬作前導侍從而得名。晉改為輔助太子整理書籍與文書職務。洗：讀癬，是以變音表示為動名詞。除：除去舊職任新職，與拜的新任不同。用法如除舊迎新、歲末除夕。
5. **猥以微賤，當侍東宮**：出身微賤，品行下流卑鄙，竟然還可當東宮太子待從。猥：狗吠聲，借喻如畜牲卑鄙。東宮：古太子因居東宮，借作太子代名詞。
6. **非臣隕首所能上報**：恩惠並非臣子以死所能報答。隕：通殞，墜落向下如殞石。隕首：人頭落地而死，借指捨棄生命。
7. **臣具表以聞，辭不就職**：臣把推辭官職苦衷如實相報，盡訴表中讓皇上知聞。具：全部，引申解盡訴。
8. **詔書切峻，責臣逋慢**：言詞嚴峻的詔書急切地頒發下來，譴責臣子有意逃避，對待皇上入命怠慢不敬。詔書：人君向臣下通的文書。逋：逃避。慢：態度怠慢不恭敬。
9. **州司臨門，急於星火**：州官親身登門催迫上任，比流星還要緊急。星光：流星，形容急如流星閃動。
10. **臣欲奉詔奔馳，則劉病日篤**：臣想要遵照詔令馬上赴任，可是祖母劉氏的病情日益嚴重。篤：病情嚴重。
11. **欲苟順私情，則告訴不許**：想苟且徇私留家照顧老祖母，可是詔書命令卻不准許。
12. **臣之進退，實為狼狽**：臣子的情況進退兩難，實在狼狽。

要點析述

李密苦訴自己當前處境，表進退兩難。

辭任官職理由出於情非得以：重申由於家中無人照顧年老病危的祖母，自己必須侍奉，情不得以推辭官職。

遭誤會為怠慢欺君：辭官理由不被接納，反被斥責是傲慢，推避欺君，嚴令催促上任。李密想遵命赴任，但祖母病情日益嚴重；想徇私情留下照顧，詔書又不允許。進退兩難，狼狽不堪。

第三至四段

伏惟聖朝以孝治天下，凡在故老，猶蒙矜育①，況臣孤苦，特為尤甚。且臣少仕偽朝②，歷職郎署。本圖宦達，不矜名節③。今臣亡國賤俘，至微至陋④，過蒙拔擢，寵命優渥⑤，豈敢盤桓，有所希冀⑥？但以劉日薄西山，氣息奄奄⑦，人命危淺，朝不慮夕⑧。臣無祖母，無以至今日；祖母無臣，無以終餘年。母孫二人，更相依為命⑨，是以區區不能廢遠⑩。

臣密今年四十有四，祖母劉今年九十有六。是臣盡節於陛下之日長，報養劉之日短也。烏鳥私情，願乞終養⑪。臣之辛苦，非獨蜀之人士，及二州牧伯，所見明知；皇天后土，實所共鑑⑫。願陛下矜愍愚誠，聽臣微志⑬。庶劉僥倖，卒保餘年⑭。臣生當隕首，死當結草⑮。臣不勝犬馬怖懼之情⑯，謹拜表以聞。

臣俯伏想到聖明朝廷，宣揚以孝道治理天下，凡是前代老年人，都蒙受憐愛養育。何況我在特別孤單困苦的情況下，要供養祖母，更需同情憐憫。再說臣年輕時曾在偽朝任職，本就希望能在官場上得意顯達，並不愛惜名聲氣節。現今臣是個亡國下賤的俘虜，最是卑微鄙陋。竟獲選拔推舉，君主恩寵優異深厚，又怎膽敢怠慢拖延，還有別的祈求呢？無奈祖母生命如西山夕陽，只剩一絲氣息，性命垂危，朝夕不保。臣沒有祖母，難活到今天；祖母無臣，沒法可度殘餘歲月。祖孫二人，是互相依賴的共同體。這是微臣無論如何不可忘懷過往，忍心離棄她，遠去赴任的苦衷。

臣李密今年 44，祖母劉氏今年 96。看來臣子可為陛下盡忠效勞的時間還很長，但可盡孝供養祖母劉氏的日子卻很短。慈烏反哺的私心情懷，願乞求恩准讓我可侍奉她至百年歸老。臣的艱難苦衷，不單蜀地人士，以及蜀地的梁州和益州，二州首長所共知；即使天地神靈，也定一清二楚。但願陛下同情憐憫臣一點真誠，讓我可以完成卑微志願，讓我祖母得以僥倖安心度餘年。那麼臣在生定必把生命獻給聖上，死後也定設法報答。我懷着一如犬馬畜牲般不勝恐懼的心情，謹敬呈上表章讓陛下知聞。

1. **凡在故老，猶蒙矜育**：凡是前代年老的人，尚且獲得憐惜撫養。故老：前代老年人。
2. **且臣少仕偽朝**：況且臣子少年時曾在偽朝蜀漢當尚書郎。仕：當官。偽朝：指對晉來說是偽朝的蜀漢。
3. **本圖宦達，不矜名節**：本意做官顯達，不珍惜名聲氣節。矜：着重珍惜。氣節指忠臣不事二主的名聲。
4. **今臣亡國賤俘，至微至陋**：現在臣是亡國下賤俘虜，地位最卑微鄙陋。蜀為魏所滅，晉篡魏成正統。李密因對晉自稱亡國賤俘。
5. **過蒙拔擢，寵命優渥**：竟承蒙過分的選拔推舉，恩寵的命令優厚。拔擢：選拔推舉。渥：音接，優厚。
6. **豈敢盤桓，有所希冀**：怎敢拖延，有別的希望。盤桓：拖延逗留。
7. **劉日薄西山，氣息奄奄**：劉氏生命如迫近西山的日落，氣息衰弱，生命垂危。薄：迫近，與迫的音義相同。奄奄：呼吸極衰弱樣子。奄奄一息形容生命僅餘一口氣，瀕臨死亡。
8. **人命危淺，朝不慮夕**：生命處於極危險，隨時死亡的地步。危淺：反義詞危深之意，指極危險。
9. **母孫二人，更相依為命**：祖孫二人，是互相依賴的共同體。
10. **是以區區不能廢遠**：這是微小的我，不能忍心離棄祖母遠去的苦衷。區區：謙稱地位細小卑微。
11. **烏鳥私情，願乞終養**：慈烏反哺的私心，侍祖母終老願望，乞求准許。烏鳥：又稱慈烏，是孝鳥。反哺：母鳥老時，子鳥捕食餵母，今作報答養育親恩。
12. **皇天后土，實所共鑑**：天地神明，明察得知。皇天后土：語見《尚書》，對高貴天地的尊敬稱呼，引伸喻天地神明。「皇」、「后」有指人間至尊的三皇五帝夏后氏。有以皇為「天」，后是「地」。后在此不解皇后。

13. **願陛下矜愍愚誠，聽臣微志**：同情憐憫，我的真誠，讓臣達成卑微志願。矜愍：同情憐憫。矜：憐惜同情。愍：通憫，音義相同。

14. **庶劉僥倖，卒保餘年**：或許讓劉氏僥倖，能度過餘年。庶：庶幾的簡略，或許，或者。

15. **臣生當隕首，死當結草**：臣在生願以生命報答，死願能結草酬恩。結草典出《春秋》：晉大夫魏武子臨終時，初囑子魏顆將愛妾改嫁，再改命以愛妾殉葬。顆執行父親神志清醒時的交代，讓妾改嫁。後顆與秦將杜回對戰時，突現一人結束草以絆倒杜回，魏顆因而反敗為勝，生擒杜回。夜夢中，老人對魏顆說他是寵妾的父親，為報恩而結草。後世以結草與銜環的故事，組成結草銜環，表示報恩。銜環典出東漢楊寶，善心救護受傷的黃雀。後黃雀銜白玉環四枚謝恩，作為可讓楊寶子孫位列三公的寶物。

16. **臣不勝犬馬怖懼之情**：小臣禁不住產生犬馬般的恐懼心。犬馬：比喻自己低賤如犬馬牲畜。

要點析述

表明辭官非刻意怠慢，再次向晉武帝乞求同情，恩恕辭任。

辭官非怠慢：李密以為盡孝而推辭為官苦情實況，眾所周知，神明共鑑。非為名節，亦非意圖獲委任更大的官職，才肯就任。單純以祖母病危，不能離棄不顧。

表明辭官為盡孝：強調「臣無祖母，無以至今日；祖母無臣，無以終餘年，母孫二人，更相依為命」，向祖母盡孝，像慈烏的反哺的時日無多；能向晉武帝盡忠時間仍長，渴望恩准辭任。

乞求辭任：晉宣揚以孝治天下，理應同情他不能棄重病祖母不顧。倘被迫出任，置他於不孝，亦有違晉以孝道治國的理念。亦表示倘蒙晉武帝開恩寬恕，允許如願辭任等奉祖母終老，無論生死亦定必圖報。

特點賞析

一 乞求武帝憐憫恩准辭任的陳情，懇切真摯，道理充沛

1. **孤苦可憐的身世之情：**幼為多病孤兒，沒祖母撫養則不能成長。如今祖母老病，自己定要回報恩德。以苦情博取憐憫。
2. **遭誤會，進退兩難之情：**照顧祖母，情不得以推辭晉武帝委任的官職，但不被接納，反遭誤會是傲慢，推避上任。想遵命赴任，但祖母病情日益嚴重；想徇私留下照顧，但詔書不允許。處境進退兩難，狼狽不堪。
3. **乞求恩准，盡孝道之情：**以晉宣揚孝治天下，應同情一己盡孝辭任。並為去除武帝疑忌，指自己不重名節，得委官是榮幸。但為侍奉祖母終老別無他故。望武帝憐憫恩准盡孝。
4. **期盡孝再盡忠：**以向祖母盡孝時日無多，可盡忠的時間仍長，乞求恩准侍奉祖母終老。倘蒙開恩，自己生死亦定感恩圖報。情真而理充，終感動武帝恩准盡孝，並賜其祖母膳食與二奴婢服侍。

二 自稱「臣」24 次

《陳情表》中「臣」字，出現 26 次，其中 24 次都是李密自稱。俯首稱臣次數如此之多，在於表示臣服晉朝無異心，去除晉武帝疑忌他尚對蜀國存有重名節情志的懷念。

三 流傳十多個成語

煢煢孑立、形影相弔、急於星火、日薄西山、氣息奄奄、孤苦伶仃、人命危淺、朝不慮夕、烏鳥私情、皇天后土，均為成語，流傳後世。

國學常識

一 表、章、奏、議四種文體的分別

表：陳述個人在某一方面的事情中，個人處境與感受。

章：臣下向君主表示感謝賞賜或其他恩德的上書。

奏：人臣對朝廷政策人事好壞，有所彈劾或頌揚的上書。

議：評論政策，表達不同意見。

文章導讀

文體	人臣向君主表述意見的「表」。作者為魏晉時代蜀人李密。
主旨	晉武帝聞李密孝義賢才，委任為官。李密以要侍奉祖母終老推辭，被問罪並催促上任。因而上表陳述悽慘身世，幼為多病孤兒，如非祖母憐憫撫育難以長大。如今祖母年老病危，倘沒他照顧無法終老。以祖孫二人相依為命為由，乞求恩准辭任。
寫作目的	陳述與祖母相依為命的可憐身世，目的在博取晉武帝恩准辭任為官，得以在家奉養病重垂危的祖母。
可憐身世	1. 幼為孤兒，孤苦零仃：父早逝，母改嫁，四歲成孤兒。自小體弱多病，九歲未能走路，無祖母憐憫撫育，無法成長。 2. 獨力持家，無可依靠：因家門衰落，無親人可依靠。對老病多年祖母，只得獨力侍奉，從不間斷。
進退兩難的困境	辭任理由被誤解：必須留家照顧病危祖母，然而辭任的理由不獲接納，反遭誤會怠慢，並一再催迫出任。 進退狼狽的困境：使李密處境陷於兩難：想遵命赴任，但祖母病危；想徇私照顧，詔書又不許請求。進退兩難，狼狽不堪。
乞求辭任的情理	1. 實情：悽慘幼年身世，與祖母相依為命的苦況，眾所周知，神明共鑑。 2. 道理：晉宣揚以孝治天下，倘他被迫不孝出仕，有違晉治國理念。不應詔出仕，非重名節或期望更大的官職，純為侍奉祖母終老。 3. 處境：遭斥責怠慢，讓他想遵命赴任；而祖母病情日益嚴重，想徇私情留下照顧，詔書又不允許。進退兩難。 4. 人情：表示可向祖母盡孝，像慈烏的反哺的時日無多，可向晉武帝盡忠的時間仍長，哭求准為盡孝而辭任。倘蒙恩賜完願，無論生死，定必圖報。
自稱「臣」24次之多	文中李密自稱臣 24 次。俯首稱臣次數如此之多，在於表示臣服晉朝無異心，去除晉武帝疑忌他尚對蜀存有重名節情志的懷念。

晉武帝恩准李密辭任原因	真情摯誠懇切，道理充足，文辭動人。
詞句表達要義	**臣以險釁，夙遭閔凶。** 李密自述命運惡劣，幼年遭遇凶喪不幸。父早喪，母改嫁，四歲成孤兒。險釁：險惡。夙：早先。閔：憐憫。
	愍臣孤弱，躬親撫養。 祖母憐憫李密孤單弱小，親自撫養長大成人。表達祖母偉大的養育恩德。 愍：同憫，憐 憫。躬親：親身。
	煢煢獨立，形影相弔。 形容孤單無助的可憐。孤單孤獨地支撐家門，只能和影子互相安慰。煢煢：孤單無可依靠樣子。
	臣無祖母，無以至今日；祖母無臣，無以終餘年。母孫二人，更相依為命。 以幼年無祖母憐憫撫育，無法成長；老年祖母沒有自己侍奉難終年，母孫兩個人，相依為命。深誠與摯情流露的傾訴，是打動晉武恩准辭任的主因。
	烏鳥私情，願乞終養。 乞求武帝准許辭任盡孝。乞准可如慈烏反哺，待奉祖母終老。烏鳥：孝鳥慈烏，母鳥老時，子鳥捕食餵母。

大葉啟思

《陳情表》寫作背景與由來

南宋學者安子順曾評三文：「讀諸葛孔明《出師表》而不墮淚者，其人必不忠；讀李令伯《陳情表》而不墮淚者，其人必不孝；讀韓退之《祭十二郎文》而不墮淚者，其人必不友（註①）。」讀《出師表》而不感動流淚，是個不忠的臣子；讀《陳情表》不流淚，是個沒有孝義的子女；讀《祭十二郎文》不流淚，是個沒有友愛自家兄弟心的長輩。經此宣揚，大家對這三篇忠君、孝親、慈幼並稱的抒情名作，更另眼相看，傳誦於世。對於沒有與作者相似的人生遭遇，類同的身世感情，或者是情感較不豐富的人來説，讀過三文而不流淚的，比比皆是。對此不必自嘲為不忠不孝不友。但讀文可代入移情心，透過假設「作者是我將會如何？」去體會為文者用心表達的真情與摯誠，去了解三文之所以感人肺腑，傳誦千古的道理。個人以為這是做老師與身為學生，教導與學習時要注意的地方。三文中，《陳情表》的孝義，感人至深，特予探究。（註①：弟敬愛兄曰「悌」，兄愛護弟曰「友」。韓愈與十二郎，叔姪年齡相近，情同兄弟朋友，故曰友。）

在人倫道德思想方面，中西不盡相同，對孝道看法即其一端。歐美強調社會責任，父母需盡義務養育子女，而不重視子女要反哺回報父母。中國則自古以來，以子女必須對父母養育劬勞，感恩圖報，務盡孝道。說到親情，相互關愛的表現，感覺中國人在父母年紀老邁時的盡孝，人情味較濃厚富意義，亦較西方優勝。缺乏父母愛護養育的孩子，難以長大；沒有子女關愛年邁父母，難以安度餘生。有本心的子女，不忘「子生三年，然後免於父母之懷」② 的大恩大德，因此視對雙親盡「養生送死」③ 的孝義，理應必然。中國傳統人倫重孝的精神，值得推崇發揚。（註②：做父母的對出生子女，極盡眠乾睡濕的愛護，三年後才捨得讓孩子離開懷抱。③：父母生則侍奉贍養，死則殯葬的孝義行為。）

李密的《陳情表》，本沒文題。後人受內容感動，加入「陳情」二字，定出文題為《陳情表》。大家也因為文中感人肺腑的陳情，把文體視為形式是上奏人君的「表」，內容是抒情散文。但倘若從本文的寫作背景的來龍去脈、寫作動機與目的、內容去推敲的話，實則是李密為控罪自辯的論說文——一如法庭上自我辯護狀。

《陳情表》之作，因晉武帝徵召李密為官引起，緣故稍後交代。先說晉朝的司馬氏怎樣立國：三國時代，魏國權臣司馬懿老謀深算，為圖篡位奪權，用盡心計。對待政敵，猜忌殘忍，手段暴虐；誅殺三族（父族、子族、妻族），連出嫁女亦不放過。他為兒子司馬昭掃除獨攬大權的障礙，為孫子司馬炎，奠定建立西晉皇朝的基礎。繼承權位的司馬昭，權謀詐術，殘酷不仁，毫不遜色。為達政治目的，無所不用其極，冷血無情，從陰謀弒殺曹髦一事可知。魏帝曹髦曾公開指責他說司馬昭之心，路人皆見，即「篡魏陰謀，人所皆知」。他對指責不但無所畏忌，反加速奪權決心，暗中吩咐親信賈充，命令部屬成濟以利戈貫穿胸膛，置曹髦於死地，事後卻惺惺作態哭屍。他更心狠手辣的把成濟當作代罪羔羊，以弒君之罪滅殺他全族，不留一個活口。此事震懾曹魏滿朝君臣，無不畏懼其淫威。正當蜀漢因諸葛亮之死，人心散渙，司馬昭趁機率兵滅西蜀，更權傾一朝。司馬昭死後，兒子司馬炎逼魏元帝禪位，建立晉朝，是為晉武帝。

晉武帝以司馬氏家族三代，積權詐術，陰謀奪權得國的醜事臭史，眾所知聞。勢難憑忠君思想號令內外，遂主張以孝義為治國要領。加以當時吳尚據江東未滅，政局不穩，為統一大業，採懷柔手段，徵召蜀漢有名望的舊臣出仕為官，顯示晉室仁慈包容。重視亡國賢達人才的國策，藉此安定及籠絡西蜀東吳士人之心，鬆懈抗晉壓力。這是配合政治需要，使身為亡國蜀漢的臣子李密，被徵召為官的主因。至於相應緣由，在於李密以克盡孝義，侍奉祖母的德行，聞名天下。是武帝吸納收買，用作標榜重視孝道的最佳人選。可是這卻因李密的不領情，以必須侍奉祖母終老作辭任理由，屢次不接受徵召而問罪。李密因問罪而惶恐上表陳情，傾訴苦衷，為辭任辯護。這就是文章寫作背景的由來。

最後離題說一下，「人誇巧計稱伶俐，天自從容定主張」的報應不爽。司馬懿、司馬昭、司馬炎祖孫三代挖空心思，喪盡天良，擘劃經營建立的帝業，意圖子孫萬世傳承。收場卻是晉惠帝和安帝，分別成為西晉和東晉滅亡的主因。更悲慘的是東晉三個皇帝，無獨有偶地同遭悶殺。整個司馬氏的子孫，也給宋武帝斬草除根地滅絕。佛家的天道循環，因果報應不爽，對司馬氏來說竟然應驗如此。

一場沒有顯露的法律道德，只有隱藏道德法律的官司

西蜀亡國之臣李密，竟然蒙受新朝之晉的垂青，招手為官。李密一如山雞吃了螢火蟲，心知肚明自己被徵召委任，擔任如太子洗馬般的閒散官職，並非真的是因武帝愛才重用，只不過是要把他當作櫥窗的點綴品，便以必須照顧老病祖母的原因辭任。然而不獲接納，反被指責罪犯欺君。李密明白司馬氏三代人，為了政治目的，可以利用任何人，也可以犧牲任何人，甚至立了大功也可以被犧牲。被指責對人君怠慢不恭的罪狀嚴重，心深恐懼自己陳情辯護得不好，申訴推辭出任為官的理由不被接納的話，也許要殺頭。

虛擬一個審訊官司的法庭，顯示李密在誠惶誠恐下成功辯護的過程。法庭內，晉武帝身兼法官、主控官與陪審員。李密是沒有律師代表的辯方。李密被指控的罪狀有二：第一：欺君之罪，怠慢不敬。四次辭任徵召為官，是刻意拖延推辭，是對人君命令心存傲慢不敬的表現。第二：嫌疑之罪，忠於前朝，不

願臣晉。懷疑李密不忘故國，為重名節而不甘臣事於晉。審訊對李密最不公平地方，是帝皇之尊的獨裁判案。武帝可單憑個人觀感好惡，不必有任何法理的依據，就可判決。在沒有視像虛擬的法庭內，李密申訴時的言語聲情，起不到任何作用。辯護理由全憑陳情表中的文辭表達，如果陳詞不能感動法官，就要認命。

韓非子以為進說人君，掌握心理至為最重。向人君進說時，務要懂得粉飾對象，將其心中引以為傲，足以自誇的事情，說得堂皇光彩；相反要把他視作羞恥的行為，加以掩藏消滅，這就是「飾其所矜，滅其所恥」的道理。相信李密是個心思縝密的人，明白要竅。在陳情前夕，定必對武帝的心理揣摩周至，對「法律是顯露的道德，道德是隱藏的法律」的說話也體會透徹（林肯語）。知道這次沒法律依據可言，只有強權獨裁判案審訊，希望能以「道德是隱藏的法律」作護身符。便以晉武帝宣揚「以孝道治天下」引以為傲的國策，結合中國傳統道德最着重孝道的理念，在法庭上自辯推辭為官，並非刻意怠慢欺君。然後分別闡述過往可憐身世遭遇、當今進退兩難處境、未來定必效忠心意。加上文中俯首稱臣共 24 次，表示臣服晉朝，更無異心，不矜名節，去除武帝疑忌他尚存懷念故國情志，作為對第二控罪的答辯。

李密在庭上自辯，把辭任主因在於無違「晉以孝道治天下」的道理為「經」；配合各方面陳情，苦訴全因想盡孝義，侍奉年邁病篤祖母終老作「緯」。滔滔淋漓哀求法官大人明鑑恩恕。基於晉武帝要迫李密出仕，考慮的本是想對新亡蜀國之臣，採懷柔手段，達到安撫目的。倘因李密為盡孝辭任而加罪，恐遭非議，兼以陳情表中「臣無祖母，無以至今日；祖母無臣，無以終餘年。母孫二人，更相依為命，是以區區不能廢遠。」一段震撼人心，至誠深情哭訴，也委實打動了法官的惻隱，因而當庭宣判李密無罪，更添賞賜，以資勉勵孝義德行。當然說來說去，最重要的原因，還是在於李密最強而有力的自辯：倘若強迫他要不孝而出仕，便是有違晉武帝宣揚的以孝治天下。這個「隱藏的道德法律」，正中法官窩藏心底的喜與忌：喜得天下人崇揚其重孝義，仁慈寬容；忌天下人譏評難容孝義，迫害李密。因而讓他順水推舟，恩准李密辭任，顯示對以孝道治天下的重視，對亡國之臣的體恤包容，寬宏大量，作出這何樂不為的宣判。

十一

飲酒・其五 陶淵明

作者簡介

陶淵明（公元 372 年—427 年），晉末潯陽柴桑（今江西九江市西南）人。東晉亡後改以「潛」為名，字元亮，自號「五柳先生」。卒後私謚稱之為「靖節先生」，著有《陶淵明集》。（註：謚（音二）號：古天子諸侯大臣和權貴逝世後，朝廷概括生平功過，品德為人，特別賜給評定名譽的稱呼。「私謚」指非出自朝廷，而是由親友或門人給予的謚號。）

陶淵明為名門之後，是晉大司馬陶侃的曾孫。祖父與父曾任太守，但到了陶淵明一代，便家道中落。陶自小有高尚志趣，好讀書而不重名利。

為了生計，曾任幾次短時間的小官，在他 34 歲，任職彭澤縣令第 81 天時，郡中督郵（監督縣令官員）到縣視察，不願拜會行鞠躬禮，而有「豈能為五斗米，折腰向鄉里小兒！」的感慨，意即怎能為做縣官所得的微薄薪俸，要腰束衣帶，向像個鄉村無知兒童的督郵鞠躬呢？陶淵明便辭官歸隱，躬耕田園 20 年，終生不再出仕為官。

題目解讀

陶淵明《飲酒 · 其五》，有以《結廬在人境》定名，是陶淵明隱居時所作 20 首《飲酒》詩中的第 5 首。他在 20 首詩前的序文寫道：「余閒居寡歡，兼比夜已長，偶有名酒，無夕不飲。顧影獨盡，忽焉復醉。既醉之後，輒題數句自娛；辭無詮次，聊命故人書之，以為歡笑爾。」意即他由於閒居少歡心，加以接近秋季而長夜悠悠，因而偶有好酒，便無夜不顧影獨飲而醉。醉後每題幾句漫隨心意，不工整的詩，並姑且要好友抄寫下來，作為閒聊歡笑話題。（兼比夜已長：加以近秋之後，晝短夜已長。兼：加以。比：近來。）

從序文看來，詩都是酒後題詠，非一時之作，卻是同年秋冬之間所寫。以「飲酒」作為 20 首詩的總題，不過是借飲酒為題發揮。事實上題材相當廣泛，但以抒寫現實生活與感受情懷為多。

本篇即事即景即意，詠寫說明安貧樂道的真意。

本文要旨

題旨在於陶淵明以為當隱者，不再為塵俗的名利操勞，也就有如遠離塵俗。心之所安，便感覺無所往而不偏，即使居住在人間喧鬧之地，亦有如處身於偏遠僻靜的居所。與此同時，也就能以閒適的心，悠然自得地欣賞大自然的事物景色，體會人與大自然融和一體時，出現此中的「真意」，即真正的人生樂趣。此真意無待説明，不可解説，也難以任何言語表達。

簡要而言，本文為陶淵明描寫寧靜的隱居生活：得以悠閒採菊東籬下，悠然遠望觀賞南山日夕美景，過着親近大自然生活。對真意樂趣感欣慰，覺得難以任何言語去表達。

內容理解

結廬①在人境②，而無車馬喧③。
問君何能爾④？心遠地自偏⑤。
採菊東籬下，悠然⑥見南山。
山氣日夕⑦佳，飛鳥相與還。
此中有真意⑧，欲辯已忘言⑨。

陋屋蓋建人世塵俗間，沒有車馬喧鬧的往還。
問我心境怎可這麼樣？願遠塵俗偏僻自然生。
東面籬笆之下採菊花，悠閒自得遠看那南山。
夕陽斜照雲霞美交關，鳥兒結伴飛回把巢還，
此中生活感受的真意，想要說明忘卻心底話。

1. **結廬**：構建廬舍，即蓋建房屋。
2. **人境**：世俗人居住的地方。
3. **車馬喧**：車馬往來發出的聲音，借指頻繁的交往應酬。
4. **問君何能爾**：問我怎能可以這樣？君：陶自稱。爾：如此、這樣。
5. **偏**：偏僻、僻靜。
6. **悠然**：表現悠閒自得的樣子。
7. **日夕**：黃昏時候。

8. **真意**：人生在世的真正意義。意指人與自然融和一體時感受到的真正意趣。

9. **欲辯已忘言**：本想辯解說明一下真意究竟是甚麼，可是卻忘了要解說的話。辯：解釋說明；有版本作「辨」。句意源自《莊子．齊物論》：「辯也者，有不辯也，大辯不言。」表示欲辯而不辯，蓋因難以用任何言語表達。亦有：「言者所以在意也，得意而忘言。」表示忘言是因得意。

要點析述

一 結構形式

全詩十句，四個層次結構組合。採一至二句發「起」；三至四句「承」接；五至八句「轉」入寫景抒情；九、十句以體會領悟人生真諦收「結」。並以境、偏、山、還、言隔句押韻方式寫成。

二 四組詩句的作法與內容要義

結廬在人境，而無車馬喧。

首二句寫雖則家居於塵俗地方，但無往來車馬喧鬧噪音的煩擾，影響寧靜心境。這是把「實在有」，說成「視作無」，即感覺沒有。陶淵明以「車馬喧」，隱喻為俗世名利奔忙的人事往來。

採菊東籬下，悠然見南山。山氣日夕佳，飛鳥相與還。

四句轉入寫對景抒情懷。拋棄對俗世功名利祿的追求，過隱居生活。可閒適而悠然自得賞東籬菊，望落霞南山飛鳥還巢的美景，似覺一己與大自然融為一體，感受到滿心的愉悅欣慰。此中的「飛鳥相與還」，有暗喻辭官歸隱，如鳥兒的倦飛還巢一般。

此中有真意，欲辯已忘言。

以隱居生活，感受到身心平和舒泰的「真意」，即人能與大自然融和一體時的真正情趣。惟自家體會領悟，無待解釋說明，亦難以言語說明，作為全詩主旨核心收結。

特點賞析

一 詞樸情真意遠

本詩詩句平白如話。陶淵明以簡單樸素的文字，直述帶設問自答的方式，表達可擺脱名韁利鎖的束縛，置身流俗之外，去過淡泊寧靜，投入大自然風物與田園懷抱的隱逸生活。是自己心之所安，真正的喜愛，也是存在已久的意願。因而以「結廬在人境，而無車馬喧。問君何能爾？心遠地自偏。」寄託眉間心上已久的意志心願。以「採菊東籬下，悠然見南山。山氣日夕佳，飛鳥相與還。此中有真意，欲辯已忘言。」表達真正喜愛的心願能償時，身心欣慰愉悦。最後有如佛家的説不得，難以言語解説明白，只有領悟者能會心微笑。一言以蔽之，詞樸意遠情真，是本詩，也是陶淵明詩最大的特色。

二 千古名句中無我境界的特色

詩中「採菊東籬下，悠然見南山。」獲得古今有識文士的盛讚，而以王國維最能闡釋特色。

在王國維的批評文學名著《人間詞話》中，他評這詩句表達的是「無我的境界」，亦即物我兩忘，物我相融。人與大自然的景物渾融一體，分不出究竟是我在觀察景物，還是景物在觀察我，達至物我不分的無我境界。確是至佳的詩句。

三 融合道、釋、儒道理

陶淵明《五柳先生傳》中，述心志，道情懷。他自視是一個不慕名利，安貧樂道，忘懷得失，率真自然，而特別愛好讀書的人。他形容自己愛好讀書程度有如書癡，對內容有所領會悟解的時候，便快樂得把飯也忘記。從作品表現出的識見學問，可證他對儒、道、釋三家的學術思想，都很有心得。

「此中有真意，欲辯已忘言。」看似平鋪直述，其實「欲辯真意已忘言」，一句，融合道家莊子的「得意而忘言」，與佛家的「説不得」。此句也暗喻一己不會如儒家孟子一樣好辯，不會為一己何以甘心淡泊，不務榮利而辯護。這寓意至為深刻，渾融了道、釋、儒的道理於其中，切不以為尋常而輕忽之。

國學常識

一 田園詩派的來源

陶淵明志趣高尚，襟懷豁達，淡泊名利，愛好自然。辭官歸隱後，寄情田園山水。以其自然平和，樸素而超逸脫俗的筆法，頌寫農村田園生活的感受，表達可悠閒棲息山林的愉悅情趣，感人共鳴。鍾嶸在批評詩歌的名著《詩品》中，譽評陶詩是「古今隱逸詩人之宗」。自陶後，南朝與唐宋詩人，如唐之王維、孟浩然、柳宗元，宋之蘇軾等等，均心折稱頌，深受其影響。仿效其詩風格者眾多，形成後世以陶淵明風格為主的田園詩派，又稱隱逸詩派、山林詩派。

二 文章辭賦的風格特色

陶淵明散文成就，不下於他的詩歌，文章言簡意富，辭賦辭采華茂。試以三篇最著名的散文為例。

《五柳先生傳》僅聊聊百餘字，便展現他愛酒喜醉，好讀書，有所領悟會心時，樂得忘懷飲食的神情，及其不務榮利形象，靈活畢現，使人讚嘆。

膾炙人口的《桃花源記》，記寫漁父傳聞的桃花源。島上景物優美，避秦時亂，天性真淳的居民，在此過着務農耕作，和平寧靜，怡然自樂的故事，寄託追求人間理想烏托邦。通篇以簡潔樸實文字，把傳說的時、地，人和故事一一清晰交代。不明示寄託心意，卻能感人共鳴同感，文字功力使人驚佩。

《歸去來辭》寫因其率真本性難迎合官場虛偽，而甘願窮困，辭官歸隱。文中以喜脫囚籠心，樂寫歸途及與家人歡聚，至於春耕等等，嚮往自由的想像情景。文筆靈動，辭采華茂，聲韻節奏，諧協跌蕩。把得以「委心任去留」，讓超逸的心志，可自由選擇要過的生活。欣喜欲狂的情態，寫得淋漓盡致，後無來者。

文章導讀

文體	五言古體詩。
主旨	陶淵明以一己淡泊名利歸隱，感雖居世俗喧鬧地，但與處身偏遠居所無別。可以閒適心情，採菊東籬下，悠然觀賞日落南山，飛鳥還巢的美景。過着能親近大自然的生活，感受其中真意的欣慰愉悦。
突出特色	1. 平白如話，心樸言簡，情真意遠。 2. 「採菊東籬下，悠然見南山」名句，表達物我兩忘，物我相融，人與大自然景物渾融一體的無我境界。 3. 「此中有真意，欲辯已忘言」，渾融道釋儒道理，寓意深刻。
詞句表達要義	**結廬在人境。** 指歸隱不在山林，居屋蓋建塵俗地。人境：世俗地。
	而無車馬喧。 感覺如沒有往來車馬喧鬧的煩擾。無：感覺沒有。
	問君何能爾？ 假設有人問怎麼可以做到？爾：如此、這樣。
	心遠地自偏。 答因內心遠離塵俗名利便有偏僻感覺。偏：偏遠僻靜。
	採菊東籬下。 歸隱生活可讓人親近自然優閒採菊。菊：後世喻隱士。
	悠然見南山。 可悠然遠望觀賞南山欣賞風物景色。悠然：心境休閒。
	山氣日夕佳。 夕陽斜照，晚霞瀰漫的南山很美麗。日夕：指黃昏。
	飛鳥相與還。 飛鳥還巢的點綴下，景色更迷人。還巢鳥：喻歸隱士

詞句表達要義	**此中有真意。** 體會與自然渾融一體生活當中的真意。

大葉啟思

從責任心、政績事、辭官因看陶淵明與鄭板橋

中學時讀陶淵明詩文時，我對他的為人產生一些疑惑。在著名的《歸去來辭》序文中，他自述緣於家貧，難以養妻活兒，幾度被迫出任與心志相違的官職。《晉書．陶潛傳》記載他最後在任彭澤令只 81 天時，便因督郵（考核地方官是否為稱職官員）來視察，要以整齊衣冠迎接，見面行鞠躬禮，感慨怎能為芝麻小官的五斗米微薄薪俸，要腰束衣帶，向像鄉村無知小兒般的督郵鞠躬，便即辭官歸隱。從此躬耕田園，終生不出仕。心裏覺得，身為一縣父母官，向以豁達不拘小節，尊儒家民為貴思想見稱的陶淵明，理應為官無大小，首重能為老百姓服務，怎可因區區例行的常規小節，並以官微酬薄，便志決辭官，輕忽身為百姓父母官的大者於不顧？其灑脫的道理，難掩實在兒嬉的行為。除非有難言隱衷，不免使人有這不是率性任真，而是任性隨意。

拿清朝的鄭板橋，曾任山東濰縣令與辭任事跡相比，似把陶比下去了。就從鄭《濰縣署中畫竹呈年伯包大中丞括》這一首詩開始，去展述說明。（年伯：清同榜考取功名者為同年，同年的父輩稱年伯。中丞：巡撫，類今省長俗稱。）

衙齋臥聽蕭蕭竹，疑是民間疾苦聲。
些小吾曹州縣吏，一枝一葉總關情。

官署房內閒臥時，聽風吹竹聲嗡嗡；疑是民間捱飢寒，痛苦無助在悲啼。我這小小濰縣令，難禁坐臥有所思。一枝一葉蒼生事，情懷總關心自知。

這是鄭板橋送給上司山東巡撫，一幅畫了蕭瑟的竹的題詩。詩意表達他對民間疾苦的無限悲憫關懷，約是鄭調任濰縣令期間作。當時正值山東發生歷史罕見的連年大旱災，接着再慘遭數載大水災，天地不仁，摧殘蹂躪山東至民不聊生。濰縣一帶飢民遍野，人吃人慘劇頻生。

鄭悲天憫人，盡心力救濟災民：想出「以工食代賑」的方法，集中飢民即地就食；進行維修城池與水利工程；要求富戶輪流開設粥廠救濟飢民；嚴禁奸商屯積居奇，抬高糧價，未經朝廷批准，就私開官倉糧米賑災。使濰縣千萬災民免於餓死。他的左右親信，以為這些越權的賑災行動，後果會很嚴重。鄭以賑災救饑，急如星火，刻不容緩。如果要請示，得到允許才行動，災民早已餓死。朝廷若真的因此問責處分，鄭甘願一身抵當。慷慨激昂，不求明哲保身，但願蒼生疾苦得拯的鄭板橋，贏得濰縣全民的歌頌，換來的卻是朝廷大吏的不滿，讓一再思為國為民效命的鄭板橋，憂讒畏譏。即使心志堅持如他的《詠竹石》：「咬定青山不放鬆，立根原在破巖中，千磨萬擊還堅勁，任爾東西南北風。」終也感心灰意冷而辭官。

拿陶和鄭以責任心、政績事、辭官因相比，不在話下，鄭都優勝於陶。不知道如細心琢磨陶淵明的身世，能否探究出，陶辭官歸隱並非基於他所述的表面原因：以「醉鄉路隱宜頻到，此外不堪行」之心，借愛山水田園託辭逃避現實；藉詩酒消愁，麻醉人生，而是別有隱衷滿懷。

陶淵明辭官歸隱別有隱衷懷抱的探究

研究陶的生平與詩文，推論他為人的說法萬千。多數認同陶自幼習儒家經典，深受孔孟思想薰陶，青年時懷有猛志，想有作為，入世的抱負很明顯。對他辭官歸隱的原因，則各有各說。但大多以他自述愛山水田園，因誤墮塵網與家貧之故，被迫五度為官。其後醒覺官場黑暗，人心險惡，一己又不屑曲意逢迎，同流合污，為官實有違平生素志，才借不甘折腰屈辱與弔妹喪為由，辭官歸隱。個人以為這都可能是陶淵明託辭，實則「傷心歸隱人別有懷抱」。試探究如後。

先析述陶為官前與辭官後，正處中國政局最混亂的南北朝時代。當時在北朝，是五胡十六國的大混戰局面；在南朝則是東晉末期，孝武帝、安帝、恭帝相繼在位，期間權臣軍閥，鬥爭無日無之。加上民變動亂，形成動盪不堪的時勢。把焦點放在東晉三帝，先說孝武帝。他靠謝安在淝水之戰（公元 383 年），大敗當時統一北方，率八十七萬南侵前秦符堅的大軍，造成北方從此羣龍無首。東晉則國勢風光一時，但自謝逝世後，晉武帝便不思國政，嗜酒色如命。終因在酩酊大醉，戲謔愛寵張貴人：「妳年近三十，年老而色衰，是時候該當給我廢棄了！」張貴人憤恨羞辱，夜裏用綿被蒙他的頭，把他活生生悶死。孝武帝的長子安帝繼位，無能駕馭朝政，釀成朝臣與州郡軍閥爭權奪利，互相傾軋的鬥爭不絕。權臣桓玄憑父桓温的家族勢力，藉紛亂時機，篡晉自稱桓楚帝，政權僅維持了 80 天，即為北府將領劉裕推翻，桓玄逃亡被殺。劉裕掌權後，先把睡夢中的安帝蒙臉悶殺，後立其弟為晉恭帝；但次年即迫恭帝禪位給他，是為宋武帝。遭廢為零陵郡王的恭帝最終亦被悶殺，東晉王朝落幕（公元 420 年）。東晉末三帝至晉亡（公元 396 年—公元 420 年）廿多年間，政權交替鬥爭劇烈，政局紛亂，戰禍頻仍。再添近十多年的孫恩與盧循糾合五斗米道信眾的民變動亂，使東晉末政局面糟亂得難以形容。

處東晉末亂世，陶自 29 歲至 40 歲（公元 393 年—公元 405 年），十二年間曾先後五次為官。首任江州祭酒，上司王凝之，為書聖王羲之的次子，東晉著名才女謝道蘊的丈夫。王凝之迷信五斗米道符咒鬼神之説，以致於孫恩糾合民間五斗米信徒作亂攻城時，竟表示已求得十萬鬼兵鎮守要津，可安心不設防。孫恩不費吹灰之力便入城，殺了他和他的四個兒子。陶任職時因不滿凝之平庸無能，及早在變亂前請辭回鄉，得以置身事外，不受牽連。他 34 歲時曾為桓玄效力，擔任軍府參軍（軍事參謀官）3 年，以奔母喪辭官。39 歲時，出任鎮軍將軍劉裕的參軍，不足一年便辭官歸故里務農。陶 40 歲時，江州刺史劉敬宜任以參軍虛銜，派往建康京城遞辭職信，完事解職，為官極短暫。同年陶再出任彭澤令，但不到三月，便辭官歸隱。

從上述陶淵明的五次為官，最多不到三年便辭任看來，陶在《歸去來辭．序文》自述因家貧被迫為官，惟本性愛田園而不合官場，並以「於時風波未靜，心憚遠役」，及弔妹喪而辭官。大抵是害怕政局不穩多變。為了「風波未靜」而辭官是真心話；「心憚遠役」，害怕遠處工作，為弔妹喪的理由是託辭。

從陶先後當過清晉安帝君側的勤王軍隊部屬。在桓玄由勤王變篡晉後，他又加入了劉裕討伐桓玄的義軍幕府，顯見忠於晉室之心。但在劉裕殺晉安帝立恭帝時，預測劉裕終必篡晉，為明哲保身而辭官，免遭政治鬥爭株連，無可厚非。個人以為忠於晉室的陶淵明，生處亂世夾縫，面對鋼鐵般黑暗無情政治鬥爭與戰禍，時刻都有朝夕難料的擔憂，可能是辭職歸隱兮心理主因之一。

據《昭明文選．陶淵明傳》説：「陶夫婦心志相同，均以曾祖父陶侃是知名晉室重臣，視屈身事奉異朝為恥。即使宋武帝劉裕的政權日漸穩固強大，亦決心不再出仕為官」。古代忠臣不事二主，牢不可破的意識形態，根深蒂固地盤據在陶的胸臆。因此在改朝換代期間，決心遁世，保存名節。相信這是辭官歸隱的另一原因。（陶侃：東晉安邦定國，聲名煊赫名將。）

再從陶淵明的名字去推論。陶淵明，字元亮，名字取義，全來自《易·乾辭爻辭》。淵明不正就是從九四爻的「龍從深淵躍出」，進至九五爻的「飛龍在天，利見大人」的願望嗎？至於別字「元亮」，正是陶父殷殷期望，兒子將來如飛龍在天般，成就閃亮。陶一再為官，猛志進取，無非為不辜負乃父期望的表現。但在東晉亡後即改名「潛」，表示時勢所迫不得不暫時潛龍勿用，也顯出陶預知劉裕終篡晉。辭官歸隱改「淵明」名為「潛」，顯示時勢所迫遠大於厭棄為官因素。（《易·乾卦》的《卦辭、爻辭》：「乾：元亨利貞。 初九，潛龍勿用。九二，見龍在田。九三，君子終日乾乾，夕惕若厲，無咎。九四，或躍在淵，無咎。九五，飛龍在天，利見大人。九六，亢龍有悔。」）

在芸芸評論，以清大師顧炎武最為精闢。《日知錄》評陶淵明是「慄裹之徵士，淡然若忘於世，而感憤之懷，有時不能自止，而微見其情者，真也，其汲汲於自表暴而為言者，偽也」陶淵明內心包藏各方面的恐懼，外表看來自甘淡泊，忘懷塵俗名利的樣子。然而感時傷事的憤慨心事，有時不能自我壓抑，而以比喻微露端倪，流露真情，急於一再要暴露的意趣，反而是虛偽的表述。顧大師說法深得我心。個人純屬臆測之見：淵明引以為榮為傲的曾祖父陶侃，生平最不喜酒，他卻無酒不歡，也許反其道而行。正如顧炎武所說：是表面的偽裝並非真心意，（徵士：古代有學問的讀書人，經朝廷下詔書徵召為官，而不願出任的，尊稱為徵君。）

推論陶淵明自知礙於時勢，與時勢格格不相入。不但難以一展志學兼善天下，澤益蒼生，反而有恐懼受政治鬥爭株連憂慮，再加以恪守不事二主，保存名節，而毅然改名辭官歸隱。陶淵明與鄭板橋，時代背景不同，形成身世感情與所作所為的各異，無從以責任心、政績事、辭官因相比，論二者為官與辭官的優劣高低。

十二 師說 韓愈

作者簡介

韓愈（768 年—824 年），字退之，唐鄧州河陽（今河南孟縣）人。其先世居昌黎（今河北通縣以東），故人稱昌黎先生。早年生活備嘗艱苦，三歲喪父，賴兄嫂提攜。兄韓會死後靠寡嫂獨力撫養，期間飽受藩鎮戰亂折磨。

韓愈自小立志向上，刻苦學習。儒家六經，諸子百家之學，無不博覽貫通。以維護儒家道統自居，並力倡復興古文。曾與柳宗元等人，帶頭掀起唐代的古文復興運動，而見稱於世。

唐貞元八年考獲進士，官至吏部侍郎。因上表力諫迎佛骨一事，觸怒唐憲宗，被謫潮州刺史。任內為潮州作出不少興利除弊，大昌文教德政，至今仍為潮汕人懷德歌頌。後召還朝任兵部侍郎至卒，年 57。謚曰「文」，世因頌稱之為韓文公。著有《韓昌黎集》，文為唐宋八大家之首，詩亦卓然不凡有成。（迎佛骨：佛教在晚唐盛極一時，幾位皇帝都篤信佛教，憲宗特甚。憲宗在元和十四年，適逢法門寺每 30 年，會開藏有釋迦牟尼一節指骨舍利的佛塔，讓萬民瞻仰。憲宗要迎佛骨到宮內供奉三日，惹起全國哄動。韓愈為此上《諫迎佛骨表》，極論信佛不是，不宜信仰，更不應有迎佛骨之舉。觸憲宗怒，雖倖免殺身之禍，但不免被貶。）

題目解讀

「說」是文體的一種。乃作者為表現個人對人事物的獨特看法，因而「立說」，提出理由說明，列舉例證，支持立論說法的文體。

門第觀念源於魏晉南北朝，因朝廷重視士子（讀書人），是否出身名門望族，嚴格制定士族與庶民的區別。造成士族子弟，只憑高貴門第出身，無需通過嚴格考試便可做官；也造成士族子弟只尊重家法，而鄙視從師與輕師的心理。這種現象，直至唐代仍普遍存在士大夫的心中。

唐德宗貞元十八年，35 歲的韓愈，在長安任國子監的四門博士，官小職位低。但因韓愈為倡導古文運動的領袖，在文壇上的名望，使他的言論相當具影響力。當時受門第觀念影響，造成士人「恥學於師」與「師道不存」的壞風氣，令他作《師説》一文表達憤慨不滿。動機在於藉讚賞李蟠不恥從師學習為題，透露他對師道的看法。（四門博士，四門：指專收官員與庶民子弟讀書的學校，博士即學校的主導教師。）

本文要旨

韓愈慨嘆唐當時師道無存，藉讚賞李蟠不恥從師學習為題，批評讀書人以從師學習為恥，並表達他對老師的看法。

他認為古代學者深明人非生而知悉一切事物的道理，所以定必從師，藉老師指引獲得知識，解除學習上的疑惑。文中確立老師的意義，在能為學生傳道、受業、解惑。因此聞道比學生早，知識比學者多的人，便具備為師資格。不存在為師者年紀大小，地位貴賤的問題。更指出大聖孔子，不恥從師學習；但當時士大夫一族，卻以從師學習為恥。造成古代聖人的「聖益聖」，因不恥從師而更賢聖，但唐當時流俗之「愚益愚」，因恥從師，使大惑終生不解而更愚蠢。

內容理解

第一至二段

古之學者必有師。師者，所以傳道、受業、解惑也①。人非生而知之者，孰能無惑？②惑而不從師，其為惑也終不解矣③。

生乎吾前，其聞道也，固先乎吾，吾從而師之；生乎吾後，其聞道也，亦先乎吾，吾從而師之。吾師道也，夫庸知其年之先後生於吾乎？④是故無貴無賤，無長無少，道之所存，師之所存也⑤。

古代探求學問的人必定有老師。老師傳授學生做人的大道理，指導學生相關學問知識的功課；幫助學生解答學習遇到上的困惑疑難。人並非一出生便知悉一切事物的道理，誰能夠沒有疑惑？有疑惑但不從師請教，疑惑就永遠得不到解決。

出生在我之前，年紀比我大的人，他學習和明白道理比我早，我自然要以他為師，跟他學習；生於我後，年紀比我小的，倘若他明白道理比我早的話，我也要以老師看待他。因為我師事的是做人的道理學問，怎會計較他的年紀大小呢？因此，不論身分貴賤，不問年紀大小，只要他有我要追求的學問，他就可以當我的老師。

1. **傳道、受業、解惑**：老師傳授做人的道理學問；指導學問知識的功課；解答學生學習遇到的疑難困惑。業：指導功課。受：通授，教授指導。業：泛指諸子百家學問知識的功課。
2. **孰能無惑**：有誰能夠沒有疑惑？孰：疑問代名詞，誰。
3. **其為惑也終不解矣**：疑惑就最終不能解決。其：他的代名詞。
4. **夫庸知其年之先後生於吾乎**：又怎計較他比我先出生，年紀比我大，還是後生比我小呢？夫：發語辭，沒意義。庸：豈、怎。
5. **道之所存，師之所存也**：任何人只要具備有做老師的知識學問，他就是我的老師。道：指具備能傳道、受業、解惑的學問知識。

要點析述

確立老師的職責，確定了從師的重要性，引出擇師標準。

1. **老師的職責**：傳道，傳授修己治人之道，即修養自己和治理別人的道理；受業，指導領受儒家經典及諸子百家的學問知識；解惑：幫助解決在學習上遇到的困難疑惑。
2. **當老師的資格**：最重要的職責在傳道，因此只要聞道比學生早，有學問在身，不論年紀大小，地位貴賤，也能當老師，亦即「道之所存，師之所存」。
3. **古代學者必定從師的原因**：古代學者，明白人非一出生便知悉一切事物道理，難免會遇到疑惑，因此需要老師指導。
4. **不從師的後果**：會惑終不解。追求道理知識時，難免會有疑惑。倘沒老師幫助解惑，困惑就始終一生不能解決。

第三至五段

嗟乎！師道之不傳也久矣①！欲人之無惑也難矣！古之聖人，其出人也遠矣②，猶且從師而問焉；今之眾人，其下聖人也亦遠矣③，而恥學於師；是故聖益聖，愚益愚④，聖人之所以為聖，愚人之所以為愚，其皆出於此乎？

愛其子，擇師而教之，於其身也則恥師焉，惑矣！彼童子之師，授之書而習其句讀⑤者，非吾所謂傳其道、解其惑者也。句讀之不知，惑之不解，或師焉，或不焉⑥，小學而大遺⑦，吾未見其明也。

巫⑧、醫、樂師、百工之人，不恥相師⑨；士大夫之族⑩，曰師、曰弟子云者，則羣聚而笑之。問之，則曰：「彼與彼年相若也，道相似也。」位卑則足羞，官盛則近諛⑪。嗚呼！師道之不復，可知矣。巫、醫、樂師、百工之人，君子不齒⑫，今其智乃反不能及，其可怪也歟！

唉啊！師道久已不傳了！想要沒有疑難困惑也就不容易了！古代聖人，學問道德遠超常人，有了疑惑，尚且要向老師請教。今天的大眾，各方面都遠遠不及聖人，竟然以向老師學習為羞恥。聖人的學問修養所以能夠與日俱增，更加賢聖；愚蠢的人不進反退，更加愚蠢。聖人因此能夠成為聖人，愚蠢的人因此繼續愚蠢，不就是因為有沒有向老師學習的分別嗎？

人人都愛自家的兒子，重視選擇哪個老師去教導他。反而自己就感到跟老師學習是羞恥，這真使人困惑！那些小童的老師，只是教授小童按照書本讀熟句語，並非像我所說的傳授人生道理，幫助解決疑難困惑。兒子不懂得分辨句讀，會請老師教導。自己遇疑難困惑，卻不肯向老師請教。懂得重視小學問，卻遺忘要學習大學問，我看不見這種做法有甚麼聰明之處。

神巫、醫生、樂師、以至於從事各種行業的工人，全都不會以跟老師學習為恥；但士大夫，只要誰說起要跟從哪個老師，要做誰的學生，就會惹來譏諷哄笑。問他們為甚麼發笑，答的都是：「他倆年紀相近，學問接近。」還有些人以為跟地位比自己低的人學習，是羞恥丟臉；跟高官學習，是近等高攀，諂媚的事。唉啊！這麼多的求學禁忌，難怪傳統的師道無法恢復，原因可知了。現代君子們的智慧，反不如他們瞧不起的神巫、醫生、樂師、以至各行業的工人，真奇怪啊！

1. **師道之不傳也久矣**：慨歎師道久已失傳。師道：從師求學的道理。
2. **其出人也遠矣**：古代聖人的道德學問，遠遠超常人。其：他的代名詞，。
3. **其下聖人也亦遠矣**：現今大眾，道德學問遠比聖人低下。此其指大眾。下：形容詞動用，引伸為遠遠不及。
4. **聖益聖，愚益愚**：聖人由於能不恥求師，德學日進，更加賢聖；現代愚昧的人，以求師為恥，學問不進反退，變得更愚蠢。益：更加。
5. **授之書而習其句讀**：教授小童按照書本讀熟習句語的讀法。句讀：文字組成表達的意思獨立完整為「句」；語意未完成，而要繼續下去，為了便於誦讀暫斷者為「讀」。古文不加標點符號，因此讀書明句讀是學習的基本。讀：音義與逗相同，意謂讀至這地方時可稍作停頓。
6. **惑之不解，或師焉，或不焉**：兒子不懂分辨句讀，會請老師教導；自己遇疑難困惑，卻不肯請教老師。不：通否，不會，不肯。
7. **小學而大遺**：注重童子從師學習熟讀句讀的小學問，遺忘自身進德修業困惑不解的大問題。小學：指明句讀小學問。大遺：遺忘要修養道德大學問。
8. **巫**：神巫，古時代人向鬼神祈福求消災者。
9. **不恥相師**：不以從師學習為羞恥。
10. **士大夫之族**：做官一類的讀書人。族：類。
11. **位卑則足羞，官盛則近諛**：跟地位比己低人學習是羞恥，跟官位比己高的人學習近於諂媚。盛：高的意思。諛：以言語奉承討好人。
12. **君子不齒**：稱為君子者不屑說及的人。君子：譏諷的暗指士大夫。不齒：不屑開口啟齒說及。與不恥（不以為恥）不同，需注意。

要點析述

以古今，及以巫醫樂師百工與士大夫作對比，批判時人恥於從師。

1. **今人不智行為**：人人都愛自家的兒子，懂得重視選擇哪個老師教導，反而自己跟老師學習就感到羞恥。因此「小學而大遺」，只得為愛子擇師從師，但忘卻自己更應從師，獲得老師傳道、受業、解惑的大道理。師道久已失傳，造成今人學習時，遇到困惑時難以解決。
2. **古聖人聖益聖，今庸眾愚益愚**：道德學問的修養方面，聖人本來就已遠超大眾。加以求學態度方面，聖人不恥求師請教，使到道德學問更日益進步，而更加賢聖；今人以從師習為恥，以致道德學問不進反退，變得更加日益愚蠢。
3. **巫、醫、樂師、百工與士大夫對比**：神巫、醫生、樂師、以至各行業的工人，不以從師學習為恥。有學問為官的士大夫，以年紀學問相近或年幼的人為師，害怕惹來同僚譏諷自己；跟高官學習，卻又害怕被譏評是為了高攀諂媚，恥於為師。

第六段

聖人無常師①，孔子師郯子、萇弘、師襄、老聃②。郯子之徒，其賢不及孔子。孔子曰：「三人行，則必有我師。」③是故弟子不必不如師，師不必賢於弟子；聞道有先後，術業有專攻④，如是而已。

聖人沒有固定的老師，孔子曾經以郯子、萇弘、師襄和老聃為老師。其實像郯子等人，學問賢德都不及孔子。孔子說過：「只要有三個人走在一起，其中必定有一個人，有可讓我學習的長處，成為我的老師。」所以做學生的，不一定要不及老師；做老師的，也不必定要比學生賢明。只是他們彼此之間，獲得的學問有先後，修習的學問，有不同專門罷了。

1. **聖人無常師**：聖人沒有單一固定的老師。聖人對凡可以傳道、受業、解惑的人，不論其長幼貴賤，都會視之如老師。所有聖人不會只有一個老師。常：固定。
2. **師郯子、萇弘、師襄、老聃**：春秋時代，孔子曾經分別師事過郯子、萇弘、師襄和老聃。郯子（郯：音談）：郯國君，孔子向他求教關於古代官制定名的來源和意義。萇弘（萇：音長）：周敬王大夫，孔子向他請教音教音律樂理上學問。師襄：魯國樂官，孔子跟他學習奏琴的方法。老聃（音丹）：即楚國老子，道家創始人。孔子向他學習《周禮》。

3. 三人行，則必有我師：三個人走在一起，其中必有一人，他的長處可讓我學習，做我的老師。語見《論語》：「三人行必有我師焉。擇其善者而從之，其不善者而改之。」
4. 聞道有先後，術業有專攻：師生彼此間，只是獲得道理與學問有先後，修習研究的學術與業務的學問，有不同專門罷了。

要點析述

聖人無常師的證明：聖人因為並非生而能知曉一切道理，為了不同知識，所以求教於在某一方面知識見聞，比自己知得早和多於自己的老師，因而沒有唯一的老師。以孔子曾以郯子、萇弘、師襄、老聃、郯子多人為師。足證聖人無常師。

學生不必不如老師，老師不必定要比學生賢明：師生關係，不建基在師生資質的高低。而是在老師聞道比學生早，老師在的專門學術知識比學生多而已。

第七段

李氏子蟠①，年十七，好古文②，六藝經傳③，皆通習之；不拘於時④，學於余。余嘉其能行古道⑤，作《師說》以貽之⑥。

李蟠只有 17 歲，喜愛古文。《詩》、《書》、《易》、《禮》、《樂》、《春秋》六經，他全都修習過。他沒有受到現時歪風的影響，跟我學習。我欣賞他能夠奉行古代的師道，因此寫了這篇《師說》送給他。

1. 李氏子蟠：唐德宗時的進士。
2. 好古文：依韓愈概念，泛指三代兩漢的散文體文章。
3. 六藝經傳：六藝即《詩》、《書》、《易》、《禮》、《樂》、《春秋》六經。傳：解釋經傳的書。
4. 不拘於時：不受當時社會以從師為羞恥的限制。

5. **余嘉其能行古道**：我嘉許他能實踐古聖賢的道理。嘉：稱讚。

6. **作《師説》以貽之**：作了這篇《師説》送給他。貽：送贈。

要點析述

嘉許李蟠，不受從師學習為羞恥的影響，成為他的學生，因此寫了這篇《師説》送給他。並借題發揮，抨擊當時士大夫以從師為恥的不良風氣。

特點賞析

一 韓愈敢於立論，抨擊時人對師道錯誤的觀念，凸顯勇於抗爭的精神

韓愈以為時人輕師與恥從師，對師的看法，習非成是，觀念錯誤，愚不可及。韓愈倡導不恥從師，確立師的定義是傳道、受業、解惑的人。提出「以道為師，道之所在，師之所存」，據理抨擊時人一貫以師必須年紀長於弟子，官位需高於門徒，以長幼貴賤作為老師標準。為此不顧當時士大夫與流俗恥笑侮辱他，無懼被眾笑為荒謬，譏諷其「好為人師是狂人」。不但撰文宣揚，並身體力行，敢於起帶頭作用，收徒為師。具見其敢為天下先，獨行其是，勇於鬥爭的精神。

二 《師説》凸顯韓愈文章風格特色

1. 雄奇陽剛

韓文雄奇浩瀚，如長江大河奔流，氣勢磅礡，屬陽剛一派。且因其文貫通儒家經史，融會諸子百家之言，內容深厚宏博，成一家之言。從《師説》一文可見此特色。

《師説》一起首開宗明義，確立師的定義，以及師以傳道最為首要。及以一個「恥」字結合師道，貫串全篇。如孔子與古之學者因不恥從師得道而「聖益聖」；今之學者與庸眾因恥於從師求道而「愚益愚」。士大夫因顧忌官位高低，年紀大小的問題，恥從師習道，其智不及神巫、醫生、樂師、百工等等，反覆推論引證。行文錯綜多變化，段落之間雖似不關連，但無不與不恥從師修道及恥從師求道關連。細讀之下，理直氣壯。充滿陽剛的文詞，便使人有一氣呵成之感。

2. 文以載道

韓愈篤信儒家學説，是位忠貞不二的儒家信徒，以衛道者自居。倡「文以載道」，以為文章最重要任務，在能闡明及發揚孔孟仁義之道，匡正澤益社會。故其文多論述頌揚儒家學説，據仁義之理，排斥異端邪説之作。師説一文，顯著表現此「文以載道」的特色。

3. 惟陳言之務去

韓愈表達人事物理，論述孔孟仁義載道的文章，恪守個人主張的「惟陳言之務去」，要去除千篇一律的陳腐言辭。因此韓文無論在謀篇佈局、段落結構、用字用辭，以至句法組織，多出自匠心獨運的創造，異於流俗。因此使韓文時見奇險艱澀，難以易解驟明。

4. 創造經典金句

文中創造了經典金句，被後世人經常引作論述有關師道之用。例如：「師者，所以傳道、受業、解惑也」、「無貴無賤，無長無少，道之所存，師之所存」、「小學而大遺」、「聖人無常師」、「師不必賢於弟子；聞道有先後，術業有專攻，如是而已」。就中確立老師的角色為：「師者，所以傳道、受業、解惑也。」最為出色，廣受傳誦。

國學常識

一 古文

古文，本指古代文字之一種，如甲骨文，金文等。唐朝時，文人借古文專指春秋戰國時代，運用不拘對偶、聲韻與形式的散文體，寫成的諸子百家文章。後人沿用唐文人的定義，總稱以這種方式寫作的文章為古文，又稱古代散文，或文言文。

二 駢文的演變與特質

1. 駢文的來源

屈原所創的楚辭體，由於以「賦」的作法，直述人事物以抒情，所以也稱為賦，或以屈原代表作《離騷》為名騷賦。兩漢文人模仿騷賦變為漢賦，六朝文士仿漢賦，加上要嚴格遵守的格律，形成駢賦，亦即駢文。至宋再演變為文賦，亦稱駢散文。可説騷賦和漢賦是駢文前身，而宋的文賦是從駢文演變出來。

2. 駢文的作法特色

駢文指始於東漢末，盛行於六朝（東吳、東晉、宋、齊、梁、陳）的文體，着重文句形式與聲韻的整齊，講求詞藻華美、對偶工整，並套入典故。文體最大的特色為文句對稱的「駢四儷六」，即用四字句與六字句相間對偶成文。如庾信《哀江南賦》：「追為此賦，聊以記言，不無危苦之辭，惟以悲哀為主。日暮途遠，人間何世！將軍一去，大樹飄零；壯士不還，寒風蕭瑟。荊璧睨柱，受連城而見欺；載書橫階，捧珠盤而不定。」又如其《小園賦》：「落葉半牀，狂花滿屋；名為野人之家，是謂愚公之谷。」這些句子如兩馬並肩齊足，形式整齊，姿態優美，故稱駢體文或四六文。

三 唐古文運動

駢文由於格律形式過於講求詞藻對偶，越來越不切實際。陳子昂、韓愈及柳宗元因此提倡古文運動，要求文章恢復先秦諸子百家與兩漢古文的自由寫作方法。他們身體力行地推行革新，以古文寫作。更因得歐陽修等文人的認同與大力推行，從此古文寫作，直至明清，變成中國文壇的主流。

文章導讀

文體	論說文。
主旨	韓愈不滿唐當時師道無存，時人以從師學習為恥，對師道的觀念錯誤。藉讚賞李蟠不恥從師學習為題，批評士大夫以從師為恥的不是，並表達對師道的看法。
全文三要點	1. 確立「師」的定義：古學者明白人非生而知悉一切事物的道理，因而必從師學習。老師是位能傳授做人大道理、教導知識、幫助學生解除困惑的人。 2. 評述古今對師的不同看法與結果：古學者不恥從師，因此學問日進而聖益聖；唐學者以從師為恥，導致大惑終生不解而愚益愚。 3. 為文目的：表面嘉許李蟠不恥從師。藉此表達對師的看法。透過說明從師學習的重要，抨擊當時以從師學習為恥的不良風氣。

從師原因及不從後果	古代學者從師在於明白人非生而知一切，故需從師，以期得老師的傳道、授業、解惑。 不從的後果是惑終不解。學習道理知識時遇疑難，沒有老師的幫助，困惑就不能解決。
師的資格	不以年紀大小，地位貴賤界定。只要他明白做人的道理和知識比學生早而多，能夠做到傳道的職責，便是老師。
唐小學大遺的弊病	時人懂為愛子擇師，熟習書本句讀的小學問。遺忘自身需從師以獲傳道、授業、解惑的大道理。小學大遺行為愚蠢不智。
民智勝士大夫的例證	地方民間的巫醫、樂師和各個行業工人，不以從師為恥，專門知識得以傳承。士大夫以從師為恥，學問難進步，困惑難消除。
士大夫恥從師原因	害怕以年紀學問相近者為師僧惹譏諷；向地位低於己者學習則感羞恥；跟高官學習被譏笑是高攀諂媚。造成恥於從師。
聖人無常師的原因與例證	原因：為進德修業，向在不同方面，知識見聞都比自己高明的老師求教。 例證：從孔子曾師事郯子、萇弘、師襄、老聃。
徒可勝師，師可遜徒	為師者的學問知識比學生多，聞道比學生早，能讓學生學習所需。師者不在年紀長幼，地位貴賤高低。
不恥從師與以從師為恥	不恥從師者：如聖人孔子與古學者，因得指導變得更賢明（聖益聖）。巫醫、樂師和各個行業工人的專門知識，得以傳承。擇師教導愛子讀書，使兒子能明句讀。 恥於從師者：士大夫與大眾，因恥從師而無法解惑，使學問難以進步。大眾的學問不進反退，變得更愚昧（愚益愚）。
詞句表達要義	**師者，所以傳道、受業、解惑也。** 老師的定義。認為老師職責在傳道、授業、解惑：把做人的道理學問傳授給學生、教導學業；解答學生的疑惑。 **無貴無賤，無長無少。道之所存，師之所存也。** 重視老師的學問見識，不重貴賤長幼。不論老師年紀和地位，只要有能學習的學問，就是老師。 **聖益聖，愚益愚。** 古聖人因不恥求師，德學日進，而更賢聖；現代人以求師為恥，所以更加愚蠢。

詞句表達要義	**惑之不解，或師焉，或不焉。** 兒子不懂分辨句讀的困惑，會請老師教導；自己遇到疑惑，卻不肯請教老師。不：通否，不會。
	小學而大遺。 注重童子熟讀句讀的小學問，卻遺忘自身進德修業，困惑不解的大問題。小學：指明句讀小學問。大遺：遺忘修養道德的大學問。
	位卑則足羞，官盛則近諛。 跟地位比己低者學習是羞恥，跟官位比己高者學習是諂媚。諛：言語奉承他人。
	聖人無常師。 聖人沒有單一固定的老師。聖人對可以傳道、受業、解惑的人，不論長幼貴賤，都會視之如老師。
	三人行，則必有我師。 引《論語》：「三人行必有我師焉；擇其善者而從之，不善者而改之。」表示三人在一起，其中必定有一人可讓我學習，做我的老師。
	聞道有先後，術業有專攻。 師生關係，在乎學習的道理與學問有先後，修習研究的學問是否專門，不關乎長幼貴賤。

大葉啟思

仕途坎坷鐵三角——韓、柳、劉的遭遇與思想異同

韓愈因《師説》惹禍卻為此有所成就

唐朝中葉，韓愈、柳宗元、劉禹錫，可說是仕途命運坎坷的鐵三角。三人在唐德宗貞元年間，已經常往來，相與論文、論道、論政，成為知己。貞元十九年，韓愈擔任監察御史不久，即原因不明地被貶至廣東陽山，無妄之災發生在他寫《師說》後的第二年。新舊《唐書》以為緣於韓愈的《御史台上論天旱人饑狀》，彈劾京兆尹李實，觸怒憲宗而遭貶謫。

個人以為，原文沒有一字涉及彈劾。果真因此犯忌，不會連韓也不明底細，甚至有猜疑是好友柳、劉二人中傷出賣。生性忠厚的柳宗元，指出由於韓愈不容於士大夫，「主復古而好為人師」和《師說》惹的禍，最為可信。而唐史則似有為官方隱瞞事實之嫌。

韓愈回朝後，官運曾亨通一時。可又因上《論佛骨表》，諫迎佛骨，觸怒憲宗，被貶潮陽。一生仕途生涯，多在被貶的坎坷日子中度過。至於柳、劉這兩個的人才，遭遇比韓更悲慘。他們倆參與過開明的政治運動「永貞革新」。運動失敗後，柳被貶在外，至死不能還朝；劉則過着廿多年屢遭被貶流放，多於在朝為官的生活。 韓因倡導古文運動，與其在《師說》的言論，被排擠而被貶，卻成就他為唐宋八大家之首的盛名。他也樹立了尊師重道的良好風氣，歷代不竭，成就驕人。

韓愈排佛道，柳宗元明白佛道好處

韓愈以儒家衛道者自命，推崇孔孟學說，排斥佛、老思想。他痛恨當時的僧尼道士，不事勞動生產，有如坐享士、農、工、商辛勤成果的蠹蟲，高呼最好能強迫他們一概還俗，滅絕二者階級。包容大、視野廣的柳宗元，譏評他攻擊佛、老的言論，偏激膚淺，「忿外遺中，去名求實，知石而不知韞玉」，只知憤恨地針對二者迷信現象，而不知佛、道思想內涵和優點。他認為佛教以慈悲心待天地萬物眾生，與孔孟的恕人之道無異；老子的「道德」是大自然的宇宙觀，並非儒家的人倫道德觀念。且二者思想對窮途失意者，能起撫慰心靈精神作用，非如韓所言的一無是處。

韓愈與大顛禪僧的交往

韓當時不接受批評，及因排佛被貶潮陽，得與唐代著名禪宗高僧大顛和尚往來。學養極高的大顛，以湛深慧智的禪理，使韓愈明悟佛理的宏深，從此不再因崇儒而排佛，甚至說他晚年篤信佛道。這點韓愈在《覆尚書孟簡》信中，力陳不過是因賞識大顛的「實能外形骸，以理自勝，不為事物侵亂」，身為禪僧，能自悟義理，不為終日唸經誦佛擾亂心性思維得，而與他往來。並非因佛教因果報應，生死輪迴說法，使他信服而棄儒崇佛。並說：「天地鬼神，臨之在上，質之在旁，又安得因一摧折（被貶潮陽不幸挫折），自毀其道，以從於邪也（指改信佛道）。」相信這不是虛言，也相信大顛禪僧確是能以道理使韓愈對佛理改觀，不再執着佛道思想是一無是處。

三人遭受貶官，同處人生失意潦倒期間，因為韓愈寄友訴苦的一封信，提出人窮痛苦，呼天搶地，或可感應上蒼的「陰騭之天」，賞善罰惡而降福的思想。為此令柳宗元寫了《天説》，答以自然之道是「天人不相預」，認為天沒有意志，不存在賞善罰惡功用，天與人沒有干預彼此關係。而劉禹錫則一方面批評韓「陰騭之天，可為福為禍」，以天有意志的説法虛妄；另一方面則批評柳的「天人不相預」，把人天完全分開，説成各不相干，中間沒有關係，不夠全面。並因這討論，使劉進一步探討「天與人的關係」，發展出他深層次的《天論》哲學思想。（陰騭：見《尚書· 洪範》「惟天陰騭下民」，即「上天默地暗裏安排做好事，庇蔭天下萬民。」騭：音質，安排決定。因音與德近似，陰騭演變為陰德取代。）

劉禹錫「天人交相勝」的哲學道理

劉禹錫，不但是唐朝著名大詩人，他的哲學思想更影響深遠。劉在他的《天論》寫出「天人交相勝」的理論。以為人是天（自然）組成部分之一。人、天之間，大我、小我相互聯繫，無法分割。天和人各有自己的特殊規律，天之能，人未必能；人之能，天也有所不能。所以彼此間是「交相勝」，有時天勝人，人無法與大自然力量對抗；有時人可以智勝天。如在小河行舟，人懂得木船浮水道理，控制船隻規律，不必求助於天。可征服渡水困難，是人定勝天的證明。但在大海中航行，遇大風浪，由於不了解風浪規律，無法掌控船隻，是天勝人，並會不期然祈求上天神明庇蔭。當能化險為夷時，便覺得要感激上蒼神明保佑；遭不幸罹難，便相信是命該如此。不論安危，都認為是出自天意，神明的安排。這是在不能透徹認識事物發展規律時，產生有神論的根源；並非真的是天在主宰，神在操控。劉反對有神論者與宗教，否定「天有意志，可主宰人類，能作禍福」的説法。他認為自然界與人類的發展規律，彼此不同。自然界透過動力強弱，產生變化，而人類社會發展的規律，則是通過維持社會秩序的法制，隨法制規定的是非標準而改變。亦即法制不同時，社會發展相應產生適應變化。自然界規律與人類社會的治亂沒有關係，人卻可發揮人智作用，利用自然，改造自然。

劉在 1200 多年前的「天人交相相勝」學説，已有令人讚歎的預測：當人的智能掌握大自然某方面的發展規律後，便能利用與改造自然，打破自然對人類的限制，化不可能為可能。不説不勝枚舉的例子，單從今天人類能以飛機翔天、潛艦入海，隧車遁地，可證人可勝天，已日益明顯。推想掌握越多，科技進步飛騰，天為人所用越多變成必然。那麼劉預測的未來，與英哲培根所説的人國可以改造成為天國，誰說沒有可能？

意想不到的，韓愈一封訴苦的信件，竟引發出劉禹錫「天人交相勝」學說，大放異彩。使其成為著名哲學家，可謂異數。

韓愈時代師道不傳的遠因近由

《師說》觸發的感想

沒有人可使時鐘敲打出逝去光陰的鐘聲。鑽研先人學問知識，要分辨對活在當下的我們，是否仍具意義。韓愈《師說》卻穿透時空，影響深遠。宋至明清的讀書人，全因《師說》的訓示而尊師重道，師生關係情同父子。時移世易，人有手機電腦，天地無窮學問，世間不盡事物知識，任由選習，難道不必有師？師生關係情感亦以此日趨淡薄。韓愈所說師的意義，對現代人所存幾何？以為因人而異，大抵學問意義以自家感受與用得着者為真，人各自有心底有天秤衡量。但覺畢竟網上資料，五花百門叢雜，時見訛誤錯漏，有位可信的老師，指導學習，肯定比獨學優勝。

師道不傳的遠因——九品官人法的影響

韓愈《師說》，因憤慨師道不傳而作，道理何在？有必要析述一下遠因近由，以明來龍去脈。導致師道不傳，其來已久。遠因來自魏晉南北朝，實行了四百多年，成為影響深遠的中國選拔人才任官制度：「九品官人法」。制度是在公元 220 年，魏王曹丕在篡漢前夕推行。方法透過朝廷選委州郡公正官，查訪本地士人才德品行，用九個品級：上上、上中、上下；中上、中中、中下；下上、下中、下下評定高下，將評語寫下「品狀」，定期呈朝廷作授官根據。一般認為曹丕此舉，優待名門望族子弟，目的在爭取世家大族對改朝換代的支持。也未嘗不是想透過此法，削除州郡長官自任下屬職權，把官員任免收歸朝廷，加強管治權力。法制規定，需第一，審察家世：對接受評估士子父祖輩的為官高低資歷，詳細核實。第二，品評行狀：對士子才能品德作概括總評，寫下行狀。第三，確立定品：根據上述兩項結果，定出所屬品級。定品本着重依據行狀優劣，家世僅供參考。惟自晉後，緣於公正官皆出自名門望族，藉公徇私，演變成全以家世作定品級標準。導致出身寒門弱族者行狀，總評再高也只能定在下品；出身名門望族者雖行狀平庸，亦有機會可位列上品。品評過程，忽視才德而重家世，形成「上品無寒門，下品無士族」的現象。世家子弟在制度優待下，代代任職高官；出身寒門士子，縱才德不凡亦難出頭。左思《詠史》：「世胄躡高位，英俊沉下僚。」世家子弟官職登居高位，英俊人才淪為下等小吏，是控訴制度的不公平。

九品官人法滋生的流弊

九品官人法未能真正達到選拔優秀人才的目的，而造成浮華風氣：世族子弟多終日油頭粉臉，無所事事。惟務享受，生活糜爛，崇尚清談，不問國事。他們思想勢利，婚姻必擇門當戶對，從師必問貴賤。當時名門望族的子弟無需真才實學，便可官居高位，形成不重從師學習，只尊家法。流弊滋生的九品官人法，到隋唐隨名門望族衰落，漸被科舉取代。但影響在韓愈時期猶在，要至唐末才徹底消除。

師道不傳的近由

魏晉南北朝官人法流弊：「士子鄙師輕師，只尊家法」。延至韓愈時，結合科舉考試制度的影響，師道不傳的現象更明顯。科舉制度有常舉和制舉兩種。常舉是定時舉行的考試，分為試題着重考察儒家經義學問的明經試，以及題目廣涵時政、景色、傳說、儒家名言，要求詩賦寫作能力的進士試。至於制舉是皇帝即興舉行的考試，題目視皇帝意興而定。進士試比明經試重要，造成以傳授儒家經典為主的官學，因未能完全滿足學子的學習目的，地位日漸低落，師道尊嚴，首當其衝。加上始於魏晉南北朝九品官人法的門閥制度觀念，歷四百多年仍根深蒂固，盤踞人心。名門望子弟，憑門第高人一等，可分別入讀階級分明的官校。

捍衛師道的韓愈

在儒師受到輕視的風氣下，韓愈任官四門博士，以官居從七品，即正七品之下。他是專收官員與庶民子弟的學校的主導教師，職位不高。當時四門館學生 500 人，不乏七品以上的官員子弟。門第觀念作祟，使他們對要尊官位比自家世位低的韓愈為師，不屑與羞恥。傲慢的學習態度使韓愈難受，憤慨師道蕩然無存，不滿以從師為恥的歪風陋習，觸發寫作《師說》。

韓愈敢於在習非淩是，士大夫仍以從師為恥，依舊輕師。在歪風陋習瀰漫中，韓愈無懼漫天飛雪，挺身而出，「隻手獨耕瘦石田」，捍衛師道。劃時代的勇氣與奮鬥精神，當時無人能及。

十三

始得西山宴遊記 柳宗元

作者簡介

柳宗元，字子厚（773 年—819 年），唐河東解縣（今山西永濟縣一帶）人，曾為柳州刺史，故後人因稱為柳柳州。自小聰敏機靈，通曉事情，未二十歲加冠成年，已享有才子聲名。17 歲舉進士，官至監察御史。因受王叔文一案連累，貶為永州司馬（唐朝無具體職責，不涉及實務，多用來安置閒散官員），後任柳州刺史（管治柳州的長官），任內病卒柳州，得年 47。韓愈稱柳宗元「俊傑廉悍，議論證據古今，出入經史百子。」意即才氣英俊傑出，行為廉潔，勇於表示創見，議論有根有據，引古證今，揮灑自如地運用諸子百家學說。柳的詩文皆極有名，文與韓愈齊名，世稱韓柳。且與韓同力倡古文運動，於先秦諸子散文的復興，居功至偉。柳宗元為唐宋八大家之一，著有《柳河東集》。

題目解讀

柳宗元因受王叔文一案所連累，被貶謫至永州（今湖南零陵縣一帶）。該地在唐時是未盡開化的南荒地方。柳內心常感惶恐抑鬱，因此寄情當地山水以排解愁懷，並把八次山水之遊，寫成《永州八記》。《始得西山宴遊記》是《永州八記》中的第一篇，描寫西山和登山經過，以及從西山高處俯瞰景物的感受。文體是記述文。「宴遊」並非指遊西山時在山上設宴與賓客共歡之意，而是指因始能發現西山的奇特並得以一遊，感覺快樂欣慰，在山上開懷暢喝至醉倒，有如宴賀樂遊西山的意思。

本文要旨

柳宗元匠心獨運，「始得西山宴遊記」七字，是把全文主旨濃縮至極：意即始知西山的怪特後，得以一遊，在西山上暢飲以示樂賀的記述。析述來說，全文旨有三方面：

1. **始知西山怪特：** 柳貶官至永州，為紓解憂懼不安，寄情山水遊。自以為已遊遍永州名山秀水，而未始知有西山。偶爾發現西山奇異特出，才知想法錯誤。

2. **始得登西山頂，賞覽景物：**在經一番跋涉，披榛焚草闢路，艱辛攀登西山頂，俯瞰山下數州山水，美景盡收眼底。始得在西山居高臨下，賞覽四周山水景物。

3. **因景生情，發為頌寫西山議論與宴遊之樂：**以西山不與一般小山丘同屬一類，暗喻儒家思想的君子不與小人同類；以西山歷史悠久長遠，與大自然造物主同其終始，及感覺一己形軀鬆散，與大自然萬物合成一體。融入道家莊子《齊物論》：「天地與我並生，萬物與我為一」，和佛家的「智境冥合」，忘我無我，與天地萬物化合成一體的道理。把儒道釋道熔於一爐，目的在顯示：儒道釋三者思想從大處觀之，並不牴觸。至於「宴遊」，則是說在身心欣慰下，為賀得以一遊西山，而暢飲頹醉有如歡宴。最後以此遊深富意義而記寫為文。

內容理解

第一段

自余為僇人①，居是州，恒惴慄②。其隙也③，則施施而行，漫漫而遊④。日與其徒上高山，入深林，窮迴溪⑤，幽泉怪石，無遠不到。到則披草而坐，傾壺而醉⑥。醉則更相枕以臥⑦，臥而夢。意有所極，夢亦同趣⑧。覺而起，起而歸。以為凡是州之山有異態者，皆我有也，而未始知西山之怪特。

自從我以罪人身分，生活在永州，內心常感憂愁恐懼。空閒時，便從容緩步外出走走，漫無目的地隨處遊逛。天天跟喜歡遊山玩水的朋友，不是爬上高山，便是走進樹林深處，或是追蹤那曲折溪水的源頭。以至於聽說哪個幽靜清泉，奇怪巖石，無論多遠，定必走去看看。大家到了目的地後，經常撥倒野草，坐在草地上，傾壺倒酒對飲一番。醉了便彼此把頭兒互相枕在對方的軀體上臥睡，睡着了便做夢。感到最開心欣慰時，夢裏也反映出相同的意趣。睡醒了就起來，起來了便歸家。自以為永州境內所有別有姿態的山巒，我全都觀賞過了，可卻還未知道西山的奇怪獨特。

1. **自余為僇人**：自從我身為罪人。僇：通戮，即戮人，古指受過刑罰的人。
2. **居是州，恒惴慄**：生活在永州，內心常感惶恐憂慮。惴慄：憂懼的樣子。
3. **其隙也**：空閒時。隙：空隙，借喻工餘空閒時。
4. **則施施而行，漫漫而遊**：獨自從容不迫，舒緩隨心慢行，無拘無束地隨意漫遊。施施：舒緩獨行貌。漫漫：隨意。
5. **入深林，窮迴溪**：進入樹林深處，追尋曲折迂迴溪水的源頭。窮：尋根究柢。迴：迂迴。
6. **披草而坐，傾壺而醉**：撥倒野草，坐在草地上，傾壺倒酒共醉。披：解撥開，本義用手剝取獸皮做皮革，引伸解打開，散開、裂開、撥開等多義。如披襟、披頭散髮、披肝瀝膽等。傾壺：倒出酒壺中酒。
7. **醉則更相枕以臥**：醉了便枕着彼此的身軀臥睡。相枕：意喻利用對方的身軀作枕頭。
8. **意有所極，夢亦同趣**：對事情感到歡欣高興，夢境裏也會反映同樣的樂趣。

要點析述

寄情山水原因：被貶後常憂慮恐懼，為排解不安心情，一空閒便從容緩步，四處漫遊，寄情永州山水。

與志同道合的朋友遊山玩水：為賞山水美景，尋幽探勝無遠不到：爬上高山巔，走進樹林深處，追蹤溪水的源頭。為賞幽泉怪石，無論多遠也會前往。

宴遊山水快樂情狀：與朋友抵達目的地，經常一起坐在青草地上，傾酒對飲，醉了便互相枕藉臥睡做夢。夢裏反映與現實相同的開心意趣，睡醒各自歸家，有如歡宴山水遊，好不快樂。

柳宗元對西山的最初想法：自以為已遊賞過永州所有別具姿態的山水，卻還未知西山的卓絕怪特。

第二段

今年九月二十八日，因坐法華西亭，望西山，始指異之。遂命僕過湘江，緣染溪，斫榛莽，焚茅茷①，窮山之高而止。攀援而登，箕踞而遨②，則凡數州之土壤，皆在衽席之下③。其高下之勢，岈然洼然，若垤若穴④，尺寸千里⑤，攢蹙累積，莫得遯隱⑥。縈青繚白⑦外與天際，四望如一⑧。然後知是山之特出，不與培塿為類⑨。悠悠乎與顥氣俱，而莫得其涯⑩；洋洋乎與造物者遊，而不知其所窮⑪。引觴滿酌，頹然就醉⑫，不知日之入。蒼然暮色，自遠而至，至無所見，而猶不欲歸。心凝形釋，與萬化冥合⑬。然後知吾嚮之未始遊，遊於是乎始⑭，故為之文以志。是歲元和四年也。

今年九月二十八日。因閒坐法華寺西亭內，無意遠望西山，才詫異地指着它。立即要僕人備船渡過湘水，沿着染溪到山腳。上岸後，砍斬叢生的榛木野草、雜亂的粗大茅草開路，直抵山頂才罷休。然後還得手足並用地向上攀登。找到視野開揚高處後，曲膝張腿坐地，放眼瀏覽四周景觀。頓覺附近幾個州的土地，就像在我臥席下面一般接近。周圍高高低低的地形，有的高聳，有的深陷，像土泥堆，似小洞穴。以為只是尺寸之間，實則已是千里的廣闊。羣山叢聚累疊的形狀，盡收眼底，難以逃遁隱藏。被青山包圍，綠水環繞的西山，擴展延伸，有如和蒼天相接。四方遠望，感覺西山融入天地山川，渾然成一整體。這時才發覺西山的奇特傑出，卓然獨立，不與平庸小山丘同類。它歷史悠長久遠，不知從甚麼時候開始，與天地灝然之氣永恆並存。它蘊涵盛大，與大自然並在，不知甚麼時候終止。我感受欣慰，酒觴滿斟，開懷喝至醉倒，連夕陽西下也不知道。直到昏沉暮色，自遠而來，已看不見東西，但我仍然留戀，不想歸去。在那時刻，自感心神寂靜凝結在一起，形軀卻似渙然鬆散，與宇宙大自然萬物暗中融合，化成一體 。這時我才知道，我過往可以說從沒有遊歷過。真正的遊山，是從今天開始。為了這特殊的意義，所以寫下這篇文章作記錄。今年是元和四年。

1. **斫榛莽，焚茅茷**：砍除叢生的灌木野草，焚燒茂盛粗生的茅茷開路。斫：音作（粵音酌），斬伐劈除。榛莽：茂盛叢生樹木為榛，叢生多葉野草為莽。
2. **箕踞而遨**：在山上張腿曲膝坐着，放眼四賞山川景色。箕踞：曲膝張腿坐着，形如筲箕。遨：放眼遠望山川風光。
3. **皆在衽席之下**：有如放置在臥席下那麼接近。衽席：臥席也，衽：音淫，即席。
4. **岈然窪然，若垤若穴**：在西山俯瞰，大地各處高低起伏的地形，歪斜高起的像土堆，下陷的似洞穴。岈：音呀，山勢歪斜，凸起似犬牙。窪：音蛙，地形低陷如深池。垤：音迭，白蟻做的窩，形成土阜泥堆。
5. **尺寸千里**：千里之外的景物，距離有如近在眼前。
6. **攢蹙累積，莫得遯隱**：地方緊迫集結合的形態，可以清楚看見，難以逃遁隱藏。攢蹙：音棧速，緊迫結合聚集。遯：通遁，逃遁。
7. **縈青繚白**：西山四周圍着青山，繞：繞着綠水。縈、繚：音螢、遼，均解環繞。青：指山色青綠，白：指水色潔淨。
8. **外與天際，四望如一**：西山遠景向外延伸和天邊相接，四方觀望，感覺西山和所有景物，有如與天地融合成一整體。
9. **不與培塿為類**：不跟一般小山丘同屬一類。培塿：音阜柳，均為小土阜。借指小山。
10. **悠悠乎與顥氣俱，而莫得其涯**：西山歷史悠久，和天地大氣並生，不知始於甚麼時年。悠悠：形容時間悠久長遠。顥氣：與灝氣、浩氣：指化育天地萬物的大氣。
11. **洋洋乎與造物者遊，而不知其所窮**：西山涵蘊廣大，與大自然主宰共存，不知甚麼時日才會終結。洋洋：盛大。造物者：指天地萬物主宰。遊：並生共存之意。
12. **引觴滿酌，頹然就醉**：酒觴滿斟，開懷喝至醉倒。觴：古代一種酒杯。頹然：身體不勝酒力醉倒。
13. **心凝形釋，與萬化冥合**：心神寂然不動，形軀卻似渙然鬆散，與宇宙間自然萬物，暗中化合成一體。冥合：暗中化合。冥：暗中。萬化：萬物變化之道，借指天地萬物。
14. **然後知吾嚮之未始遊，遊於是乎始**：然後我才醒悟我在永州，在此之前都未曾真正開始遊歷，真正的遊歷山水是從西山開始。

要點析述

敘述始得發現西山的奇特，描述涉水登山辛苦過程，以及在山上，可一覽無遺，欣賞永州遠山近水風光的愉悅欣慰，陶醉其中，歡樂有如宴遊。並融入儒、道、佛三家的思想。

1. **渡水抵岸登山頂的過程：**一發現西山，急不及待，便命僕人備船渡水抵西山。登陸後，砍伐叢生野草雜木，焚燒茂密茅茷開徑山徑，艱辛地攀登山頂。
2. **西山頂上俯瞰遠望的觀感：**在地勢特別高的山頂上，無拘無束地坐在草地上，縱目四望，只見附近數州地方，都像近在臥席之下。居高臨下遠望，但見各處羣山緊迫相聚，形成凸起似土堆，低陷如洞穴的千奇百怪姿態。實際是千里遼闊的景物，濃縮成尺寸大小眼前光景，一覽無遺。四周被青山綠水環繞，遠接天邊。放眼四望，感覺西山與有自然的天地山川，渾成一體。
3. **所見景物產生的感想：**感西山的獨特出眾如君子。山與天地浩然大氣並生，歷史悠久長遠，不知始於何年。廣大自得的悠然，亦將與造物主共存，而不知終時。表達領悟莊子〈秋水篇〉的「物量無窮，時無止，分無常，終始無故」道理。天地萬物的量數無窮無盡，時間是無休止的不知始終，人事榮辱得失並無恆久不變的規律，事物因果也沒有固定可尋的軌跡。
4. **陶醉自然特殊感受：**感到「心凝形釋，與萬化冥合。」意即心神寂然不動，形軀卻舒鬆解放，與宇宙間自然萬物融化，合成一體。表示領悟莊子〈齊物論〉的「天地與我並生，萬物與我為一」道理時，有天人合一，物我合而為一的感受。亦有如佛家的「智境冥合」，無我，與天地萬物化合成佛的感受。
5. **含深遠寄意的暗喻：**「然後知是山之特出，不與培塿為類」一句，寄意深遠，以獨特出眾的西山，自喻亦喻領導永貞革新羣賢，為卓然特立的君子；以「低下培塿小山」喻小人，暗指迫害永貞革新羣賢的宦官權臣。藉此寄託君子小人之別。

特點賞析

柳宗元所寫《永州八記》，是山水遊記散文。八篇皆文辭精簡，意境超逸，心與物會，神與景合，深得陰柔之美，卓譽千古。本文更為《永州八記》中佼佼者，玆將本文特別之處分述如下：

一 文詞簡練

篇中造句遣詞精煉，如首段絕少用虛字與轉接詞。但意義充足，簡明暢達，具見文字功力。

二 句法多變

柳才高文高，通篇對偶、疊字、排比、借代、連珠句語兼用。使文章表達，倍覺出色。例證如下：

1. 對偶句：「施施而行，漫漫而遊」、「攀援而登，箕踞而遨」、「悠悠乎與灝氣俱，而莫得其涯；洋洋乎與造物者遊，而不知其所窮。」

2. 排比句：排比兼對偶句法，例如：「上高山，入深林，窮迴溪」、「緣染溪，斫榛莽，焚茅茷」。

3. 借代句：「幽泉怪石」借代奇特山水；「傾壺而醉」借代倒酒醉飲。

4. 連珠句：特別善用此。又稱頂真格修辭法，增加文句連貫流暢性，例如：「無遠不到，到則披草而坐；傾壺而醉，醉則更枕以臥」、「覺而起，起而歸」、「蒼然暮色自遠而至，至無所見，而猶不欲歸」、「然後知吾嚮之未始遊，遊於是乎始」等文句。以到、醉、起、至、遊等字的連珠造句，顯出匠心獨運。

三 境界高遠

尋常遊記會以目遊者角度，悉心描述草木山川的風景；以心遊者角度因景生情，抒寫感情懷抱。柳氏本文側重意會神往：因眼底風光，想及西山的悠悠洋洋，實與大自然並生共存，不知始終。領會後，便感一己亦與西山及大自然渾融一體，無分彼此，是對莊子思想的心領神會，悟道為文的意境。

四 寄託深遠

柳似有暗以西山自喻為君子的寄託。日日遊山玩水，而忽略眼前可見的西山，是懷才被棄的暗喻。西山不與培塿小山相似，暗喻不甘與小人同流合污而遭迫害。至以「悠悠洋洋」形容西山，亦即自喻抱負宏大，非小人可企及。語語似帶相關寄託。人謂柳氏山水遊記，意境深遠，證之本文信然。

國學常識

一 唐宋八大家

亦稱唐宋古文八大家。因明末茅坤選輯了唐代的韓愈、柳宗元與宋代的歐陽修、蘇洵、蘇軾、蘇轍、曾鞏、王安石八人的文章，成為《唐宋八大家文鈔》一書而始成名，為後世沿用。為便記憶，以韓、柳、歐、蘇、與、曾、王簡稱之。

文章導讀

文體	記述文。
主旨	柳貶官永州，為排解憂懼寄情山水。自以為已遍遊名山秀水，惟未知西山的奇特。一發現後便跋涉追尋，披荊斬棘，焚草開路。攀登山頂俯瞰，盡收附近數州美景於眼底，始得賞覽山水至佳觀感，欣慰暢飲賀遊，為文記寫。
寄情山水	因受王叔文一案連累被貶永州，為消除憂懼抑鬱，一空閒即與朋友遊山玩水，藉以寄情排解。
柳發現西山年月日	唐元和四年九月二十八日，柳閒坐法華寺西亭遠望，無意中發現西山的怪特，即思一遊。註明發現時間以表意義。
柳與友遊賞山水的快樂情狀	從容緩步，漫遊永州名山秀水。登高山，入深林，追蹤清溪源頭，探尋幽泉怪石。一至目的地就撥草坐地，開懷暢飲。醉後便互相枕藉臥睡，做同感樂趣的美夢。醒後便歸家。
追尋與登西山過程	柳發現西山後，急不及待命僕人備船渡相江，沿着染溪抵岸後，披荊斬棘，焚草開路，還得手足並用才能到達山頂。

柳宗元從西山頂俯瞰遠眺的景觀	1. 附近數州地貌盡收眼底，所見有如近在臥席。 2. 高下起伏的地勢形貌，如土堆似洞穴，千奇百怪。羣山相互聚合緊迫的姿態，一覽無遺。千里遼望，有如尺寸短近。 3. 近觀青山綠水環繞，景色怡人；遠望天邊相接，渾成一體。
山頂覽勝特別感想	西山獨特出眾，不與小山丘同類。歷史悠久，與浩然大氣並生，不知始於何年；廣大悠然自得，與造物主並存，不知終於何時。感受使柳與大自然融為一體，進入渾然忘我的境界。
西山覽勝 宴遊樂趣	柳在西山上，可一覽永州遠山近水的風光，愉悦欣慰，陶醉其中，歡樂得有如歡宴，因而開懷暢飲，快活醉倒，不知日落。至昏暗暮色，難見事物時，還樂不思歸。
陶醉自然 特殊感受	感到「心凝形釋，與萬化冥合。」意即心神寂然不動，形軀卻舒鬆解放，與宇宙間自然萬物融為一體。
暗喻寄託	以西山自喻君子，培塿小山喻小人。以不與培塿為類暗喻不與小人同流合污。
詞句表達要義	**余為僇人居是州，恒惴慄。** 表達以罪人身分被貶，生活在永州。恐怕又被加罪，因此心情常感憂懼不安。僇人：罪人。恒惴慄：常感憂懼不安。 **其隙也則施施而行，漫漫而遊。** 為了排解內心的恐懼不安，常藉空閒，隨心意緩步，四處漫遊山水。隙：空隙，指空閒時間。施施：舒緩、慢行。漫漫：隨心意。 **意有所極，夢亦同趣。** 感到歡欣高興，夢境反映同樣的樂趣。描寫與朋友遊山水，飲酒醉夢相得的情況。 **斫榛莽，焚茅　，窮山之高而止。** 描述登西山辛苦過程：一直要砍除叢生灌木野草，焚燒茂盛粗生茅茷開路，才能登上山項。斫：音酌，斬伐劈除。榛：茂密雜生樹木。莽：叢生多葉野草。

詞句表達要義	**則凡數州之土壤皆在衽席之下。** 形容居高臨下的觀感：坐在西山頂上遠望，頓覺幾個州的地方，接近得像在臥席之下。
	尺寸千里，攢蹙累積，莫得遯隱。 俯覽觀感：尺寸間的距離，現實是千里遼闊。羣山聚迫的形狀，盡收眼底，難逃遁隱藏。攢蹙：累積，土地緊迫集聚合的形態。遯：通遁，逃遁。。
	縈青繚白，外與天際，四望如一。 形容西山環境：周遭被青山綠水環繞，與天邊相接。在西山向四方觀望，感覺與天地融成一體。縈繚：均解環繞。青：指山色青綠，白：指水色潔淨。
	不與培塿為類。悠悠乎與顥氣俱，而莫得其涯；洋洋乎與造物者遊，而不知其所窮。 抒發感想：西山歷史悠久，和天地大氣並生，不知始於何年。西山蘊涵盛大，與大自然主宰共存，不知終於何日。 顥氣：化育天地萬物大氣。洋洋：盛大。造物者：指天地萬物主宰。遊：並生共存之意。
	心凝形釋，與萬化冥合。 形容忘我感受：心神寂然不動，形軀渙然舒散，與萬物暗中融為一體。 冥合：暗中化合。冥：暗中。萬化：萬物變化之道，借指天地萬物。

大葉啟思

認識造成柳宗元悲慘命運的唐代永貞革新

柳宗元畢生不幸，緣於永貞革新的失敗

柳宗元在《始得西山宴遊記》文中，僅以「居是州，恆惴慄」，雲淡風輕六字，敘述被貶永州後，常感憂懼不安的心情。實則自柳參與永貞革新失敗後，受王叔文一案牽連，遭遇政治迫害後，心底的憤怒、憂懼、辛酸，抑鬱，特別是喪母的悲慟心情，難為外人道。一如尼采所說：「受苦的人，沒有悲觀的權利。」把痛苦隱藏。因此，我們有必要認識這位出類拔萃，人格清標崇高；既是唐代思想開明的政治家、古文運動的先驅者、詩文成就卓越的大師。也要認識當時他被貶永州的究竟。

永貞革新的始源

柳畢生的不幸，始於唐代一場由王叔文主導的政改，永貞革新。先概述一下政改的來龍去脈：唐自高祖李淵立國後，歷經唐太宗李世民的貞觀之治與唐玄宗李隆基的開元之治，國勢一時盛極，與漢並稱漢唐，名揚古今中外。因此中國人亦稱為漢人、唐人。但玄宗在改元天寶後，便沉迷酒色逸樂，漠視國事，政治開始腐敗，導致擁重兵的節度使安祿山與史思明發動「安史之亂」。雖賴郭子儀平定，但從此盛治國勢，一去不返。其後更因受宦官弄權、藩鎮割據、朋黨之爭種種的不利管治因素影響，諸多禍害浮現，百姓最為受苦。情況一路禍延至德宗駕崩，太子李誦繼位為唐順宗，改元永貞。由於順宗身為太子時，早懷改革政治，解救生民疾苦的壯志。登基後馬上重用王叔文、王伾（音丕，勢力盛大之意），並領導志同道合的劉禹錫、柳宗元等一班年青新進士人，進行一次 舉國震驚，史稱永貞革新的政治改革運動。

永貞革新的一系列政改措施

永貞革新的一系列政改措施，舉最得民心的三項。第一，罷宮市：宮市是宦官可藉為皇宮採購物品名義，以極低價錢購買物品，形同搶掠百姓貨物的弊政。第二，廢除五坊小兒：五坊小兒是指在雕坊、鶻坊、鷹坊、鷂坊、狗坊中，負責飼養飛禽狗隻，供皇帝消遣娛樂的雜役。這些小兒為了詐財騙財，動輒以皇家名義，恃勢恐嚇欺淩百姓。如在民戶門口前張羅捕鳥，禁止出入；在井口佈網，不准百姓打水。如有出入或打水，則痛毆，並勒索金錢後才肯罷休。還有吃飯不付賬，反打罵店主索錢等種種昭彰惡行，令人髮指。第三，釋宮女與教坊女還家：教坊是讓有罪的官家女子與官婢學習舞蹈與音樂的機構。新政釋放宮女 300 人，教坊女 600 人，讓她們與家人團聚。廢除宮市與五坊，使長安民心大快。釋放宮女與教坊女一項，既讓可憐人得以還家，又能為朝廷節省一大筆開支。一舉兩得的德政，備受讚揚。另外，在朝廷方面，有取消進奉、打擊宦官貪官、抑制藩鎮等措舉。進奉是各地節度使藉進奉錢財，以討好皇帝。他們會向人民搜刮財富，其下屬亦會仿效。王叔文當政後，規定除常貢外，不得別有進奉。還有打擊追懲一眾惡跡昭彰的宗室豪族、權貴，貪官與宦官的措施，更準備抑制藩鎮的勢力，鞏固中央管治權力。以上種種革新，在在顯示重視消除民生疾苦，監管官吏操守，鞏固中央管治權力，意義值得肯定。

唐史對政改失敗後革新派的詆譭

由於守舊派系的宦官俱文珍，以及一眾節度使與權臣合謀，迫順宗禪讓給太子憲宗，並幽禁順宗，致改革 146 日即告終。主導的王伾、王叔文，與劉禹錫、柳宗元等八人，史稱二王八司馬，全被貶至偏遠州縣，擔任可有可無的司馬。政改核心人物之一的柳宗元也由此歷盡折磨。政改失敗後，改革派受到醜詆。被視作正史的《舊唐書》、《新唐書》評王伾好財貪污，與品格卑鄙的王叔文結黨營私舞弊。劉禹錫、柳宗元等人都是逐臭貪利，狂妄自大之士。連柳宗元的好朋友韓愈，不知是否妒忌政改新進的鋒芒太露，抑或與宦官俱文珍有私交，也稱改革派是「小人乘時偷國柄」。政改失敗，全在措施不當，領導無能無方。

對醜詆革新派的質疑

個人以為對革新的醜詆，其正確性值得商榷。政改以打擊貪腐為目標，以提倡清廉作號召。王伾果真貪婪好財，理應臭味相投的與宦官權貴同流合污，不必，亦必不能成為改革派首領。

再者改革措施內容，無不以民為本，以國為重，實難評論王叔文是個無行卑劣的小人。至於八司馬，就以如柳宗元與劉禹錫的言行，追隨政改，是熱血滿腔，為國為民的表現，絕非攀龍附鳳，追逐名利。政改失敗最主要與最直接的原因，是天意弄人。順宗因中風病重，表達困難，未能發施號令，親自理政，在位僅八個月便被迫下台。改革派頓失支持，無法應付守舊派的反撲，奈何慘敗。

唐史對改革派各人如此不堪的劣評，是成王敗寇，是政治鬥爭中，勝利一方操控史官揑造事實慣常技倆。一如玄武門之變，分明是為爭奪王權，兄弟鬩牆的流血鬥爭。秦王李世民以重兵埋伏玄武門，發動突襲，親手彎弓搭箭，射弒皇太子兄建成，殺四弟元吉，再迫父高祖李淵讓位。唐史對唐太宗弒兄殺弟迫父，罔顧天倫，大逆不道的罪行，隻字不提，反而污衊醜詆建成和元吉是頑愚無行的人。唐史對永貞革新派一切中傷詆譭，是與此同出一轍，想誤導世人對革新派的觀感。

殺柳宗元於無形的元兇——材不為世用，道不用於時

柳宗元因永貞革新失敗的連累，被貶至永州，遠不及心高氣傲，志大才鴻，時刻以家國蒼生為念，滿懷理想的他，被譏評投入革新派，是逐臭之夫，為追求名利而依附王叔文，感到含冤受屈的悲痛。他被貶至湖南永州，三面環山，因位於瀟水和湘水的匯合處，故又稱為瀟湘，名字既雅又美，卻是時人視作畏途的南荒。

柳宗元從一位意氣風發的長安朝廷京官，驟然變作南荒永州的司馬，已是沮喪難名。加上他最愛的慈母在貶後第二年身亡，讓他悲痛自責得想要自殺。而最憂懼莫名的，是難以預測朝廷的權臣，會否繼續施加不可預知的迫害。可憐的柳宗元，就在含冤受屈下，處於憤怒、頹喪、惶恐、抑鬱的心境中，在永州度過了十年。

當時他已體弱多病，再徙官到柳州。為民勤政的勞苦，前路無望的悲酸，心情抑鬱，健康日益惡化。深知此生回鄉無望，在柳州的懷鄉詩寄寫道：「海畔尖山似劍鋩，秋來處處割愁腸，若為化得身千億，散上峰頭望故鄉。」但願死後精魂可化千萬身，散落萬千峯頂眺望故鄉的悲悽心願。

最命運弄人的，柳宗元等不到要他回京任新職的詔書。方當盛年，只活到47歲，便與世長辭，良堪浩歎。個人覺得通醫理能為民治病。懂以五禽運動，教民保健的柳宗元，造成他英年早逝主因，殺他於無形的元兇，是韓愈在《柳子厚墓誌銘》所說的「材不為世用，道不行於時也」，夢寢難忘的「內心抑鬱傷痛」的煎熬折磨。

永貞革新以失敗落幕，是柳宗元人生悲慘歲月的開始。韓愈的《八月十五夜贈張功曹》，像是特為柳宗元高歌訴淒涼而寫。「君歌聲酸辭且苦，不能聽終淚如雨……同時輩流多上道，天路幽險難追攀。君歌且休聽我歌，我歌今與君殊科。人生由命非由他，一年明月今宵多，有酒不飲奈明何！」說的是你的歌聲酸辭苦，教我還沒聽完便淚下如雨……像我倆一般被貶謫的人，大多都已踏上回京歸途。但對我們來說，歸途卻似幽險的天路一樣難以攀登。請暫停片刻聽我代君高歌，我現在唱的歌與你不同科。一年明月今宵最圓美，而人生命運早註定，沒有是非的因由。拋下悲傷開懷吧！今宵有酒不暢飲，怎對得起天上滿圓的明亮！一似韓愈給高歌訴衷情的聲酸辭苦，感動得潸然下淚之餘，又替柳詛咒命運的不公，而釋懷痛飲，安慰好友接受無可奈何的命運安排。但試

問酒又怎能麻醉柳宗元內心的抑鬱悲愴呢！

這些悲愴，並非在永州遊山玩水就可以完全排解治療。然而瀟湘天地山川景物的靈秀，不但撫慰了柳宗元心靈，更給予他靈感，寫下《永州八記》。他才氣不凡，融合人地感遇的頌寫，造就文章如詩的成就傳世，可說是他被貶後的意外豐收。

十四

岳陽樓記 范仲淹

作者簡介

范仲淹（992 年—1052 年），字希文，北宋蘇州吳縣（今江蘇吳縣）人。先祖為唐朝宰相范履冰，父范墉則是宋武寧節度使的執掌書記小吏，薪俸微薄。范墉在范仲淹出生後第二年，因病逝世。范母謝氏與范仲淹，寡婦孤兒，貧無依靠。范母被迫改嫁蘇州推官（州縣司法官員）朱文翰，范從繼父，改姓名為朱說。（節度使：地方軍政長官。說：讀悅，音義相同。）

范成年後母告知其身世，辭母至應天府書院（在今河南商市睢陽區）發憤讀書，寄宿寺院，銳志自勉，勤學修習，日夜不息。疲勞時用冷水洗臉醒神；飢餓時以斷虀畫粥（音擠，醬醃菜）果腹。他為了節儉，把醃製醬菜和一鍋粥分成四份，早晚兩份。三年來刻苦的求學精神，終於獲得回報。范於大中祥符八年登進士第，任官參軍掌管訟獄，恢復原姓，迎母奉養。

范推崇孔孟之説，胸懷大志，慨然以治國平天下為己任，決意為國為民謀幸福。范為官清廉能幹，屢顯管治才華。仁宗時期，已因政績民望突出，文武兼資，受重用，官至宰相。惟性格正直不阿，為維護朝綱正道，屢諫仁宗不是，而觸怒天子，並結怨宰相呂夷簡，多次被貶。他力主修明政治，澄清吏弊，富國強兵，推行慶曆革新，但最終失敗被貶官。對此范無怨無悔，以「寧鳴而死，不默而生」寧可因不公平鳴而死，不為苟且偷生，對不合大義的事情緘默不加聲討，表明心跡。

范仲淹是北宋傑出的思想家、政治家、文學家，尤其一生卓越的政績，當時無人能及。至於他倡導的「先天下之憂而憂，後天下之樂而樂」精神，不問個人榮辱，憂國憂民，無時無刻以為國民謀幸福為重，顯示儒家的高尚品德和偉大思想，影響後世深遠。他於 65 歲病逝，追謚「文正」，著作傳世以《范文正公文集》最為有名。

題目解讀

岳陽樓位於今湖南岳陽縣城的西門上，樓高三層，下臨洞庭湖。岳陽樓前身是三國時期，吳國都督魯肅的閱兵台。後來，唐張說（與悦音義相同）在舊址改建樓閣，命名岳陽樓，常與文士登樓賦詩。

宋代滕子京貶官為巴陵郡太守（宋不設郡，採隋唐舊稱，即宋岳州）時，重新修建岳陽樓。落成後，請范仲淹作文記念。范在文中敍述作文源起，描述登岳陽樓的所見大觀，在日夜陰晴及不同的天氣季節下，景物的變化，予人悲喜外，還借題發揮個人「先天下之憂而憂，後天下之樂」的憂國愛民思想。

文為慶曆六年九月十五日，范仲淹任河南鄧州知州時所寫。此前，他從未曾到過岳州或登過岳陽樓。宋代有請名人作記，以求增加事物或人物的聲價名望的風氣。滕子京為此提供岳陽樓的資料，託咐范為樓作記。范據資料推想，不同時候登樓會觀看到不同的景物風光，登樓的遷客騷人感受各異，並融入憂國愛民的思想。

本文要旨

滕子京被貶謫為巴陵郡守後，將岳陽樓重新修建好，請託好友范仲淹記寫此事。范通過敍寫岳陽樓與洞庭湖景色的勝狀大觀，透露登樓的遷客騷人會因霪雨陰風，看到冷落蕭條的惡劣景觀，產生覽物而悲的感受。又會因為春和景明，美景怡人心目，而有覽物而喜的體會。藉此表示他個人嚮往的是古仁人「不以物喜，不以己悲」，而是以天下憂樂為己任的更高層次思想。以實踐「先天下之憂而憂，後天下之樂而樂」的崇高政治理想為己任。

內容理解

第一段

慶曆四年春①，滕子京謫守巴陵郡②。越明年，政通人和，百廢具興③。乃重修岳陽樓，增其舊制，刻唐賢、今人詩賦於其上；屬予作文以記之④。

慶曆四年的春季，滕子京被貶謫為巴陵郡太守。任職僅一年，他便把地方管治得政事暢通，民心和樂。百般該辦沒做的事務，都被重新處理。他並重新修建岳陽樓，擴大舊有規模，刻上唐代以及現今名人的詩賦作品；並囑託我寫篇文章作紀念。

1. **慶曆四年春**：宋仁宗慶曆四年（1044年）的春季。
2. **滕子京謫守巴陵郡**：滕子京降職到巴陵郡任岳州太守。滕宗諒，字子京，南人。跟范同一科舉試進士，後成知己。在范因得罪宰相呂夷簡，被貶知饒州時（知：朝廷遣官任指定一方職務，沒有官階品級），滕自請陪同貶謫。巴陵郡：今湖南岳陽縣。
3. **政通人和，百廢具興**：政事暢通，人心和樂，一切應處理卻停止下來的事務，全都一起恢復辦理。具：音同俱，完全。
4. **屬予作文以記之**：囑咐我作文為紀念。屬：通囑，音義相同。囑咐：囑託。予：通余。

要點析述

敍述寫作《岳陽樓記》源於重新修建岳陽樓：滕子京被貶為巴陵郡太守僅一年，便把地方管治得政通人和，振興一切事務，並重新修建岳陽樓，擴大舊有規模，刻上唐賢與時人名家的詩賦作品。

受好友滕子京託咐：滕子京請託范仲淹為此事作記紀念。

第二至四段

予觀夫巴陵勝狀①，在洞庭一湖。銜遠山，吞長江②，浩浩湯湯，橫無際涯③；朝暉夕陰，氣象萬千④。此則岳陽樓之大觀⑤也，前人之述備矣。然則北通巫峽，南極瀟湘⑥，遷客騷人⑦，多會於此，覽物之情，得無異乎⑧？

若夫霪雨霏霏，連月不開⑨；陰風怒號，濁浪排空⑩；日星隱曜，山岳潛形⑪；商旅不行，檣傾楫摧⑫；薄暮冥冥，虎嘯猿啼⑬。登斯樓也，則有去國懷鄉，憂讒畏譏⑭，滿目蕭然，感極而悲⑮者矣。

至若春和景明，波瀾不驚⑯，上下天光，一碧萬頃⑰；沙鷗翔集，錦鱗游泳⑱，岸芷汀蘭，郁郁青青⑲。而或長煙一空，皓月千里⑳，浮光躍金，靜影沉璧㉑；漁歌互答，此樂何極！登斯樓也，則有心曠神怡，寵辱偕㉒，把酒臨風，其喜洋洋者矣㉓。

在我看來，巴陵風光佳勝的地方，主要在於洞庭湖。湖銜接遙遠山巒，吞吐長江大水，浩蕩奔流的廣大湖水，無邊無際。清晨朝霞燦爛，黃昏煙水迷濛，氣象變化萬千，風光朝夕不同。這就是岳陽樓景觀富麗宏偉的地方。關於這些，前人已有詳盡的描述了。但湖北向直通長江巫峽，向南遠接瀟水湘水，來自不同地方的失意官員，多情善感的詩人，常會在這裏觀賞洞庭湖的景物風光，彼此的情懷難道沒有一點差異嗎？

想到連月下個不停的霏霏霪雨時，昏暗的洞庭湖風聲怒吼號叫，翻騰混濁的波浪直掀上天。日月星辰黯淡無光，四周山岳消失影蹤。商人旅客不敢動身起行；出發了的船隻船桅倒下，船槳斷折。陰暗黃昏，虎嘯猿啼，更添愁慘氣氛。此時此刻登上岳陽樓，自然會觸動遠離朝廷故鄉的情懷，憂慮讒言譭謗，害怕遭譏諷嘲笑。感覺眼底滿是蕭條悽愴，情不自禁的悲傷起來。

至於在春日暖和放晴時，風光明媚，湖水平靜，不起波瀾。日間天光在湖水反映的波光，上下連接，形成一湖無際無邊的萬頃澄碧。沙鷗聯羣結隊在湖上飛翔；鱗彩閃亮的魚兒在水中游暢；近岸邊小洲的蘭芷，翠茂芬芳。或者在傍晚時分，一抹長煙在天空消散，明月清光照耀千里，晚霞餘暉教水波金黃閃動，月影化成白璧，在湖底靜沉。打漁人家對答的歌聲，在湖上飄蕩。面對此美景的的快樂，又怎能形容透徹！此時此刻，登上岳陽樓，自然會心胸開朗，精神愉怡。忘記一切榮辱得失，手把酒杯，迎着和風，開懷暢飲，陶醉在得意洋洋的喜樂中。

1. **勝狀**：優勝佳美的景觀。
2. **銜遠山，吞長江**：銜接遠處山巒，吞吐長江大水。銜：音函，銜接。吞：洞庭湖為調節長江水大湖，故吞不單指吞沒，而有吞吐涵意。銜和吞為動詞，是擬人法。
3. **浩浩湯湯，橫無際涯**：洞庭湖面波瀾浩蕩，縱橫廣濶，無邊無際。浩浩：水面廣大樣子。湯湯：音商商，不唸蕩蕩，疊字形容詞，大水奔流貌。橫：縱橫廣遠。際：陸地邊界，涯：水邊界。

4. **朝暉夕陰，氣象萬千**：清晨朝霞與夜月清光，景象變化萬千。朝暉：清晨的朝霞。夕陰：夜月清輝。氣象：景象。萬千：景象千變萬化。
5. **大觀**：登樓所見的景象雄偉壯觀。
6. **北通巫峽，南極瀟湘**：形容洞庭湖遠水交通所及，北方直通巫峽，南面最遠盡頭抵達瀟湘二水。
7. **遷客騷人**：遷客指被貶謫遷徙的人。騷人：屈原作《離騷》，後世因借騷人喻詩人。
8. **覽物之情，得無異乎**：登樓欣賞洞庭湖景時，難道沒有不同的感觸情懷？覽：觀覽欣賞。
9. **若夫霪雨霏霏，連月不開**：至於想到雨水下個不停，連月沒有晴天。若夫：文言文用作一段開首的發起詞，至於的意思。霪雨：接連超過三天下個不停的雨，指連綿不絕的雨天。霏霏：形容下雪或下雨的繁密。
10. **陰風怒號，濁浪排空**：昏暗雨天中，陰冷寒風的怒吼號叫；混濁翻騰的浪濤衝擊天空。陰風：陰暗環境中冷風。排：衝擊。號：音嚎，高聲呼叫。
11. **日星隱曜，山岳潛形**：日月星辰，光輝隱沒，山岳在昏暗裏消失。曜：本義日光，泛指日月星辰的光輝。岳：高大山嶺。潛形：消失形跡。
12. **商旅不行，檣傾楫摧**：商人旅客不敢動身起行；出發了的船桅桿傾倒，船槳斷折。檣：船的桅桿。楫：船槳。摧：斷折。
13. **薄暮冥冥，虎嘯猿啼**：黃昏時分周遭一片昏暗，還傳來虎在呼嘯，猿在啼號的聲音。薄暮：傍晚、黃昏。冥冥：音明明，昏暗。
14. **則有去國懷鄉，憂讒畏譏**：產生遠離朝廷故鄉，憂慮讒言譭謗，害怕譏諷嘲笑的感觸。
15. **滿目蕭然，感極而悲**：滿眼看到的似都是一片冷落悽愴蕭條景象，觸動感慨情懷至極而悲傷。蕭然：冷落悽愴。
16. **至若春和景明，波瀾不驚**：像在春天暖晴，風光明媚的日子，洞庭湖水平靜，不起波瀾。至若：文言文發起或承接上段，轉過話題的詞語。明：明媚。不驚：平靜。
17. **上下天光，一碧萬頃**：湖水反映天上陽光，顯出萬頃一片，無邊無際的碧綠。上下：天上陽光與湖水反射陽光。
18. **沙鷗翔集，錦鱗游泳**：沙洲鷗鳥結隊在空中飛翔，銀燦燦的魚兒在湖中往來游泳。錦鱗：借代修辭法，以鱗片光閃指游魚。

19. **岸芷汀蘭，郁郁青青**：岸邊的香芷，小洲蘭花，茂盛翠綠。芷：水邊香草。汀：水中小洲。郁郁：形容花草茂盛，香氣發散。

20. **長煙一空，皓月千里**：天空一大片煙霞雲霧完全散失，皎潔明月清輝，光照千里。長：一大片。皓：潔白。

21. **浮光躍金，靜影沉璧**：晚霞使湖水金光躍動，夜裏月亮如白璧影子般靜沉湖底。沉璧：喻水中月影。

22. **心曠神怡，寵辱偕忘**：頓感開朗愉快，忘掉了一切得失是非榮辱。偕：一起。寵辱：曾擁有的榮耀與遭受過的屈辱。

23. **把酒臨風，其喜洋洋者矣**：舉起杯酒，迎着清風暢飲，心底滿盈無限喜樂。洋洋：得意快樂貌。

要點析述

描述登岳陽樓後的景色，以遷客騷人面對不同天氣有不同感受。

1. **描述巴陵郡與岳陽樓**：巴陵郡的勝狀，在於洞庭湖。而登上岳陽樓的大觀，可把洞庭湖的含遠山吞長江，北通巫峽，南極瀟湘的波瀾浩闊無邊，以及朝暉夕陰的萬千變化，景象的雄偉壯觀，盡收眼底。
2. **天氣惡劣時，登樓所見情況**：連月霪雨下個不停，沒有一日晴天。陰冷寒風怒號，混濁浪濤衝天；日月星辰黯淡無光，山岳在昏暗環境中消失。陰暗黃昏，聽見虎嘯猿啼，氣氛愁慘。商人旅客不敢動身起行，出發了的船桅桿傾倒，船槳折斷。
3. **登樓感受**：遭貶謫的官員登樓後，會因眼前滿目蕭條的景象，產生遠離朝廷故鄉，憂慮讒言譭謗，害怕譏諷嘲笑的感觸，不禁悲從中來。
4. **天氣晴朗時，登樓所見情況**：春天天氣暖和，放晴期間，湖水平靜，不起波瀾。湖水反映陽光，顯出無邊無際的碧綠。沙洲鷗鳥結隊在湖上飛翔，銀鱗閃亮的魚兒在湖中往來游泳。小洲的蘭花芷草，翠茂芬芳。傍晚萬里無雲時，晚霞教水波金黃閃動；入夜明月清光照耀千里，月影化成白璧在湖底靜沈，打漁人家對答的歌聲，在湖上飄蕩。

第五段

嗟夫！予嘗求古仁人之心①，或異二者之為。何哉？不以物喜，不以己悲②。居廟堂之高，則憂其民③；處江湖之遠，則憂其君④。是進亦憂，退亦憂，然則何時而樂耶⑤？其必曰：「先天下之憂而憂，後天下之樂而樂」⑥歟！噫！微斯人，吾誰與歸！⑦

唉啊！我也曾思索過古代仁人志士的懷抱胸襟，似和上述兩種感受態度不同。有甚麼不同呢？他們由於抱負大，不會因外物而喜樂，不會因個人命運遭遇而悲憂。他們居高位，處身朝廷時，就會憂心人民是否幸福；地位低微，處身偏遠江湖鄉野地方時，就會憂慮人君朝政是否得宜。這樣看來，豈不是進也憂心，退也憂慮？然則要到甚麼時候才能感到快樂呢？我想他們一定是：「在天下的憂慮未發生時，就為天下預早考慮對策；在天下都快樂後，才能快樂。」唉！人世間假如沒有這一類人，試問我要依從哪裏呢！

1. **嗟夫！予嘗求古仁人之心**：唉啊！我曾思索過古代仁人志士的心思。嗟與夫為兩個慨嘆語氣詞。仁人：結合下文有包含志士之意。心：文指忠君愛民，憂君憂民之心。
2. **不以物喜，不以己悲**：不因外物而開心高興；也不會為自身命運遭遇而悲哀。
3. **居廟堂之高，則憂其民**：居朝廷高位，便要憂慮怎樣為百姓謀幸福。廟堂：借指宗廟殿堂所在的朝廷。
4. **處江湖之遠，則憂其君**：處身偏遠的江湖鄉野地方，憂心人君的施政是否正確。意為即使地位卑微，亦不忘憂慮國家。
5. **是進亦憂，退亦憂，然則何時而樂耶**：這樣做高官時要憂慮，做小吏平民時也憂心。甚麼時候才得享快樂呢？
6. **先天下之憂而憂，後天下之樂而樂**：要在天下人還未憂慮時先憂慮；在天下人得享快樂後才去快樂。意謂預早為天下人想出應付定必降臨的困難對策；在天下人都能過着快樂日子出現後，自己才能感到快樂。「吾誰與歸」是「吾與誰歸」倒裝句，加強表達「誰」的重要。
7. **微斯人，吾誰與歸**：沒有這樣的志士仁人，我要跟從誰的路向呢！斯人：指先天下之憂而憂，後天下之樂而樂的志士仁人。

要點析述

論證遷客騷人會因景觀好壞，心情而有所變化，但仁人志士會因天下而憂喜。並藉本文與好友共勉。

1. **仁人志士「不以物喜，不以己悲」**：仁人志士抱負大，心懷以天下憂樂為己任。。故此能夠「不以物喜，不以己悲」，不因外物而開心高興；也不會為自身命運遭遇而悲哀。
2. **仁人志士面對進退**：在得以進身朝廷為官時，會憂心人民是否幸福；退居（指遭貶謫）偏遠江湖鄉野地方時，就會憂慮朝政得失。
3. **先憂後樂**：「進亦憂，退亦憂」，要在甚麼時候才能快樂？范提出「先天下之憂而憂，後天下之樂而樂」的思想。表示要在天下人還未憂慮可能會降臨的災難前，先憂慮應付的對策；在天下人都能享快樂的日子出現後，才去感受快樂。
4. **與好友互勉**：范和滕當時同遭貶謫，以這先憂後樂志向互勉。希望彼此不會因遭遇不幸，覽物而悲，而忘卻古人心志。

特點賞析

一 通篇特色

全文記敍寫作源起始末，描述登樓後洞庭湖的湖景風光，抒發遷客騷人覽物情感，發為議論政治理想於一爐。文筆精練，文詞駢散並用，簡潔優美而音節鏗鏘和諧，實為宋散文傑作。

二 表達的政治理想影響深遠

范仲淹提出從政者，要效法古仁人，能夠「不以物悲，不以己悲」，不着重因個人遭遇環境的好壞而生的悲喜；要做到在進退順逆環境中，都能「先天下之憂而憂，後天下之樂而樂」，即在天下人還未意識可能降臨的艱困前，先一步憂慮怎樣應付的對策；在天下人都能過快樂幸福的日子出現後，自己才去感受快樂。崇高政治理想的得以實踐，是達到政通人和，政令政事通達，人心和樂的關鍵。說法成為歷古至今，治國從政者的至高的政治理念，影響極為深遠。

三 文如其人

綜觀范仲淹一生為官從政，胸懷大志，慨然以治國平天下為己任，決意為國為民謀幸福。為官屢顯管治能幹才華，以政績民望突出。曾為仁宗重用，官至宰相。惟以性格正直不阿，為維護朝綱正道，敢於屢次進諫仁宗的不是，觸天子怒並結怨宰相呂夷簡，多次被貶。但在貶謫期間，仍不忘家國蒼生，屢次針對時艱獻策。可見其為人，與本文宣示的，不以個人成敗利弊為重，實踐仁人的「先天下之憂而憂，後天下之樂」理念志向，如出一轍，可謂文如其人。

四 駢散並用的文體

表面是記述文，而主旨則是表達主見：從政者要效法古仁人「先憂後樂」思想，實踐「先天下之憂，後天下之樂」的理念。在寫作手法方面，採宋文人所創的文賦（又稱駢散文）句語形式，把着重修辭的駢文句語與可以自由表意的散文句語，混融合用。文中敘事與議論部分以散文句為主；寫景抒情則多四字駢文句。這使本文既有駢文句語的排比整齊美，兼具散文體的自由變化。加以修辭上刻意着重的音律節奏，使人讀之有抑揚頓挫，和諧動聽的音樂感。

五 修辭句法多變化

1. **傳誦千古精闢名句：**文中的「政通人和」、「不以物喜，不以己悲」、「居廟堂之高，則憂其民；處江湖之遠，則憂其君」和「先天下之憂而憂，後天下之樂而樂」已成為千古傳誦名句。
2. **雙重疊字形容句：**以「浩浩湯湯」形容洞庭湖面奔流波瀾的浩蕩；用「郁郁青青」形容岸邊的蘭花的青葱茂盛。
3. **對偶句：**「銜遠山，吞長江」、「北通巫峽，南極瀟湘」、「日星隱耀，山岳潛形」、「沙鷗翔集，錦鱗游泳」、「浮光躍金，靜影沉璧」、「居廟堂之高，則憂其民；處江湖之遠，則憂其君。」
4. **自成對偶單句：**如「遷客騷人」，即遷客對騷人。另有「檣傾楫摧、虎嘯猿啼、去國懷鄉、憂讒畏譏、春和景明」等。
5. **借代句：**「錦鱗游泳」以錦鱗借代魚；「浮光躍金，靜影沉璧」借金、璧指金黃閃光及銀白月亮水中倒影；「居廟堂之高」以廟堂借代朝廷；「處江湖之遠」以江湖借指在野與下野。

國學常識

一 文賦的簡介

文賦是宋代文人，為打破駢文的格律拘限，創出駢文句與散文句混合用的文體。如歐陽修《秋聲賦》：「嗟夫！草木無情，有時飄零。人為動物，惟物之靈，百憂感其心，萬事勞其形，有動於中，必搖其精。」又如蘇軾《赤壁賦》：「且夫天地之間，物各有主，苟非吾之所有，雖一毫而莫取。惟江上之清風，與山間之明明，耳得之而為聲，目寓之而成色，取之無禁，用之不竭。是造物之無盡藏也，而吾與子之共識。」文中時而駢文時而散文，交相融合運用，成為文賦的特色。至於范仲淹的《岳陽樓記》，更是文賦的代表作之一。

文章導讀

文體	表面以駢散文句寫成記事文，實質為議論己見。
主旨	本文寫作源起滕子京修建岳陽樓後，請范為此事作記念。范仲淹藉述寫登岳陽樓的遷客騷人，會因覽物景觀的好壞而生悲喜，表達個人嚮往的是古仁人「不以物喜，不以己悲」，崇高的「先天下之憂而憂，後天下之樂而樂」的政治理想。
巴陵與洞庭湖	巴陵郡：景物優勝的風光，是因為有洞庭湖。 岳陽樓：登樓後，可把湖的銜遠山，吞長江，北通巫峽，南極瀟湘的波瀾浩闊，朝暉夕陰萬千變化的雄偉壯觀，盡收眼底。
天氣惡劣時登樓所見的景觀人事與感受	1. 景觀：陰冷寒風怒號，混濁浪濤衝天；日月星辰黯淡無光，山岳消失於昏暗。黯淡黃昏，虎嘯猿啼，氣氛愁慘。 2. 人事：商客不敢動身起行，出發船隻桅傾槳斷。 3. 遷客（遭貶官員）感受：因滿目蕭條，產生遠離朝廷故鄉，憂慮讒言譭謗，害怕被譏諷嘲笑的感觸，悲從中來。

天氣好時登樓所見的景觀	1. 湖水：不起波瀾，反映陽光，顯出無邊無際的碧綠。 2. 湖面湖中：沙鷗結隊在湖上飛翔，銀亮魚兒在湖中游泳。 3. 近岸水邊所見：小洲的蘭花芷草，翠茂芬芳。 4. 黃昏月夜美景：萬里無雲，晚霞斜照，湖水金波躍動；夜月光照千里，月影如白璧靜沉湖中，湖上打漁人家對答歌聲飄蕩。
范仲淹設想三種人登樓的不同感受	覽物而悲：天氣惡劣時，遷客登樓會而有去國懷鄉，憂讒畏譏的悲傷情緒。 覽物而喜：天氣晴朗，春和景明時，會因美景當前，頓感身心開朗愉快。暫時忘懷榮耀屈辱，得失是非，舉酒迎風暢飲，心底滿盈喜樂。 不以物喜，不以己悲：古仁人着重先憂後樂，不因外物景觀好壞而心生悲喜。
「進亦憂，退亦憂」與「何時而樂」	進亦憂：進身朝廷為官時，憂心人民生活是否幸福。 退亦憂：遭貶謫後，退居民間。雖身處偏遠鄉野，仍憂慮朝政得失。 何時而樂：范提出為官者應有的政治思想，是古志士仁人的「先天下之憂而憂，後天下之樂而樂」。意謂應預早為天下人想出應付可能降臨的困難的對策；在天下人都能過着快樂的日子後，自己才能感受快樂。范以此和同遭貶謫的滕子京共勉。
詞句表達要義	**銜遠山，吞長江，浩浩湯湯，橫無際涯；朝暉夕陰，氣象萬千。** 形容登樓所見雄偉壯觀的風光。湖銜接遠山，吞吐長江水；湖面大水奔流波瀾浩蕩，廣濶無邊。湖在朝霞與夜月清光映照下，景象變化萬千。朝暉：朝霞。際：陸地邊界，涯：水的邊界。 **則有去國懷鄉，憂讒畏譏。滿目蕭然，感極而悲者矣。** 形容覽物而悲之情。指遷客在霪雨陰風籠罩湖面時登樓覽景，會有遠離朝廷故鄉，憂慮讒言誹謗，害怕嘲諷的聯想與感觸。滿眼全是蕭條景象，不禁感觸至極而悲傷。

詞句表達要義	**心曠神怡，寵辱偕忘；把酒臨風，其喜洋洋者矣。** 形容覽物而喜。指在春和景明，良辰登樓的遷客騷人，開朗愉快。忘掉一切得失榮耀屈辱，把酒臨風暢飲，滿懷得意喜樂。偕：一起。洋洋：得意快樂貌。
	不以物喜，不以己悲。居廟堂之高，則憂其民，處江湖之遠，則憂其君。 古仁人志士不因覽物而悲喜。居朝廷高位時，憂慮的是要怎樣為百姓謀幸福；退居偏遠地方時，憂慮施政的得失。無論進退都以國家為念。所以覽物時，不會因私人感受生悲喜。江湖：借喻野外偏遠地方。
	先天下之憂而憂，後天下之樂而樂歟！噫！微斯人，吾誰與歸？ 表達個人以天下家國大事為念，不重得失的志向。意謂一己政治理想是為天下人預想艱困的對策，在天下人都能過着快樂的日子後，自己才去感受快樂。並表示如果沒有這樣的仁人，不知要跟從誰。喻意個人肯定會奉行「先憂後樂」的崇高思想。「吾誰與歸」是「吾與誰歸」的倒裝句，加強表達「跟從誰」的重要性。

大葉啟思

雲山蒼蒼，江水泱泱，范公之德，山高水長

亙古至今，范仲淹是中國歷史人物中，集三不朽：立功、立德、立言，成就於一身的鳳毛麟角。綜觀他一生，是優秀的政治家、思想家、文學家、軍事家、也是大慈善家，無不使人佩服欽敬。北宋理學家張載（字橫渠）以「四為」：「為天地立心、為生民立命、為往聖繼絕學、為萬世開太平」為了立志宏揚天賦人世間的仁善心性、為建立可讓生民百姓安身立命的大道、為繼承儒家瀕臨中斷的大道理、為期望能替千秋萬世開展太平盛世的基業，作為人生追求的目標。但這橫渠四句，知易行難。在中國芸芸賢哲，明君能臣的人物中，能夠符合「四為」崇高要求的，捨范仲淹外，難作他人想。

「四為」內涵離不開儒家的仁義思想，范仲淹篤信奉行儒家思想，特別推崇孟子標榜的「志士仁人，無求生以害仁，有殺身以成仁」的大義精神。他少即慨然懷有像孟子般的「以天下為己任」的大志，追求治國平天下的理想。他

在《岳陽樓記》披露的政治理念，其一：「居廟堂之高，則憂其民；處江湖之遠，則憂其君」居高位則為施政能否使民和樂去苦而憂，處下野則為人君是否用才得當，政治措施是否正確而憂。進退皆憂，是志士仁人無所往不是，以天下家國蒼生國君為念的緣故。其二：「先天下之憂而憂，後天下之樂而樂」要在天下人還未憂慮禍亂時先憂慮；在天下人得享快樂後，自己才去感受快樂。這顯示出范事事以天下萬民國君為重，個人榮辱苦樂為輕的「先憂後樂」的崇高政治理念。正是要為萬世開太平，而作出偉大無私的奉獻，艱苦卓絕地身體力行。

孟子心目中的的大丈夫，現代所謂的大人物是「居天下之廣居，立天下之正位，行天下之道。得志，與民行之，不得志，獨行其道。富貴不能淫，貧賤不能移，威武不能屈，此之謂大丈夫。」一個人生存在廣大天地間，身為堂堂正正的男子漢，就得去實行天下的仁義大道理。得志可以施展政治抱負時，引領人民共同奉行大道，不得志時不忘單獨實行。富貴不能動搖心志；貧賤不能改變奉行仁義的行為；威權武力不能挫折堅守的志向。這范仲淹都一一做到了，是當之無愧的大丈夫，大人物，是最值得大家欽敬的一位中國歷史傑出人物。

范艱苦憂患的出身，豐富的人世閱歷，使他善於鑑別人才，賞識扶掖後進，激勵進取，並為國家舉賢任能。北宋期間的賢臣武將，名儒文人，受到他德澤霑披的例子甚多。顯著的如富弼，因他的賞識而受推舉為宋名相。北宋首屈一指，以勇悍揚名的武將狄青，經常身先士卒，對抗外敵多年，是大小二十五戰，中亂箭八次而不死的戰神。當他還是低下官軍時，范便器重勉勵他讀《左氏春秋》，免成有勇無謀，徒逞匹夫之勇的將官。狄青因此折節讀書，精通兵法，而成名將。

至於張載，是北宋濂、洛、關、閩四大理學派別中，關派的創立者。他的成就可說是由范仲淹間接促成。事緣張年青時滿腔愛國熱誠，着意探研兵法，要當兵對抗西夏入侵，因此謁見范仲淹陳述意向。范於其談吐，知道他識見不凡，從軍未免枉屈人才，便勉勵他讀《中庸》，為儒家學說作貢獻。張因此從《中庸》入手，潛心專研，最終體悟儒家大道，而成為北宋五子之一，關學的創始人。亦因此而有傳誦千古的橫渠四句。

末了以《嚴先生祠堂記》，范仲淹盛讚他敬仰的人物嚴光的歌：「雲山蒼蒼，江水泱泱，先生之德，山高水長。」無盡白雲在林木蒼翠的高山上飄遊，浩蕩的江水不停向東奔流，先生的高尚品德，比高山高，比江水悠長。拿來代我們去頌詠他當之無愧的高風亮節，大德懿行。

十五

六國論 蘇洵

作者簡介

蘇洵（1009 年—1066 年），字明允，世稱「蘇老泉」，眉州眉山（今四川眉山市）人，北宋文學家。少時不好學，娶知書識禮的賢妻程氏，教子讀書。27 歲，才發憤苦讀，惟屢次科舉應試，落第收場。便盡焚所作文章，經十多年閉門苦讀，學問大進，下筆千言。所著文章二十二篇，因得文壇名家歐陽修盛譽，而名揚北宋首都汴京。當時士大夫學者，爭相傳閱，競相模仿。

蘇洵在宋仁宗時入京，得識歐陽修、韓琦後，獲韓琦推薦而任校書郎小官。其後宋仁宗雖曾有意恩寵，召他到京應試，他卻稱病不往，故終其一生雖喜談兵，慨然有志於建功立業，惟因沒有考取功名，而難居高位實踐大志。為文喜縱橫家，立論以縱橫開闔筆法闡述，雄奇蒼勁。與二子蘇軾、蘇轍三人，同為唐宋古文八大家，並稱「三蘇」，傳為佳話。著有《嘉祐集》。

題目解讀

蘇洵處於北宋仁宗年間，眼見外族遼（契丹）、夏兩國相繼入侵，北宋堂堂大國，實力比兩國強，竟然怯戰，屢以納獻鉅額求和。本文藉論六國因割地賂秦求和，不敢合力抗秦，自削國力，日益衰弱，終自招為秦所滅的命運。蘇洵借題發揮，借古諷今，期盼宋主政者，應發憤圖強，敢於抗擊遼夏，切不可效法六國自招滅亡。

本文要旨

本文論述分析六國滅亡的道理：非因武備不精良，不善戰鬥。在於割地賂秦求和，削弱自身國力，導致亡國。這也是全文的表面主旨。至於蘇洵借題發揮，以古諷今，則在於針對時弊，暗示北宋這一大國面對契丹、西夏的入侵，竟然屈辱退讓，終歸會自招滅亡，比六國賂秦更不智。期望主政國君能以史為鑑，不可再走舊路，應發憤圖強，敢於對抗侵略。

內容理解

第一段

六國破滅，非兵不利，戰不善，弊在賂秦①。賂秦而力虧，破滅之道也。或曰：「六國互喪，率賂秦耶？②」曰：「不賂者以賂者喪③。」蓋失強援，不能獨完④，故曰「弊在賂秦」也。秦以攻取之外，小則獲邑，大則得城，較秦之所得與戰勝而得者，其實百倍；諸侯之所亡與戰敗而亡者，其實亦百倍。則秦之所大欲，諸侯之所大患⑤，固不在戰矣。

六國所以滅亡，並非兵器不夠鋒利，仗打得不好，弊病在於割地賄賂秦國求和。因割地求和以致國力虧損，這是自招破敗滅亡的原因。或者有人說：「六國相繼滅亡，難道全都是因為割地賂秦求和，招致滅亡嗎？」我說：「那些沒有賄秦的國家，受到賄秦國家的拖累以致滅亡。」因為失卻了強大的援手，單獨力量不足以抵抗秦國，所以可說六國滅亡，是由於「弊病在於賄賂秦國」的緣故。試想，秦國憑武力攻戰，侵略土地之外，從賄賂所得，有時是小邑，有時是大城。這些收穫比秦國靠戰勝所得的，實際相等百倍；六國諸侯所失的土地，與戰敗所失的，實際亦相等百倍。這樣看來，秦國最大的慾望，諸侯最大的憂患，根本的成敗因素不在於戰爭的勝負。

1. **弊在賂秦**：弊病在賂賄秦國，割土地給秦國。賂：賄賂，以財物等等奉獻給人換取利益。
2. **六國互喪，率賂秦耶**：六國相繼滅亡，全因割地賄賂秦國嗎？互：交相相繼。率：全是。
3. **不賂者以賂者喪**：不賂秦國家因受賂秦國家連累，以致滅亡。不賂秦國的國家指齊、燕、趙；賂秦國的指韓、魏、楚。
4. **不能獨完**：不能獨力對抗秦國的侵略。完：完成，做得到。
5. **秦之所大欲，諸侯之所大患**：秦國最大的慾望是侵佔六國土地；六國最憂慮的事情，是土地被秦所侵佔。

要點析述

論述六國滅亡的主因：在於割地賄賂秦國求和，不是戰敗。賂秦國家國力日益衰弱；不賂秦國受其拖累，無法獨力抗秦，造成六國相繼滅亡。

第二至三段

思厥先祖父①，暴霜露，斬荊棘，以有尺寸之地②；子孫視之不甚惜，舉以予人，如棄草芥③。今日割五城，明日割十城，然後得一夕安寢；起視四境，而秦兵又至矣。然則諸侯之地有限，暴秦之欲無厭，奉之彌繁，侵之越急④，故不戰而強弱勝負已判矣。至於顛覆，理固宜然。古人云：「以地事秦，猶抱薪救火，薪不盡，火不滅。⑤」此言得之。

齊人未嘗賂秦，終繼五國遷滅⑥，何哉？與嬴而不助五國也⑦。五國既喪，齊亦不免矣。燕趙之君，始有遠略，能守其土，義不賂秦。是故燕雖小國而後亡，斯用兵之效也。至丹以荊卿為計，始速禍焉⑧。趙嘗五戰於秦，二敗而三勝；後秦擊趙者再，李牧連卻之⑨；洎牧以讒誅，邯鄲為郡⑩，惜其用武而不終也。且燕趙處秦革滅殆盡之際，可謂智力孤危，戰敗而亡，誠不得已。向使三國各愛其地，齊人勿附於秦，刺客不行，良將猶在，則勝負之數，存亡之理，當與秦相較，或未易量。

想到他們的祖先，當年要冒着風霜雨露，披荊斬棘的艱難辛苦，才擁有一尺一寸，少許土地。子孫對這些難得的土地，卻並不珍惜，全部像丟棄草芥一般，動輒用來送人。為了賂秦，今天割五城，明日割十城，然後僅得一夜的安眠。一覺醒來，看看四圍邊境，驚覺秦國又兵臨城下了。諸侯國家的土地有限，而秦國的貪婪慾望永不滿足，賄賂的割地奉獻得越多，受到的侵略就更加急密。因此不待戰爭證明，勝負結果早已決定。六國終致滅亡，是理所當然的事情。古人說道：「以割地賂秦求和，有如抱着木柴去救火，柴薪不燒光，火不會熄滅。」這話深明六國滅亡的道理。

齊國從來沒有割地，可是最終也隨着五國相繼滅亡，原因是甚麼呢？是由於齊依附強秦，不肯幫助五國。後來五國滅亡了，齊國也就難逃為秦所滅的命運了。燕、趙君主最初都有應付秦國侵略的對策，選擇不割地賂秦，堅守國土。燕國雖小，但敢於用兵抗強秦，在五國中最遲滅亡。及至燕太子丹，行荊軻刺秦王的計劃，冒險失敗，才加速滅國。趙國曾經五度跟秦國交戰，結果兩敗三勝。後來秦國一再攻打趙國，都被趙國名將李牧一一擊退。直至趙王誤信讒言，把李牧誅殺了，才招致國家滅亡，國都邯鄲變成秦郡。可惜趙國不能堅持抗秦到底。正當秦國把其餘國家剷除淨盡時，燕、趙對抗強勢，竭盡心力，也難免陷於孤立無援的危險境地。戰敗亡國，是無可奈何結果。當日假設韓、魏、楚三國都能珍惜國土，齊國不依附秦國，趙國不進行刺客計劃，良將李牧尚在生。那麼六國與秦國的較量，勝負存亡結果，到底是誰，也許不易推測。

1. **思厥先祖父**：想到他們的祖先。厥：其也，解他或他們。
2. **暴霜露，斬荊棘，以有尺寸之地**：艱苦地處於風霜雨露中，披荊斬棘，才能擁有少許的國土。暴：暴露，引伸解作處身。
3. **舉以予人，如棄草芥**：把土地全送秦國，有如丟棄草芥，毫不珍惜。舉：一舉，全部。芥：泛指輕視的路旁小草，本義是芥菜。
4. **奉之彌繁，侵之越急**：獻奉秦國的割地次數越多，秦國侵略越加急速。彌繁：更加頻繁。彌解更加，亦可解圓滿，如彌月解滿月。
5. **以地事秦，猶抱薪救火，薪不盡，火不滅**：以割地事奉秦國求和，有如抱着柴木救火，柴木不燒光，火不會熄滅。形容做法愚蠢之極。句語出自《史記．魏世家》。
6. **遷滅**：跟隨滅亡。
7. **與嬴而不助五國也**：齊國歸附秦國而不幫助五國。嬴：秦君的姓，借指秦國。
8. **至丹以荊卿為計，始速禍焉**：及至燕國的太子丹讓荊軻刺秦王政計策，才加速滅亡
9. **後秦擊趙者再，李牧連卻之**：後來秦國一再攻擊趙國，都被趙大將李牧連番擊退。卻：擊退。
10. **洎牧以讒誅，邯鄲為郡**：直至趙王因誤信讒言殺李牧，趙首都邯鄲才變成秦國的屬郡。洎：音暨，及至。鄲邯為郡：借指趙為秦所滅。

要點析述

論述賂秦對六國的影響：君主不珍惜祖先艱苦得來的國土，把城池獻秦，僅得短暫和平。割地求和越多，貪慾無窮的秦國侵略更頻繁。

三國不賂秦仍亡國：齊國雖沒有割地，但依附秦國，不幫助五國合力抗秦。終在五國亡後，勢力孤單，不免被滅。燕國雖最弱小，卻敢於抗秦。但荊軻刺秦王政失敗，加速滅亡。趙王誤信讒言，殺大將李牧而亡國。

第四段

嗚呼！以賂秦之地，封天下之謀臣；以事秦之心，禮天下之奇才；並力西嚮①，則吾恐秦人食之不得下嚥也②。悲夫！有如此之勢，而為秦人積威之所劫③，日削月割，以趨於亡④！為國者無使為積威之所劫哉⑤！

唉啊！假設當時六國君主，能把賂秦割讓的土地，封賞給天下智計謀略的能臣；能以事奉討好秦國的心意，禮待天下的奇才；同時能合力向西抗秦，那麼我恐怕這會讓秦國吃不下飯。要滅六國，談何容易。真的令人悲歎啊！這樣有利的形勢，竟然屈服在秦國積威之下，甘心天天削弱國力，月月割地求和，終至滅亡！身為國家的執政者，切不可輕易屈服於積威啊！

1. **並力西嚮**：集中力量對抗西面強秦。並：集合。嚮：同向，對着。
2. **食之不得下嚥也**：含在口裏也不能進入咽喉。嚥：音煙，吞食，解作咽喉。
3. **而為秦人積威之所劫**：竟然屈服於秦國威勢之下。劫：劫取，指屈服。
4. **日削月割，以趨於亡**：隨着國家勢力逐日削弱，國土逐月割讓，終於走向滅亡。
5. **為國者無使為積威之所劫哉**：身為國家領導人，不可輕易屈服在別國的積威下啊！暗示北宋對外族的政策，不可效法六國割地求和。

要點析述

感慨六國倘能封賞重用天下的人才，合力抗秦，不致亡國，反令秦食難下嚥，惶恐不安。悲歎六國因震懾於秦的積威而賂秦，自招滅亡。深切期盼北宋不可怯於外族，應思良策反擊侵略。

1. 六國應採正確策略：不割地賂秦，重用人才，把土地封賞天下謀士奇才，貢獻抗秦的良謀善策。能做到六國無懼於強秦積威，能夠合力抗秦。勢必使秦難滅六國，每日惶恐不安，食難下嚥。

2. 借題發揮，暗示期盼：以「嗚呼」、「悲夫」，表達為六國之亡而感歎的強烈感情。 暗示北宋為一大國，國君應以六國滅亡為鑑，不應屈服於外族積威之下，割地求和，應思振作圖強，對抗侵略。

第五段

> 夫六國與秦皆諸侯，其勢弱於秦，而猶有可以不賂而勝之之勢①；苟以天下之大②，而從六國破亡之故事③，是又在六國下矣！

要說六國與秦國都是地位相等的諸侯國，國勢雖然比秦弱，但可以不必割地求和，仍有戰勝強秦的可能。假如一個天下大國，效法六國，而自招滅亡的故事，政策不智的層次比六國更低下了！

1. **猶有可以不賂而勝之之勢**：六國仍然可不採割地求和的政策，而勝秦。
2. **苟以天下之大**：如以一統天下的大宋。
3. **而從六國破亡之故事**：竟然效法六國因割地求和而亡國。

要點析述

全文收結，一再強調北宋應以史為鑑。六國弱於秦，而仍有可勝秦之道；北宋一堂堂大國，對入侵外族，自亦大有可勝之道，切不可恐懼於積威而不敢應戰，走六國割地求和的錯誤策略，自招滅亡。

特點賞析

一 結構特色

1. 立論既為結論，亦是主旨

文章一開始以六國因賂秦而亡立論，顯示主題。然後根據論點，反覆分析論證，最後得出六國滅亡在於賂秦的結論。因此開端的兩句說話：「六國破滅，非兵不利，戰不善，弊在賂秦。賂秦而力虧，破滅之道也。」便已是全文立論、結論，亦為主旨。這種下筆就立論的好處，是讓主題鮮明顯露，使讀者在主題的提示下，明白全文的分析論述與主題的關係，更了解文章意義。

2. 巧妙的論證方法

確立六國滅亡全因賂秦的論點後，提出論據：

第一，並非六國都有賂秦。齊、燕趙雖不賂秦，卻因韓、魏、楚賂秦而亡國。論據證明說法，本身似有矛盾。

第二，不賂秦國的國家相繼滅亡，是因為失卻賂秦三國的強大支援，難以抗秦而亡。足證亡國是受賂秦國的連累，亦反證上述「不賂者以賂者喪」說法沒矛盾。這種先提出有矛盾的論證，然後再提出反證，以證沒有矛盾，是極盡巧思的論證方法。

二 文字表達特色

就全文而言，一如蘇洵散文，立論語不驚人死不休，闡述議論縱橫開闔。言簡意全，善用比喻的語言，明暢生動，用詞鋒利，斬釘截鐵。予人氣勢豪雄充沛之感。

1. 誇大形容賂秦害處：韓、魏、楚賂秦所失的割地，多於戰敗所失百倍；秦戰勝所得，不及受賂賄所得百倍。危言聳聽，目的在於警惕北宋君主。

2. 善用比喻成語與對偶排偶句

善用成語，如以棄如草芥，比喻韓、魏、楚不珍惜祖先艱難所得的國土，視如草芥；以抱薪救火，比喻割地事秦如懷抱柴救火，勢必柴木不燒光，火不滅；以食不下嚥，指如六國合力抗秦，勝負難料，亦定必令秦惶恐難安。

對偶句：「暴霜露，斬荊棘」，以簡練形容韓、魏、楚國土為祖先艱苦所得。

對比排偶句：「諸侯之地有限，暴秦之慾無厭。奉之彌繁，侵之越急」，以對比説法，論證割地賂秦，難填暴秦無窮慾望，只會加速滅亡。

排比對偶句：「以賂秦之地，封天下之謀臣；以事秦之心，禮天下之奇才。」表達六國應厚待天下謀臣奇才，獻謀出策抗秦，並非賂秦。

3. 藉嗟歎詞，表達對北宋的擔憂與願望

在夾敍夾議後，運用「嗚呼」、「悲夫」表達強烈感情。表面是哀六國之亡，實則暗示內心恐懼北宋會走六國命運，為外族所滅。期盼君主憤發圖強，採正確策略，對抗外族的入侵。

國學常識

一 北宋文壇的「三蘇」

北宋時代的散文家蘇洵，與其子蘇軾、蘇轍，三人的文章，因受歐陽修的賞識，加以讚賞推介而著名於世。後世合稱之為「三蘇」。

二 三蘇並列唐宋八大家

因明末茅坤在《唐宋八大家文鈔》選輯了唐代的韓愈、柳宗元，宋代的歐陽修、蘇洵、蘇軾、蘇轍、曾鞏、王安石共八人的文章，後世稱八人為唐宋八大家。就中蘇氏三人並列其中，傳為佳話。

文章導讀

文體	論述文。
主旨	表面論述六國滅亡非因武備不精良，不善戰鬥，弊在割地賂秦求和，自削國力。實則借古諷今，針對時弊。暗示北宋對遼、夏的入侵，屈辱求和，比六國賂秦更不智。期望君主應以史為鑑，敢於對抗侵略，不走六國舊路。
寫作背景和目的	背景：北宋連年遭受遼、夏的入侵，為求和而納獻鉅額，國力日益衰弱。 目的：針對時弊，強調北宋應以史為鑑。六國雖弱於秦，仍有可勝秦之道，但因賂秦而亡；北宋為大國，應力求戰勝，重用人才，反擊侵略。而不是走六國割地求和，自招滅亡的舊路。

六國滅亡三因	1. 韓、魏、楚賂秦而失去的土地多於被侵佔的，國力日衰。 2. 不賂秦國得不到賂秦國的支持，難以獨力抗秦。 3. 秦得地遠多於戰勝，國力更強，最終可滅六國。
韓、魏、楚滅亡原因	以祖先難得的國土獻秦，僅得短暫和平。 六國割地求和越多，貪慾無窮的秦國洞悉其弱點，侵略更頻。 政策抱薪救火。
齊、燕、趙滅亡原因	1. 齊附秦，不與六國合力抗秦。 2. 燕行刺秦策略。 3. 趙殺良將。
蘇洵的感慨、悲嘆與暗示	感慨：六國倘能重用天下人才合力抗秦，勢使秦惶恐不安，食不下嚥。 悲嘆：六國不能利用大好條件，反因震懾於秦積威而賂秦，自招衰滅。 暗示：北宋不可怯於外族，應思良策反擊侵略。
結構特色	立論結論主旨的結合：開首「六國破滅，非兵不利，戰不善，弊在賂秦。賂秦而力虧，破滅之道也。」兩句，作為全文立論、結論與主旨。 巧妙論證：以齊、燕、趙不賂秦，卻因韓、魏、楚亡，說法似矛盾。再以三國因賂秦而滅亡，齊、燕、趙便失卻三國的支援，難以抗秦。證明亡國受賂秦國連累，亦反證上述「不賂者以賂者喪」說法沒矛盾。先提邏輯有矛盾論證，再反證並不矛盾證明，論證巧妙。
詞句表達要義	**六國破滅，非兵不利，戰不善，弊在賂秦。賂秦而力虧，破滅之道也。** 六國為秦所滅，非關武器不好，士兵不善作戰。弊在割地賂秦，國力日益虧損，自招破滅。兵：武器。不利：不鋒利、不夠好。弊：毛病。 **不賂者以賂者喪，蓋失強援，不能獨完。** 不賂秦國者受賂秦國連累而亡。因失卻三國的支援，無法單獨抗秦。不賂者：指齊、燕、趙。賂者：指韓、魏、楚。

詞句表達要義	
	秦之所大慾，諸侯之所大患，固不在戰矣。 秦最大慾望是吞滅六國；六國最大憂患是被秦吞滅。因賂秦政策錯誤，不以戰爭決勝負。割地賄秦自削國力，招致滅亡。
	暴霜露，斬荊棘，以有尺寸之地。 形容賂秦用的國土，均為祖先艱苦得來。 暴霜露：冒着風霜雨露。斬荊棘：指披荊斬棘，艱苦開闢國土。
	棄如草芥。 指賂秦國的君主，毫不珍惜國土，有如拋棄草芥般將土地送贈秦。 草芥：指如路邊野草。
	奉之彌繁，侵之越急。 賂秦越頻繁，強秦洞悉其不敢對抗的弱點，加速侵略。彌：更加。
	齊人未嘗賂秦，終繼五國遷滅，何哉？與嬴而不助五國也。 齊雖不賂秦，卻依附秦，不敢合力抗秦，終滅亡。 遷滅：跟隨滅亡。與嬴：與指送出主導權，附屬秦國。嬴：秦國嬴姓，借指秦。
	洎牧以讒誅，邯鄲為郡，惜其用武而不終也。 慨嘆趙王因讒言殺李牧，不能奮戰到底而亡國。 洎：音暨，及至。鄲邯為郡：鄲邯趙國都，以趙都淪秦郡，借指趙為秦所滅。
	秦人食之不得下嚥。 指六國倘不賂秦，重用人才，合力抗秦，勢必使秦寢食難安。下嚥：食物含在口中卻不能進入咽喉。借指惶恐不安。嚥：吞食，解作咽喉。
	為國者無使為積威之所劫哉！ 暗示北宋，對外政策不可重蹈六國覆轍，畏於積威，怯於對抗，終自招亡國。積威：指曾戰勝積下威勢。劫：劫取，指屈服。

大葉啟思

蘇洵《六國論》的心意剖析

戰國韓、魏、齊、楚、燕、趙六國，信奉蘇秦的合縱政策：「並力抗秦，秦侵一國，五國圍攻」。使秦不敢侵略，而享 15 年不受秦壓迫的太平日子。繼後各國不遵行，遭秦逐一消滅，人多知曉。蘇洵在《六國論》立論：「六國破滅，非兵不利，戰不善，弊在賂秦」。移形換影，不說六國滅亡主因在不行合縱，把焦點歸結在賂秦所致。更推論「不賂秦的三國，受賂秦的連累而亡」，並列舉例子證明論點正確，例如誇張的説賂秦失地比戰敗所失多百倍。結果暴秦知道弱點，侵略更急，加快六國滅亡。

個人以為無論如何，蘇洵難使讀者信服六國滅亡主因是賂秦，而不是棄合縱。至於蘇洵假設魏、韓、楚不賄賂秦；齊國不依附秦，燕太子丹不採荊軻刺秦王策略，趙不殺名將李牧，六國聯手抗秦，歷史也許改寫，不過是舊瓶新酒，重彈祖先輩合縱的老調罷了，並無新意。還有文中以「以地事秦，猶抱薪救火，薪不盡，火不滅」推論六國賂秦政策，後世廣譽精闢，也不過是引《史記・魏世家》，把「譬」改作「猶」字而已，並非蘇洵自家創見，功應歸司馬遷。後世把《六國論》一文，讚揚天高，細察之下，覺得非蘇洵衷心所期待。

「人之相知，貴相知心」，而覺得蘇洵斤斤計較，反覆強調賂秦為六國滅亡主因，盼望的是當權者，明白他煞費苦心撰文的真正目的，在於透過六國因怯秦積威，不敢對抗而割地求和，而自招滅亡的歷史教訓，警惕當權君臣，應以史為鑑，面對遼、夏入侵，要重用人才，發憤圖強，敢於對抗。不應類似賂秦三國，以鉅額銀絹求和，大損國力而僅得短暫和平。這種暗示的旨意明顯，為國規諫人君與獻策，良苦用心，才值得大家欽佩。為此有必要概略交代蘇洵撰文時處境，探究蘇洵憂心忡忡的底蘊。

漢族與西北部的民族，因邊境問題發生的戰爭，自秦漢至唐，無時或息。到了北宋，宋太祖趙匡胤立國。真宗繼位為第三代皇帝時，北部由契丹民族建立的遼國，和西北方由黨項族建立的西夏，與北宋多次發生邊境之戰。其中宋遼因澶淵之戰，而有澶淵之盟，影響深遠。事緣真宗登基不久，遼國蕭太后藉新君即位，政權不穩，與子遼聖宗率大軍南侵，直迫汴京，震驚宋室。宋朝文武百官，和戰不定。真宗畏敵想遷都，宰相寇準力主抗敵，並要求真宗御駕親征，以壯聲威。真宗登上澶州北城門上親自督戰，鼓舞軍民，萬歲聲聲聞數十里，令宋軍士氣大振。加以遼統軍悍帥蕭撻凜中箭身亡，大挫遼軍士氣，因而願以議和罷兵。雙方簽訂澶淵之盟，協定宋年輸遼歲幣銀十萬兩、絹二十萬匹，並約宋為兄，遼為弟。自此宋遼相安無事。仁宗慶曆年間西夏侵宋，三戰大敗宋軍，幸因西夏分兵直搗關中，大軍為宋所敗，全軍覆沒，促成宋夏的慶曆和議。按條約，夏向宋稱臣，但宋需每年賜西夏絹十三萬匹、銀五萬兩、茶二萬斤。遼興宗藉北宋內外交困的時機，勒索歲幣增加銀十萬兩、絹十萬匹，作為維持澶淵之盟的條件，是為重熙增幣。遼興宗為顯示遼高於宋，條約以年號重熙定名。更得寸進尺，強求宋將向遼輸增的歲幣稱「獻」。因名相富弼據理力爭，以宋為兄遼為弟，於理不合，改稱「納」。

從宋遼的澶淵之盟與宋夏的慶曆和議看來，北宋堂堂大國，兩戰不敗且大有可勝之機，卻因為當權者怯戰，反而自甘示弱，不敢與遼夏作戰。以可能是戰勝國的地位，與大有可能是戰敗國的遼夏，簽訂古今少見，大損國庫的條約。至於重熙增幣，更出於宋仁宗怯戰，讓自身政權不穩的遼興宗，單靠恐嚇便勒索得遂。凡此等等，無不基於宋怯敵積威，畏戰造成，蘇洵為時弊憂心，生怕長此以往，北宋勢必不待戰而自招滅亡。為此而以六國興亡之因果立論，表示面對侵略，務需發憤圖強，重用人才，敢於反擊。實有為北宋有志之士與全民請命的深意，亦為心繫國家興亡大事撰文的真正旨意目的所在，值得欽佩敬重。

蘇洵在《六國論》假設：倘若北宋一如六國，因怯畏戰，賄賂遼夏以求短暫和平，斷定終必自招滅亡。雖使宋真宗、仁宗、英宗三朝「忘戰去兵」，和平日子久，忘了要練兵備戰，軍事實力不強，造成與西夏三戰皆敗。但北宋並不因盟約加速滅亡，反而雖年年有歲幣負擔，但遠勝龐大軍費開支，使宋至亡國前，得享百年和平，得以休養生息，安心生產，國有盈餘，而繁榮富庶。這是蘇洵始料不及的結果，也是大家讀《六國論》時要注意的地方。

蘇氏三父子，同有以《六國論》命題文章。蘇轍文從齊、趙、楚、燕不助魏、韓抗秦，導致被迫賂秦先亡，咎在四國，並推論「賂秦者以不賂者喪」，跟老父的「不賂者以賂者喪」對着幹，說法相反。惟二者實互為因果，難以說誰連累誰，主因還是在於六國不能堅持合縱。至於蘇軾從反面立論，不說秦因重養士，人才濟濟，得以滅六國，反說秦統一天下後，不旋踵而亡，是重法不重人材之故。藉此強調養士對為國者的重要，為蘇洵規諫宋仁宗當國，必須重用天下人才的論調撐場。後世論評三文，以為軾、轍雖各有一得之見，不免有附驥尾之感，難勝蘇洵。

蘇洵傳奇的創造者——程夫人

《三字經》這樣寫蘇洵：「蘇老泉，二十七，始發憤，讀書籍。彼既老，猶悔遲，爾小生，宜早思。」27 歲才深悔讀書的蘇洵，發憤苦學有成，名揚千古的故事，教訓童蒙小學生，宜早思立志向學，又勵志以蘇洵作為「有心不怕遲發力」的榜樣。《三字經》源起於宋，是教育兒童的啟蒙書，取材廣涵五千年文史哲，以及天文地理，人倫義理的基本常識。本書三字一句，二句押韻，順口易唸，誘導兒童琅琅誦讀。此書成為宋至清末民初私塾學童的入門課本，幾乎所有唸過書的中國人也曾讀過。蘇洵不平凡的一生，發憤而成名的傳奇，得到《三字經》的傳播。其名字深入人心，成為古今家傳戶曉的文人。

蘇洵在少年時代，惟愛吃喝玩樂，遊走四方。人雖聰明，卻不愛讀書，無意科舉功名。25 歲前從沒認真讀過書，27 歲才發憤用心，但在進士、茂才考試都落第。反省學問粗疏過後，盡焚之前不可一世的文稿，閉門潛修諸子百家經史十年有多。終於在 48 歲後，文章卓然有成，得到歐陽修的賞識讚譽而名震天下。蘇洵以自己少年不好學，老大難以有成為鑑，對兩個早已在賢妻程夫人的教育下，自小打好文史根基的兒子蘇軾和蘇轍，更着力誘導，苦心栽培。結果是父子兄弟三人，在北宋文壇同時成名，名列唐宋八大家，並稱「三蘇」。這傳奇無可否認，是由蘇洵主力創造。至於他個人傳奇的創造，則與其父蘇序、二哥蘇渙，特別是妻子程夫人有莫大關係。

先說蘇序，這位愛務農的讀書人，性情豁達慷慨，樂善好施。待人處事非常獨特，如任從兒子自由選擇去向，不強迫讀書求功名；時年好時，除家需之外，農作收穫全換作稻穀儲存，遇饑荒年時便拿來接濟親友和族中窮等人家。其積穀防饑的義行，深受感戴。他一向不喜舞文弄墨，晚年一喜作詩，便成數千首，可見才思敏捷。為父作風，影響蘇洵不少。

蘇洵二哥蘇渙，在「眉山五蘇」，即序、渙、洵、軾、轍中，由於「敢為天下先」，打破眉州人，不愛為功名讀書出仕的思想，科舉得意，為官後清廉，備受讚揚。其出色成就使他譽滿巴蜀。連同胞弟蘇洵，以及二姪軾、轍，使眉州搖身一變成為四川文化薈萃之地。蘇渙自小聰慧過人，愛讀書，知自律，不煩父母老師操心。他專心一志，勤奮苦學。他為增強記憶，先後抄寫《史記》，《漢書》全書。刻苦用功的方法，影響其姪蘇軾，使共抄錄《漢書》三遍。他為激勵胞弟見賢思齊，要蘇洵編修《蘇氏族譜》，使其得知先祖輩的成就。個人以為蘇渙的是啟導蘇洵發憤的最主要關鍵，沒有蘇渙，也許蘇洵永遠不會發憤。順帶一提，愚見上述蘇渙這種偏重「先記憶內容，日後細琢磨道理」的學習方法，最宜記心強而理解力弱的幼兒。

蘇洵在人世間命運發展，得以有成，其妻程夫人可說關鍵。個人以為《三字經》宜加上「傾心力，程夫人，匡洵志，賢慧能」四句，以表揚蘇洵雖有蘇渙啟迪於前，但假如沒有程夫難傾盡心力，匡助於後，勢必畢生寂寂無名，兩個兒子也難有出人頭地的日子。在大家知道程夫人是何等賢慧能幹後，便明白「三蘇」傳奇，都由她創造，並非虛言。

分明是蘇洵妻子，卻不跟隨夫姓稱蘇夫人，而尊稱程夫人，已標示其高貴品格，極受敬重。程夫人出身富有官家，自幼熟讀詩書，賢明淑德。十八歲嫁蘇洵後，恪守婦道，愛護丈夫。寧捱窮，也從不向娘家求助分文，維護蘇洵的自尊心。她包容蘇洵的行徑，默默在家教導兒子識字讀書，訓誨大義道理，為蘇軾、蘇轍奠定良好文史根基，培育高貴品格情操。在蘇洵 25 歲透露向學，卻擔心無人養家時，她喜聽蘇洵述志，勉勵全力實踐，不必為家事憂心。她變賣嫁妝，經營布帛絲織生意有方，使蘇家數年間便脫貧致富，顯見程夫人的能幹。

集賢慧、淑德、能幹於一身的程夫人，傾心力事翁姑，相夫教子。她還有最為人欽敬樂譽的事：程夫人教兩個兒子讀漢書《范滂傳》，說及東漢末為官清廉正直的范滂，為民請命，抨擊權奸，而遭誣陷要殺頭。范刑前泣別母親，懇求勿為其死悲傷，其母擦淚反安慰兒子。大義長壽不能得兼時，范滂能捨生取義的故事，使蘇軾感動得涕淚交流，問母親可否容許他將來效法范滂。程夫人認為兒子能作范滂，她這個做母親的，也定必能如范母。最難得的是，在她的店舖中，無意發現地底藏金。程夫人認為君子取財要以正道，以「苟非我之所有，雖一毫而莫取」訓示家人，並在原地為舊主加固埋藏。她在致富後，散盡家財，接濟困難親友、左鄰右里、貧乏窮人。試想，蘇家倘若沒有這位了不起的程夫人，蘇家能和睦，親相親，兄友弟恭嗎？一門三傑，「三蘇」名流千古的傳奇，會有可能嗎？

十六

唐詩三首

山居秋暝 王維

作者簡介

王維（701 年—761 年），山西太原（今山西祁縣）人，字摩詰，外號摩詰居士，人稱詩佛。「摩詰」是佛家梵文的譯音，本義是「不沾塵垢的清淨之名」。王維的名、別字、外號及人稱，都因為他一家和他篤信佛法。據説在他出生前，母崔氏夢見印度居士維摩詰入室，而取名維，以摩詰做字。在他小時，母親已帶髮修行食素。王維如母，是素食者。

王維幼年聰明過人，早已流露才華。少年時，不但博通經史，愛研讀佛學，以文才詩才見稱於時，更得天獨厚，多才多藝，精於音樂、詩、書、畫。學問才藝的結合，成就王維的詩，兼融詩情、畫意、禪理與音樂感，被蘇軾譽為「詩中有畫，畫中有詩」，以及後人論評為「詩中有佛道，畫中有禪理」。其以清雅淡遠，自然脱俗文筆，詠寫山水田園的詩篇，與孟浩然並稱「王孟」，享盛名於唐開元、天寶年間。

王維於玄宗九年（721 年）在進士試得第一名。累官至給事中。安史之亂時，長安陷落，王維被俘，並被迫接受安祿山委任的官職。亂平後追究問罪，按律例應處死他。幸在被俘時曾賦《凝碧池》明志，抒發亡國之痛與思念唐朝的情懷，加以親弟王縉極力求情，獲赦但貶官。後提升為尚書右丞，後人因稱他王右丞。卒年 60，著有《王右丞集》。（累官：累積功勞而升官，累是纍的異體字，音壘。給事中：唐的中央重要官制「三省」，包括負責起草詔書的中書省；負責審核政令對錯的門下省；負責執行政令的尚書省。給事中是居正五品上，門下省要職，負責審核詔書。尚書右丞：唐詔令經門下省審核後，轉交尚書省左、右丞處理執行，官位正四品。）

題目解讀

本詩依《唐詩三百首》的體裁分類，屬於近體詩（又稱今體詩）的五律，即五言律詩。王維晚年隱居在輞川別業中（今陝西終南山下）。別業依山川形勢，栽種花草，堆砌奇石沙土，建造一個有亭台閣榭的園林勝地。他居住在別業時，寫下多首詠寫生活感受的詩，《山居秋暝》是其中一首。

本文要旨

詩題《山居秋暝》，是因王維隱居的輞川別業在終南山下，故稱「山居」。描繪一個秋涼新雨後的傍晚，隱者所見的是空闊寂靜的山川，靜中有動的天地上下，即使春芳凋謝，仍美景如畫；周遭人物與聲音惹人好感。只有在山居，才能感受到清新淡遠，寧靜閒適的生活。表達樂於歸隱輞川，過寄情山水的心意。

內容理解

山居秋暝 ①

空山 ② 新雨後，天氣晚來秋。明月松間照，清泉石上流。

竹喧歸浣女，蓮動下漁舟 ③。隨意春芳歇 ④，王孫 ⑤ 自可留。

空山剛下過新雨，傍晚天氣來涼秋。明月松樹林間照，清泉石上迴旋流。竹林傳來喧呼聲，洗衣姑娘歸家鬧。河中蓮葉在幌動，是那下水的漁舟。即使花草隨春逝，隱者依舊可戀留。

1. **秋暝**：秋夜黃昏。暝：昏暗，本處指黃昏秋夜的情景。
2. **空山**：空闊寂靜的山川。
3. **竹喧歸浣女，蓮動下漁舟**：洗衣姑娘歸家，竹林一片喧鬧；漁舟下水，岸邊荷叢的蓮葉幌動。喧：喧鬧聲。浣女：洗衣女。
4. **隨意春芳歇**：即使春天的芳草已消逝不見，意指春去秋來。隨意：任教，即使。春芳：泛指春天花草。歇：消失不見。
5. **王孫**：王維以隱逸者自居。本義王爵的子孫，後泛指貴族子弟與隱者。

要點析述

一 押韻

唐律詩詩句要遵守平仄、押韻、對偶。本詩是由五字、八句、四聯，逢偶句押平聲韻組成的五律。律詩首句可押可不押，押的韻要一韻到底，不准換韻。詩中押的韻是後、秋、流、舟、留。至於有如文章四段的四聯，則是以首、頸、頷命名，每部分兩句成一聯，配合尾聯兩句而成。四聯中的第二頸聯和第三頷聯的詩規定要對偶。（頷：指下巴下顎。粵音約定俗成唸含。）

二 四聯的作法

首聯：空山新雨後，天氣晚來秋。

描述山居輞川的秋晚，薄暮新雨後，空遠寂靜的山川，天氣予人涼秋的感覺。

頷聯：明月松間照，清泉石上流。

接上聯描繪昏暗薄暮，描寫靜中有動的天地，如畫的美景。因頸聯需對偶，故採明月對清泉，松間照對石上流。

頸聯：竹喧歸浣女，蓮動下漁舟。

轉入描述傍晚惹人好感的人物與聲音。並採竹喧對蓮動，浣女歸對漁舟下的對偶結構。詩句是「浣女歸竹喧，漁舟下蓮動」的倒裝句，因律詩句法忌重複，上文詩句以照、流結尾，故運用倒裝，把歸、下置中，避免重複。

尾聯：隨意春芳歇，王孫自可留。

收結以隱者自居，認為即使春去秋來，山居傍晚仍能感受清新淡遠，寧靜閒適的生活。使他樂於歸隱，過寄情山水的日子。

特點賞析

一 詩中描繪的一切給予讀者的五官感受

身體感受：以山居新雨後，寫傍晚天氣予人秋涼感覺明顯。

視覺感受：以遠觀高天朗月清光，照耀山中松林；近看清泉活水，流過溪澗石頭，怡人心目。

聽覺感受：以晚歸浣女調笑聲穿過竹林，漁夫驅舟下水，動蕩蓮叢蓮葉，偶爾劃破寂靜，有趣動人。

二 詩中有畫，畫中有詩

輞川山居，秋來薄暮的新雨過後，描繪遼闊時空，遠近高低的景物。景美如山水畫圖，又富含詩意。

三 不寫之寫，作法高超

以輞川雖秋來已是花草凋謝，但秋景仍美如圖畫，可想像輞川在春天時景之美，不必費筆墨形容。表達出輞川春光無限美，是傳神的不寫之寫，技巧高超。

文章導讀

文體	五言律詩。
主旨	寫山居秋雨後傍晚，空闊山川景觀。靜中有動，天地上下，高低遠近的美景，山中人物別有情趣的動態和聲音。只有山居之人，才能體會的清美景色。寧靜閒逸生活，使王維樂於歸隱。
詩題釋義	王維居住的輞川別業在終南山下，因稱「山居」。詩寫於秋雨後傍晚天色昏暗時，故說「秋暝」。
寫作技巧	1. 詩中有畫，畫中有詩：描繪輞川山居，秋來薄暮新雨後，遠近高低景物。風景美如畫，而又富含詩意。 2. 不寫之寫：以輞川秋來花草凋萎，景物風光仍美如畫，可想像春景之美。不費一字，卻已形容輞川的春光無限美，是傳神的不寫之寫。
詩句表達要義	**空山新雨後，天氣晚來秋。** 首聯描述山居秋天傍晚新雨後，空遠寂靜山川，天氣予人涼秋感覺明顯。
	明月松間照，清泉石上流。 明月松樹林間照，清泉石上迴旋流。描繪薄暮靜中有動的天地上下，高低遠近的美景。「詩中有畫」是王維詩最大特色。

詩句表達要義	**竹喧歸浣女，蓮動下漁舟。** 「浣女歸竹喧，漁舟下蓮動」的倒裝句。描述山居傍晚，周遭浣女漁夫的動態與聲音。 **隨意春芳歇，王孫自可留。** 即使春去秋來，山中花草樹木凋萎，仍有可觀的美景，因此樂於以「王孫」（意即隱者）自視，甘願過寧靜閒適寄情山水生活，亦為本詩主題所在。

月下獨酌 李白

作者簡介

李白（701 年—762 年），字太白，唐朝人。母親在他出世前夕，夢到太白星（又稱長庚，即今的金星）。誕下他後，便以「白」和「太白」作為他的名和字。關於李白的家人、出生地與去世時地，古今有不同說法而未有公論。大多以為祖籍唐隴西成紀（今甘肅泰安縣北部），祖先是李廣後人。隋末時，因罪流放到古西域條支國碎葉（碎葉，郭沫若考證即今吉爾吉斯的托克馬克城）。到了李白的父親李客，已是第五代人。李客在唐中宗神龍初年，才帶同出生該地的李白，舉家遷回中土巴蜀（今四川）緜州昌明縣的青蓮鄉，李白後因此自號「青蓮居士」。

李白天資過人，幼受儒家思想教養，通曉諸子百家學問，也受道家思想的影響。青年時代，才氣逼人，喜仗義任俠，輕財好施，漫遊四方，交朋結友，養成識見廣闊的胸襟。唐玄宗天寶年初至長安，向賀知章獻《蜀道難》，賀讚嘆其詩雄奇瑰麗，瀟灑出塵，奇其才而驚為天上謫仙人，即貶謫凡間的天上神仙。後向唐玄宗推薦李白。42 歲時，被召入宮任職寫作詩文娛悅和陪伴玄宗的翰林供奉，以才華識見不凡，為玄宗寵信。但因觸犯楊貴妃，得罪高力士，受到排擠，終不獲玄宗任官，而賜金放還，不能得志。李白是個生性浪漫不羈的人，離京後到處漫遊，游山玩水，飲酒作詩，並從此詩名遍天下。

後安祿山叛唐作亂，永王璘思有志天下。以平叛滅亂，復興唐室為名，起兵東南，李白應邀做幕僚。永王觸肅宗怒，兵敗為肅宗所殺，李白亦因罪判流放夜郎（今貴州桐梓縣一帶），中途遇赦。晚年往來南京金陵和安徽宣城一帶。62 歲死在安徽當塗縣。李白詩豪放飄逸，取材宏富，表達手法誇張，富浪漫色彩。成就雄霸盛唐壇，世稱「詩仙」。連與他齊名的詩聖杜甫，也衷心以「白也詩無敵，飄然思不羣」讚譽他。

題目解讀

本詩依《唐詩三百首》體裁分類，屬古體詩五古，又稱五言古體詩。本詩是《月下獨酌》四首中的第一首。據考證是天寶三年（744 年）的作品。時李白為玄宗翰林供奉，獲寵信一時，卻因受楊國忠、楊貴妃兄妹與高力士的排擠，為玄宗疏遠。自感未能得委任為官，展示理想志向，感心情落寞苦悶，因而狂歌痛飲，宣洩心中抑鬱。這是本詩的寫作背景與詩的意旨所在。

本文要旨

如不從背景推敲論詩，主旨明顯，是李白以想出天外的浪漫，為了好趁春光明媚及時行樂。行樂需及春，不甘孤單獨飲，而把月、影擬人化，變成「我」、月、影三人結伴，熱鬧共度。並表示願與明月和影子，永結為無牽無掛的同伴，並預約彼此在銀河再同樂共歡。

如以當時李白不再為唐玄宗所寵幸，受到疏遠，而未能得委任為官，一展抱負。心情落寞苦悶，寄情狂歌痛飲，借酒消愁，宣洩心中抑鬱之作。詩旨與其寫作背景有莫大關係。

內容理解

花間一壺酒，獨酌 ① 無相親。舉杯邀明月，對影成三人 ②。
月既不解飲，影徒 ③ 隨我身。暫伴月將 ④ 影，行樂須及春 ⑤。
我歌月徘徊 ⑥，我舞影零亂 ⑦。醒時同交歡 ⑧，醉後各分散。
永結無情遊 ⑨，相期邈雲漢 ⑩。

花叢之下一壺酒，獨酌無伴沒相親。
舉杯向天邀明月，對影便已成三人。
月亮不解酒情趣，影子空虛隨我身。
且把影月當伴侶，行樂及時在春宵。
我歌明月在徘徊，我舞身影也擺搖。
清醒三人同歡樂，醉後各自便分散。
但願永結忘情友，相約高天會銀河。

1. 獨酌：獨自一個人飲酒。
2. 三人：李白把自己與擬人化的月、影，變成有如三個人。
3. 徒：徒然，空虛。
4. 將：偕同。
5. 及春：應趁春光明媚的時候。
6. 徘徊：流連在身邊，不進不退。
7. 我舞影零亂：當我舞劍，身影配合動作擺動。零亂：前後左右搖擺。
8. 交歡：彼此心意相得，一起同歡樂。
9. 永結無情遊：永遠結為不分彼此的忘情同伴，一起交遊共歡。無情：引伸為忘情，即有情人與無情物消除分別。不解作沒有情感。
10. 相期邈雲漢：相約在天上銀河相會。期：約會。邈：高遠。雲漢：銀河。

要點析述

一 寫作動機

月下花間，李白感獨斟無聊，便發奇想破孤寂，邀明月、身影成三人，熱鬧共醉。雖以物我之間，月影無情，難與有情人交感，但念及好趁春光明媚，及時行樂，不妨暫作良伴。最後以難忘人間地上今夕樂，而願與月、影永結為忘情朋友，相約他朝在天上銀河再作樂共醉。

二 結構分析

1. 花間一壺酒，獨酌無相親。舉杯邀明月，對影成三人。

寫月下花間獨斟自酌，感到孤單無伴，便以奇想把月、影擬人，立即變成三人同歡共醉。

2. 月既不解飲，影徒隨我身。暫伴月將影，行樂須及春。

敍述想到月影無情，不解飲酒情趣，未免遺憾。再念及為了好趁明媚春光，及時行樂，不妨以有情人與無情物結伴，暫作今宵良伴。

3. 我歌月徘徊，我舞影零亂。醒時同交歡，醉後各分散。永結無情遊，相期邈雲漢。

敍寫李白高歌時，天上明月在徘徊欣賞。舞劍時，身影在搖擺配合着動作。三人共醉的開心情景，教他願消除物我界限，永遠結成忘情友，並相約異日在高遠天上銀河，再共醉同歡。

三 押韻與對偶方式

全詩每句五字十四句，偶句押韻。然頭八句押屬「真韻部」的親、人、難、春；八句後轉押「翰韻部」的亂、散、漢。古詩對仗自由，「我歌月徘徊，我舞影零亂」，以及「醒時同交歡，醉後各分散」自成對偶句。

特點賞析

一 寫作特色

1. 想像浪漫：為突破花間月下，獨酌無伴的冷清孤寂，發奇想把月、影擬人，變成三人熱鬧共醉。想像力的豐富，人所難及。

2. 胸襟開闊：有情人與無情物相會，便生樂趣。在於天生豪故，胸襟曠達的李白，能消除物我的區別。

3. 平白不凡：詩句不用典故，沒有暗喻。平白如話，卻因構思描述的脱俗不羣，而突出新穎不平凡。

4. 寄意飄逸：「永結無情遊，相期邈雲漢」，不愧詩仙的寄意，較之他在餞別李雲詩，表達負面的「人生在世不稱意，明朝散髮弄扁舟」，正面飄逸而又情思悠然不盡，可謂更勝一籌。

二 李白詩的風格

天才橫溢的李白，詩篇成就，雄霸盛唐，君臨古今。清朝著名的詩評家沈德潛論李白詩，以為「想落天外，局自變化，如大江無風，波浪自湧；如白雲舒卷，從風變滅。此可天授，非人力所能及」，把李白形容為無人能及的詩人。沒有人會質疑其說法。概括而言，李白詩風豪放飄逸，取材宏富，手法誇張浪漫。作品恆以自命不凡的豪邁氣概，縱橫恣肆的筆觸，融合上述風格，創作出不同流俗，獨樹一幟的詩篇。《月下獨酌》可說是深富特色的代表作。

文章導讀

文體	五古，即五言古詩體裁。
主旨	好趁春光明媚、及時行樂。李白為了「行樂須及春」，而月下獨酌。不甘孤寂無伴，邀月、影與「我」成三人，熱鬧共度春宵。並表達願與月、影永結為忘情之交，約在高遠的銀河再同樂共歡。
內容要點	1. 月下獨酌無伴，邀月對影成三人共醉。 2. 為及時行樂，以有情人與無情物結伴共歡。 3. 消除物我界限成忘情友，相約銀河重會。
全篇特色	1. 富浪漫色彩想像力：把月、影擬人，變成三人熱鬧共醉浪漫場面，想像力極豐富。 2. 消除物我界限，胸襟曠達：能消除物我的區別，永結忘情友，更相約他日銀河相會，再如今夕同歡共醉。 3. 平白而不平凡：不用典故暗喻，平白如話。卻因構思脫俗不羣，而突出新穎不凡。 4. 寄意飄逸：「永結無情遊，相期邈雲漢」句的寄意，飄逸而情思悠然不盡，不愧「詩仙」美譽。
詞句表達要義	**舉杯邀明月，對影成三人。** 以豐富想象力，把月、影擬人化，與自身變成三人共醉月下獨酌無伴的孤寂。 **月既不解飲，影徒隨我身。** 以月不解飲酒情趣，影空虛伴隨我身。無情物難與有情之人相交感，而感覺遺憾。

詞句表達要義	**我歌月徘徊，我舞影零亂。** 以對偶句，形容人、月、影三樂飲共歡情景。明月天上相伴，身影配合劍舞搖擺。徘徊：流連身邊。影：零亂，前後左右散亂搖擺。
	醒時同交歡，醉後各分散。 以對偶句，指出有情人與無情物，會在人有醒時共享醉後便各自分散。暗喻只有胸襟豁達的人，才能與物彼此共融，共歡同樂。
	永結無情遊，相期邈雲漢。 表達願與月影永結為歡樂交遊的忘情友伴；並作出相會銀河的約會。期：約會。邈：高遠。雲漢：銀河。

登樓 杜甫

作者簡介

杜甫（712 年—770 年），字子美，號少陵，唐朝人。祖籍湖北襄陽縣，曾祖遷居河南鞏縣。祖父是武則天時代的著名詩人杜審言。早年刻苦努力，深受儒家思想影響，懷忠君愛國愛民的熱忱。35 歲前，到處遊歷，在江南和山東等地，過了十多年交結天下文士的遊歷生活，與李白即於其時相識。

其後在長安生活近十年，仕途始終不得志。安祿山之亂，杜甫想由鄜（音夫）州投奔剛即帝位的唐肅宗，途中給安祿山部下俘押長安一年多。侍機逃至鳳翔，獲見肅宗，被任為左拾遺。但不久即因上疏救房琯而觸怒肅宗，被貶鄭州。他後來棄官住蜀（今四川省）成都，建蓋草堂，安家定居。其舊友劍南節度使嚴武任之為節度參謀，並薦其為檢校工部員外郎，世因稱之為杜工部。嚴武死，失所依靠，四處流遷，生活流離，病死於湖南耒陽，卒年 59 歲。著有《杜工部集》。

杜甫出身寒微，仕途不濟。一生鬱鬱不得志，常過着流離失所，東西漂泊的窮困生活。因此在現實生活中能體會社會的黑暗，百姓的疾苦。他以充滿儒家仁者心腸的筆觸，富於現實的人道精神，創作詩篇，揭露現實的黑暗醜惡，表達對黎民無盡的同情，滿盈憂國憂民情思。他的詩篇有如時代的一面鏡子，照見現實的一切。使之讀他的詩，如讀忠實記錄下來的歷史。因此他的詩被譽為《詩史》，而他被讚頌是詩聖。

題目解讀

《登樓》依《唐詩三百首》的體裁分類，屬於近體詩（又稱今體詩）的七律，即七言律詩。本詩是杜甫旅居成都的第五年，登高樓眺望，感時撫事傷心之作。當時唐正處多災多難的時世，這亦是惹起尋思，感慨傷心，並表達志向抱負的七言律詩。

本文要旨

詩成於廣德二年（764 年）春，其間上年正月，安史之亂剛平，十月便因吐蕃反叛，攻陷長安，政局再生動盪，幸賴郭子儀借回訖兵破吐蕃，收復京城，使唐一時轉危為安。但吐蕃仍在四川西北一帶大肆侵略劫殺，加以藩鎮割據，宦官專權，使唐內外交困，政局依舊不穩。

杜甫深為當前動盪的時世而大生憂傷感慨，以詩表達。詩中更暗喻代宗，應以西蜀後主，寵信宦官，昏庸亡國為鑑。並顯示一心想效法諸葛亮，忠君愛國，為朝廷效勞，建功立業的抱負。

內容理解

花近高樓傷客心，萬方①多難此登臨②。
錦江③春色來天地，玉壘④浮雲變古今。
北極朝廷終不改⑤，西山寇盜⑥莫相侵。
可憐後主還祠廟⑦，日暮聊為《梁甫吟》⑧。

這座周遭接近花木的高樓作容的我登臨，
情不自禁為國家的多災多難而感觸傷心。
看到來自天地間一片春色籠罩下的錦江，
遠望玉壘山浮雲變幻如世事莫測的古今，

慶幸朝廷的正統始終還並沒有甚麼變改，
期望西山的寇盜也不要再到來邊疆侵犯。
可恨昏庸無能後主竟有供人拜祭的祠廟，
黃昏日暮聊為表達心事高歌一曲《梁父吟》！

1. **萬方**：四方，借指全國。
2. **花近樓傷客心，萬方多難此登臨**：登臨周遭花木茂盛的高樓遠眺，異鄉作客，不禁為國家多災多難時世傷心。
3. **錦江**：四川岷江的支流。
4. **玉壘**：四川灌縣西北的一座山名。
5. **北極朝廷終不改**：即北辰，是眾星所拱照的北斗星，借指唐朝收復給吐蕃兵攻佔的京城長安。
6. **西山寇盜**：指侵佔唐四川劍南西山州縣的寇盜吐蕃。
7. **可憐後主還祠廟**：可恨像西蜀昏庸的後主，竟還有供人祭祀祠廟。可憐：反義詞，可恨，不解可憐。
8. **《梁甫吟》**：諸葛亮最喜吟唱的民歌，在山東梁父山一帶流傳，歌意懷念齊三勇士。杜甫借以顯示渴望能效法諸葛亮忠君報國，一展匡扶社稷的抱負，建功立業。

要點析述

一 寫作背景與目的

杜甫在成都登高樓眺望，寫下感時憂世寄意之作。因當時吐蕃作亂，藩鎮割據，宦官專權，內外交困，多災多難，惹起感慨傷心。並表達但願能效名臣諸葛亮，一展為國效勞的抱負。

二 作法分析：四聯的內容與作法

1. 首聯：花近高樓傷客心，萬方多難此登臨。

描述登高樓遠眺景物產生的感觸。是「花近高樓此登臨，萬方多難客傷心」的倒裝句。描述登臨這周遭都是花木茂盛的高樓遠眺，異鄉作客的杜甫，不禁為當前多災多難的時世傷心。

2. 頷聯：錦江春色來天地，玉壘浮雲變古今。

描述錦江春色依舊重臨天地，玉壘山的浮雲似世事多變幻。比喻雖為長安京都的光復而喜，卻憂心時世的擾攘動盪。錦江春色與玉壘浮雲對偶；來天地對變古今。

3. 頸聯：北極朝廷終不改，西山寇盜莫侵。

重申為家國時勢喜憂。喜朝廷依舊掌握政權，沒有改變；憂慮異族吐蕃仍在邊境侵略作亂為禍。以北極朝廷喻唐朝；終不改比喻唐仍掌政權。「北極朝廷終不改」與「西山寇盜莫相侵」，是有暗喻的對偶句。

4. 尾聯：可憐後主還祠廟，日暮聊為《梁甫吟》。

末聯是從高樓遠眺，見西蜀後主祠廟，產生兩種感觸。如後主昏庸也尚有供人祭祀的祠廟，因知唐朝正統，必能繼續。可是君主也應以蜀後主寵信宦官誤國為鑒，勿重蹈覆轍。最後顯示思效諸葛亮忠君報國為世所用，一展匡扶社稷，建功立業的抱負。

三 詩的體裁格式與押韻方法

七字八句，四聯組成的七律，逢偶句押平聲韻，首句可押可不押，一韻到底不換韻。押的韻是心、臨、今、侵、吟。

特點賞析

一 以倒裝詩句，表現憂時傷事，忠君愛國情懷。

登臨花木簇擁的高樓遠眺，忠君愛國，作客異鄉的杜甫，情不自禁，為當前多災多難時世感慨傷心。起句「花近高樓傷客心，萬方多難此登臨難」是倒裝句，目的在透過初以為見花傷心，最終明示是為當前萬方多難時世，感慨憂傷，突出題旨。同時亦以春花燦爛反襯時局多災難，以示無心賞花。

二 詩句精煉，對仗工整，格律嚴謹，堪稱七言律詩範本。

本詩首聯以「萬方多難惹傷心」揭示主旨後，頷聯、頸聯四句：「錦江春色來天地，玉壘浮雲變古今。北極朝廷終不改，西山寇盜莫相侵」，寫景抒情寄意兼融，同時對仗非常工整，至為難得。尾聯是表面隱約而實明顯的心志透露：國難當前，未能如諸葛亮得遇劉備賞識，為世所用，一展匡扶社稷的志向，最是傷心。全詩藉登樓的的遠近高低的眺望，把個人的情懷，融入山川與祠廟為一體，境界壯闊，寄慨彌深，加以詩精煉，格律嚴謹，實為七律典範作品。

三 從東南西北，描述景觀，融情入景，構思高超

詩以高樓作據點，然後分別描述從據點眺望的東錦江、西玉壘山、北極朝廷、南蜀後主祠廟。近遠高低，四方所見景物古跡，引起的聯想感慨。以當前時空，發展寫景抒情方法，佈局精湛。

四 温柔敦厚的寄意

杜甫在國難當前，卻不能為國效勞，本是最傷心的事，卻安排在結尾處，才隱約其辭。這是重家國萬方多難，遠大於個人，温厚敦厚的表現。

五 杜甫詩的風格

盛唐詩壇，詩仙詩聖李杜齊名，韓愈以「李杜文章在，光焰萬丈長」論定兩人之詩，光芒萬丈，勢必照耀萬古，確非過譽。杜詩博大精深，各種體裁，並佳皆善。杜甫是儒家忠誠信徒，天性仁厚，故詩篇流露忠君愛國思想，哀傷國破家亡，嗟痛生民流離所疾苦，無不洋溢仁者愛人，人飢己飢，人溺己溺的人道主義精神情懷。紀述家國興亡的感人作品，更使他獲得「詩史」的美名。他的古體詩包涵宏闊，格調蒼涼悲壯。律詩則格律嚴密，詞句有「語不驚人死不休」的精煉，作品堪稱盛首屈一指。眾作之中，公認他描述生民在黑暗政治與殘酷戰爭下，悲慘無助的苦況的詩作，如「三吏」、「三別」與《兵車行》等。最為感人出色。

文章導讀

詩體押韻	近體詩（今體詩）的七律，即七言律詩。七字八句，四聯組成，逢偶句押平聲韻，首句可押可不押，一韻到底不換韻。押的韻是心，臨，今，侵，吟。
主旨	杜甫旅居四川第五年，登高樓眺望，為唐當時多難時世，憂傷感慨，並表達思能為國效勞的志向之作。

寫作背景與動機	宗為帝二年春，安史之亂剛平，便再因吐蕃叛亂，政局動蕩。幸郭子儀收復京都，唐轉危為安，但吐蕃仍為禍西北。加以藩鎮割據，宦官專權，朝廷內外交困，時世依舊不穩，使杜甫登臨高樓，覽當前景物，不禁為國事與未能為國效勞心事感觸憂傷。
四聯表達要點	首聯，眺望感慨：登樓眺望，感傷時世多難，無心賞燦爛春花。 頸聯，參半憂喜：為收復京都長安光而喜，因回訖仍為禍而憂。 頷聯，重申憂喜：喜唐尚掌握政權，為回訖仍為患西北而憂。 尾聯，表達寄意：盼代宗勿效後主寵信宦官。顯示願得為世所用，一展忠君愛國抱負。
寫作特色	1. 「花近高樓傷客心，萬方多難此登臨」是倒裝句，表達憂時傷事，忠君愛國情懷。 2. 詩句精煉，對仗工整，格律嚴謹，堪稱七言律詩範本。 3. 從東南西北描述景觀，融感慨情入景，佈局高超。 4. 温柔敦厚寄意，盼代宗勿效後主，以諸葛亮自喻，期能為國效勞。
詞句表達要義	**花近高樓傷客心，萬方多難此登臨。** 「花近高樓此登臨，萬方多難傷客心」的倒裝句。描述國家多難時世，高樓遠眺產生憂傷感慨。 **錦江春色來天地，玉壘浮雲變古今。** 寫錦江春色依舊，玉壘山浮雲多變幻，比喻為收復長安而喜，為時局仍擾攘動盪而憂。 **北極朝廷終不改，西山寇盜莫相侵。** 重申為時局喜憂的情懷：喜朝廷依舊掌握政權；憂是異族吐蕃仍為禍西北。北極朝廷：喻唐朝。終不改：喻仍掌政權。西山寇盜：喻吐蕃禍亂。莫相侵：喻期望亂平。 **可憐後主還祠廟，日暮聊為梁甫吟。** 述寫見昏庸西蜀後主，尚有供人祭祀祠的感慨，期盼唐代宗要以後主寵宦官誤國為鑒。最後表達思效法諸葛亮忠君報國，為世所用的志向。

國學常識

一 中國舊詩，依體裁劃分的三類

1. 古體詩：沒有規定全篇句數。初期詩句以四言為主，每一詩句四字，以春秋時的詩經為代表。及至漢末，漸變為以五言和七言寫作，間亦有採較少見的三言、六言。

2. 近體詩：亦稱今體詩，創自唐。分為絕、律兩種。

絕詩兩類：分五言絕詩（五絕）與七言絕詩（七絕）。五絕是五言（五字）四句；七絕是七言（七字）四句。五絕與七絕同為常例押三韻，即第一、二、四句尾字要押韻。

律詩兩類：分五言律詩與七言律詩。五律是五言八句：七律是七字八句。每兩句成一聯，八句分首聯、頷聯、頸聯、尾聯四聯，中頸聯和頷聯同為常例，押五平聲韻，即第一、二、四、六、八句尾字要押韻。除此之外，頸聯和頷聯，第三句跟第四句和第五句跟第六句，文字需對偶。

樂府詩：起於漢代樂府歌曲，原是要依協調歌譜創作的詩歌。由六朝至唐末，屢經變改，詩便有協調音樂與不必協調音樂的分別。形成古樂府詩可協樂唱出，今樂府則多不協樂，重成詩不重唱出。樂府詩詩句數量沒有劃一規定。

二 唐詩四期與代表詩人

大致分作初、盛、中、晚四階段。階段間起止時間，大概約略，界限無硬性規定。

1. 初唐，貞觀至開元：始創於仍受六朝綺麗詩風影響期間。代表詩人為陳子昂與「初唐四傑」王勃、楊烱、盧照鄰、駱賓王。陳子昂是復古派，反對六朝文風而倡復古，力主詩要追求魏晉建安風骨，即內容充實的風格，文辭剛健的骨幹，對當時詩風產生一定影響。〔貞觀為唐太宗年號（627 年—649 年），開元（713 年—741 年）為唐玄宗年號，意為開創新紀元。為唐國力最強盛時期，史稱開元盛世。〕

2. 盛唐，開元至大歷：社會安定繁榮，為唐詩提供蓬勃發展機遇，使唐詩的創作進入成熟期，定出絕詩和律詩的近體詩規格。繁富的作品，風格多樣，各體俱備，且名家湧現，是唐詩的黃金時代。主要代表詩人，有山水田園派的王維、孟浩然；邊塞派的岑參、高適、王昌齡、王之渙。全唐詩人以詩仙李白和詩聖杜甫最為著名。

3. 中唐，大曆至太和：主要詩風，着重現實主義精神，反映社會黑暗，同情憐憫平民疾苦。主要代表詩人有白居易、元稹、柳宗元。

4. 晚唐，太和以後：着重唯美詩風。就中以創意高超脱俗，文辭清秀險峻的李牧，最受稱道。以絢麗之辭，表達深情婉轉的李商隱，及文辭綺麗，唯美文學集大成的温庭筠，亦為當時著名詩人。

三 山水田園詩派

舊詩發展至盛唐，不少詩人繼承發揚東晉陶淵明的田園詩風格，除以詩反映田園素樸生活外，更描繪大自然風光，以及生活的寧靜閒逸，而有山水田園詩派的出現。代表人物有盛唐的王維、孟浩然，和中唐柳宗示、韋應物等。就中以是詩人又是畫家的王維，以畫理融詩，形成「詩中有畫，畫中有詩」風格，成就最高。

四 新詩

由胡適主導的白話文運動（1917 年）興起後，與五四運動（1919 年 5 月 4 日）的革新政治與文化的救國運動結合。白話文代替文言文，成為寫作的主流，詩亦從此緊隨白話文的浪潮，發展以白話撰寫詩。

由於這種詩與舊詩體裁作法截然不同，為了表示新舊區別而定名新詩。即是現代人不受傳統舊詩格律的限制，在形式自由情況下，用白話文表情達意的詩篇，因此在初期，新詩又稱白話詩、白話新詩，現代詩、自由詩等。

新詩的代表詩人與著名作品，早期有徐志摩的《再別康橋》，聞一多的《紅燭》，後期有余光中的《鄉愁》。

◉大葉啟思◉

一生坎坷纏其身的詩聖

三才詩人中杜甫的遭逢最不幸

盛唐有三才詩人，天才李白、地才杜甫、人才王維。一想到詩聖，生前坎坷淒涼，與曾風光一時的李白、一生位尊名福厚的王維相比，天淵之別；油然有「人生由命非由他」的慨歎。試從各方面比較探討，去看詩聖的不幸。（註：見韓愈詩《八月十五夜贈張公曹》）

王維李白與杜甫的家世比較

談及三人家世：李白父親李客源來不明；王維父祖三代，僅是位居閒散的司馬；杜甫祖先則累代多高官，家世煊赫。先祖杜預為魏晉著名的政治家、軍事家，經史學家，祖父杜審言是武則天時代著名詩人。論三人家世，以沒落貴族的杜甫為最高，但境遇卻最差。

王維亨通的仕途命運

王維舉進士第一後，升官發財，才名遠播，在自資建構，風景優美的輞川別業中，安寧幸福過活。安史之亂時，雖曾被俘與迫使為官，亂平後問罪當死，卻能靠賦寫的《凝碧池》活命：「萬戶傷心生野烟，百僚何日更朝天？」京都宮殿內的千門萬戶，瀰漫着叛軍隨處炊食的火煙，百官不知要在哪天，才能再在大殿朝拜唐朝的皇帝？就因以詩抒發亡國之痛，思念唐朝之情，透露被迫為官的不情願和對安祿山的不認同。加上親弟王縉營救而倖免於死，最後仍能以尚書右丞終老。一生大多風調雨順，三才中最為福厚。

有盛名而沒有功名的詩仙李白

至於李白，從沒參加過科舉考試。他走的是偏鋒：先將所作詩賦，呈請朝內朝外知名人鑑賞，得到讚揚，即可名滿長安，要登科舉就沒那麼困難。這類似走後門，當時受到社會默許。李白憑着《蜀道難》，得到賀知章譽為「天上謫仙人」，引見唐玄宗最寵愛的胞妹玉真公主時，就當面獻寫《玉真仙人詞》，吹捧她有如九天玄女般浪漫，大獲芳心。再得到她向玄宗大力推薦，李白就任職翰林供奉，成為御用文人。最初卓越識見的才華，深受玄宗寵信，惟始終沒有被正式任官。雖終因恃才傲物，疏狂任性，得罪玄宗偏愛的楊貴妃、高力士，而遭疏離，但已風光一時，名揚天下。談及走公主的門路求功名的做法，王維比李白先行一步。還有說玉真公主初見王維時，問及不應試原因，竟表示不確保名列榜首第一，絕不應考。結果在玉真公主大力舉薦下，如願以償。個人以為借助公主是事實，但不高中狀元，就絕不應考的大口氣，與王維個性全不符合，不可信。坊間渲染李白與王維因俊朗而成玉真公主入幕之賓，純憑臆想捏做事實，更不可信。

詩聖杜甫的坎坷仕途

說到杜甫　，一心想考取功名，實現忠君報國理想。天寶六年，至長安參加由權相李林主持的「野無遺賢」試，出現應考者全部落第的荒謬結果。杜甫落第後，惟有奔走權貴之間，希望透過呈詩獻賦，得到名人賞識，科舉得志。可惜客居長安多年，徒勞無功，仕途無望，鬱鬱不得志。此後要幾經波折艱辛，才得個卑微拾遺小官，卻又歷劫重重。可憐的詩聖，論學識才華，絕不遜色。只因不善逢迎，走的後門比不上人，而終生「英俊沉下僚」，良堪浩歎。

王維李白領盛唐風騷

再論詩的成就名聲：在盛唐時代，精詩畫而工音律，多才多藝的王維，以山水詩名冠當世。李白不在話下，才思脫穎出眾，飄逸浪漫豪放的詩篇，連杜甫也甘拜下風說：「白也詩無敵，飄然思不羣。」，並盛讚他「筆落驚風雨，詩成泣鬼神」，認為李白成就無人能及。筆桿一下，掀起狂風與暴雨；詩一寫成，鬼神亦為之感動哭泣。此外李的《下江陵》寫道：「朝辭白帝彩雲間，千里江陵一日還。兩岸猿聲啼不住，輕舟已過萬重山。」清晨我辭別聳建在彩雲間的白帝城，遠在千里外的江陵，只消一天光陰便到達。行程中只聽得兩岸山邊不住啼叫的猿聲，而載乘我的小舟，轉眼間已經渡過萬重的青山。與王維的《渭城曲》：「渭城朝雨浥輕塵，客舍青青柳色新；勸君更盡一杯酒，西出陽關無故人。」渭城清晨，一場雨水濕鎖輕塵不飛揚，教旅館外柳樹格外翠綠青新。請老朋友跟我再乾一杯餞別酒，為的是在你西出了陽關，也就沒有故舊的親朋，並稱唐七絕詩的雙絕，同屬不相伯仲的壓卷之作。詩名在盛唐期間，無人能及兩人可謂領盡風騷。

詩的名聲身後才璀璨的詩聖杜甫

至於杜甫，懷着「人飢己飢，人溺己溺」的偉大仁愛心，悲憫百姓在國家多災多難，戰亂流離下的疾苦愴痛，以詩為史，寫實地為黎民伸冤訴不平，揭露政治黑暗。從社會意義上來說，他的《北征》、三吏、三別、兵車行》等有血有肉有淚的寫實詩篇，與李白的醉心抒寫個人感受情懷，王維傾情抒發山水禪理的成就，實難以相提並論。可杜甫生前，詩譽卻遠遜兩人。韓愈歌頌「李杜文章文在，光焰萬丈長。」以李、杜詩成就，齊名天下。今人感慨的這只是詩聖死後的璀璨，生前不沾光。

詩聖使人感傷心酸的淒涼晚景

杜甫更不幸的是，其後由於生活窮困，要眼瞪瞪的看到小兒子在自己面前白白餓死，而無能為力。並且最終要在百病纏身下，自己也要以餓死收場，悽慘遭遇使人感慨無限。詩聖曾有贈曹霸將軍詩句：「途窮反遭俗白眼，世上未有如公貧。但看古來盛名下，終日坎壈纏其身」世上再也沒有人像閣下這樣貧困了，可惜在你境遇末路窮途時候，往往還要遭受世俗人的白眼看輕。也許令人悲歎的是，古往今來享有大名望的人，常常注定失意潦倒，困擾一生。這不正就是杜甫自道，也不正就是他一生的寫照？ 就以這作為本文結語，悲歎詩聖的不幸一生。（坎壈：境遇坎坷不得志。壈：音懶。）

宋詞三首

念奴嬌·赤壁懷古 蘇軾

作者簡介

蘇軾，字子瞻，號東坡居士，北宋蜀眉山人（今四川省眉山市）。進士出身，官至翰林學士，兵部尚書。為了反對新法，多次捲入政治鬥爭漩渦，以致一生仕途多波折，屢遭貶黜。卒年66歲，謚為文忠公。蘇軾天才卓絕，於古文、詩、詞、書法、繪畫，無不有個人獨特風格，就中散文與詩詞尤其著稱。文譽為唐宋八大家之一，詞則與辛棄疾同被譽為宋詞豪放派代表。著有《蘇文忠公集》、《論語說》與《書傳》等。

題目解讀

宋詞是宋朝流行歌曲的代名詞。每一首宋詞歌曲，都有原創的名字與可配合歌詞唱出的樂譜。單稱歌曲名字叫「詞牌」；指出屬於哪一首原創歌曲的樂譜稱「詞調」。因此，以《念奴嬌》為例，只採用《念奴嬌》的音樂旋律，棄用原來歌詞，按照樂譜，另外填寫歌詞叫「調寄」。這也是寫作宋詞叫「填詞」的原因。

蘇東坡用《念奴嬌》的詞譜，寄寫他遊赤壁時，聯想起古代赤壁之戰的人物事跡，以及產生的感受。因此以「赤壁懷古」作為《念奴嬌》的本題。

本文要旨

詞以「赤壁懷古」為題，抒寫內容是懷古的標準三部曲：觀眼前長江赤壁景物、懷想三國前人事跡、抒寫個人內心的感受。

蘇軾先以大江東流不息，而歲月無情，產生多少英雄豪傑都成過去的感慨。再因眼底大江赤壁壯麗如畫，懷想赤壁之戰中，雄姿英發的周瑜，談笑用兵，大敗曹操的驕人事功，使一己嚮往之餘，不禁自傷老大無成。雖以人間如夢的達觀思想，寬懷自慰，而隱藏心底無奈的悲哀實在難消。

內容理解

大江東去，浪淘盡、千古風流人物①。故壘西邊，人道是、三國周郎赤壁②。亂石穿空，驚濤拍岸，捲起千堆雪③。江山如畫，一時多少豪傑④！

遙想公瑾當年，小喬初嫁了，雄姿英發⑤。羽扇綸巾，談笑間、檣櫓灰飛煙滅⑥。故國神遊，多情應笑我，早生華髮⑦。人間如夢，一尊還酹江月⑧！

滾滾長江水，浩蕩波浪東流去，千百年來幾許風流人物，給無情時光淘汰淨盡。在那頹殘舊壘的西邊，聽說是三國周瑜大敗曹操的赤壁。仰望赤壁崖石高聳穿插高空，崖下驚心動魄的波浪不斷拍打江岸，飛濺起的浪花像千堆白雪。這江山壯麗如畫，當時競逐當中的是多少英雄豪傑！

遙想周瑜當年，小喬剛嫁給他，英姿雄態，意氣飛揚，瀟灑地手執鵝毛羽扇，頭披青絲巾，談笑間把強敵的船艦燒至灰飛煙滅。全心投入歷史時空的心情，旁人會笑我善感多情，以致早生白髮。驟感人生轉眼過去，一如做夢，何必介懷生前的成敗榮辱得失，且舉樽酒與明月江水一場共醉！

1. **大江東去，浪淘盡、千古風流人物**：長江水滾滾東流，浪濤沖洗盡千古以來傑出的英雄人物。大江：長江。淘：沖洗。
2. **故壘西邊，人道是、三國周郎赤壁**：舊堡壘西邊，聽人說是三國時周瑜大敗曹操的赤壁。人道是：蘇軾遊經地方，非真正赤壁之戰所在地，故以「聽說」交代。
3. **亂石穿空，驚濤拍岸，捲起千堆雪**：赤壁崖上，高聳亂石似把高空插穿，崖下驚心動魄的巨浪，不斷拍打江岸，掀起千堆雪的白浪花。穿空：或作崩雲，解插破天空白雲。拍岸：或作裂岸，解浪濤像要撕裂江岸。雪：指雪白浪花。
4. **江山如畫，一時多少豪傑**：美如畫的山川中，三國時不知有幾許英雄豪傑競逐其間。一時：指三國時代。
5. **遙想公瑾當年，小喬初嫁了，雄姿英發**：遙想起周瑜當年小喬剛嫁他時，正處於姿態雄俊，意氣飛揚奮發的時候。公瑾：周瑜別字。小喬與姐大喬並稱「二喬」，被譽為當時江東最美麗的女子。

6. **羽扇綸巾，談笑間，檣櫓灰飛煙滅**：手執鵝毛羽扇，頭披青絲巾，談笑間便把強敵的船艦燒至灰飛煙滅。形容周瑜優雅裝束，論戰與指揮作戰的從容，一派儒將風範。檣櫓：船桅桿，借指曹操水軍戰船。或作強虜，解作強敵。
7. **故國神遊，多情應笑我，早生華髮**：心神完全投入三國的時空，旁人也許笑我多情善感，以致頭上白髮早生。華髮：即花髮，頭髮花白之意。
8. **人間如夢，一尊還酹江月**：人活在世間就像一場夢幻般便過去了，又何必介懷人世得失呢！ 且讓手中酒，對月灑江水，與明月江水共醉一場吧！ 酹：音賴，以酒灑地祭地。蘇軾借以酒灑江水，喻作更邀江水共醉。

要點析述

懷古三部曲：觀眼前江山，聯想三國歷史人事，抒寫內心感受。

一 上半闋析述：因赤壁眼前景物，懷想起赤壁之戰的人物周瑜。

1. 大江東去，浪淘盡、千古風流人物。

開首三句，由近思遠，寫眼前景物，興懷古之情。以眼前滾滾江水東流，一去不還，不禁興起，無情時光浪濤，淘盡千古英雄豪傑都成過去。

2. 故壘西邊、人道是：三國周郎赤壁。

承接三句，點出眼前是赤壁之戰所在，而興懷古幽情。以殘舊堡壘的西邊，傳為周瑜大敗曹操的赤壁之地，而想及當時人物作為。

3. 亂石穿空，驚濤拍岸，捲起千堆雪。

寫景三句，從高低角度，描述赤壁江山壯麗。描述赤壁，高見亂石聳插穿空，低現驚濤拍打崖岸，掀起千堆浪花的動人景觀。

4. 江山如畫，一時多少豪傑！

兩句結上啟下。觸目聯想，興起懷古欽英風之情。再從近憶遠，以江山壯麗如畫，遙想三國時代，曾不知有幾許英雄豪傑競逐該地。作詞上半闋收結，啟展下半闋的源頭。

二 下半闋析述：思慕周瑜風範事功，寄託失意感慨。

1. 遙想公瑾當年，小喬初嫁了，雄姿英發。

繼上半闋憶念英豪餘波，以為赤壁之戰中，周瑜最是出色。描述周瑜剛娶小喬，英雄美人相配成佳話。周瑜的雄俊姿態，意氣飛揚，風度翩翩，一時無兩。

2. 羽扇綸巾，談笑間，檣櫓灰飛煙滅。

承接三句，形容周瑜不凡的戰功。刻意描述周瑜在赤壁之戰，指揮若定，大敗曹操，儒雅瀟灑的大將風範。

3. 故國神遊，多情應笑我，早生華髮。

轉折三句。沉醉在赤壁之戰，思慕周瑜人才事功，不禁自傷老大無成。並自嘲多情善感，白髮早生，應惹人譏笑。

4. 人間如夢，一尊還酹江月！

結束兩句，以人間如夢的達觀思想，自我安慰。無可奈何下，惟有以人間如夢，並邀江月共醉，故示達觀寬懷，作自我安慰，以釋愁懷。實則難消因被貶謫，而感到此生再難以有所作為的心底悽愴。

特點賞析

一 內容作法特色

1. 格調雄渾，隱涵蒼涼哀傷：描繪江水奔騰東流，赤壁壯麗如畫；周瑜雄姿英發，談笑潰敵；格調陽剛雄渾；惟所抒發感慨，雖以人間如夢故示曠達，但予人慷慨有餘哀之感。這起首的橫放傑出，是蘇詞風格，也是後世譽他為豪放派宗師的主因。

2. 藉古詠懷自傷老大無成：藉赤壁懷古，頌揚周瑜能為國敗敵立功。反映今遼、夏異族入侵，北宋畏縮。自身卻遭貶謫，使為國抗敵的理想幻滅，而有雖才可經世，老大卻無成的感慨。

3. 頌寫周瑜事功，反映自身：刻意讚美周瑜不凡的戰功，年青有成，反映一己白髮早生，老大無成。

二 詞句的作法特色

1. 對比譬喻：以江流無窮，對比英豪生命有盡，突出歲月無情，人生有限。以大江流水借喻時光無窮；以千堆雪借喻雪白浪花。江山如畫則明喻江山美如畫。

2. 精煉用字：運用去、淘、亂、穿、拍、捲等動詞，充滿強烈動感，使描繪事物時更鮮明顯露。

3. 誇張描繪：以亂石穿空形容高峭崖石，穿空崩雲；以千堆雪形容巨浪拍岸，掀起如千堆白雪的浪花飛濺。

4. 倒裝詞句：「故國神，多情應笑我」是「神遊故國，應笑我多情」的倒裝句。

文章導讀

文體	屬宋詞當中的慢詞，作者為蘇軾。
主旨	全詞寫遊赤壁，為東流江水，興歲月無情，淘盡英雄的聯想。表達對周瑜的功業思慕嚮往，抒發未能為國貢獻，老大無成的感慨。
結構大意	上半闋寫景生情：面對浩蕩翻騰的東流江水，感時光無情，淘盡千古英雄。眼前亂石崩雲的赤壁，懷想周瑜的戰功。為赤壁壯麗，江山如畫，生三國時代不知幾許英傑競逐爭雄的聯想。 下半闋寫人抒情：描繪周瑜雄姿英發又儒雅，指揮若定，大敗強敵曹操。以其年青得志的風範，反襯一己老大無成，感慨無限。
描繪手法	先聲奪人：以浩蕩江水開始，氣勢迫人。 遠近高低：以不同距離與今古角度，寫景敘事。因眼前江水（近），想其遠古至今，淘盡英雄（遠）。從眼前江流（近），觀遠處舊壘赤壁，想及三國（遠）。仰視赤壁崖上亂石穿空（高），崖下驚濤拍岸，飛濺起千堆雪白浪花（低）。 聲色俱備：耳聞驚心動魄，巨浪拍打崖岸的聲音（聲），眼見雪花飛濺起千堆壯麗景象（色）。

內容特色	表面雄渾豪放，內涵自傷感慨。 1. 借古詠懷，自傷老大無成：藉描繪山川壯麗如畫，周瑜雄姿英發，談笑潰敵，陽剛雄渾格調。頌揚周瑜能為國敗敵立功。反襯自身遭貶謫，為國抗敵的理想幻滅，而有老大無成的感慨。 2. 頌寫周瑜事功反襯自身：刻意讚美周瑜不凡的戰功，年青有成，反襯一己白髮早生，老大無成。
修辭特色	1. 善用譬喻：以「江流」暗喻歲月無窮，人生有限；以「千堆雪」暗喻雪白浪花；以「江山如畫」明喻江山美如畫。 2. 精煉用字：以去、淘、亂、穿、拍、捲等動詞，描繪大江浪濤的強烈動感。 3. 誇張描繪：以「亂石穿空」形容高峭崖石，穿空崩雲；用「千堆雪」形容浪花如千堆白雪飛濺。
詞句表達要義	**大江東去，浪淘盡、千古風流人物。** 江流千古無窮，而人生有限。縱風流英豪，亦難免遭受無情歲月時光淘汰，終成過去。淘：沖洗淘汰，喻歲月無情。風流人物：指古今英雄豪傑人物。 **驚濤拍岸，捲起千堆雪。** 誇張描繪巨浪拍岸飛掀千堆雪白浪花。驚濤：驚心動魄，驟起巨浪。千堆雪：誇張手法，喻浪花如飛濺起的千堆白雪。 **羽扇綸巾，談笑間、檣櫓灰飛煙滅。** 描繪周瑜指揮作戰時儒雅文采，從容不迫，談笑用兵，便把強敵的戰船火燒淨盡，大敗曹操。凸顯周瑜的大將風範與才能。綸巾：青絲頭巾。談笑間：形容輕鬆姿態。檣櫓：船桅，借指強敵曹操戰船。 **故國神遊，多情應笑我，早生華髮。** 神遊赤壁之戰，仰慕周瑜事功而自傷老大無成，為人嘲笑善感情多，以致頭上早生白髮。華髮：白髮。 **人間如夢，一尊還酹江月。** 以人生如夢，瞬成過去的莊子達觀思想，自我寬懷。以邀江月共醉，以示忘懷得失，實則悲傷難消。酹：音賴，本為灑酒祭地。借灑江水，喻作邀江水共醉。

聲聲慢·秋情 李清照

作者簡介

李清照（1084 年—1155 年），號易安居士，南宋初著名女詞家，山東濟南人。父母均飽學而工於文章。丈夫趙明誠雖為金石學家，亦愛文學，喜寫作詩詞。夫婦恩愛，生活優裕，喜從事書畫金石蒐集整理的工作。北宋為金所滅後，中原淪陷，與丈夫逃難南渡。不久愛夫病死，從此過着顛沛流離，孤單無依，淒涼愁苦的生活。

她工於詞，前期作品，類多吟風弄月，夫婦私情。南渡後詞風大變，以世變亂離，國破家亡，至愛丈夫的逝世，諸般人世苦難折磨的情懷入詞，作品充滿感人摯情與現實意義。善用獨到的白描手法，遣詞造句清麗脱俗，非當世詞人所能及，被視為宋詞婉約派的傑出代表作家。作品散佚甚多，傳世有後人輯錄的《漱玉詞》，及近代的《李清照集校註》。

題目解讀

本詞藉寫秋末菊殘，獨倚寒窗，越是尋思追憶逝去與夫所遇的幸福生活，越覺眼前滿是冷清、悽慘、悲戚。淡酒難當風寒，雁飛天際，徒惹追憶往事的傷心。細雨敲打桐葉，點點滴滴的聲音，有如淒涼趕上心頭。箇中苦楚難以愁字概括形容。主旨在於抒寫秋情，傾訴飽歷憂患，孤寡無依，淒涼過活，懷念亡夫趙明誠，追憶兩人的幸福往事，更感悲酸的心事。

本文要旨

主旨在於抒寫秋情，傾訴飽歷憂患，孤寡無依，淒涼過活的苦況。以及懷念亡夫趙明誠，追憶兩人的幸福往事，無限悲酸的心事。寫的是深秋獨倚寒窗，追憶逝去幸福生活，感眼前全為冷清悽慘籠罩。淡酒難當風寒，雁飛天際，惹憶往事傷心。雨打梧桐，聲音如點滴，淒涼都來心頭，苦楚難當。表達飽歷憂患，孤寡無依，淒涼過活，緬懷亡夫與幸福往事，更感悲傷的情懷。

內容理解

尋尋覓覓①，冷冷清清②，悽悽慘慘戚戚③。乍暖還寒時候，最難將息④。三杯兩盞淡酒，怎敵他晚來風急⑤！雁過也，正傷心，卻是舊時相識⑥。

滿地黃花堆積，憔悴損，如今有誰堪摘⑦？守着窗兒，獨自怎生得黑⑧！梧桐更兼細雨，到黃昏，點點滴滴⑨。這次第，怎一箇愁字了得⑩？

整天心神為尋尋覓覓幸福往事，當前周遭卻冷冷清清，教人感悽悽慘慘戚戚。在這天氣乍暖又驟寒的時候，最難把身子保養調息。喝上三杯兩盞淡酒，又怎抵受得住晚上的冷風勁急！正在傷心時刻，看到天邊的雁羣飛過，挑起我回憶中的熟識。

滿地堆積枯萎的黃菊，憔悴凋殘的模樣，如今還怎可以惹人來採摘？獨個兒默默守着窗兒，教人要怎樣才能熬到夜裏天黑！ 細雨敲打梧桐葉，到了黃昏，點點滴滴的淅瀝聲音，都與往事交織。這般光景，又怎可用一個愁字概括得了？

1. **尋尋覓覓**：指尋思追憶與丈夫從前過的幸福生活。
2. **冷冷清清**：形容周遭環境使人感到滿是冷清、孤單、寂寞。
3. **悽悽慘慘戚戚**：形容今非昔比，惹起悲戚。
4. **乍暖還寒時候，最難將息**：深秋的天氣忽暖驟寒，教人難以適應。乍：忽然。將息：調養休息。
5. **三杯兩盞淡酒，怎敵他晚來風急**：形容喝三兩杯淡酒，難暖身抵禦風寒。盞：小杯。怎敵：怎能對抗。他：寒冷天氣代名詞。
6. **雁過也，正傷心，卻是舊時相識**：正為憶往事傷心時，看雁飛天邊，勾起曾與夫觀賞情景，更添傷心。
7. **滿地黃花堆積，憔悴損，如今有誰堪摘**：秋末黃菊凋殘，沒有人會採摘，自喻如殘菊，再難得亡夫寵愛。損：枯萎殘損。堪摘：可來採摘。
8. **守着窗兒，獨自怎生得黑**：整天獨守寒窗，時光難過。怎生得黑：怎可熬到天黑。

9. **梧桐更兼細雨，到黃昏，點點滴滴**：形容細雨敲打梧桐葉聲音，有如點滴往事的傷心回憶。

10. **這次第，怎一箇愁字了得**：孤單寂寞的生活，又怎能僅以一個愁字去概括得了。這次第：這些悽愴光景情況。

要點析述

本詞是李清照訴說孤寡無依，滿盈淒涼辛酸的悲秋情懷。

一 上半闋運用十四叠字及對比手法聲情交融地描繪悲秋情懷

以「尋尋覓覓」，表示尋思追憶幕幕與夫幸福往事。「冷冷清清」和「悽悽慘慘戚戚」，則是表達眼前冷清孤寂，感到無限悽慘悲戚。當中「冷冷清清」是疊字也是疊韻，「悽悽慘慘戚戚」是疊字又是雙聲。聲情交融地，貼切描述憶幸福往事思眼前淒涼，無限悽慘悲秋情懷，字字感人肺腑。並以在乍暖還寒的惱人天氣，淡酒難當風寒。在傷心之際，見雁飛天際，更惹追憶與夫的幸福往事。感今昔天淵之別，而倍添悽愴。

二 下半闋以憔悴殘菊與雨打桐葉暗喻，及富現實口語入詞傾訴悽愴

以殘菊自喻憔悴。用暗喻手法，以憔悴殘菊喻自己；以無人採摘，比喻再難獲亡夫的寵愛。並且感到孤單無依的時光，難獨自度過。以雨打桐葉，比喻點滴聲聲都挑起對百般往事的追憶，對今非昔比感煎熬。表示人如不堪採摘，百般往事趕上心頭的煎熬。

運用「最難將息」、「守着窗兒，獨自怎生得黑！」、「這次第，怎一箇愁字了得？」的淺俗口語入詞，表達更顯明而富現實精神。讓讀者對她的實事真情，生出無限共鳴，感同身受。

特點賞析

一 全詞內容緊扣「秋情」

詞以「秋情」為題，綜觀全詞所有對人事物天氣與情懷抒寫，無不緊扣「秋情」二字。

描述秋末江南天氣，乍暖還寒，寡居獨處，尋思往事時，感特別冷清。也

因今昔生活對比，幸福淪為愁苦，而滿懷悽慘悲戚。在秋末淡酒難當風寒時刻，見天邊北雁南飛，挑起曾與夫共賞熟識景象，如今卻成惹傷心的因由。秋菊凋殘，正似人兒憔悴，殘菊無人採摘，恰如再難有丈夫寵愛。朝晚獨守寒窗，孤單無依的時光不易度過，想到漫長黑夜更覺難熬。聽到秋雨細打桐葉，點滴聲音，有如淒涼都來心頭。箇中苦楚難以愁字概括形容。主旨在於抒寫秋情，傾訴飽歷憂患，孤寡無依，淒涼過活，懷念亡夫趙明誠，追憶兩人的幸福往事，更感悲酸心事。

文章導讀

文體	《聲聲慢 · 秋情》97 字，是宋詞中慢詞。
主旨	寫深秋獨倚寒窗，追憶逝去幸福生活，感眼前全為冷清悽慘悲戚籠罩。雁飛天際，惹憶往事傷心；雨打梧桐，聲音如點滴苦楚湧上心頭。全詞表達飽歷憂患，孤寡無依，淒涼過活，緬懷與亡夫幸福往事，更感悲傷的情懷。
寫作背景	李清照與夫趙明誠生活本恩愛優裕。金滅北宋後，夫婦逃難南渡，不久夫病死，從此她便過着顛沛流離，孤單無依的淒涼生活。國破家亡，摯愛逝世，人世苦難折磨，以詞抒發感受，充滿感人摯情與現實意義。
描繪憶幸福往事，思眼前淒涼而倍感傷心的對比手法	上半闋運用疊字及對比手法聲情交融地描繪悲秋情懷： 1. 運用「尋尋覓覓，冷冷清清，悽悽慘慘戚戚」十四疊字，聲情交融表達今昔生活，天淵之別。 2. 正傷心時見雁飛天際，惹憶與夫共看往事，倍添悽愴。 3. 下半闋以憔悴殘菊與雨打桐葉暗喻，及口語入詞傾訴悽愴： 4. 以殘菊自喻憔悴。用暗喻手法，以殘菊自喻；以無人採摘，喻再難獲如亡夫生前寵愛。並且感到孤單無依的時光難過。 5. 以雨打桐葉，喻點滴聲聲挑起百般追憶，生今非昔比的煎熬。 6. 運用「最難將息」、「守着窗兒，獨自怎生得黑？」、「這次第，怎一箇愁字了得？」的淺俗口語入詞，表達更顯明而富現實精神，使讀者感同身受。

詞句表達要義	**尋尋覓覓，冷冷清清，悽悽慘慘戚戚。** 「尋尋覓覓」追憶與夫的幸福生活。「冷冷清清」描述孤單寂寞的感覺。「悽悽慘慘戚戚」形容生活今昔對比，愁慘悲戚。連用十四疊字聲情交融表達悽愴，作法獨創。
	雁過也，正傷心，卻是舊時相識。 形容正在為憶往事而傷心時，看到雁飛天邊，勾起與夫曾共看熟識情景，更添傷心。
	獨自怎生得黑！ 形容整天獨守寒窗，孤寂時光難過。不知要怎樣才可熬到長夜。
	滿地黃花堆積，憔悴損，如今有誰堪摘？ 以滿地黃菊凋殘無人採摘，比喻再無法得如丈夫生前的寵愛。損：枯萎凋殘。堪摘：會來採摘。
	梧桐更兼細雨，到黃昏，點點滴滴。 形容見梧桐落葉，兼聽細雨敲打葉聲，惹起百般往事，傷心回憶，感到無限煎熬。

青玉案・元夕 辛棄疾

作者簡介

辛棄疾（1140 年—1207 年），字幼安，南宋初山東濟南人。生當北宋滅亡，中原淪陷，金人肆虐，國家災難深重時代。他幼年受到祖父愛國思想的薰陶，長大後愛國家民族的觀念強烈。年 21，在山東組織義軍抗金，後投南宋，嶄露過人膽略和才識，歷任江陰（今江蘇江陰縣）僉判，嶄露過人膽略才識，歷任多地安撫使，及湖北湖南轉運副使等職。任職時，必致力整頓地方，積蓄軍力，為百姓謀福利。（僉判：簽判官；為南宋各州的幕僚職位，負責協助州長官處理政務及文書檔案等事務。安撫使：負責地方軍事防禦的軍官。轉運副使：轉運司副手，負責地方財賦職務。）

可惜他恢復中原，北上殺賊的壯志，始終難酬。他上書論述北伐大計，朝廷不接受，不加重用，反遭壓抑，因而退居鄉間達20年。辛棄疾文武兼資，所寫之詞有蘇軾豪放風格，亦具濃烈愛國思想。悲歌慷慨，反映南宋時代，有志之士念念不忘國土淪亡的精神。奮發激越，沉鬱悲壯之餘，也有清麗嫵媚，含蓄委婉，滿溢柔情的一面。後世並稱蘇、辛為宋詞豪放派代表。著有《辛稼軒長短句》傳世。

題目解讀

《青玉案》是宋詞的詞牌名。元夕，又稱元夜與元宵節，是中國傳統節日。在陰曆元月（正月）十五夜，必有花燈活動慶賀。

本詞表面上是描述南宋臨安府一個元宵佳節夜，滿城民眾傾巢而出，熱鬧參與慶祝活動的情況，實則藉就中一個離羣獨處，並不與眾共歡的女子，寄託心事。

學者推測本詞作於宋孝宗乾道七年（1171年）前後，背景是辛棄疾從北方山東抗金起義後，在臨安府任職大概十年期間，時刻不忘為恢復河山，還我中原而努力奮鬥。惜與當政主和政見不合，懷才遭忌，不受重用，反時受貶抑。激烈的愛國情懷，滿腔壯志難酬的鬱結，往往發為文字傾訴。梁啟超以為《青玉案·元夕》，便是他在詞中，藉寫一不參與元宵佳節，獨處燈火黯淡一角的女子，表達「自憐幽獨，傷心人別有懷抱」的作品。

本文要旨

詞表面描述南宋首都臨安府（今浙江杭州）的元宵佳節夜，有如千樹繁花的花燈，燦爛閃亮如流星雨灑的煙花，鳳簫響徹夜空，魚龍花燈整夜舞動，婦女盛裝爭妍鬥麗，富貴人家的寶馬雕車，熱鬧參與賞燈活動的情況。並以就中自己思念的女子（實則自喻），千百遍人羣中尋覓她，都不見芳蹤。驀然無意中回首，發現她離羣獨立在那燈火黯淡的角落，只作冷眼觀旁者，並不與流俗共歡，寄託「自憐幽獨，傷心人別有懷抱」的心事。

辛棄疾寄意在於以女子異眾的行為，暗喻自己不同流俗識見相合。表達不滿南宋臣民，忘卻中原國土淪落金人之手的慘痛，不思振作，而安於逸樂，使他悲憤傷心。

內容理解

東風夜放花千樹。更吹落、星如雨①。寶馬雕車香滿路②。鳳簫聲動，玉壺光轉，一夜魚龍舞③。

蛾兒雪柳黃金縷④，笑語盈盈暗香去⑤。眾裏尋他千百度⑥；驀然回首，那人卻在燈火闌珊處⑦。

元宵夜，暖和的春風，一夜吹開繁花千樹似的朵朵彩燈；更吹落天上煙火，像遍灑流星閃耀的雨點。寶馬拉着雕車，芳香滿路。悠揚鳳簫動聽，白玉壺燈的銀光流轉着光華，徹夜舞動魚龍彩燈，處處熱鬧歡樂。

爭妍鬥麗的女兒家，金縷蛾、銀雕柳，亮麗髮飾頭上簪一把，盈盈笑語伴暗香，趕着熱鬧向前。人羣裏尋覓千百遍，始終都不見她的蹤影。漫不經心突然回頭望，卻在那燈火稀疏黯淡的角落發現她。

1. 東風夜放花千樹，更吹落、星如雨：一夜春風吹開千樹繁花，更吹落天上的星雨。東風：春風。花千樹：喻五光十色的花燈。星如雨：喻煙花光閃亮麗，如流星雨點。
2. 寶馬雕車香滿路：富貴人家的華麗馬車走過街上，滿路飄送香風。寶馬：指馬兒盛配華麗飾物。雕車：喻豪華馬車有如雕琢而成。
3. 玉壺光轉，一夜魚龍舞：有如白玉鑲嵌成的花燈，銀光閃閃流動。通宵還有魚花燈、龍燈舞動。玉壺：指精心設計，如白玉鑲嵌的花燈。亦可解作銀亮的明月。
4. 蛾兒雪柳黃金縷：盛裝的婦女們，頭上佩戴蛾蝶、銀柳的髮飾。蛾兒：指形如蛾蝶的髮飾。雪柳：銀柳髮飾。
5. 笑語盈盈暗香去：美麗姑娘們笑語悅耳，姿態輕盈動人，伴着暗香在路上走過。盈盈：充滿，語帶雙關，指悅耳的笑語與輕盈姿態，都十分迷人。
6. 眾裏尋他千百度：在人羣中千百遍尋覓他。眾裏：人羣。千百度：千百次，形容次數很多。
7. 驀然回首，那人卻在、燈火闌珊處：忽然不經意的回頭一望，那個人卻站在燈火稀疏的角落。驀然：忽然，突然。回首：回過頭來。闌珊：稀疏零落樣子。

要點析述

一 上半闋內容析述

描述南宋首都臨安府的元宵佳節夜，花燈眾多、煙花燦爛、豪華車馬往來、鳳簫聲傳夜空，與魚燈龍燈舞動的情況，凸顯元宵佳節繁華熱鬧的情況。

1. 花燈光明亮麗而眾多：有如給和暖春風吹開的千樹繁花。

2. 煙花的燦爛多姿多彩：如天上灑落人間的閃亮流星雨點。

3. 往來道上馬車的豪華：寶馬雕車，薰香滿溢，路上飄送。

4. 鳳簫樂聲的清脆悠揚：歌樂演奏中，響徹夜空鳳簫聲動人。

5. 舞動彩燈的助慶表演：通宵舞魚燈龍燈的精彩表演。

二 下半闋內容析述

寫富貴人家，與深閨婦女亦空羣而出，參與賞燈盛事，街道人羣熱鬧歡騰。並以就中不與流俗共歡，獨立燈火闌珊角落的女子，寄託「自憐幽獨，傷心人別有懷抱」的心事。亦刻意透過兩種不同女兒家心態的對比，突出主題：

1. 女兒家趁熱鬧心態：女兒家們盛裝打扮，婀娜多姿：金雕銀鏤的蛾蝶楊柳髮飾，爭妍鬥麗。盈盈笑語伴暗香，趕趁熱鬧人潮賞花燈。

2. 以黯淡街角獨立女子自喻，寄託孤獨心事：自比只作冷眼旁觀的女子，無心與眾同樂，寄託「自憐幽獨，傷心人別有懷抱」，表達不滿南宋臣民，耽於逸樂，不為國土淪亡而思。亦為一己復國壯志難酬而傷心悲憤。

特點賞析

一 內容作法特色

1. 首尾內容不協調

以元夕為題，表面描繪敍述臨安府元宵佳節之夜：有如千樹繁花，大放光華的花燈，既多又美，煙花燦爛閃亮，如流星雨灑，更添光彩。鳳簫響徹夜空，魚龍花燈整夜舞動，婦女盛裝爭妍鬥麗，富貴人家寶馬雕車，百姓參與賞燈活動的熱鬧情況，使全城歡聲歡樂。耐人尋味的是，辛棄疾以自己千百遍尋覓的女子，竟獨立於燈火黯淡街角，不與眾同樂作收結。與前大半刻畫描述的全不協調。

2. 強烈對比，突出主題

「眾裏尋他千百度；驀然回首，那人卻在、燈火闌珊處」的結句，是全詞主旨所在。極寫臨安城元宵夜花燈，煙火燦爛，寶馬香車，爭妍婦女呈現的賞燈盛況的目的，在於反襯他着意千百回尋找不見的意中人——自我比喻化身——離羣孤寂，獨立燈火闌珊處的女子，與萬眾騰歡的強烈對比。藉以此寄託女子即自我，不同流俗，自憐幽獨情懷，悲憤傷心的寫作主題。

二 詞句作法的特色

1. 以暗喻表達主旨的結句：「眾裏尋他千百度；驀然回首，那人卻在、燈火闌珊處」結句，暗喻：獨處冷眼旁觀女子辛棄疾的自我化身。亦以不參與萬眾騰歡，喻不滿南宋臣民安於逸樂，不思振作。再以獨立燈火的黯淡街角，顯出心事寡合的自憐幽獨。意即一己滿腔恢復中原的愛國情懷，不為朝廷重用的傷心憤慨。

2. 暗明比喻誇張並用詞語：「花千樹」暗喻亦誇張描繪花燈眾多，有如千樹繁花盛放。「星如雨」誇張明喻煙花如燦閃的流星雨。

3. 色、香、聲的舖排：視覺：花千樹、星如雨、寶馬雕車、蛾兒雪柳、玉壺、魚龍花燈。人物：富貴人家，盛裝婦女，觀燈人潮、燈火闌珊處女子。嗅覺：香車薰香、脂粉暗香。聽覺：鳳簫聲、煙花爆放聲、人潮喧鬧聲。

文章導讀

文體	67 字，屬宋詞的中調。
主旨	描述臨安府元宵花燈夜，全城參與賞燈活動的熱鬧情景。並以離羣獨立燈火闌珊角落，不與流俗共歡女子自我比喻，寄託「自憐幽獨，傷心人別有懷抱」的心事。
寫作背景	辛棄疾在山東抗金起義後，投歸南宋多年。因志切恢復河山，與當政者的主和政見不合，遭忌憚壓抑。壯志難酬，不滿南宋臣民安於逸樂，不思振作，藉詞寄託悲憤感慨。
強烈對比突出主題的暗喻句	「眾裏尋他千百度，驀然迴首，那人卻在、燈火闌珊處」，以着意但尋找不見的意中人自喻，以獨立於燈光闌珊處的孤寂女子與一眾女子及萬眾騰歡的對比，寄託不同流俗，自憐幽獨情懷的主旨。

詞句表達要義	
	東風夜放花千樹，更吹落、星如雨。 描繪花燈如千樹繁花繽紛盛開，煙花像灑落人間的流星雨點。星如雨：喻煙花亮麗如流星雨。
	寶馬雕車香滿路。 以寶馬雕車滿路走過，飄送薰香，喻富貴人物參與活動。寶馬：馬佩珍貴馬飾。雕車：喻車精美如雕琢。
	玉壺光轉，一夜魚龍舞。 顯示燈節熱鬧景況。元夕通宵，如白玉鑲嵌的花燈，銀光閃亮流動，魚燈、龍燈舞動助慶。玉壺：指精心設計，如白玉鑲嵌花燈。可解銀亮明月。
	蛾兒雪柳黃金縷。 形容婦女們盛裝打扮，頭上佩戴金蛾蝶、銀柳華麗髮飾。蛾兒雪柳：形如蛾蝶、銀柳的髮飾。
	笑語盈盈暗香去。 以眾多賞燈婦女笑語，帶着脂粉暗香，參與歡慶。對比孤寂獨立女子的與眾不同。盈盈：充滿，語帶雙關，笑語悦耳，動態輕盈。
	眾裏尋他千百度，驀然回首，那人卻在、燈火闌珊處。 指因而在人羣中千百遍找不着意中人，不經意回頭，突然發現她在燈火黯淡街角孤寂獨立。以女子無心與眾同樂自比，寄託對南宋臣民，不思為國土振作，反而耽於逸樂的不滿。亦為復國壯志難酬，感到悲傷。全詞主題所在。千百度：誇張次數很多。驀然：忽然，突然。回首：回過頭來。闌珊：燈光稀疏零落貌。

國學常識

一 詞的來源

詞本為配樂唱出的歌詞，故此最初稱為曲子詞。唐宋期間，有精於文詞而又曉通音律的詞人，按照舊有樂譜音律，填寫新的歌詞，這是作詞又稱為填詞、倚聲的緣故。其後詞人大多僅照前人全篇作品的字句平仄規定，不計較樂律。詞乃逐漸擺脱與音樂的關係，變為純粹如詩的別體文學作品。

二 詞的別名

詞又稱曲、曲詞、詩餘、樂府、長短句、樂府倚聲。別名很多，現僅取其中通行的別名，略作簡介。由於詞出現在唐詩之後，學者以為是唐詩的餘緒，故稱詩餘。

詞要按平仄規格，因此句子字數往往參差不齊，長短夾雜，因稱長短句。由於最初的詞必須按曲調的樂譜填寫，故又可稱為樂府倚聲。

三 宋詞與詞牌、詞調、詞譜的意義與關係

宋詞：最初原是宋朝流行歌曲的代名詞，後來專指只按平仄規定填詞的文學作品。

詞牌、詞調、詞譜：詞牌指每首歌曲本身的名字。詞調是指歌曲的音樂旋律部分。詞譜則指歌曲的樂譜。單稱歌曲名字叫詞牌，指出屬於哪一首原創歌曲的音樂旋律稱詞調，單指詞調的音樂曲譜稱詞譜。

以《念奴嬌．赤壁懷古》為例，《念奴嬌》為詞牌。並按詞調，亦即原創音樂旋律部分，按照樂譜（實則只按平仄規格），另外填寫歌詞。這是宋詞叫填詞，也可叫調寄的原因（如本詞可稱調寄《念奴嬌》）。

四 宋詞的小令、中調、長調、慢詞、闋

學者把宋詞分為小令、中調、長調三類。小令為 58 字以下；中調為 50 至 90 字間；長調為 91 字以上。至於慢詞，則是把舊有曲調加以延伸而成新譜，換言之在合乎平仄規格的準則上，增加文字。

闋，本指一曲已終的意思，後用一闋代表一曲。

大葉啟思

宋詞論豪放誰領風騷

同以流水形容歲月無情，人生有盡的道理，自從李白「君不見黃河之水天下來，奔流到海不復回。君不見高堂鏡悲白髮，朝如青絲暮成雪」驚心演繹後，從此黃河奔流的一去不返，歲月冷酷寡情的悲歎，便成李白專利。自蘇軾以「大江東去，浪淘盡千古英雄豪傑」動魄詮釋後，長江東流無窮，人生有限的感慨，便歸蘇軾發明。以奔流逝水，詠歎光陰無情的雙絕。黃河歸詩仙，長

江屬東坡，皆為 共識，沒有異議。但把蘇軾和辛棄疾並稱為宋詞豪放派代表，並以蘇是豪放派始創者，辛只是繼承者，便大有商榷餘地。

把蘇辛並視豪放，持論在於以為辛詞豪放雄健，風格與東坡相近。蘇詞文字不作剪裁以遷就聲律的創新作風，辛詞如同一轍，有如蘇詞的繼承者。因此得出宋詞豪放派的創始是蘇軾，繼承發揚是辛棄疾與陸游的觀念。並認為《念奴嬌．赤壁懷古》的橫放傑出，必須以「關西大漢，彈銅琵琶、敲鐵綽板」唱出，才能彰顯詞的豪邁格調。由於說法深入人心，一評及蘇詞風格，必引《念奴嬌》舉證，論定為豪放。實則「大江東去，浪淘盡，千古英雄豪傑」，訴說的是「千古以來，即使英雄豪傑，亦難逃歲月淘汰」的感慨，沒絲毫豪情邁概。至於描繪周瑜的雄姿英發，談笑用兵，大敗強敵的瀟灑，着意在於嚮往年青便已建功立業，名留青史，表達與周瑜對比下的自傷，帶出「多情應笑我，早生華髮」的悲哀。最後的「人生如寄，一尊還酹江月」更是慷慨有餘哀，故作達觀的自我寬慰之詞。全詞隱涵感傷自嘲，要說豪放，比不上他 38 歲時寫《江城子．密州出獵》。

「老夫猶發少年狂，左牽黃，右擎蒼；錦帽貂裘，千騎卷平岡。為報傾城隨太守，親射虎，看孫郎。酒酣胸膽尚開張，鬢微霜，又何妨！持節雲中，何日遣馮唐？會挽雕弓如滿月，西北望，射天狼。」——且讓老夫展示少年的輕狂，左牽黃獵犬，右擎托蒼鷹；上千騎士隨從疾風展現平坦的山岡。為了報答全城百姓湧隨出獵的太守，要像孫權般顯出射殺猛虎的本領，給大家看看。酒喝得痛快淋漓，心胸膽氣便宏張豪壯，兩鬢雖添了些微的白霜，顯示一下輕狂又何妨？久盼手持漢文帝赦免罪過符節的馮唐，何時才到訪？讓我好把射雕弓拉張成滿月，瞄準西北，射殺西夏那天狼。雖然詞意滿溢豪情邁慨，可是這詞畢竟為文造情，與辛棄疾信手皆是為情而生文的豪放有所不同。

辛棄疾文武兼資，勇武膽略，機智超人。在敵人的陣中，萬軍裏縱橫，出生入死的切身經歷，無人可比。至於憂國難，傷時世，天生俠骨具柔情，鐵血丹心，終生以天下國家為念，亦是整個南宋，無人能及。《賀新郎．同甫見和再用前韻》洋溢的豪放風格：「男兒到死心如鐵，看試手，補天裂」大丈夫抗金北伐的決心有如鋼鐵般的堅定，等待着我倆可大顯身手，像女媧煉石補天崩裂，恢復大宋河山不白費心血。不單是為情自然而生，亦是總體作品的主調。個人以為論詞的總體主調豪放，以情采超逸見稱的蘇軾少見，辛詞卻滿是，篇幅所限不去細舉。因此以為東坡晚期詞，優秀作品風格無非透露曠達思想。用著名豪放作品，便推許他是宋詞豪放派的創始人，反而把真正豪放的辛棄疾視作追隨者，不當不公。這正如李清照，為了表達對南宋主政者的畏怯偏安，不思振作的不滿，寫了首慷慨激昂，豪邁激情，緬懷楚霸王項羽英雄氣概的《夏日絕句》「生當作人傑，死當為鬼雄。至今思項羽，不肯過江東。」在生要做人中的俊傑，死後該當英靈中的豪雄。直至今天仍無人不在懷念着項羽，他那不肯苟且偷生，重返江東的氣概。不能因此便視她是豪放派，否認她是婉約派。

王國維在《人間詞話》中評蘇辛詞作：「稼軒詞豪，東坡詞曠」，以豪放為辛詞最大特色。曠達是東坡詞要領，説法很有見地。要把兩人分類，蘇應為宋詞曠達派代表，辛當是下啟陸游的豪放派始創者。東坡詞雖間有如「大江東去」與「老夫猶發少年狂」的橫放傑出，晚期作品，總體主調，洋溢道家的與大自然渾成一體，禪宗的不拘謹，無執着，看破放下便自在的腔襟思想。到了《定風波》已達化境。而類似這樣的作品，在在多見，理應視作曠達，而難以定為豪邁慷慨。辛棄疾文武全才，軍人出身的豪邁情性，畢生志切恢復河山，還我中原。熾熱的愛國志向，征夫白髮不能如願的悲壯，始終如一，至死不休，要言詞充滿豪放。要説豪邁、慷慨、激越，當之無愧。

元曲二首

四塊玉・閒適（第四首）關漢卿

作者簡介

關漢卿，金元時代漢族人，生卒年代與身世來歷不詳（約為 1220 年—1300 年）。「漢卿」是他的別字，原名不詳，只知他外號「已齋」、「齋叟」、「一齋」。籍貫亦有解州（今山西運城）、元大都（今北京市），及祁州（今河北安國市）多說。生平充滿謎團。大概生於金朝末年，元滅金後，一家被編入醫戶，生活較好，並獲接受教育的機會。後來得以從事雜劇創作，且成就超卓，與馬致遠、鄭光祖、白樸並稱「元曲四大家」，甚至被譽為可媲美莎士比亞的「中國曲聖」。他一生創作了六十多個雜劇，多散佚而僅存 18 篇。雜劇有悲劇、喜劇，內容廣闊，反映現實，揭露元代社會的黑暗腐敗，為百姓伸冤抱不平。《竇娥冤》、《救風塵》、《單刀會》是三個膾炙人口的作品。就中《竇娥冤》更備受後世頌讚，譽為元最優秀雜劇。

關漢卿的散曲成就亦驕人。曲詞風格，豪放浪漫，潑辣直切，風趣幽默兼而有之。曲辭善用通俗口語與比喻，以白描手法，生動自然地表達主題。其中寫男女戀情的作品，描述婦女心事，刻畫入微；寫離愁別恨文筆，則情意真切動人，尤為出色。

題目解讀

關漢卿的《四塊玉．閒適》是元散曲的一組小令。組曲共四首，本文引用的為第四首。第一首為：「適意行，安心坐，渴時飲，飢時餐，醉時歌、困來時就向莎茵①臥，天地闊，閒快活！」第二首為：「舊酒投②，新醅潑③、老瓦盆邊笑呵呵，共山僧野叟閒吟和。他出一對雞，我出一個鵝，閒快活！」第三首為「意馬收，心猿鎖，跳出紅塵惡風波，槐陰午夢④誰驚破？離了利名場，鑽入安樂窩，閒快活！」（①莎茵：指綠草地。莎：音梭。②投：本字是酘，指再蒸釀的酒。③新醅潑：新酒釀成。醅：音胚，未經過濾的酒。潑：本字醱，醲酒。④槐陰午夢：引用《唐傳奇．南柯太守傳》中的南柯一夢，寓意富貴榮華如大夢一場。）

明白組曲的創作背景，對了解曲中表達的思想很有幫助。組曲透露遁世歸隱的思想，緣於對現實社會的不滿。蒙古人入主中原後，實施「四等人制」。把全國分成四等：一等蒙古人、二等色目人、三等漢人、四等南人。不同階級，在擔任官職、參加科舉考試、面對刑律等方面，待遇不同。蒙古人享有的政治權利最大，色目人（除蒙古人、漢人、南人外，其他三十多個族羣如波斯人、猶太人、吐蕃人、阿拉伯人等，一概統稱為色目人）次於蒙古人，政治待遇亦相當優厚。至於漢人與南人則受賤視。最不公的，漢人和南人即使才識高人一等，為官永遠僅能當蒙古人或色目人的副手。政治待遇的不公，加上蒙古人、色目人濫用權力，對漢人、南人諸多歧視，造成社會腐敗。使很多有才能的漢族知識分子，受到制度的壓逼，永沉下僚，難一展抱負，有所成就。漢族讀書人不時藉文學作品，流露抑鬱憤慨與消極遁世的思想。此組曲表達的思想與時代背景，息息相關。

本文要旨

《四塊玉．閒適》第一首，作者表達任性逍遙，自由自在的快活情狀。第二首描述與好朋友、山中的僧人、鄉間老農夫，閒來湊合食物歡聚，飲酒、吟詩和聊天，生活愜意的情況。第三首則寫出深知世途險惡，全因爭名奪利而起，自己能夠擺脱名韁利鎖的束縛，故而活得閒適快樂。

第四首旨要顯示一己看透世情，樂於像陶淵明與謝安一般，終此一生過隱逸的生活。但言下之意卻表達隱逸皆因不想與世道人心爭辯是非曲直。不想爭名奪利。

內容理解

四塊玉①．閒適（第四首）

南畝耕②，東山臥③。世態人情經歷多。閑將往事思量過，賢的是他，愚的是我，爭甚麼？

效法陶淵明在南山下的田野耕種，像謝安一樣在東山隱居高臥。世態人情變化那麼多；空閒時細心思量過往事，覺悟到讓賢明的是他，愚蠢的是我，還要跟他們爭甚麼呢？

1. **四塊玉**：曲牌名。標準句式是「三三七七三三三」七句，不計襯字共 29 字；押五韻，一韻到底不換韻。本曲押的五平聲韻是臥、多、過、我、麼。全曲 31 字，多出二字，是由於第六句「賢的是他」、第七句「愚的是我」，各多添一「的」襯字。襯字是指，在不影響音樂節奏的情況下，在正文加入文字，順口溜過，幫助文意表達。
2. **南畝耕**：願效法陶淵明在南山下的田畝過農耕生活。南：指南山。東晉陶淵明隱居後作《歸園田居》與《飲酒》詩，分別有「種豆南山下」和「悠然見南山」詩句，後世常用「南山」入詩文，喻隱居意。
3. **東山臥**：東晉名臣謝安曾隱居東山（今浙江省上虞縣西南部），後來受重用才再入朝為相。後人以「東山高臥」喻隱逸。關漢卿引用這典故，用意是效法謝安過隱居生活。

要點析述

關漢卿敘述決心過歸隱生活的意願與原因。

1. 決心效法陶淵明與謝安，過隱居務農，閒適自樂的生活。

2. 過往的閱歷，讓他感到爭名奪利，是非不分的世途險惡。自己不想與歪曲了世道的人，爭辯是非曲直，不想與險惡、名利、紅塵產生任何關係，是以退隱。

特點賞析

一 倒敘的作法

《四塊玉．閒適》組曲中，第一、二首內容敘寫描述的是歸逸後，得以任性逍遙，過着自由自在，閒適快樂生活的情狀。第三首描述參透世情，深知世途險惡，全因爭名奪利而起，自己能夠擺脱紅塵的束縛，故而可活得閒適快樂。至於第四首，則是傾訴決定效法陶淵明與謝安歸逸務農的心志，在於閱歷社會人心敗壞，世情是非不分的險惡，而又無能撥亂反正下，無奈只好消極退隱，以可過閒適生活自我安慰。

從內容來説，排序應是四、三、二、一。第四與第三首敍説決定隱居務農的原因，是經深思熟慮，並非貿然決定。第二與第一首是描繪歸隱後的結果，活得逍遙閒適快樂。跡近倒果為因的表達手法很有特色。

二 內容與句語的運用

1. 句語簡樸，涵意深遠：除起首的「南畝耕、東山臥」是對偶句外，其餘是白描的敍述句與自問句。表面顯淺，但隱涵深意其中。

2. 解釋歸隱的原因：陶淵明因與現實社會格格不入而躬耕南山下，謝安以不能為世重用而高臥東山上。關漢卿意在言外的歸隱原因，心意一如東晉的陶、謝。

3. 反語表達內心憤慨：以反語「賢的是他，愚的是我，爭甚麼？」表達在不公平的制度下，是非不分，愚賢莫辨的憤慨。「爭甚麼？」表面是消極裝扮豁達，實則內心感到悲憤莫名。

文章導讀

文體	元曲四大家的關漢卿著作的散曲《四塊玉》，組曲中的第四首小令。
要旨	表面看透世情，要像陶淵明與謝安過隱逸生活，隱喻不求進取。實因在於閱歷人心敗壞，世情險惡，憤慨無能撥亂反正，又不欲與世道爭辯是非曲直。故退隱過自由閒適生活以自慰。
倒敍的作法特色	從表達的因果，排序應是四、三、二、一。第四與第三首述説決定隱居的原因，第二與第一首描繪歸隱後的結果，活得逍遙閒適快樂。這是跡近倒果為因的表達手法。

修辭	1. 句語簡樸涵意深遠：除「南畝耕、東山臥」是對偶句外，其餘是白描敍述句與自問句。表面顯淺而隱涵深意。 2. 傾訴歸隱的原因一如陶、謝：陶淵明因與現實社會格格不入而躬耕，謝安以不能為世重用而高臥東山。表示自己歸隱原因一如陶、謝。 3. 反語表達內心憤慨：「賢的是他，愚的是我，爭甚麼？」反語表達在不公平的制度下，社會黑暗腐敗，是非不分，愚賢莫辨的憤慨。「爭甚麼？」消極裝扮豁達，實則內心感到悲憤莫名。
詞句表達要義	**南畝耕，東山臥。** 要像陶淵明在南山下的田畝務農，如謝安的高臥東山，過退隱生活。 **世態人情經歷多，閑將往事思量過。** 敍述退隱是因多年閱歷，是靜裏思量，感覺世道人心敗壞險惡，非貿然衝動決定。 **賢的是他，愚的是我，爭甚麼？** 用反語表達內心憤慨不平。佯裝豁達，爭論是非賢愚。

沉醉東風・漁父詞 白樸

作者簡介

白樸（1226 年—1306 年），金元時代漢族人，本名恒，後改名樸，字仁甫，號蘭谷先生。先祖籍貫隩州（今山西河曲一帶），金朝末年，生於汴京（今河南開封），寓居真定（今河北真定），最後遷居建康（今江蘇南京）終老。

白樸出身官僚大家庭，父白華為金朝進士，官至樞密院判，與金元期間大詩人元好問為知交好友。白樸幼年，其父為金朝國事奔走。離開汴京時，蒙古大軍攻陷汴京，大肆殺戮搶掠，白樸與其姊、母失散，幸得元好問收留，並視如親生子女，撫養教育，關懷備至。白樸曾因瘟疫染病垂危，元好問日夜把他抱在懷中，照顧安慰，白樸竟能於染疫症後第六天痊癒。白樸自幼聰明好讀書，在得到元好問耳提面命的教育下，學識過人。白樸直至十二歲，才能與向投降元朝的父親團聚。

白樸幼年目睹蒙古大軍在汴京殺戮搶掠，終生難忘，心靈大受創傷。因此長大後雖學問有成，亦不願為元朝效力。他無意功名，多次拒絕官職。他自視為金國遺民，縱情詩、酒、劇曲、詞賦，藉文詞歌聲抒發胸中憤慨不滿，並表示永不為官，遁世隱逸的心志。晚年主要在江南蘇杭、揚州一帶遊歷，直至81歲時重遊揚州，此後便不知所蹤。著有《詞集》。另有傾訴人生悲涼感慨的《天籟集》二卷，卷後附有散曲集《摭遺》。此外雜劇十餘篇，僅存《梧桐雨》、《牆頭馬上》。

題目解讀

白樸幼年經歷過金國末年，蒙古大軍攻陷汴京後，肆意殺戮搶掠，讓他耳聞目睹兇殘的慘劇，同時感受到當時與父母失散，無所依靠的驚惶恐懼。長大後痛恨厭惡滅金的元朝，也為金的滅亡感到鬱鬱不樂，以終生不事元朝，表達自視為金國遺民的心志。他藉創作詩文詞曲以寄情，與好友縱酒高歌，遊山玩水。學者多認為《沉醉東風 · 漁父詞》是他晚年移居建康時，以老漁夫自喻，反映其憎惡蒙古人的統治，終生寧願淡泊退隱，而誓不為元臣的作品。

本文要旨

表面寫秋江波上，近岸由黃蘆、白蘋、綠柳、紅蓼組合，相映成趣的遠山近水，美景如詩如畫。老漁夫就在這天地空闊，美好寧靜的環境中，不與世爭名利，漠視萬戶封侯，飽覽江山風光。看着飛翔的白鷺沙鷗垂釣，生活是何等的自由自在，閒適瀟灑。實則作者以老漁夫自喻，寄託他對元朝的統治極度反感，終生寧退隱，誓不事元為官的心志。

內容理解

沉醉東風①·漁父②詞

黃蘆③岸白蘋④渡口。楊堤紅蓼⑤灘頭。雖無刎頸交⑥，卻有忘機友⑦。點秋江白鷺沙鷗⑧，傲煞⑨人間萬户侯⑩，不識字煙波釣叟⑪！

一大片黃蘆繞着岸邊生，白蘋點綴在渡口；碧綠楊柳立江堤，紅蓼花開滿灘頭。雖沒生死與共的刎頸之交，卻有全無機心的朋友。點算秋波江上飛翔的白鷺，數數來往覓食的沙鷗。想到敢於傲視人間權貴的萬戶侯爵，不正就是那隻字不識，在煙波江上垂釣的老叟！

1. 沉醉東風：曲牌名。全曲七句六韻。本曲的「岸」、「雖無」、「卻有」是襯字。全曲一韻到底，六押尤侯韻：口、頭、友、鷗、侯、叟。曲韻與尤侯韻相通，平上去三聲字可通押。
2. 漁父：《莊子．漁父》篇中說及漁父敢批評孔子，《楚辭．漁父》篇中，亦有漁夫勸喻屈原的說話。後世因以漁父一詞，指不與世俗同流合污的明哲退隱者。白樸本句即自比漁父。
3. 黃蘆：生長在近岸低濕地方，高大密茂的黃色蘆葦。
4. 白蘋：在淺水生長的草本植物。葉浮水面，夏、秋開白花，因稱白蘋。可供入藥與食用，亦有用以餵豬。
5. 紅蓼：河川近岸沼澤濕地，綠葉的水生植物，生長迅速而高大茂盛，秋天開滿紅、淺紅、白色的花。其果實水紅花子可入藥。蓼：音了，名詞，與《詩經》中「蓼莪」（生長得高大的莪菜，音綠鵝）讀音不同。
6. 刎頸交：交情深至可以為對方用刀割頸亦不後悔。引申解可以同生共死的朋友。
7. 忘機友：彼此交往，完全沒有機心的朋友。機：機心。為了利害得失，諸多計算詐謀的心腸。
8. 點秋江白鷺沙鷗：數着江上飛翔的白鷺與沙鷗。點：名詞作動詞用，解點算數目。
9. 傲煞：十分漠視。傲：動詞，解輕視、小看。煞：表達深層次程度的副詞，作名詞用時解兇神惡鬼、兇神惡煞。用作動詞時，解緊急停止，即煞住。
10. 萬戶侯：漢代封賜大臣，可世代擁有萬戶食邑的侯爵。泛指位高權重的高官。食邑：大夫得到賞賜的田邑，作為世代子孫的食祿，擁有田邑的食稅權，即百姓耕種田地的交稅，故稱食邑。
11. 叟：老人家、老頭子。指漁父，亦為白樸自比。叟：音搜。

要點析述

藉敘述漁父在如詩如畫的環境中垂釣的自由閒適，寄託隱含誓不事元為臣，不與世俗同流合污，甘願淡泊退隱的心志。

1. 描繪秋波江上美麗靜景：頭兩句以秋波江上，在近岸相映趣的黃蘆、白蘋、綠柳、紅蓼的點綴下，遠山近水，美景風光，如詩如畫。

2. 敘述相伴漁夫的釣友：視沒有機心的白鷺沙鷗為相伴垂釣的好友。

3. 點數江上白鷺沙鷗的寄意：既描繪煙波江上的動景，亦以江上得以自由自在飛翔的鷗鷺，喻為忘機友，寄託願意退隱江湖的心志。

4. 以反語顯示誓不為元臣的決心：用「傲殺人間萬戶侯」暗示自己多次拒絕元朝薦任高官，是因為對元人統治憎恨反感。「不識字煙波釣叟」是反語，亦自喻自己飽學，非因無學識才能難求上進。這兩句顯示誓不為元臣的強烈心志。本意不能解讀作思為世用，進身無門的憤慨。

特點賞析

一 描繪江岸如詩如畫的靜景

以「黃蘆岸白蘋渡口。柳堤紅蓼灘頭」，描繪江南江岸，渡口灘頭的寧靜水鄉，環境如畫，景美如詩。近岸的金黃蘆葦，對開的是在水面飄浮的白蘋雲花；楊柳堤邊下，有淺水灘頭繁茂的紅蓼。天然鮮明的黃、白、紅、綠，相映成佳趣。點綴空闊的秋波江上，江山如此多嬌，能不使人悠然神往。雖然僅用十四字白描，但由於賦予讀者想像空間廣闊，感受更豐富，作法傑出。

二 內容與句語的運用

1. 簡潔而豐富的白描句

「黃蘆岸白蘋渡口。楊堤紅蓼灘頭」描繪近岸的立體空間，在紅、黃、綠、白的植物下，靜景如詩如畫。

2. 對仗工整的對偶句

「雖無刎頸交，卻有忘機友」、「黃蘆岸白蘋渡口。楊堤紅蓼灘頭」。除卻岸字，亦是工整對偶。

3. 顯示不事元決心的倒裝句

「傲殺人間萬戶侯、不識字煙波釣叟」是「不識字煙波釣叟、傲殺人間萬戶侯」的倒裝句。把自喻的釣叟押尾，有強調誓不為元臣的強烈心志。

4. 文字簡淺，涵意深遠

句語沒有艱深文字，表思易明。惟「漁父」、「白鷺沙鷗」、「傲煞人間萬戶侯、不識字煙波釣叟」均隱涵喻意。如以「漁父」自喻隱者；「白鷺沙鷗」喻忘機友。亦自喻願效鷗鷺過自由自在的生活，與黃庭堅詩「此心吾與白鷗盟」，我此心願與全無機心的白鷗定下歸隱時的約會，意義相同。至於「傲煞人間萬戶侯、不識字煙波釣叟」則以倒裝句，隱喻決不事元朝為官的強烈心意。

文章導讀

文體	元曲的小令散曲。
要旨	藉述寫漁父在如詩如畫的環境中垂釣，自由閒適，寄託隱含誓不事元為臣，不與世俗同流合污，甘願淡泊退隱的心志。
描繪手法	1. 黃蘆岸白蘋渡口；楊堤紅蓼灘頭。 描繪漁父垂釣的秋波江上，在近岸相映成趣的黃蘆、白蘋、綠柳、紅蓼的點綴下，美景風光，如詩如畫。 2. 雖無刎頸交，卻有忘機友。 敍述相伴漁夫垂釣的是沒有機心的好友。 3. 點秋江白鷺沙鷗，傲煞人間萬戶侯，不識字煙波釣叟！ 既描寫煙波上鷗鷺飛翔的動態，亦藉點數江上的鷗鷺，寄託一己漠視為官，決定退隱江湖的心志。並以反語「不識字煙波釣叟」顯示誓不為元臣的決心。
修辭手法特色	1. 描繪江岸靜景如詩畫：以「黃蘆岸白蘋渡口；柳堤紅蓼灘頭」描繪江南江岸環境。植物鮮明的顏色，相映成趣的組合，點綴在空闊的秋波江上，江山多嬌秀美。 2. 對偶與倒裝句的運用：「雖無刎頸交，卻有忘機友」與「黃蘆岸白蘋渡口；楊堤紅蓼灘頭」，是對偶句（岸為襯字）。「傲煞人間萬戶侯、不識字煙波釣叟」是倒裝句。把自喻的釣叟押尾，有強調顯示誓不為元臣的強烈心志。 3. 隱喻意義詞句的運用：「漁父詞」隱喻為隱者；「白鷺沙鷗」喻忘機友；「傲煞人間萬戶侯」喻漠視為官作宦；「不識字煙波釣叟」反語喻一己飽學，並非胸無點墨之徒。

詞句表達要義	**雖無刎頸交，卻有忘機友。** 雖無可共生死交心的人，卻有全無機心朋友。忘機友：鷗鷺，喻己無終日為爭名奪利計算機心。
	點秋江白鷺沙鷗。 以數着秋波江上飛翔的鷗鷺，喻隱者生活的優遊自在，自得其樂。
	傲煞人間萬戶侯。 漠視為官封萬戶侯。傲：動詞，解輕視。煞：表達深層次程度，如非常、極度。
	不識字煙波釣叟！ 以胸無點墨不識一字的煙波江上的釣魚老人的反語，喻自己是個飽學之士。叟：老人家。

國學常識

一 元曲的源起與特色

元曲是繼宋詞衰落後，興起的文學作品。元曲由詞演變而來，故又稱詞餘。元入主中原後，傳入了外來樂器和樂曲，使中原音樂發生變化。宋詞難以配唱，促使散曲與雜劇興起。

王國維在《宋元戲曲史序》說：「凡一代有一代之文學，楚之騷、漢之賦、六代駢語、宋之詞、元之曲、皆所謂一代之文學，而後世莫能繼焉者也。」意思在時代獨特的背景下，文學創作者的作品就會反映該時代獨特性，作品內容與形式與其他時代有明顯的差異。他還讚賞元曲「能道人情，狀物態，詞采俊拔，而出乎自然」，成就後世不能及。然而此處「元曲」是指以歌曲表達人物故事的雜劇，不可與散曲混為一談。

二 狹義的元曲與廣義的元曲

狹義的元曲，單指以歌曲表達人物故事的歌唱劇本。至於廣義的元曲，則籠統地把雜劇與散曲（只供清唱，類似宋詞的小令與套數）並稱元曲。換言之，把屬於戲曲的雜劇與屬於詩歌的散曲，合稱元曲。

三 元曲的雜劇與散曲

1. 雜劇：有如今之歌劇，連合若干套數，分成四折而成。演員以歌唱為主，加上「賓」(對話)、「白」(獨白)、「科」(動作)、「介」(表情) 去演繹故事。元末明初的雜劇，長篇故事名為傳奇。套數組曲每本不限四折，常有多至三四十齣。(折：劇目單位。如關漢卿的《竇娥冤》，如定劇目，則第一折是竇娥堅拒張驢兒迫婚；第二折張驢兒誣陷娥竇殺父；第三折竇娥冤斬六月天飛霜；第四折沉冤得雪張驢兒伏法。齣：音出，即雜劇的折，傳奇稱折為齣，亦為劇目之意。)

2. 散曲：包括小令及套數，有如宋詞，只供清唱。每曲獨立的小令亦名葉兒，字數不多，與詞的小令最相似。套數則是依一定法則，組合若干首曲而成一套曲。

四 元曲四大家與六大家

元曲作家，享有盛名的四大家是關漢卿、馬致遠、鄭光祖、白樸。王國維以為按各人的年代和成就，四大作家排序應該是關、白、馬、鄭。但也許「關馬鄭白」讀音為平上去入，容易上口易記，已成為約定俗成，慣稱的元曲四大家順序。近人加上王實甫和喬吉，而有關、馬、鄭、白、王、喬六大家之說。

大葉啟思

關漢卿有別字無本名的質疑推想

「懂得怎樣去發問，一半明白已在心。」西諺說的道理，反映在為甚麼關漢卿僅有別字，而本名從缺的問題上。雖難有明白答案，但值得發問質疑。

中國人的姓氏標誌個人來自的部落家族，姓後定必有名和字，作為代表個人的獨有稱呼。今日絕大多數人，已是姓之下只有本名，而沒有別字。後把名字混為一談，有名無字，視作等閒。但在中國古代，非常重視名字相配，二者必定兼有。名在古傳統上，由生父於子女出世百日後所取，為人父者藉名的意義，顯示對子女的寄望。而字則要在男子年滿二十歲，舉行成人加冠禮時，由家長再斟酌定出。名與字的意義關連，大多以闡釋和增加本名的意義為主。如岳飛，名飛字鵬舉，字義表示要像《逍遙遊》的大鵬鳥般，振翼展翅高飛，騰空九萬里。古代的中國人，對名字的運用很講究：與人交往，自稱用本名，表示謙遜；稱對方時，不能直接呼喚對方的姓名，要用對方姓或別字，加尊稱，如稱對方為「陳校長」，或「陳德明校長」以表示禮貌。此外名比字重要，個人在登記戶籍、報名考試、訂立契約、婚姻訂定、法律訴訟等等，要以本名不能用別字，否則無效。

關漢卿有別字而無本名事出必有因

關漢卿在元初時期，是元大都（今北京）炙手可熱的雜劇大作家，家傳戶曉，理應大名無人不識。為甚麼有關記載，都是不隱姓，卻埋本名而顯別字。沒有本名，僅有別字，更弔詭的是不知原因，使人莫名其妙。如果說是當時人因為別字如雷貫耳，蓋過了他的本名，日子久了也就忘記了本名，在現今時代社會是有可能發生。在當年重名的時代，斷不可能。就算記載他生平的作者掛一漏萬，難道眾多記述他生平的作者，都是那麼粗心大意嗎？道理說不通。個人以為關漢卿有別字而不知名，可能不是粗心大意造成，也許因關漢卿的個人思想。

漢族讀書人對元朝不公的反應

關漢卿生於金末元初年代，二十歲父親為他取別字時，肯定已是由元統治的日子。期間元朝實行四等制度，在這種族歧視的制度下，階級身份不同，擔任官職、參加科舉考試、面對刑律等待遇便各有不同。雖則傳說元代社會分人為：一官、二吏、三僧、四道、五醫、六工、七獵、八娼、九儒、十丐。把讀書人地位，賤貶至低於娼妓，近於乞丐的說法，已證明是杜撰，並非事實。但不能說對漢人和漢族讀書人，沒有鮮明的歧視。例如政府任用最高管治大員，如丞相，定必為蒙古人，其次則委任色目人擔當較高職位的宰執。漢人、南人的地位最低，只能做中下級官吏。就中蒙古人享有的政治權利最大，色目人僅次於蒙古人，政治待遇亦相當優厚。最不公平的是漢人、南人即使才識高人一等，為官作吏只能充當蒙古人或色目人的副手，對漢人、南人諸多歧視。加上蒙古人，色目人濫用權力，縱容官吏貪酷，造成社會腐敗黑暗，並使很多有才能的漢族知識分子，受到制度的壓制，永沉下僚，難展抱負。很多有骨氣的漢族讀書人，多數不會當官，並不時藉文學作品，反映現實社會的黑暗腐敗，流露抑鬱憤慨與消極遁世的思想與傾向。元曲四大家的所作所為，可作為這類漢族讀書人的代表。

從「漢卿」涵義，推測關漢卿永不事元的決心

從關漢卿所處的時代背景，來看「漢卿」這別字的意義，充滿與元朝對立的意味。「卿」是古代君主對親近大臣的稱呼，「漢卿」也就是漢朝君主的愛臣。也許關漢卿的父親雖為元朝醫戶，但仍時刻不忘以出身漢族為榮。故此在替兒子取了本名後，偏要把代表漢族的「漢」字掛頭牌，再配上君主對官員稱謂「卿」，作為兒子的別字，說不定這也許是關漢卿自取的別字。再從別字去聯想推測，雖則不知道關漢卿的本名是甚麼，但想當然，其意義關連，定必充滿民族尊榮。

再想及關漢卿為人。從他創作的雜劇《單刀會》中，描繪關雲長單刀會東吳魯肅時的忠勇神威，大義凜然，天下無雙的鮮明活現形象，已有大丈夫當如是的觀感。再從他的散曲曲詞：「我是個普天下的郎君領袖，蓋世浪子班頭」，以及「我是蒸不爛、煮不熟，捶不破，炒不爆，響噹噹的一粒銅豌豆」，更可想見其為人自鳴不凡，不為不義屈的剛毅個性。更推想關漢卿當時身為元大都雜劇業界的領袖，以他的個人魅力與名望聲譽，相信他為了要捍衛民族自尊，也表示誓不要以本名應試為官，考取功名，事奉元朝的決心氣節。要求所有與他交往的人，在明白他心志後，一概不要提他本名，但稱別字。在無人不尊重這天生傲骨的大班頭下，日子一久，也就釀成他只有別字而沒有本名的傳奇結果。

憑些蛛絲馬跡，沒有任何文獻可供查考作證，推測無從核實，難作定論。個人愚見出自心底念念，關漢卿有字無名的原因，也許與「漢卿」這別字的意義有關係。

十九

滿井遊記　袁宏道

作者簡介

袁宏道（1568 年— 1610 年），湖北省公安縣人，明朝著名文學家。他的別字外號不少，以字中郎，最為人熟識。

他出身於家境富裕的官宦家庭，自小聰穎，善詩文。15 歲成生員，16 歲便集合當地秀才，組織文社，並自任社長，顯現領袖才能。中進士後，出任吳縣知縣兩年，勤政善治，政通人和，地方讚譽。惟以不堪忙勞辭任。在蘇杭一帶遊山玩水，寫下遊記。其後於北京任順天府儒學教授第二年時，寫下《滿井遊記》。再後轉官不久，即稱病辭官歸里。他一生自為官開始，18 年間，三任三辭不同官職，為官僅 7 年，家居 11 年。萬曆三十八年（1610 年）辭官歸故里，同年九月六日卒，43 歲。（註：明清讀書人考取功名必須經歷四個考試階段，包括童試、院試、鄉試、會試。能通過院試每年一度歲試的稱生員。）

袁宏道最為人稱道的是反對明前後七子「文必秦漢，詩必盛唐」論調，即視秦漢文、唐朝詩為文學最佳典範。他主張詩文必須「獨抒性靈，不拘格套」，要能抒發個人的真性情，不應刻意模仿古人。其見解在明文壇掀起極大浪濤，也使他三兄弟——袁宗道、袁宏道，袁中道被稱「公安三袁」。其後學形成明代主要詩文流派公安派。畢生著述全部收錄在《袁中郎全集》中，以清新瀟灑，自成一家的山水遊記，最負盛名。

題目解讀

滿井是北京東北一處郊外遊覽勝地，其地因有古井，長年飛泉噴發得名。本篇以《滿井遊記》為題，遊記作於袁宏道在北京任順天府儒學教授的第二年。內容述寫作者遊滿井的經過與心情，描述春遊其地，得賞景物風光時的感受。

本文要旨

全文要旨有三：寫在北京任職儒學教授時，不能遊滿井的原因；敍述得遊滿井的自由歡欣；描繪滿井春郊景物風光和遊人動態，產生春天早已降臨大地的感想。並以不誤公事而得以郊遊，經歷值得為文以記作結。

遊記敍述袁宏道在北京公餘時常思郊遊，無奈北京春二月後冬寒仍在，天氣惡劣。欲外出，但難抵凍風的吹襲，被迫折返家中。及藉天氣稍暖和，可與朋友遊滿井，心情有如擺脱牢籠的鴻鵠，滿懷自由欣喜。滿井的曠野山巒，堤柳麥田，波光水色，沙鳥游魚，無不充滿欣欣向榮，和樂春日的生意。遊人雖不多，但各有情趣：汲清泉，烹熱茶，舉酒杯邊飲邊高歌，婦女盛裝騎驢遊春，全都顯現歡欣狀貌，讓人感到春早在郊野，京城中人不知而已。最後以為官可不誤公事，得享郊遊樂事，感受值得為文記寫。

內容理解

第一段

燕①地寒，花朝節②後，餘寒猶厲③。凍風時作④，作則飛沙走礫⑤。局促⑥一室之內，欲出不得。每冒風馳行⑦，未百步輒⑧返。

燕地天氣寒冷，花朝節過後，嚴冬餘寒仍然厲害。不時吹刮的冷凍寒風，飛沙走石，迫使居民局處室內，不能外出。即使冒着風沙奔跑，不到百步，每每受不住吹襲要折回家中。

1. **燕地**：指今日北京和河北省北部，古屬燕國。燕：粵音煙。
2. **花朝節**：陰曆二月十五為百花生日，俗稱花朝節。
3. **猶厲**：仍然厲害。猶：仍然。
4. **凍風時作**：經常刮起寒風。時：經常。
5. **礫**：小碎石。
6. **局促**：拘束在活動空間不大的家中。
7. **馳行**：急速奔跑。
8. **輒**：總是、每每、往往。

要點析述

敍述作者被逼局促家中，無法出外郊遊的原因。

天氣惡劣：北京春二月後天氣仍很寒冷，花朝節後仍經常天氣惡劣，凍風不時刮起飛沙走石。

無法離家出城郊遊：縱或冒風沙急跑，未到百步便不堪吹襲，被迫折回局處家中，無法出城郊遊。

第二段

廿二日，天稍和，偕數友出東直。至滿井①，高柳夾堤，土膏②微潤，一望空闊，若脱籠之鵠③。於時冰皮始解④，波色乍明⑤，鱗浪層層⑥，清徹見底，晶晶然如鏡之新開⑦，而冷光之乍出於匣也。山巒為晴雪所洗，娟然如拭⑧，鮮妍明媚⑨，如倩女之靧臉⑩，而髻鬟之始掠⑪也。柳條將舒未舒，柔梢披風⑫，麥田淺鬣寸許⑬。遊人雖未盛，泉而茗者⑭，罍而歌者⑮，紅裝而蹇者⑯，亦時時有。風力雖尚勁，然徒步則汗出浹背⑰。凡曝沙之鳥⑱，呷浪之鱗⑲，悠然自得，毛羽鱗鬣⑳之間皆有喜氣。始知郊田之外，未始無春，而城居者未之知也。

二月廿二日，趁着天氣稍為暖和，偕同幾個朋友出東直門郊遊。到達滿井時，但見高柳翠夾堤岸，肥沃田野微添潤澤。一望空闊的景觀，心底像飛逃出籠子的天鵝。但見那時河面上的冰剛剛開始融解，河水乍現明亮，泛起層層魚鱗似的細浪，清澈見底。水色亮晶，一如剛從鏡匣打開的新鏡，閃發寒光。山巒給晴天融雪洗擦，顯出像美女剛洗過臉，正在梳理髻鬟般清鮮秀麗，明朗動人的姿態。堤岸的柳樹枝條，在舒展與未舒之間，柔枝嫩葉，迎風飄舞。田中麥子長出寸多長的鬃苗。遊人雖尚不多，卻各有動態：有汲泉水烹茶的；有手持酒樽邊飲邊歌的；也不時有盛裝婦女騎驢到來郊遊。風力雖仍強勁，但步行到來還是汗流濕背。眼底但見飛禽浴日沙灘，河中游魚呷浪，都從容自得，洋溢喜樂。我才知道郊外田野未必無春，只是城市中人不知道而已。

1. 滿井：北京東北郊遊勝地，因地有一長年飛泉噴發古井得名。

2. 土膏：田地肥沃如豬膏。

3. 脱籠之鵠：飛脱籠子的天鵝。

4. 冰皮始解：冰面開始融解。

5. 波色乍明：水色初露明亮。乍：剛顯露，本義為農作耕種，「作」字前身。其後變生多義，解忽然、突然、暫時、恰好等。

6. 鱗浪層層：比喻層層微浪有如魚鱗般閃亮。

7. 鏡之新開：鏡子剛從鏡匣打開。

8. 娟然如拭：美潔如經清洗抹擦。

9. 鮮妍明媚：清新美好，明朗動人。

10. 如倩女之靧臉：倩女：美女。靧：音悔，洗臉。

11. 髻鬟之始掠：髻鬟：女子環形髮裝名稱。始掠：剛梳理好。

12. 柔梢披風：柔梢柳樹柔軟末梢。披風：迎風散開。

13. 麥田淺鬣寸許：指麥田中麥苗生長寸多高，如動物的短鬃毛般。淺：短也。鬣：音獵，動物鬃毛 。

14. 泉而茗者：汲打泉水用來烹茶的人。泉、茗：名詞動用。茗：茶別名，本指茶樹嫩芽葉。

15. 罍而歌者：舉杯喝酒的人。罍：粵音雷，古時飲酒的器皿，借指酒杯。名詞動用，解作舉杯。

16. 紅裝而蹇者：盛裝騎驢的女子。紅裝指紅粉化裝，穿紅着綠，刻意打扮的女人。

17. 汗出浹背：汗流濕背。浹：音接，不可讀夾，濕透之意。

18. 凡曝沙之鳥：在沙灘上曬太陽的烆雀鳥。曝：曬太陽。

19. 呷浪之鱗：嘴巴在水面吸啜微浪的魚兒。鱗：魚鱗，借指河中魚。

20. 毛羽鱗鬣：沙鳥河兒。毛羽：指雀鳥。鬣：此指魚鰭，鰭鬣借代河魚。

要點析述

寫作者得遊滿井的體會，描述郊野充滿春臨大地的氣息，以及得遊的歡欣情緒。

1. 得遊滿井時的感受：因天氣稍為暖和，得以到滿井郊遊。有如擺脱牢籠的鴻鵠，充滿自由喜悅。

2. 對郊野景物風光與遊人情狀的描述：描繪滿井的原野山巒，水色山光，沙鳥游魚，田麥柳堤的風光景觀，無不洋溢春天欣欣向榮的和樂生氣。

3. 描述不同遊人的動態情狀：遊人雖不多，但各適其適，各有動態情趣。汲清泉烹熱茶的，舉酒杯邊飲邊高歌的，盛裝婦女騎驢遊春的，全都顯現歡欣狀貌。

4. 得以春遊滿井的體會：領悟到自己局促家居，二月天時冬天餘寒，冷風仍然勁刮，讓他誤以為北京沒有春天。經滿井一遊，始知在田野郊外，未必無春，只是身居城中的人不知而已。

第三段

夫能不以遊墮事①，而瀟然於山石草木之間②者，惟此官也。而此地適與余近，余之遊將自此始，惡能無紀③？己亥之二月也。

能夠不因為郊遊而有誤公事，可以自由地處身於山石草木之間，相信就只有我了。適逢滿井與我住處相近，讓我的郊遊由滿井開始，又怎能不把經過感受記寫下來呢？時年萬曆己亥年二月。

1. 墮事：耽誤公事。墮：通惰，懶惰。
2. 瀟然於山石草木之間者：可以瀟灑脱俗地到郊野觀賞山川草木。
3. 惡能無紀：怎麼能夠沒有文章記寫經過感受呢？惡：音烏，發問詞，怎麼的意思。

要點析述

末段寫作者得遊滿井後的感想。在北京為官，可不誤公事，而得以瀟脱地到滿井郊遊，既是樂事，而富意義，特因此為文記寫。並表示因家居近滿井而會重遊。

特點賞析

一 作法特色

1. 逆起反襯，作法突出

文題《滿井遊記》，起首偏以逆起作法，寫不能遊，並交代原因。北京雖在二月中，冬天餘寒仍嚴厲，並刮起令人寸步難行的飛沙走石和凍風，使作者被逼侷促家中，無法外出。以逆起作法，先寫意欲尋春而無法出遊，難以自由的苦惱，後寫得以遊滿井時，心情有如擺脱牢籠的鴻鵠，感受自由歡欣。並以始知春已在人間，只是京城中人未知，以及末段可瀟脱地暢遊山水而不誤公事的快意，反襯起首的不得出遊，難以自由的無奈感。作法以逆起開始後，即「轉」入題旨作出反襯至完文，不落入起承轉合的寫作方式，非常突出。

2. 描述細緻，富有條理

作者把滿井的山、水、動、植物，充滿欣欣向榮的春意特色，立體地由近及遠，兼顧上下高低，並及不同遊人的動態，以條理細緻的筆法描寫。

(1) 從近及遠的景觀感受：一到滿井，近見翠柳夾堤，泥土濕潤，遠望曠野空閉。頓覺有如逃脱牢籠囚禁，可隨意飛翔的天鵝般，心情感到非常自由舒暢。

(2) 遠山近水的景觀：山巒經晴天融雪洗禮，如剛淨臉的美女，正在梳理髻鬟，顯出清鮮秀麗，明朗動人的姿態。河面冰塊新融，河水乍現明亮，泛起層層魚鱗細浪，清澈見底。亮晶水色，一如剛打開鏡匣，匣內明鏡閃發寒光。

(3) 堤柳田麥：堤岸柳樹枝條，在舒展與未舒之間，柔枝嫩葉，迎風飄舞。麥田長出寸長麥苗，顯出欣欣向榮的生意。

(4) 飛鳥游魚：飛禽浴日沙灘，河魚呷浪，洋溢從容自得，充滿活潑生機。

(5) 遊人各自不同：有汲泉水烹茶的；有手持酒樽邊飲邊歌的；也不時有盛裝婦女騎驢到來郊遊的，尋春的動態情趣，各自不同。

3. 白描文筆簡潔精煉

文首段「燕地寒，花朝節後，餘寒猶厲，凍風時作，作則飛沙走礫。局促一室之內，欲出不得。每冒風馳行，未百步輒返」，純用白描手法，扼要簡潔地交代時已二月，仍要局促家居，不得自由出外出郊遊的原因。

次段「遊人雖未盛，泉而茗者，罍而歌者，紅裝而蹇者，亦時時有。風力雖尚勁，然徒步則汗出浹背」，亦純以白描文筆，把不同遊客或優雅或豪放的舉動，簡要傳神地刻畫，文筆精煉。

4. 比喻句語，貼切巧妙

作者的文學理論要求作品求真，本文把表達的主體，以巧妙貼切的比喻加以形容，使讀者能認識主體。精湛比喻句語析述如下：

(1) 心境：「若脱籠之鵠」，比喻作者在得以出遊滿井時，有如可以脱離牢籠的天鵝一般，自由自在，滿懷歡欣。

(2) 水光：「晶然如鏡之新開，而冷光之乍出於匣也」，比喻水光如開匣的明鏡，反射晶瑩寒光。

(3) 水波：「鱗浪層層」比喻風吹水面時，水面細微波浪動蕩，反映波光有如層層銀閃魚鱗。形容貼切，精彩絕倫。

(4) 山巒：「為晴雪所洗，娟然如拭」，比喻山巒經晴日融雪洗禮後，美好姿態有如潔淨娟秀的女子。「鮮妍明媚，如倩女之靧臉而髻鬟之始掠也」，再比喻春山的秀麗明朗，有如正在洗臉，梳理髻鬟的美女。

(5) 麥苗：「麥田淺鬣寸許」，比喻麥田中生長得淺短的麥苗，有如動物頸位密集的短鬃毛。白描比喻兼用，形容貼切。

國學常識

一 明代詩文發展概略

首期：三傑宋、劉、方。

宋濂、劉基、方孝儒領導創始期，文章以雍容典雅見稱。

二期：三楊台閣體。

詩文著重雍容典雅，歌功頌德為主。代表作者為楊士奇、楊榮、楊溥。

三期：前後七子擬古時期。

反對台閣體與八股文，倡議「文必秦漢，詩必盛唐」。代表作者為以李夢陽、何景明為首的前七子，和以李攀龍、王世貞為首的後七子。

四期：推重唐宋諸家時期。

反對盲目模仿漢文唐詩，尊唐宋諸家文章為學習模範。代表作者為茅坤，和以小品散文著名的歸有光。

末期：公安派倡性靈時期。

主張「獨抒性靈，不拘格套」，反對前後七子「文必秦漢，詩必盛唐」盲目擬古的主張。代表者為袁宏道兄弟三人。同時期以鍾惺、譚元春為首的竟陵派，亦支持公安「抒寫性靈」之說。

二 台閣體

明成祖永樂至英宗天順年間，朝廷內閣（皇帝的私人辦公廳）重臣，是翰林院大學士（內閣的秘書，職位等同丞相）的「三楊」——楊士奇、楊榮、楊溥。他們寫作的詩文，多屬應官制規定的「頌聖德，歌太平」，亦即歌頌帝皇豐功偉業，讚美政策美善恩澤，或文人之間互相推重的作品。文詞文雅優美，平正雍容，結構工整，寫作表達的方式與格調，被稱為台閣體。三人因位高權重且為國屢建奇功，大獲朝野頌讚。他們歌太平而頌聖德，譽教化以抒情性的台閣體，不期然成為當時文人競相模仿的風尚，變為流派。惟詩文純以歌功頌德，粉飾現實為能事，內容不免千篇一律，平庸刻板。

三 明「前七子」與「後七子」

1. 明前後七子流派形成原因與主張

明孝宗弘治、武宗正德年間，政治日益腐敗，社會經濟不景，民變四起。藩王叛亂時生，外族侵犯仍頻，統治危機嚴重。期間，讀書人不滿台閣體歌功頌德，厭惡八股文拘限寫作自由，排斥獨尊程朱理學的思想束縛。在哲學方面，興起着重自我思考的王陽明心學；在文學方面，為打破台閣體和八股文枷鎖，以李夢陽、何景明為首的前七子（徐禎卿、邊貢、康海、王九思、王廷），及以李攀龍、王世貞為首的後七子（謝榛、宗臣、梁有譽、徐中行、吳國倫），先後一同倡言「文必秦漢，詩必盛唐」，視秦漢唐朝詩文，為文學模仿最佳典範，而有「文學復古」的運動，並形成明前七子與後七子的文學流派。

2. 明前後七子流派的主張與流弊

前後七子，主張相同，文風相近，均為攻擊台閣體與八股文內容空洞，千篇一律。他們提倡必須多讀秦漢古書，借助知識學問，作為文章根本。並特別以杜甫之詩能開擴心胸眼界，作為詠詩楷模。前後七子流派不為台閣體與八股文拘束，卻盲目尊古復古，無視唐宋以來文學發展代代不同，而各有特色。創作千篇一律的詩文，以抄襲擬古為能事，完全缺乏個人風格。

明世宗嘉靖、神宗萬曆間，外患加劇，政治腐敗日甚。在文學上出現了以李攀龍、王世貞為代表的後七子（謝榛、宗臣、梁有譽、徐中行、吳國倫），再一次發起復古運動，重複「前七子」的相同論調與毛病。

四 公安派

袁宏道反對明前後七子「文必秦漢，詩必盛唐」盛行一時的論調，對必須視秦漢文章與盛唐詩歌為文學正宗，作為寫作學習典範的說法，不以為然。他反對盲目擬古，主張詩文創作應本「去偽重真，抒寫性靈，不拘格套」的原則。文學隨時代變化而演進，不應在沒有真情實感下，刻板模仿古人寫作方式。因為「能真」才能有個人的「新」，作品才能不同，不致釀成千篇一律，死水一潭的惡果。

所謂「性靈」，意即作詩為文，首要在重視「性」，內容要具有個人獨特的思想感情。「靈」是指個人對人事物產生的特別靈感。由性靈融會而成的作品，才能言之有物，別有個人獨特風格，不流俗套。因此公安派亦稱性靈派。袁的見解在當時掀起極大反應，也使他三兄弟——袁宗道、袁宏道，袁中道被稱為「公安三袁」。袁宏道更被視為當中的領袖，領導與影響公安派。

文章導讀

文體	記事文。作者為明公安派的袁宏道。
主旨	寫北京二月中後，冬天餘寒仍嚴厲，且常刮起飛沙走石和凍風。作者因無法外出郊遊而局促家中。後藉天氣暖和，與友得遊滿井，心情有如脱籠的鴻鵠。自由歡欣下，描述春郊欣欣向榮的景物風光，不同遊人的動態情趣。體會城中人不知春早在郊野。最後感能不誤為官公事，得享郊遊樂事，值得為文記寫。
袁宏道無法郊遊的原因與得遊滿井的心情感受	原因：北京二月後，冬寒嚴厲且天氣惡劣，常刮飛沙走石和凍風，袁想外出郊遊，因不堪吹襲而被迫折回家中。 感受：趁暖晴得與友遊滿井，賞覽郊野風光時，心情感受如逃脱牢籠拘束天鵝，自由自在，快樂歡欣。

對山、水、動、植、遊人的描述	1. 原野山巒：給晴天融雪洗滌過後，有如剛梳洗罷，顏容潔淨，髻鬟整齊的美女般，顯得格外娟秀美麗，明媚清新。 2. 波光水色：河面冰塊新融，清澈見底的明亮河水，泛起層層如魚鱗的細浪。亮晶水色，一如開匣明鏡，閃發寒光。 3. 沙鳥河魚：飛禽浴日沙灘，游魚呷浪，顯得從容自得，洋溢喜樂。 4. 柳條麥苗：堤岸柳樹枝條，舒展與未舒之間，柔枝嫩葉，迎風飄舞。田中小麥，生長寸多長的鬃苗。都顯欣欣向榮的春天氣息。 5. 遊人情狀：遊人不多，動態各異。有汲泉烹茶，有持樽且歌且飲，有盛裝騎驢婦女與汗流濕背，徒步到來尋春的遊客。
手法特色	1. 逆起反襯手法：以不能遊逆起手法開始，突出得遊的自由喜悅。 2. 描述細緻有條理：描寫滿井山、水、動、植物，欣欣向榮。遊人各具動態情趣，筆法細緻有條理。 3. 白描文筆簡潔精煉：頭段述不能郊遊原因，次段陳遊人動態。純白描文句簡要傳神，文筆精煉。 4. 比喻貼切巧妙：脫籠鳥喻可郊遊自由歡欣心情；美女梳洗動人姿態喻山色清新秀美；明鏡寒光比水光清冷；銀閃魚鱗喻流動波光，均極貼切。
詞句表達要義	**一望空闊，若脫籠之鵠。** 一望滿井郊野廣闊開朗的景象，心情頓感有如擺脫牢籠的天鵝，充滿自由歡欣。形容得遊滿井的欣慰之情。
	泉而茗者，罍而歌者，紅裝而蹇者。 描述遊人不同動態。有打泉水烹茶的、有邊飲酒邊高歌的和盛裝騎驢到遊的女子。蹇：指騎驢。
	不以遊墮事，而瀟然於山石草木之間者，惟此官也。 不因郊遊導致懶惰耽誤公事，而得以自由瀟脫地遊山玩水，只有他可做到。既是樂事而富意義，是特別為文記寫原因。墮公事：耽誤公事。墮：通惰，懶惰。

◎大葉啟思◎

李贄驚世駭俗的言行與袁宏道詩才的述評

公安性派靈三袁佩服的人與超獸的李贄

人類何所似？相信不是「空虛一條腸」那麼簡單。希臘哲人亞里士多德以為「人是有理性的動物」；大聲疾呼「上帝已死」① 的德哲尼采卻說：「人是有權胡言亂語，有病態的動物；是怪獸也是超級的禽獸。」誰是誰非，就得看人站在甚麼角度看人。

明代思想家、文學家李贄的學問才識，與對文學和道學的理論，使得公安性靈派袁宗道、宏道、中道三兄弟十分信服，袁宏道尤為欽佩。其驚世駭俗的言行與著作，惹起當時「他是超人還是超獸」極大的爭議。年青時的袁宏道，卻對他提出的天地萬物之理只存在「童心之真」的說法，心悅誠服。（① 上帝已死：德國哲學家尼采的「超人」學說，認為神在人心目中的觀念，會因人類超人的出現而消失。）

李贄的反傳統教育方法

先與讀者樂一樂，說說跟這個有大學問，但言行卻異於常人的李贄教學趣事，再及其他。李贄收學生講學，男女學童兼收。上課時不教規行矩步，偏求活潑蹦跳。唸書時要求學生盡情放大嗓門，書聲震天。課程專教實用知識，不重「四書五經」。喜以謎語逗樂孩子，引發其學習興趣。他曾出了個「皇帝老子去偷牛，滿朝文武做小偷。公公拉着媳婦手，孩子打破老子頭」的謎語，然後對屢猜不出的鼓噪聲笑說，猜不出是因為他們還沒有膽量去幹大事，將來要成大事，就得敢於破舊立新，敢想敢說敢幹。接着揭開謎底：「皇帝老子去偷牛是君不君（身為人君行為表現卻完全不像人君）；滿朝文武做小偷是臣不臣；公公拉着媳婦手是父不父；孩子打破老子頭是子不子。」這是鮮蹦活跳而前衛，引起學習動機的現代教學法，站在教育角度來說，很值得欣賞學習。

李贄抨擊明儒家學者為「假道學」並醜詆孔孟學說

李贄源於對明朝儒家學者，一概輕蔑為「假道學」。他不同意奉孔孟言論為萬世經，及以「四書五經」所載為立身行事的金科玉律。他批評說，所謂孔孟聖人學說，是經後人刻意加工吹捧。《論語》更是當時孔門一班懵懂弟子，迂闊門徒的隨筆記錄，大半非聖人之言。即使是，亦只是當日一時藥石，不能作為千秋萬世奉行的真理。李贄由於對宋明以來假道學者，藉儒家禮教名義，欺世盜名，口是心非的行為極度不滿，進而批評漫罵詆譭，更醜化孔孟學說一無是處。

清三大師對李贄的聲討

顧炎武很不同意，認為「自古以來，小人之無忌憚而敢於叛聖人者，莫甚於李贄。」王夫之則以為李贄離經叛道的胡亂漫罵，以絕滅仁義為樂事，使人痛心。黃宗羲更斥李贄生平喜歡罵人，而學術言論偏僻異常，要加以痛罵的應該是他。個人以為孔孟仁義之道，是接物待人，立身行事處世的美德。美德源生自每一個人的良知良心，超越一切道德觀念。李贄可能明知「美德與道德最終有別」，而不予區分。抓着少數以孔孟名義的學說，設定禮教教條的假道學者的痛腳，作為詬病孔孟的利器，作出恣意攻擊。難怪以持平公允著稱的清初三大思想家亦痛斥他的不是。

袁宏道給散文名聲掩蓋的詩才

回過來說袁宏道，他的散文名聲蓋過詩名。有論者以為他的詩造詣亦不凡，然成就難超越盛唐詩人。下舉一鱗片爪析述詩作特色。《昌平道中》寫道：「庵前乞得老僧茶，一派垂楊十里沙，鳥籠白籃憑揀取，麝香李子枕頭瓜。」

袁路經北京昌平道途中，趕路口渴，在佛庵前難得老僧施捨茶水，坐在路旁一邊喝茶，一邊欣賞周圍環境。但見一列垂楊，伴着十里塵沙飛揚道路；路邊小販，向往來過路客兜售各樣雜貨，好生熱鬧。因詠詩記事是現實生活的寫照。詩純用白描手法，不事雕琢，僅 28 字，描繪昌平道景色，交代作者、旅客、老僧、小販等等人的動態，兼及鳥籠、竹籃、水果貨物，真切具體寫出昌平道中現實生活的情況。全篇只提老僧，卻巧妙地讓讀者想像有不寫之寫，旅客，小販眾等人活躍詩中。詩中「憑揀取」(任君選擇) 是小販招徠客人的口號，更活靈活現地顯示小販待客的殷勤。本詩兼有公安派對作詩要求的真、新、趣，可說是袁宏道的佳作。

二十

左忠毅公軼事 方苞

作者簡介

方苞（1668 年—1749 年），字靈皋（音高，江岸高地），一字鳳九，晚號望溪，清代文學家。本籍桐城（今安徽桐城縣），生於江寧府（今江蘇南京市）。清康熙舉人，因戴名世的《南山集》案件①，被牽連獲罪下獄，法當問斬，康熙惜才，赦為包衣（清旗籍貴族奴隸），並為參謀智囊。至雍正再獲赦出籍，並任作內閣學士（皇帝顧問），乾隆時期官遷禮部內侍郎（職掌朝廷禮部分派工作）。為文師法歸有光，以清新雅潔的文字，融入程頤、朱熹的儒家思想，開展與形成桐城派，與姚鼐、劉大櫆並稱桐城三祖。〔 ① 戴名世《南山集》，載清末明初史實，內容不少宣揚民族意識與愛國（南明）思想，不少內容觸犯清朝忌諱，加以書中多次以南明末代三王年號記事，被御史趙申喬參劾為「大逆」。戴在下獄兩年後被淩遲處死，案件株連及於方苞等數百人，為清文字迫害大案。〕

題目解讀

有些歷史人物沒有被正史記載，鮮為人知。一些有心的作者，憂慮這些事情日久散失不能留傳，便把這些事情記寫下來，稱為軼事或逸事（軼與逸，同為散佚之意）。

方苞從逝世的父親口中，得知一些《明史》的《左忠毅公傳記》中沒記載的軼聞。左光斗被魏忠賢誣陷入獄，遭到嚴刑折磨。史可法冒險探監，給心如鐵石的左公怒叱不明大義，驅趕其立即離開監獄。以及史可法深受左公忠心報國的精神影響，負責防禦流寇時，克盡職守的表現。方苞以此寫成本文《左忠毅公軼事》。

左忠毅公（1575 年—1625 年），即左光斗，「忠毅」是他死後，明福王朱由崧對他的追謚。明安徽桐城人。進士出身，官至御史（主掌彈劾）。他直諫敢言，不畏當道權勢。光宗朱常洛駕崩後，與楊漣協力排除宦官干政，安定朝廷，扶助光宗年幼子朱由校登基，是為熹宗。

其後宦官魏宗賢得寵專權，楊漣列舉魏二十四條大罪，上書彈劾，魏為熹宗包庇，反誣陷楊漣與左光斗等人收受熊廷弼賄賂，為熊開脱死罪。楊、左同為所害，左死在獄中。由於左光斗於《明史》中有傳，但無本文所敍事，故題左忠毅公軼事。

本文要旨

透過記述以左忠毅公（左光斗）為主的事情，突出左公剛毅正直不屈，珍惜人才，重大義輕私情的性格特徵。旁及史可法的尊師重道，重情念舊，盡忠職守為國的行為。

內容理解

第一段

先君子①嘗言：鄉先輩左忠毅公②視學京畿③。一日，風雪嚴寒，從數騎出，微行④入古寺。廡下⑤一生⑥伏案臥，文方成草。公閱畢，即解貂覆生⑦，為掩户。叩之寺僧⑧，則史公可法也。及試，吏呼名至史公，公瞿然注視⑨，呈卷，即面署第一。召入，使拜夫人，曰：「吾諸兒碌碌⑩，他日繼吾志事，惟此生耳！」

先父曾向我說過：同鄉前輩左忠毅公當年做學政，主持京畿一帶地方的考試時發生了一件事情。有一天，風雪交加，天氣嚴寒，左公帶着幾個隨從，一起騎馬，不張揚身分，出門到民間私訪。走至一間古寺，入寺之後在大堂走廊邊的小房間，發現一個書生伏在桌子上瞌睡，面前還有一篇剛寫成的文章草稿。左公把文章看完後，便脫下貂皮披風，輕蓋在這書生上，並為他關上門。他向寺僧打聽查問，知道是史公可法。到了考試當天，宣召官唱叫到史可法時，左公聽到名字，特別留神注視他。呈交卷子後，立即當面題名第一。其後召史公到他府裏去，讓他拜見自己的夫人時說：「我家幾個兒子平庸無能，將來能承繼我的志向和事業，惟有靠這個學生了！」

1. 先君子：舊時尊稱逝世父親。
2. 鄉先輩左忠毅公：左光斗與作者方苞均為安徽省桐城縣人，故方以同鄉前輩稱左公。
3. 視學京畿：任職京畿地區學政。視學：左曾任明直隸（今河北省）學政，負責主持京畿科舉考試事務，是為視學。京畿：指明朝京都北京及附近地區。
4. 微行：指不張揚行動。舊時代君主或權貴，為查察民情或某些事的真相，隱藏身分，到民間明查暗訪。
5. 廡下：廡寺的走廊，推測廡下指走廊邊供休息的小房間。廡：音舞。
6. 一生：指具有參加會試資格一個生員，不解學生。史在會試給左公題第一後，才算左的學生。
7. 解貂覆生：除下貂皮披風，蓋在睡着的生員身上。貂：或解貂袍。
8. 叩之寺僧：左公向寺中僧人詢問書生的姓名。叩：詢問、查問。此為引伸解釋。叩，本字是「敂」，敲打之意。如叩門即敲門。
9. 公瞿然注視：驚愕地注視史可法。瞿：音渠，瞿然驚愕的樣子。
10. 吾諸兒碌碌：我幾個兒子全是平庸無能。碌碌：形容平庸無能。

要點析述

作者憶述其父透露左公認識史可法，與視其為人才，珍惜愛護。

1. 左公認識史可法經過：左為京畿主考官時，私訪民間。至古寺，因讀了史可法的文稿，覺是難得人才。基於憐才，脱袍捨贈，蓋史免受風寒。其後在會試公佈結果時重遇史，題史為第一名，並收為學生。

2. 左公表達期望：當着妻子説：「我家幾個兒子資質平庸，將來能繼承我愛國愛民的志向和事業，就靠史可法這學生了！」

第二至三段

及左公下廠獄①，史朝夕窺獄門外②。逆閹防伺甚嚴③，雖家僕不得近。久之，聞左公被炮烙④，旦夕且死⑤，持五十金，涕泣謀於禁卒，卒感焉。一日，使史更敝衣草屨⑥，背筐，手長鑱，偽為除不潔者⑦，引入，微指左公處。則席地倚牆而坐，臉額焦爛不可辨，左膝以下，筋骨盡脫矣。

史前跪，抱公膝而嗚咽⑧。公辨其聲，而目不可開，乃奮臂以指撥眥⑨，目光如炬，怒曰：「庸奴！此何地也？而汝來前！國家之事，糜爛至此⑩，老夫已矣，汝復輕身而昧大義⑪，天下事誰可支拄⑫者！不速去，無俟姦人構陷，吾今即撲殺汝！」因摸地上刑械，作投擊勢。史噤⑬不敢發聲，趨而出。後常流涕述其事以語人曰：「吾師肺肝，皆鐵石所鑄造也⑭。」

後來左公給宦官魏忠賢陷害，監禁在東廠監獄裏，史每天早晚定必到獄門外暗中偷看。大逆不道的閹宦戒備森嚴，不讓人探望左公，就連家僕也禁止接近。過了大段日子，聽說左公遭受炮烙酷刑煎熬，隨時會死去。史公捧着五十兩銀子，哭着向獄卒苦苦哀求，設法讓他見左公一面，最終獄卒受真誠感動答允。等到有一天，獄卒叫史換上破衣草鞋，背着竹籮，手拿長鑱，假扮撿糞清潔的下人。獄卒帶他入監倉，以手指暗中指左公所在。只見左公靠牆坐在地上，面容由於燒至焦爛，難辨本來樣子。左膝以下的部分，肌肉已經給火烙得熔爛了，露出像脫落了的筋骨。

史公走到左公跟前跪下，輕抱着左公右膝哭泣起來。左公聽出是史公的聲音，可是眼睛睜不開，奮力舉起前臂，用手指撥開眼眶，目光好像火炬一般，怒叱史公說：「你這沒出息的蠢才！這是甚麼地方？竟然到這裏來！國家目前已到這樣敗壞腐爛的地步，我這個老人肯定不成了，你又不重視自己，不明該走的正道，天下事情還有誰來支撐大局呢！如果你不趕快離開，免得奸人誣陷你的話，我現在立刻就把你打死！」隨即摸起地上的刑具，作出投擊的樣子。史公閉嘴不敢作聲，走出監倉。後來經常流着淚向人憶述這事，並說：「我老師肺肝心腸，全像由鐵石鑄造成的。」

1. **左公下廠獄**：左公被拘禁在東廠監獄中。明朝設有東廠和西廠兩個由宦官主持的特務機構，各有管轄監獄。左公當時被拘禁在東廠監獄。
2. **史朝夕窺獄門外**：史可早晚都在獄門外偷看獄中左公。形容史擔心左忠毅公安危的行為。
3. **逆閹防伺甚嚴**：大逆不道的宦官，防範十分嚴密。逆閹：貶詞，指受閹割了生殖器官的宦官大逆不道，殘害忠良。

4. **炮烙**：古紂王發明酷刑。以熾烈炭火，燒紅中空銅柱，把犯人綁在銅柱上活活燒死酷刑。後來泛指以熾熱鐵器燒灼犯人。炮：音刨，火燒。並非用作名詞，如槍炮（音豹）。烙：燙熨。用熨斗熨燙衣物。炮烙：動名詞，以烈火焚燒折磨的酷刑。
5. **旦夕且死**：早晚就要死去。形容生命垂危，隨時會死去。
6. **更敝衣草屨**：改穿破爛衣裳著上草鞋，扮作下等窮人。
7. **手長鑱，偽為除不潔者**：手持長鑱，偽裝成清潔糞便污穢的下人。鑱：音慚，舊時代一種鐵製工具，多用作剷除泥土。
8. **抱公膝而嗚咽**：抱着左公右膝哭泣。嗚咽：哭泣抽搐的聲音。以左公膝頭受酷刑嚴重傷害至筋骨脱落而言，「抱公膝」不合理，推想為「憐撫公膝」。
9. **奮臂以指撥眥**：吃力舉手臂，用手指撥開眼眶。眥：上下眼皮接合的內角；泛指眼眶、眼睛。
10. **糜爛至此**：敗壞腐爛至這地步。糜：音微，粥，形容如粥爛散。
11. **輕身而昧大義**：冒險而不明該做重要事情。輕身指不重生命冒險。昧：昏暗不明。大義：儒家仁義大道理。借指要緊事情。
12. **支拄**：支撐。
13. **噤**：閉嘴不發聲。
14. **吾師肺肝，皆鐵石所鑄造也**：指左公以大義為重的思想，造成心腸硬鐵石，不念半點兒女私情。

要點析述

史憶述左公被宦官迫害，嚴密監禁。他苦心設法探監，目睹左公被炮烙酷刑迫害後的慘狀。及在監倉見面，但兩人感受不同。

1. 史可法設法探監：左公被嚴密監禁，不准人接近。史關心恩師，除日夜在獄外偷窺求知情況外，更聲淚俱下，以銀兩賄賂獄卒，以真誠感動，私下獲准以清潔下人的模樣偷入監倉見左公。

2. 左公受酷刑迫害的慘狀：史可法慘見左公受刑後的樣子。左公受炮烙酷刑煎熬，體無完膚，面容焦爛難辨。左膝以下，肌肉因火烙熔爛，露出像脱落了的筋骨。

3．史與左在監倉會面的感受：師生情重，史見左受酷刑折磨後慘狀，不禁情緒激動，抱左公膝哭泣。左公不念兒女私情，大義為重，認為史冒險探監極不智。倘被官發現而同遭陷害，使支撐國家大事，後繼無人，故以撲殺威脅史立即離去。

4. 史憶述的感想：恆為左公心如鐵石鑄造，沒有半點兒女私情，只顧及家國生民的偉大精神感動落淚。

第四至五段

崇禎末，流賊張獻忠①出沒蘄、黃、潛、桐間②，史公以鳳廬道③奉檄守禦④。每有警，輒數月不就寢。使將士更休，而自坐幄幕外。擇健卒十人，令二人蹲踞⑤而背倚之，漏鼓移則番代⑥。每寒夜起立，振衣裳，甲上冰霜迸落，鏗然有聲。或勸以少休⑦，公曰：「吾上恐負朝廷，下恐愧吾師也。」

史公治兵⑧，往來桐城，必躬造左公第⑨，候太公、太母起居⑩，拜夫人於堂上。

明朝崇禎末年，流寇張獻忠，出沒在蘄州、黃州和安徽省的黃山、桐城一帶為禍。史公奉朝廷命令在鳳陽、廬江兩府地區，負責防禦。每當有賊寇要來侵犯的訊息時，動輒幾個月不上牀睡覺。晚上，叫將士們輪班交替休息，自己卻坐在軍營帳幕外面守夜。史公休息的方法，是挑選十個精壯士兵，每次兩個人並排屈膝張腿，蹲坐地上，按着相隔一個時辰，輪流換班，給史公做靠背瞌睡。每逢寒夜史公站起來時，一抖動衣裳，凝結在軍裝盔甲上的寒霜便碎裂下來，發出清脆聲響。有人勸他稍事休息，史公便答：「我恐怕對上有負朝廷信賴，對下愧對老師的期望。」

史公執行軍事任務，往來經過桐城時，定親身到左公府中堂上，向太師父、太師母問安，叩拜師母左公夫人。

1. **流賊張獻忠：**張獻忠，明末率農民作亂的領袖。由於軍隊從四川起事後，到處流竄，濫殺搶掠，為禍四方，因稱流寇或流賊。
2. **出沒蘄、黃、潛、桐間：**指流寇出沒的地區，是蘄州、黃州和安徽省的黃山、桐城一帶。

3. 鳳廬道：明朝安徽省鳳陽府道和廬州府道。明以道作為劃分區域名字，道的長官稱道員。

4. 奉檄守禦：奉朝廷命令，守備防禦流寇。檄：音核，檄文，朝廷號令聲討征伐叛亂賊寇的文書。奉檄：奉，通捧，捧接朝廷檄文，引申解奉命。

5. 蹲踞：張腿曲膝蹲坐。踞：張大腿的坐姿。踞坐，古視不雅姿禮。

6. 漏鼓移則番代：更鼓報一個時辰過去時，輪流替換任務。漏：古計時器。鼓：指每隔一時辰（二小時）報時的打更鼓。番代：輪班替換。

7. 少休：稍事休息。少：音稍，稍為。

8. 治兵：執行作戰與訓練軍事的任務。

9. 躬造左公第：親身上門到左公府中作拜訪。造：拜訪之意。造與詣二字本義到達，造詣，解修養達到的境界。造、詣：音藝，不唸作紙。

10. 候太公、太母起居：向太師公、太師母問候安好。太公、太母：指左父母。

要點析述

寫史可法為人盡忠職守，重師恩。

1. 克盡職守：每有賊寇來犯消息，史便防務操心，輒數月不安眠。晚上命將士們輪班休息，自己則坐軍營帳幕外守夜，時刻警惕。休息時恐入睡不醒，以兩健卒蹲踞地上做靠背瞌睡。雖結霜，不入帳幕避寒。

2. 不肯稍事休息：執行任務時，有部屬恐史太過辛勞，勸史稍事休息。史公便以「恐上有負朝廷信賴，下有愧對老師期望」而不接納。

3. 重師恩：雖有軍務在身，路經桐城時，定必親臨左公家中，拜訪問候左公雙親及其妻。

第六段

余宗老①塗山，左公甥也，與先君子善②，謂獄中語乃親得之於史公云。

我宗族中的長輩方塗山，是左公的外甥，和家父交情要好。他告訴先父說，左公在監獄的一番說話，是他親耳聽見史公說的。

1. 宗老：宗族中的老長輩，指方塗山。宗族：中國同祖先、同姓氏而又同聚居一地的人羣。

2. 與先君子善：跟我先父交情要好。先君子：指逝世的父親。善：交情十分美好。

要點析述

指上述有關左忠毅公與史可法事情，均由左公外甥口述，顯示文中所記可信性高。

特點賞析

一 鮮明深刻的顯現左公為人性格

1. 剛毅正直不屈：雖遭誣陷下獄，以酷刑迫認罪至死，始終不屈。

2. 愛惜人才居心：讀史可法文稿後，視其為人才，脱袍掩贈蓋史護寒。在會試結果公佈時，題史為第一名，收為學生。在妻子面前期許望史能繼承其愛國愛民的志向與事業。

3. 重視大義而輕私情：在史可法冒險探監時，怒叱史不明大義，驅趕離去，免同遭誣陷，以致將來無人支撐國家大局。可證其重國家輕私情的崇高思想。

二 凸顯史可法的性格

1. 有情有義：以真誠感動獄卒，獲准探左公監，不忍見乃師給酷刑折磨至體無完膚慘狀而哭泣。雖有軍務在身，倘軍隊路經桐城，定必親身到左公家拜訪其父母與妻子。

2. 盡忠職守：史奉命為兩府防禦流寇侵犯，動輒數月不安眠，坐軍營帳幕外守夜。休息時恐入睡不醒，採以兩健卒蹲踞地上做靠背瞌睡。雖結霜寒夜，仍不入帳幕避寒。

3. 愛國家尊師道：有人勸史應稍事休息，史公便以「恐上有負朝廷信賴，下有愧對老師期望」而不接納。

三 描述左史師生獄中相見時彼此不同的言行，真切感人

左公受炮烙酷刑，被摧殘至體無完膚，不辨人形。史一見，情不自禁地抱左公哭泣。左公不作兒女態與史抱頭共哭，反而大義凜然的怒責教訓史不明大義，激動得以撲殺威脅，逐史速離。這段文字敘事、抒情、記言，都達到悲壯感人效果，實為一等文詞。

四 精煉的用字

1. 微指左公處：獄卒以細微動作指向已不辨人形的左公所在。微：指不敢揚聲，只暗中指示，是恐為人發現私許史探監，極精煉。

2. 奮臂以指撥眥：形容左公受酷刑煎熬的身軀早軟弱無力，仍盡全力舉起手臂，用手指撥開不能活動的上下眼皮，張眼看史可法。以奮、撥二字極言盡力，使人讀之為之心酸。

3. 史噤不敢發聲：用「噤」字，表達史可法對左公的大義凜然的叱訓，深以為然。閉嘴不敢發聲的無言以對，用字精準。

4. 吾師肺肝，皆鐵石所鑄造也：心如鐵石鑄造，並非形容其冷血無情。是頌揚左公大義當前時，心志堅定如鐵石鑄造，不因私情動搖。

五 桐城派視《左忠毅公軼事》為範文的原因

本文譽為依方苞本其「義法」創作理論寫成的範文。從文章實質內容來說，寫左忠毅公愛惜史可法，在於期望一己精忠報國的志向事業，後繼有人，不為私心偏好。身陷冤獄，寧死不屈，不肯承認受賄，顯示其剛毅正直的性格。獄中訓叱史冒險探監是為不智，蓋誠恐史同遭陷害，而使無人支撐未來國家大局，突出重大義輕私情的身教言教，讓史可法終生銘記，不忘為國盡忠。敘述左公的所作所為，在在反映奉行孔孟仁義道德，符合方苞所重的「義」，即文章內容必須言之有儒道、仁義、道德的實質。

從「法」，即文章寫作規範法則來說，謀篇佈局首尾，方苞以左忠毅公軼事為其父所述開始，用左公怒叱教訓史一事，為左公外甥口傳作結。標明軼事來源非傳聞，可信性高，具見結構心思。

遣詞表意方面，依次寫左公對史可法的認識，珍惜、選拔經過，以及獄中怒訓史冒險探監，昧於大義，均從正面表揚左公崇高人格與行為，文筆雅潔，

真切動人。至於旁及左公的身教言教，影響史畢生為人，是藉此增添對左公的讚頌。有關表述文辭雅潔，言簡意足。對左公受炮烙酷刑摧殘至體無完膚，不辨人形的慘狀，史一見，情不自禁抱左公而哭泣。左公不作兒女態與史抱頭共哭，反而怒責史不明大義，激動得以撲殺威脅逐史。這一段文字的敍述，都達到遣詞造句精煉，悲壯感人的效果。反映方苞重「法」，亦足以反映本文面世後，即深受傳誦，視為範文的原因。

國學常識

一 桐城派古文流派的形成

安徽省的桐城縣，本名同安。安史之亂後，唐為避諱「贊同安祿山」之意，改名桐城。安徽自宋至元明及清，已是文化薈萃之省。桐城更是有最多讀書人，文風最盛，知名學者冠全國，譽為文化名城的地方。清代自康熙年間開始，因知名學者戴名世，劉大櫆、方苞、姚鼐學者相繼出現，分別以類同思想、文章作法理念傳世，得到無數讀書人的認同讚譽。加以乾隆年間四庫全書總編之一，與紀曉嵐齊名的周永年一句：「天下文章其在桐城乎！」而使更多學者傾慕學習桐城派散文。乾隆後，發展為主宰清文壇多年的古文流派桐城派。桐城也就成為桐城派的發源地。

二 桐城派的為文理論

康熙年間的桐城派戴名世，率先提出文章首要，在於「言有物，修辭立其誠」。認為文章內涵需具實質意義，文辭要能問心，誠實不自欺，把正道美德表達出來。

其好友方苞，提出「義法」說。「義」為內容，要言之有物；「法」為法則，要言之有序。並把「義」定性為儒家的理念。「法」需效法韓愈、歐陽修的表達技巧。方苞提綱挈領「義法」說，奠定桐城派古文理論最重要的基礎，故後世以方苞為該派之祖。

繼劉大櫆補充了方苞「義法」理論的一些內容，至劉弟子姚鼐綜合其成，提出文章必須以考據、義理、辭章三者並重。即文章引述內容，要真實可考，不妄作杜撰；內涵儒家義理；辭章文辭要有雅潔法度。並精細的提出「文理氣味格律聲色」說法，以文理氣味為文章內容的精要；而格律聲色為文章表達的技巧，屬於次要。戴、方、劉、姚四人建立這些大原則後，自此桐城派作者無不以此作為準則。

文章導讀

文體	人物傳記。
要旨	以《明史 · 左光斗傳》無本文事，故題名軼事。透過記敘左光斗與史可法三事，突出左公剛毅正直，珍惜人才，重大義而輕私情的性格。旁及史尊師重道，重情念舊，盡忠職守的品格。
左公對史可法的愛才、惜才、選才、期才	愛才：左公私訪至古寺，看過史的文章後便愛其人才。 惜才：基於憐惜，為免史受風寒，脱貂袍揜贈蓋史。 選才：在會試結果公佈時重遇史，為國選才，題史第一名收為學生。 期才：告妻子自家兒子平庸，期靠史承繼自己的愛國志向和事業。
史設法探監	左公受陷害入獄。史日夜在獄外偷窺，亦以銀兩賄賂獄卒，哭求允許探監，真誠感動，獲許扮撿糞下人偷入監探望。
左公受炮烙酷刑迫害	體無完膚。面容焦爛難辨。左膝以下肌肉被火烙熔爛，露出像脱落了的筋骨。
史與左監倉會面不同感受	史激動下淚：見左受酷刑後情緒激動，抱左公右膝嗚咽。 左怒責不明大義：左重大義輕私情，怒責史冒險探監不智，倘被發現，同遭陷害，將無人可支撐國家大事。以撲殺威脅史即離獄。史憶述時為其重大義忘私情，心如鐵石崇高精神感動落淚。
左公言行反映出的性格特徵	1. 剛毅正直不屈：雖遭誣陷下獄，酷刑迫認罪至死，始終不屈。 2. 珍惜愛護人才：讀史的文章後，視為人才，脱袍揜贈，蓋史護寒。會試結果公佈時，題史首名。期許史能繼其愛國志向與事業。 3. 重大義輕私情：怒叱史冒險探監是不明大義，驅趕離去，免同遭誣陷，以致將來無人支撐國家大局。

史可法的性格	1. 有情有義：真誠感動獄卒，獲探監，見乃師體無完膚而哭泣。即使軍務在身，路經桐城，定到左家探問其父母家人。 2. 盡忠職守：奉命防禦流寇侵犯時，常數月不安眠，坐帳幕外守夜，以兩坐蹲健卒做靠背瞌睡防不醒；結霜寒夜不入帳幕避寒。 3. 愛國尊師：部下勸史應稍事休息，史以「恐上有負朝廷信賴，下有愧對老師期望」而不接納。
事情可信原因	左公外甥親耳聽到公於獄中怒責史不明大義，威脅不速離獄會撲殺他，故應為事實。
詞句表達意義	**旦夕且死。** 指生命垂危，隨時會死去。旦夕：早晚，伸解隨時。 **更敝衣草屨，背筐，手長鑱，偽為除不潔者。** 顯示宦官監管嚴密，史要假扮清潔污穢的下人，冒險探監。更：敝衣草屨，穿破衣草鞋，扮清污穢下人。 **國家之事，糜爛至此，老夫已矣，汝復輕身而昧大義，天下事誰可支拄者。** 左公指責史在國家腐爛時，竟不明大義，冒險探監。倘史因探監而同被陷害，將無人支撐國家。糜：即粥，借用粥狀，形容國家政事腐敗爛散。拄：音柱，支撐、支持。 **吾師肺肝，皆鐵石所鑄造。** 指左以大義為重的思想造成心腸像堅硬鐵石，不念半點私情。肺肝：借指精神思想。鐵石：喻心志堅定。 **吾上恐負朝廷，下恐愧吾師。** 恐辜負國家信賴和愧對老師期望。 **躬造左公第，候太公、太母起居，拜夫人於堂。** 路經桐城，定必親身到左公家，問候左公父母及妻子起居生活。躬造：躬指親身。造：音醋，到達。

大葉啟思

對桐城派文章與其範文淺評

周永年「天下文章在桐城」一語使桐文名噪清朝

清自康熙開始，至雍正、乾隆年間，因同為安徽桐城人的知名文人學者，包括戴名世，方苞、劉大櫆、姚鼐等相繼出現，文章享譽文壇。並因同以方苞「義法」的為文理論，作為寫作的主導，要求文章內容必須有「義」，即言之有物，具實質；寫作必須有「法」，即言之有序，遵守法則。寫作的理論與文章風格，得到無數讀書人的讚揚認同與學習。 使桐城派的散文燦爛地開花結果，後更因姚鼐與私淑 1 的曾國藩先後引用《四庫全書》總編輯之一，與紀堯嵐齊名的周永年的一句「天下文章其在桐城乎！」的説話，名正言順的樹立起桐城派的旗幟，更使天下文士從師事日眾，桐城派逐漸發展成為中國有史以來最大散文流派，主宰清代文壇近 200 年，影響延至民國初年。（1 私淑：私心敬仰一人美好學問，雖未得直接傳授學問，但自己尊之為師。曾國藩是湖南湘鄉，並非安徽桐城人，而敬仰桐城派，是為私淑。）

新文學學者刻薄醜詆桐城派

對盛極清朝的桐城派文論與文章的優劣評論，自乾隆中葉至今，紛紜不絕。就中以五四新文化運動期間，當時偏激的新文學者，評之為「桐城謬種」，最刻薄失公允。國學大師梁啟超在所著的《清代學術概論》中，對該派的評論亦並不欣賞重視，批評相當尖刻。他以為桐城派之初，敢於奮起與當時目空學術界，以為研究經史，不着重名物、訓詁與考據，便不是學問的漢學派抗衡，勇氣可嘉。惟是此派後繼者，「以文而論，因襲矯揉，無所取材，以學而論，則獎空疏，閼創穫（意即遏止作者表示個人創見發明。閼：音押，阻止、遏制），無益於社會。且其在清代學界，始終未嘗佔重要位置，今後亦斷不能自存，置之不論焉可耳。」大意以為桐城派後期作者，把桐城派的「義法」視作金科玉律，純以套取規格形式為能事。文章為了遷就規範而矯揉造作，取材千篇一律，窒礙新思創見，形成一潭死水。不求進取的風格，無益於社會，斷定難以繼續流傳，而可置之不論不理。

文學發展

個人以為單就任何一種文學，發展至極盛之後，必因流弊漸生與時代風尚的改變，產生盛極而衰的必然性。以此去評桐城派古文終必消亡有時，無可否認。然而就此而斷然認為可置之不論，抹殺其在中國文學史上近二百年的影響，至今仍有專家學者用心研集並出版《桐城派大辭典》的餘波，說法過分武斷。但對桐城文章的缺點卻批評得很得恰當。個人以為春秋末期的鄭國名相子產說得好：「人心之不同，如其面焉」，因此「文章之不同，亦必如其人之心面焉。」文章貴在能將千態萬殊不同的心志，各以千態萬殊的手法表達自我。桐城派末流以自視圓滿的模式製造文章，流為大規模劃一的製成品，難言矜貴，亦大違寫作文章本旨。

桐城派範文《左忠毅公軼事》的四可議

《左忠毅公軼事》向來被桐城派視為以「義法」創作的範文，備受讚頌稱譽，不過以個人觀點來說，本文有可議處四點。

第一，左公被魏忠賢以受賄罪誣陷下冤獄，寧死不屈，是成仁取義，行為崇高，無可爭議。史可法以行賄獄卒得以探監，個人以為在當時是無可奈何，難以厚非的權宜做法。但畢竟違法行徑，非正人君子所為。寫出這點，目的不在於爭論是非兩難的最終判決，在於如本文用作考試時，以此事作評論設題時，應包容否定史可法所為的考生。

第二，方苞文中，僅以「公閱畢」及「呈卷，即面署第一」便交代左公對史可法的愛惜選拔，沒有一點透露原因。讀者不知從何猜測，惟靠各自不同聯想補充，更不免有左公是否有徇私之嫌的臆度。

第三，文中描述左公受炮烙酷刑折磨摧殘至「臉額焦爛不可辨，左膝以下，筋骨盡脫矣」。沒有提及右肢。更令人費解的是，到底是左腳膝部以下的筋骨完全脫落，膝下足肢不存，還是因受炮烙酷刑熱灼摧殘，以致表面肌肉熔爛，露出筋骨。至於史目睹乃師慘狀，而向左公跟前跪下，「抱膝而嗚咽」。更惹人疑惑的，是史公怎會無知地抱着左公的膝頭嗚咽？真的激動得情難自禁要抱膝，也只應僅能抱右膝而哭泣，才算勉強合乎情理。

第四，寫史可法奉命在鳳陽、廬江兩府防禦流寇侵犯時，為強調史可法盡忠職守的精神，以每有流寇來犯，史便為防務操心，動輒數月不安眠，不肯稍事休息。晚上命將士們輪班休息，自己則坐軍營帳幕外守夜。時刻警惕，休息時恐入睡不醒，採以兩健卒蹲踞地上做靠背瞌睡；雖結霜，仍不入帳幕避寒。

個人以為史可法真的如此治軍，那真的是個百無一用的窩囊書生。身為主帥不好好休息，怎會有清醒頭腦，運籌帷幄，決勝千里？要警惕流寇來犯，只需嚴令親信監督警巡，訓令要事立即上報。何苦要冒嚴寒，坐帳幕外守夜，何勞要健卒受苦，作靠背休息？個人以為方苞對史的描述，在在顯示史治軍的無能。難怪他督導的揚州，軍事防備，辛勤經營一整年，卻經不起清兵一天攻城，便失守陷落。

這是一篇自康熙至民初以來，被桐城派學者，譽為桐城派範文。以時下觀點視之，內容並非完美無瑕。